LA VILLE SANS REGARD

www.editions-jclattes.fr

Mathias Bernardi

LA VILLE SANS REGARD G x

Die Stadt ohne Blick

Roman

JC Lattès
17, rue Jacob 75006 Paris

ISBN : 978-2-7096-2978-2

Pour Laurence.

À BL, en remerciement de
sa précieuse amitié.

La Ville sans regard est une œuvre de fiction.

« Quand j'attendais place du Panthéon, devant l'entrée de l'École de droit, arrivée de camion vidant des soldats allemands pour la visite qui n'arrête pas depuis leur présence à Paris. Passe à côté de moi une troupe de petites filles, cinq ou dix ans, plus ou moins pensionnat, conduites, en tête, par une autre d'une douzaine d'années. Celle-ci se tournant vers elles, tout en continuant la marche : "Ne les regardez pas ! Ne les regardez pas !" Et toutes de gagner le trottoir devant la Bibliothèque et de continuer leur marche la tête tournée du côté opposé. »

Paul Léautaud, Journal littéraire,
24 septembre 1940, Mercure de France.

I

Nuit noire #1

1.

Paris, vendredi 2 octobre 1942

Les larmes du type coulent sur sa joue et se mêlent à son sang. Son arcade sourcilière droite est coupée. Le mélange poisseux colle ses paupières. Ses deux mains sont menottées au dossier de la chaise. Il voudrait essuyer ses yeux en frottant son visage sur son épaule mais il n'y arrive pas, seule sa joue touche le tissu de sa chemise. Il ne voit plus les lumières de la pièce, il ne voit plus rien. Il pleure doucement. Quelques bribes de musique classique lui parviennent, lointaines et espacées. D'où viennent-elles ? Peu importe. La seule chose qui compte est de savoir si son bourreau est encore dans la pièce, et à cette question il n'a pas de réponse.

Il sursaute.

À quelques centimètres de lui, on vient de craquer une allumette. Il va être brûlé, il en est sûr et tremble de tous ses membres. Il refuse d'attendre la douleur sans rien faire, il donne des coups de reins sur la droite et la gauche dans l'espoir de tomber et de gagner ainsi quelques précieuses secondes. Dans un suprême effort, il réussit à décoller les deux pieds du côté gauche de la chaise mais il ne peut continuer son mouvement : une main ferme s'est posée sur le haut du dossier, les pieds en bois retombent sur le parquet en claquant.

Il sent l'odeur d'une cigarette, la fumée irrite ses yeux blessés.

« Allons, calme-toi. Une cigarette ? »

Le ton se veut doux, presque caressant. Pourtant, c'est bien la même voix, celle de l'homme qui l'a torturé il y a quelques minutes, lorsqu'il n'a pas voulu parler. C'est bien la même voix et pourtant quelque chose a changé : elle sonne faux, elle est adoucie comme par un mauvais acteur de théâtre qui accentue inutilement les effets sans parvenir au ton juste. C'est étrange mais après avoir compris cela, Antoine Wirth se sent mieux. Après deux heures d'interrogatoire, il n'a rien révélé. Il se dit qu'il doit encore tenir, pour lui, pour les autres, ses amis qui ont été arrêtés en même temps que lui.

« Mais pourquoi tu ne réponds rien ? Depuis tout à l'heure c'est la même chose, tu veux que ça recommence ? »

Pour toute réponse, Wirth pousse un gémissement plaintif, le seul son qu'il est capable d'émettre après avoir reçu plusieurs coups sur la gorge qui ont touché ses cordes vocales.

« Je vais t'essuyer, ça ira mieux. »

Xavier Dailans se penche sur son prisonnier et éponge le sang qui coule sur son visage avec une serviette.

Le captif ouvre les yeux et voit d'abord la serviette blanche maculée de son sang. Son regard se pose ensuite sur l'immense main qui la tient. Il hésite encore quelques instants puis il se résout finalement à regarder son bourreau dans les yeux. Pas de surprise, son regard est dur et arrogant. Dailans a un regard très bleu, presque métallique. Tout en lui respire la force brute : de ses cheveux coupés très courts à ses mains aux multiples petites cicatrices. Le prisonnier ne peut s'empêcher de les fixer, terrorisé et fasciné ; pour chaque marque de blessure sur les phalanges, il imagine des visages de détenus écrasés sous les coups, le colosse frappant et frappant encore jusqu'à ce que ses mains se mettent à saigner.

Mais, à ce moment, Xavier Dailans offre à Antoine Wirth son plus doux sourire.

« Je sais ce que je t'ai fait tout à l'heure, j'y suis allé un peu fort. Mais c'était de ta faute ! Honnêtement, tu m'avais bien énervé, dit-il sur un ton d'aimable reproche… Maintenant je pense que tu as compris, alors on va arrêter les frais et discuter. »

Il tire une dernière bouffée sur sa cigarette et rejette la fumée vers le haut, la tête inclinée en arrière. Il observe attentivement le superbe lustre en cristal fixé au plafond, puis il écrase la cigarette dans un cendrier en faïence.

Un long silence.

« Je vais te faire une proposition qui me semble honnête et à laquelle tu vas bien réfléchir en sachant que ton destin se joue en ce moment. »

Il se rapproche du prisonnier tout en parlant. Leurs visages ne sont plus qu'à quelques centimètres l'un de l'autre.

« Tu me dis tout ce que je veux savoir et je ne te tue pas. »

Il se tait quelques instants puis reprend avec un air de regret :

« Tu iras en prison, bien sûr, quelques mois…inévitable…. mais tu auras la vie sauve. Ça c'est ce que je te propose et il me semble qu'on y gagne tous les deux. Mais il y a une deuxième possibilité… Sincèrement, je souhaite l'éviter… Si tu ne veux toujours rien me dire, on continue avec un petit jeu que j'ai inventé l'année dernière avec le premier communiste que j'ai eu entre les mains. Je me donne neuf coups pour faire sauter ton œil de son orbite ! »

Il se met à parler au creux de l'oreille du prisonnier :

« Petite confidence entre nous, j'ai déjà réussi en dix coups, le type a vu son œil rouler par terre, je te jure que c'est vrai. »

Dailans recule, soucieux d'évaluer les résultats produits par ses menaces, ils dépassent ses espérances. Il éclate de rire en voyant les yeux du captif cligner de manière incontrôlée, comme si, animés d'une volonté propre, ses globes oculaires cherchaient à se cacher derrière leurs paupières, dérisoires remparts, pour échapper au sort qui leur est promis.

Wirth ne dit toujours rien mais son teint est blafard.

Dailans continue, imperturbable :

« … Et si tu ne me dis toujours rien je me charge du deuxième… Franchement, c'est cela que tu veux ? Sortir de cette pièce aveugle ? »

L'homme sur la chaise ne répond pas. Dailans ne le sait pas mais les coups l'ont sonné et il n'entend pas tous les mots prononcés. Il regarde la pièce d'un air hébété, une grande pièce, richement meublée : fauteuils en cuir, bar en ronce de noyer. Il s'attarde sur la large fenêtre par laquelle il voit le ciel d'automne. Est-ce la dernière fois qu'il le voit ?

Sur le miroir en face de lui, il voit un visage, quelques secondes passent avant qu'il reconnaisse ses propres traits, tellement sa figure est tuméfiée. Il détourne les yeux. Le spectacle est trop horrible, il ne peut pas le supporter.

Il se remet à sangloter.

Les sanglots ont le don d'énerver Dailans, il n'aime pas ça. Pas chez un homme. Il y a deux semaines, il était en train de torturer en même temps une femme et son mari, deux communistes. Eh bien, c'était l'homme qui pleurait le plus ! Ça l'avait rendu fou furieux. Finalement c'est Madame qui avait craqué. Elle avait dû en avoir marre d'entendre l'autre couiner, s'était dit Dailans. Elle avait tout déballé tandis que l'autre hurlait encore et encore, il avait fini par assommer Monsieur à coups de matraque pour pouvoir entendre la confession de sa douce.

La pendule sonne six heures et demie, il n'est pas en avance, il doit sortir ce soir. Son sourire s'efface progressivement, sa bouche se crispe et le bleu de ses yeux brille d'une lueur de méchanceté froide.

Il revient à la charge mais, cette fois, le ton de sa voix est brusque et cassant.

« Putain, je vais te dire une dernière chose avant de perdre patience. On a arrêté tous tes copains, on sait qu'il ne manque personne. Celui qui est malin va sauver sa peau en crachant le morceau et les autres vont y passer. Tu m'entends ? Les autres vont y passer. Alors tu parles ! Maintenant ! »

L'autre ne répond toujours rien, pétrifié.

« Je te préviens : tu vas le regretter. »

Il frappe de toutes ses forces le visage du prisonnier. La chaise tombe à la renverse, le captif hurle de douleur, il crache plusieurs dents. Dailans n'y prête aucune attention. Il relève la chaise, prend le prisonnier recroquevillé par les épaules et le replace tant bien que mal en position assise contre le dossier. Il rehausse la tête du détenu en le prenant par les cheveux et fixe, fasciné, les dégâts qu'il vient d'infliger.

« Premier coup pas terrible, je crois que j'ai raté l'œil mais il m'en reste huit. Tu vois ce que je fais quand je m'énerve ? »

Il crie de plus en plus fort.

« Tu vois ce que tu me fais faire ? »

Il redonne un coup violent. Sa phalange heurte de plein fouet la paupière du détenu. L'œil recule littéralement à l'intérieur de l'orbite, arrachant à Wirth un hurlement de douleur. Dailans lui tire les cheveux de toutes ses forces et en arrache une pleine poignée. Le sang coule sur le front du captif.

Il examine la blessure et commente sa performance d'un ton neutre :

« Je reconnais que je suis mauvais joueur mais je ne me sens pas très en forme donc je vais m'aider... »

Il cherche quelque chose dans sa poche.

« ...de mon briquet... »

Il brandit d'un geste soudain un briquet en or à quelques centimètres du visage du prisonnier, attend quelques secondes puis l'allume. La chaleur de la flamme lèche le visage du détenu. Dailans théâtralise ses gestes au maximum, En réalité, il ne veut surtout pas le brûler, pas maintenant. À ce moment précis, son captif ne doit surtout pas ressentir la douleur mais uniquement la pressentir, l'imaginer. Le stratagème fonctionne. Wirth renonce. Après deux heures de lutte, Dailans a gagné, tout s'est joué en une seconde. La flamme. Wirth l'a vue et a su qu'il ne serait pas capable de résister à cette douleur-là. Il n'a pas réfléchi, juste ressenti au plus profond de lui qu'il ne pourrait pas aller plus loin. Et maintenant, il est prêt à tout pour que les coups s'arrêtent. Il vient d'uriner, quelques gouttes coulent du bas de son pantalon, il a honte.

« Arrêtez, je vais parler. »

Dailans sait qu'il a gagné la partie, mais il ne faut pas le montrer, pas maintenant. Il doit maintenir la pression.

— Trop tard! Je t'ai fait une proposition tout à l'heure, tu l'as refusée et tu veux que j'arrête maintenant? Tu me connais mal.

— Je vais tout dire si vous arrêtez..., dit Wirth en pleurnichant.

— Pas si vite. Écoute-moi bien attentivement avant de commencer à raconter n'importe quoi... Tu vas tout dire, ça c'est sûr! Mais à *ma manière*, il appuie nettement sur les deux derniers mots : tu réponds à mes questions directement, sans chercher à me berner sinon je te brûle. Tu ne t'arrêtes pas sinon je te brûle. Je veux qu'en sortant de cette pièce je puisse me dire que je sais tout. Si, quand j'interroge les autres, je sens qu'il y a la moindre contradiction, je retourne te voir et je prends trois jours pour te cramer chaque millimètre de pupille, crois-moi. » Capituler, c'est arrêter les coups, les cris, les insultes ; capituler, c'est vivre. La vie revient dans le corps brisé du captif, il entend à nouveau. D'ailleurs, la mélodie étouffée qui semble venir d'un piano, maintenant, il la reconnaît, c'est celle-là même que fredonnait son père le matin. Il était tout petit, il l'entend encore chantonner en se rasant, un aria de Verdi dans *La Traviata* :

Sentia che amore è palpito
Dell'universo
Misterioso, altero[1].

« Je vais tout dire. »

Dailans se retourne pour que le prisonnier ne le voie pas sourire, il a un air de triomphe. Il se regarde dans la glace et, en s'en rapprochant, s'adresse un clin d'œil comme un enfant ravi de la bonne farce qu'il vient de faire. Quand il reprend l'interrogatoire, l'autre ne s'est aperçu de rien.

— Ton nom ?

— Wirth, Antoine.

— Âge ?

— Quarante-sept ans.

Quarante, trente, cinquante… Son visage a été si ravagé par les coups qu'il est difficile de lui donner un âge.

— Marié ? Des enfants ?

— Je suis veuf, sans enfants.

— Tu es cheminot depuis combien de temps ?

— Vingt ans.

— Tu es juif ?

— Non, catholique.

---

1. *Nous sentons que l'amour est le souffle/De l'univers entier,/Mystérieux et noble.*

Dailans le regarde, incrédule.

— Wirth, ce n'est pas un nom juif?

— Non, non, je vous assure.

— Communiste.

— Non plus.

— Bon! (Dailans sent la patience l'abandonner, il serre les poings.) Gaulliste?

— Oui, depuis fin 1940.

— Eh bien tu vois quand tu veux...Votre réseau avait-il un nom?

— On n'en a jamais eu, d'ailleurs on n'a pas revendiqué nos actions.

— Admettons. Es-tu le chef de l'ensemble des types qui sont ici?

— On peut dire cela, c'est moi qui prenais les décisions.

Antoine Wirth pense à ses trois camarades, arrêtés par la Gestapo française en même temps que lui. Avec ce qu'il est en train de raconter, il les condamne à mort, purement et simplement; il le sait. Il est maintenant un traître.

— Le 12 janvier plusieurs voies de chemin de fer ont été sabotées dans la région. On pense qu'il s'agit de l'œuvre d'un même groupe, des cheminots opérant dans les alentours de Paris. Des gens qui ont facilement accès aux voies, qui connaissent les techniques de sabotage et qui utilisent du matériel spécialisé. Vous êtes dans le coup?

— Oui.

— Raconte, je veux les détails, si tu me dis tout, tu rejoins le monde des vivants.

Wirth continue de saigner du nez. Au début de l'interrogatoire, Dailans lui a violemment enfoncé un crayon dans la narine gauche. Il renifle bruyamment avant de se remettre à parler :

— C'est une opération qu'on avait planifiée il y a plusieurs mois, on voulait foutre le bordel et empêcher les trains de partir en neutralisant le plus grand nombre d'axes possible dans les environs de Paris. J'ai contacté des hommes sûrs dans plusieurs gares pour pouvoir agir en même temps. J'ai réuni trois volontaires, ils sont ici aujourd'hui. On a saboté les voies assez facilement…

Pendant cinq bonnes minutes il donne tous les détails de l'opération, le modus operandi, les risques, la peur, le froid et puis, finalement, la réussite, presque inespérée.

Dailans sourit intérieurement, il se souvient de la tête des Allemands, le lendemain. Plusieurs trains qui devaient partir pour le front russe avec des vivres et des armes étaient restés bloqués sur les voies à un ou deux kilomètres des gares. Ils étaient fous de rage. Il avait accompagné son chef et ami, Pierre Gaillac, à la salle de commandement logistique de l'état-major allemand. Policiers et Gestapo avaient été convoqués par un général fou furieux qui hurlait que la chasse au terroriste ne semblait pas être une priorité pour les services chargés du maintien de l'ordre. En sortant ils s'étaient regardés avec Gaillac, ils avaient repensé à tous les coups qu'ils avaient pu faire depuis le 15 décembre 1940, date à laquelle les Allemands avaient décidé de doter certains citoyens français de « cartes d'auxiliaires français de la Gestapo » : ils avaient ri de bon cœur. Bien sûr, ils consacraient une bonne partie de leur énergie à infiltrer et démanteler des réseaux. Sur ce sujet, les Allemands attendaient du concret et Gaillac ne les avait pas déçus en remportant rapidement des succès importants. Mais, derrière les apparences, le cœur de leur action n'était pas la chasse aux résistants, communistes ou juifs, elle n'était qu'un moyen. Ce qui comptait réellement, à leurs yeux, depuis le début, c'était l'argent tout simplement. Pour chaque réseau de Résistance démantelé, ils s'attelaient à la tâche de la confiscation des biens et recevaient les primes allemandes. Les activités antijuives, en tant que telles, n'étaient pas de leur ressort, les flics avaient leurs brigades spéciales, mais elles leur servaient de prétexte pour racketter les familles juives les plus riches de Paris. Depuis le début de l'occupation, ils avaient en outre cambriolé des appartements, placé des commerces sous protection, trafiqué au marché noir, fourni des filles aux occupants et même des faux papiers à des résistants, avant de les arrêter, évidemment. La ville lumière était devenue pour eux un gigantesque terrain de chasse où tout ce qui importait était de profiter des possibilités sans limites qu'offrait la naissance de « l'Europe nouvelle ». L'idéologie dans tout cela...

Xavier Dailans se concentre à nouveau.

— Vous avez bloqué cinq axes mais vous n'avez pas saboté les voies de ta propre gare.

— Non, j'étais le chef du réseau, je ne voulais pas attirer l'attention sur moi.

— Comment avez-vous fait pour saboter les voies ?

— Il n'y a pas d'autres moyens que de démonter les rails. D'abord, il faut dévisser la plaque d'acier réunissant deux rails par leur extrémité, ensuite, on dévisse un tire-fond, c'est une grosse vis à tête carrée, utilisée pour fixer le rail sur la traverse et après on n'a plus qu'à déplacer le rail...

Le sujet n'intéresse pas plus que ça Dailans, il coupe le prisonnier.

— Comment vous connaissez-vous et comment les as-tu recrutés pour tes actions ?

— On s'est connus à la gare de Lyon dans les années 1920, on a débuté ensemble, on est des copains.

— Pourquoi toi comme chef ?

— Je sais pas, on n'en a jamais parlé, ça s'est fait comme ça...

— Comment tu as fait pour les amener à la lutte armée ?

— Mais je ne les ai pas amenés ! Je vous l'ai dit, nous sommes amis, depuis l'époque où on a travaillé ensemble, on ne s'est jamais perdus de vue. On n'a pas été mobilisés en 1939 parce qu'on servait dans les gares… Le reste c'est venu au fur et à mesure après l'armistice, de discussions en discussions on s'est dit qu'on pouvait faire quelque chose et à force d'en parler, on a fini par le faire…

— Est-ce la seule action que vous ayez réalisée ?

— Oui, c'est la seule, nous avons manqué de temps.

Dailans a de l'expérience en matière d'interrogatoire. Avant guerre, quand il n'était qu'un bandit ordinaire, sans grande envergure, il avait régulièrement été questionné par la police. Maintenant il est de l'autre côté du miroir et, en presque deux ans, il a mis à la question des centaines d'hommes. De toute cette pratique, il a retenu quelques principes dont un vient de lui revenir en tête : il faut connaître le passé du détenu, bien sûr ; mais aussi tenter de découvrir quelles actions il aurait menées s'il était resté libre. Connaître ce futur qui ne se produira pas revêt un intérêt pratique pour l'enquêteur : glaner des noms jusque-là inconnus, et même anticiper sur des actions futures car si un homme a eu une idée la veille, un autre aura sûrement la même, le lendemain.

— Je te rappelle que tu n'es qu'un vivant en sursis. Si un autre m'en apprend plus que toi : tu meurs. Vous aviez des projets ?

— Oui. Je voulais que le groupe bloque à nouveau des voies parce qu'on avait senti que cela avait vraiment gêné les Allemands. Mais il n'y avait pas que cela, on avait décidé de voir plus grand, de tenter quelque chose qui resterait dans les annales…

Alors qu'il prononce ces mots, Wirth retrouve orgueil et fierté. Son regard s'allume et brille d'une flamme qui impressionne Dailans. Le prisonnier se redresse sur sa chaise et parle en oubliant presque qu'il y est forcé. Il veut que quelqu'un connaisse la grande idée qu'il avait eue et qu'il ne mettra jamais à exécution, il tient à l'exposer même si c'est à l'homme qui vient de le torturer, même à son pire ennemi.

Il poursuit sa confession d'une voix ferme :

— Les gares, même les petites comme celle où je travaille, servent aux Allemands à ramener chez eux les résultats du pillage de notre pays. Depuis deux ans j'ai fait partir des milliers de trains remplis d'or, de nourriture, de voitures, de vêtements ; de tout ce que vous pouvez imaginer, de tout ce qui manque tellement à la population. J'ai eu une idée : je voulais reprendre aux Schleus ce qui nous appartenait, ce qu'ils nous avaient volé, eux et leurs complices français.

Dailans a un mauvais sourire au coin des lèvres. Il a noté la provocation de Wirth et se retient difficilement de lui faire regretter ses paroles, son poing se raidit dans la poche de sa veste noire.

L'autre poursuit, exalté :

— Ce qui m'a toujours paru le plus insupportable dans ce pillage, c'est la razzia sur les tableaux. Je ne sais pas pourquoi, ça m'a toujours remué que les Allemands volent des collections entières et qu'ils emportent tranquillement le butin dans leur satané Reich. J'ai dit aux gars que nous ne devions pas laisser faire cela…

Le type parle de plus en plus vite. Dailans, un peu perdu, le coupe :

— Mais de quoi parles-tu ? Où allais-tu les prendre tes tableaux ?

— Vous ne comprenez pas : des toiles partent en Allemagne en train, de la gare où je travaille, tous les mois et demi, c'est aussi bête que cela.

Dailans en reste bouche bée.

— Des toiles partent de votre petite gare ?

— Oh, peut-être pas que de chez nous ? Les boches sont des gens prudents, ils ne mettent peut-être pas tous leurs œufs dans le même panier ? Mais, dans ma gare, à peu près un wagon tous les mois et demi y est affecté. »

— *Tableaux, toiles.* Le son de ces mots est très doux aux oreilles de Xavier Dailans. Bien sûr, elles appartiennent aux Allemands et on ne touche pas ce qui appartient aux Allemands. C'est la règle d'or qu'ils se sont fixée, Gaillac et lui. On ne mord pas la main qui vous nourrit. Mais après tout qu'est-ce qui empêche de se renseigner ?

— Pourquoi faire partir des œuvres d'art par voie ferrée ? Avec toutes les actions des cheminots, c'est beaucoup moins sûr et moins discret que de les mettre dans un coffre d'automobile, direction le Reich !

— Au début, je ne comprenais pas...

Des coups à la porte interrompent l'explication. Un type entre, jeune, la petite trentaine, un visage de boxeur italien, le nez cassé, le genre qui ne peut pas sortir au bal sans s'organiser une petite bagarre en fin de soirée, juste pour le plaisir. Derrière lui, Pierre Gaillac. Il a grossi depuis le camp de prisonniers. Il porte un très élégant costume de laine et un chapeau. Il regarde froidement le prisonnier puis fait signe au géant de le suivre.

Dailans regarde Wirth dans les yeux.

— Fais bien attention à ce que tu raconteras à mon retour, je t'ai prévenu.

Il le pointe du doigt.

— Je peux recommencer comme tout à l'heure. »

Il entraîne l'Italien en dehors de la pièce.

— Tu le fais boire, tu le soignes, tu lui donnes une cigarette s'il en veut une... Faut que tu me le remettes sur pied, j'ai à le faire parler un bon moment à mon retour et, pour l'instant, il n'est pas en état. Je te le confie.

Gaillac et Dailans quittent la pièce, traversent un couloir jonché de tapis persans, puis s'arrêtent devant une large porte-fenêtre, Pierre Gaillac l'ouvre et ils sortent sur un grand balcon. Devant eux le jardin des Tuileries, ils le distinguent à peine, la ville est éteinte, black-out. Il ne faut pas guider les bombardiers de la Royal Air Force qui partent pilonner les villes allemandes ou bien – les jours moins chanceux – les usines Renault de la banlieue parisienne.

— Qui est ce type ? demande Gaillac.

— Un des cheminots d'hier.

— Quelle gare ?

— Saint-Brégny.

— Tu l'as fait parler ?

— Très facilement, il a tenu à peine deux heures. J'ai trouvé le point faible…

Dailans allume une cigarette. Une minuscule lueur dans l'obscurité parisienne.

— C'était quoi ?

— Cramer l'œil au briquet.

Gaillac prend un air gourmand.

— C'est marrant, ça marche régulièrement, ce truc !

— C'est vrai.

Gaillac est songeur.

— On doit quand même être un peu sadique… On a maintenant suffisamment de types pour ne plus faire nous-mêmes les interrogatoires mais on ne peut pas s'empêcher d'aller cogner.

— Je veux pas perdre la main. Faut rester dur sinon on ne tiendra pas. C'est pas du sadisme, je vois ça comme une sorte d'assurance-vie.

— Oui, tu as sûrement raison. Au fait, tu as averti les Allemands de leur arrestation ?

— Non, pas encore, j'en parlerai avec Speil.

— Bon, tu vois avec lui, j'ai pas le temps de m'en occuper, je pars à Madrid avec Véra. Qu'est-ce qu'on a d'autre sur le feu ?

— Un petit groupe qui éditait un journal dans le 15e et les Allemands nous ont transmis des lettres anonymes sur des appartements qui serviraient de planques aux terroristes… La routine.

Gaillac hoche la tête d'un air d'approbation, la routine, effectivement.

— Combien tu emmènes à Madrid ?

— Tout ce qu'on a fait le mois dernier, ta part plus ma part, cela fait un million cinq cent mille.

Gaillac sourit en énonçant la somme. Dailans siffle d'admiration.

— Putain, trois millions en deux mois. Tu te rends compte, Pierrot ?

— On a un sacré pot, hein ?

— Ouais, un sacré pot.

— Bon, j'y vais, pas de conneries, petit gars… Tu gères les affaires courantes et tu appelles au Continental si tu as un problème. Fais gaffe à ta peau et souviens-toi que t'as plus de couilles que de tête.

— Ah ça…

Dailans sourit.

— Allez, je serai là dans quatre à cinq jours.

Ils se donnent l'accolade puis Gaillac s'en va. Xavier Dailans finit sa cigarette accoudé au rebord du balcon. Un million et demi en deux mois ! Une fois les hommes payés, les réceptions, les pots-de-vin aux fonctionnaires et aux Allemands, les récompenses aux indics, les restaurants, les fêtes, les filles, l'argent de poche, il leur reste encore sept cent cinquante mille chacun ! Et c'est comme cela depuis plus d'un an. À tour de rôle, tous les un ou deux mois, ils vont planquer le fric en Espagne.

Dailans prend son temps avant de rentrer, de toute façon Wirth est en train de se faire soigner, pas la peine de revenir trop tôt. Et puis en l'air, le spectacle commence, cette fois ça y est, on entend distinctement les bruits des moteurs et de la DCA, les bombardiers anglais passent pas très loin de Paris, direction Berlin ou ailleurs… Partout dans le monde, on se bat dans les airs, sur mer et sur terre. En Union soviétique, les Allemands s'attaquent depuis des mois aux villes du Sud pour arriver aux champs de pétrole du Caucase. Ils se battent comme des chiens contre les Russes dans les rues de la ville et sur les bords de la Volga. La ville a un nom marquant mais Dailans ne s'en souvient jamais, pourtant la propagande le matraque tous les jours, ah si, c'est ça : Stalingrad.

La terre est en feu.

La vie est belle, se dit Xavier Dailans à lui-même en fermant la porte-fenêtre, mais elle ne le restera peut-être pas longtemps. Gaillac a raison, faut mettre de côté tout ce qui peut l'être. Dans la cour du superbe hôtel particulier, deux voitures démarrent, pleines d'argent et de gardes du corps, direction Madrid.

Le géant retourne dans la grande pièce et s'apprête à reprendre son interrogatoire. Du pouce, il indique la direction de la sortie au sous-fifre typé italien.

— C'est bon ? Tu me l'as requinqué ?

— Je l'ai fait boire, manger et j'ai soigné comme je pouvais les arcades sourcilières.

— Il est en état de parler ?

— Oui, ça ira, mais ne le cognez pas avant un moment.

— Il a été sage ?

— Il s'est pissé dessus, il a pleuré comme une madeleine et puis il saigne du nez toutes les deux secondes mais sinon il a été sage.

Le jeune homme sourit.

— Laisse-nous maintenant, je vous rejoins quand j'ai fini.

Le jeune type se dirige vers la porte.

— Hé ! Mon gars ! hèle Dailans.

Le jeune homme se retourne.

— Dis-toi bien que tu serais dans le même état si tu me tombais entre les pattes…

— Je sais, monsieur.

Le jeune type ferme la porte, il ne sourit plus du tout.

Dailans se sert un verre, rapproche un fauteuil de cuir de la chaise sur laquelle est assis le prisonnier et s'installe confortablement. Il ne s'en était pas rendu compte : sa chemise blanche est tâchée de sang.

— Excuse-moi pour l'interruption. Remarque, je pense qu'elle est arrivée au bon moment. Tu ne m'avais pas vraiment convaincu tout à l'heure et je sentais que j'allais m'énerver pour de bon.

— Pourtant, j'ai été sincère, monsieur ! Vous pouvez vérifier tout ce que j'ai dit.

— C'est bien ce que je compte faire ! En attendant, continue sur les tableaux. Comment as-tu su qu'ils partaient de ta gare ?

— Eh bien, un soir, je travaillais avec d'autres types sur un train qui devait partir durant la nuit. Je vérifiais un essieu lorsque j'ai surpris une conversation entre deux officiers, deux types de leur armée de l'air. Je suis d'origine alsacienne, je parle allemand, je comprends tout ce qu'ils disent ! Ils ont parlé pendant au moins dix minutes. Ils ne s'étaient même pas aperçus de ma présence. L'un expliquait à l'autre que quand leurs troupes ont pris les premières grandes villes polonaises en 1939, les chefs nazis passaient leurs commandes de tableaux directement par téléphone. Des soldats étaient chargés de leur rapporter les œuvres, en voiture. Les types partaient directement de la ligne de front et ramenaient les tableaux jusqu'à Berlin. Mais, apparemment, cela a posé des problèmes…

— À cause des attaques de partisans ?

— Non, d'après ce qu'ils disaient, il y a des types qui se sont laissé tenter, plusieurs voitures ne sont jamais arrivées, des chefs de second rang ont pris de vitesse des ministres et ont secrètement passé commande en premier, des tableaux ont disparu… Enfin bon, j'ai compris que le système n'avait pas du tout fonctionné. Alors ils ont décidé de tout changer. À partir de ce moment, les toiles sont toujours parties en Allemagne dans des trains gardés. L'officier qui racontait l'histoire a précisé que, depuis qu'ils ont réorganisé le système, les pertes étaient nulles.

— Malgré les sabotages ?

— Ils ont endommagé des trains, entraîné des retards mais jamais occasionné de vol.

— Qu'est-ce qui part ? Juste des tableaux ou autre chose ?

— Les soldats ne parlaient que de toiles.

— Tu as une idée de leur valeur ?

— Je ne les ai jamais vues. Lorsqu'ils les chargent elles sont déjà dans des caisses. Ce que je sais c'est que les deux officiers ont dit qu'il y avait des toiles de grande valeur confisquées à des juifs.

Dailans réfléchit, il marche de long en large et parle pour lui-même :

— Ça se tient, les flics des Brigades spéciales antijuives sont suffisamment fanatiques pour être honnêtes, ils arrêtent les propriétaires juifs, les Allemands en profitent pour récupérer les tableaux et les expédient vite fait bien fait à leurs patrons. Ouais, c'est plausible. Comment sont stockées les toiles ?

— Dans un wagon spécial, à l'abri dans de grandes caisses.

— Pas de coffre ?

— C'est le wagon qui fait office de coffre ! Je n'ai réussi à voir à l'intérieur qu'une seule fois, il est difficile de s'en approcher à cause des sentinelles. En tout cas, ce soir-là, il n'y avait pas de coffre. Je m'en souviens très bien, les toiles étaient installées dans des caisses de bois toutes simples. Par contre il y a toujours un garde à l'intérieur, avant même le départ, il monte dès le chargement des toiles et se laisse enfermer. C'est lui qui ouvre la porte, à condition que le demandeur possède le mot de passe. J'ai entendu des types se poster devant la porte, frapper, dire quelque chose de différent à chaque chargement et se faire ouvrir. Les sentinelles sur le quai ont le code, ainsi que les officiers présents dans la gare.

— Combien de temps entre le chargement des œuvres et le départ ?

— Environ deux heures.

— Combien de sentinelles dans la gare ?

— Pas beaucoup, c'est une petite gare, avec une seule voie de départ et deux de dégagement. Trois sentinelles autour du train et une petite garnison d'une dizaine de SS et de Bahnhofs juste à l'extérieur de l'enceinte…

— Bahnhofs ?

— Les cheminots allemands, ils les ont fait venir d'Allemagne. Ce sont nos chefs, maintenant, dit Wirth d'un air méprisant.

— Une quinzaine de types pour toute la gare ? Effectivement, cela ne fait pas beaucoup de monde pour garder des œuvres si précieuses !

— C'est étudié. Les deux officiers en parlaient. Apparemment, ils ne veulent pas attirer l'attention sur les départs donc ils n'ont pas affecté plus d'hommes que dans n'importe quelle autre gare de petite taille. Comme je vous l'ai dit ils se méfient autant si ce n'est plus des leurs que des résistants. Moins il y a de personnes au courant du secret, moins il y a de possibilités de fuite. Les cheminots, les SS, tous les mêmes depuis deux ans. Je pense que c'est parce que si l'un de ces gars décide de voler les œuvres, les policiers allemands ne mettront pas longtemps à le coincer.

— Ils ne croient pas à une menace des résistants ?

— C'est une chose de saboter une voie dans un coin perdu de campagne, autre chose d'attaquer une gare !

Dailans se redresse. Le front très légèrement plissé, pensif, ébranlé par tout ce que vient de lui raconter son prisonnier.

— Et toi, tu comptais attaquer le train dans la gare ?

— Oui !

— Malgré les gardes ?

— Leur système a un défaut que je comptais exploiter à fond : les sentinelles, les Bahnhofs, tout ce petit monde s'est pas mal relâché ces derniers mois, on est assez loin de la rigueur germanique traditionnelle. Depuis deux ans, ils sont dans une petite gare, isolée, où il ne se passe jamais rien : les types ont un peu la tête ailleurs. Après nos actions du 12 janvier, les wagons remplis de toiles ont continué à partir de la gare, comme si rien ne s'était passé, sans gardes supplémentaires puisque la gare n'avait pas été touchée par les blocages, ils n'avaient pas jugé utile de la surveiller plus que cela… C'est vrai qu'il n'y avait jamais eu de sabotage dans notre coin, j'y avais veillé. Au début, ils se méfiaient énormément de nous, les cheminots français, mais comme il n'y a eu aucun incident, ils sont juste devenus indifférents, s'ils n'ont pas d'ordres à nous donner, ils passent devant nous sans nous voir. Le soir, on les entend boire et chanter dans leur salle de garde, entre deux rondes. Ils ont l'air de picoler pas mal…

L'interrogatoire se poursuit pendant plus d'une heure.

Dailans pose toutes sortes de questions sur la localisation des installations, les moyens d'accès à la gare, l'heure des rondes de la garnison…

Plus Wirth raconte son plan, plus Dailans, maintenant admiratif, s'interroge : comment un type aussi courageux, qui a pris des risques physiques et qui aurait été prêt à en reprendre, avait-il pu lâcher prise si vite, avant même d'avoir vraiment mal ? C'est étrange, pourquoi un type craque et l'autre pas, pourquoi l'un est prêt à se faire brûler, cramer, calciner alors qu'un autre cède à la vue d'un briquet ? Il n'a pas la réponse. Tout ce qu'il sait, c'est que jamais un flic ne l'a fait parler et que jamais un type qui lui a résisté ne s'en est sorti vivant.

Xavier Dailans est un homme simple qui aime les certitudes, celle-ci lui convient parfaitement.

Wirth dit tout, puis vient le moment où Dailans n'a même plus de questions, il commence à être fatigué, il a faim. Il regarde son prisonnier pour voir s'il en a tiré tout ce qu'il y avait à en tirer. Wirth, qui a été battu pendant deux heures, est dans un état lamentable, il n'arrive plus à finir ses phrases. Maintenant le sang a séché mais Dailans a dû l'essuyer deux ou trois fois pendant qu'il parlait.

Dailans cherche une dernière question, encore quelques instants de concentration, pour être sûr de ne pas avoir de regrets. Mais non, plus rien ne lui vient à l'esprit. Ah mais si ! Il a failli oublier :

— Tu m'as dit que des convois partaient tous les mois…

— Tous les mois et demi.

— Oui. Tu as raison, mois et demi. Tu connais la date de départ du prochain convoi ?

— Oui, je la connais ; c'est ce convoi que j'avais prévu d'attaquer.

— Et alors ?

Le prisonnier hésite un peu. Cette date, c'est le dernier renseignement qu'il possède, sa dernière carte, après il n'a plus rien pour monnayer sa vie. Est-il en position de monnayer quoi que ce soit ? Il est loin d'en être sûr, et de toute façon, s'il ne dit rien, le géant le battra jusqu'à ce qu'il cède. Wirth n'est pas idiot, il sent bien que l'interrogatoire a pris un tour bizarre et que les questions concernent un wagon qui vaut des centaines de milliers de reichsmark. Mais il n'a pas le choix, il a tenté un pari, celui de tout dire. Ce pari, il doit maintenant le jouer jusqu'au bout :

— Le prochain convoi part dans quatre jours.

De surprise, Xavier Dailans émet un léger sifflement.

— Quatre jours ! Eh bien on peut dire qu'on vous a arrêtés à temps.

Dailans tente de cacher son excitation mais cela lui est difficile. Les paroles de Wirth l'ont complètement ensorcelé, il imagine les toiles cachées dans un wagon, au fond de cette petite gare. Pour un peu il lui semblerait qu'elles l'appellent pour qu'il vienne les chercher.

— Comment sais-tu que le prochain convoi part dans quatre jours ?

— J'ai vu une feuille écrite en allemand, le planning des convois, dessus j'ai retrouvé le nom de code qu'ils utilisent pour parler des œuvres d'art : "Archives françaises".

— Comment le connaissais-tu ?

— Le soir où j'ai surpris la conversation, les deux officiers en ont parlé, ils trouvaient le nom amusant. Ils n'en ont jamais changé, ils ne se méfiaient pas…

— Et les plannings ne sont jamais modifiés ?

— Les plannings des Allemands, non ! Un planning, c'est aussi précieux que la Bible, pour eux.

— Et de ce prochain convoi, tu en as parlé à tes hommes ?

— Je n'ai pas pu le faire, je devais les réunir le soir de notre arrestation.

— Juste quatre jours avant, cela laissait peu de temps pour préparer votre assaut.

— J'avais tout prévu et ils me faisaient confiance, ils m'auraient suivi en enfer.

Dailans sourit.

— Jusqu'en enfer, c'est ça ?

Il rappelle l'Italien et lui dit de ramener le prisonnier en cellule.

Un dernier mot alors que Wirth menotté va être reconduit :

— Eux, ils sont en enfer mais toi, je te l'ai promis, tu vas vivre !

Antoine Wirth se remet à sangloter, des larmes coulent sur son visage, des larmes de joie, des larmes de dégoût.

2.

Paris, samedi 3 octobre 1942

Dailans a passé sa journée dans les environs de la gare, en repérage. Revenu à la Gestapo, il a dîné rapidement, seul, dans la grande salle à manger de l'hôtel particulier. Il s'apprête à sortir. Il a besoin de s'aérer, de humer l'air de la nuit d'automne, le faire sien, nettoyer son cerveau et ses poumons avec le souffle frais.

Tout est si embrouillé dans son esprit.

Il salue d'un signe de tête le gars qui monte la garde à l'entrée de l'hôtel particulier, un nouveau, il ne le connaît même pas... Ça, c'est bien du Gaillac, typique ! Avec sa manie d'engager des types, encore et toujours, comme s'il voulait employer la moitié de Paris. Dailans n'aime pas toutes ces nouvelles têtes, des bouches à nourrir en plus et des bénéfices en moins. Et puis, comment peut-on avoir confiance en une personne dont on n'a pas vu plus de deux fois le visage, avec qui on n'a jamais fait un seul cambriolage, jamais triché aux cartes, jamais détroussé un bourgeois au coin d'une ruelle sombre ? Gaillac a une mauvaise habitude : celle de présumer de la loyauté ou de penser qu'elle s'achète avec quelques billets... Foutaises ! Et le pire, c'est qu'il a engagé des ex-flics révoqués pour mettre un peu d'ordre dans leurs affaires. Ils sont arrivés avec des sourires condescendants devant le bazar ambiant et ont commencé par établir des fiches de paie pour les indics. Dailans s'est promis de descendre le premier qui lui présentera un bulletin de salaire, Gaillac rigolera moins. Pour le géant, un inspecteur, même un pourri, un révoqué, restera toujours un inspecteur. C'est un type qui, un beau matin, s'est levé avec l'idée de devenir policier. Pas d'excuses, pas de circonstances atténuantes, le crime absolu, l'abjection suprême, c'est ça : travailler pour la préfecture de Police de Paris. Dailans éprouve une haine tenace, absolue, pour cet endroit et ceux qui le peuplent.

Trop de mauvais souvenirs.

Pour ne rien arranger à l'humeur déjà exécrable du géant, le nouveau, à l'entrée, fait du zèle et veut lui coller un garde du corps. Il a employé exactement ces termes : « garde du corps ». Le colosse est furieux. Gaillac et les autres ne comprennent plus rien, ils ont de l'argent, ils veulent sortir et s'amuser ? Très bien ! Mais ils en oublient ce qui leur a permis d'en arriver là : être durs, impitoyables, sanguinaires... Lui, il ne l'oubliera jamais.

Il claque violemment la lourde porte d'entrée de l'hôtel particulier que la Gestapo occupe depuis un an et demi rue de Lomé, près du jardin des Tuileries, dans un des quartiers les plus onéreux de la capitale ; c'est Gaillac qui l'a choisi et réquisitionné avec la bénédiction des Allemands, cela flattait son ego d'enfant des faubourgs et des maisons de correction. En plus d'être situé dans un quartier chic, l'hôtel est facile à défendre, avec sa grande grille en fer forgé qui bloque l'accès à la cour, c'est rare dans cet arrondissement. Et la grille elle-même est défendue par deux gardes armés postés en permanence... Comme le souhaitait Gaillac, les lieux sont sûrs.

Les deux hommes de faction cette nuit-là saluent Dailans et lui ouvrent la porte. Dans un grincement métallique désagréable, le géant se laisse happer par le froid de l'automne 1942.

La nuit est grise, de lourds nuages se pressent sur la capitale.

Il marche une demi-heure, une heure, il ne sait pas, il a fait le trajet en fixant le trottoir, sans faire attention à rien. Ses pas le conduisent jusqu'à l'esplanade du Trocadéro puis la tour Eiffel se dresse, laide et froide. Quelques promeneurs sont là, peu nombreux, le temps ne se prête pas aux flâneries et il est déjà plus de 21 heures, le couvre-feu approche. Les hommes sont emmitouflés dans de grands manteaux noirs et portent des chapeaux, les femmes sont en jupe et elles semblent avoir froid. Les bas sont une denrée rare, presque introuvable, alors les élégantes se peignent les jambes, pour faire comme avant, pour faire comme si… Mais leurs jambes sont nues. Ce soir elles frissonnent.

Tout est calme, c'est ce qu'il souhaitait : il veut juste se reposer et regarder la ville. À quelques mètres de lui se tient une très belle femme, elle porte un manteau et un chapeau noir dont le bord gauche remonte, c'est la mode cet automne. Elle discute avec un homme, un soldat allemand. Il est de dos dans une posture conquérante : un pied sur la marche d'un petit escalier et la tête penchée sur le côté. Il lui parle, il veut la séduire. Elle lui sourit d'un étrange sourire. Sont-ils déjà amants ? Que veut-elle ? De la nourriture ? Elle l'aime ? Dailans a mal au cœur. Il ne sait pas pourquoi. Ce soir, il supporte mal de voir les Parisiennes aux bras des Allemands en uniforme.

La ville lui donne l'impression d'être devenue un gigantesque bordel, chaque arrondissement lui fait l'effet d'une immense chambre. Et lui, Xavier Dailans, il fait partie des tauliers, il fournit les clients en douceurs diverses, leur assure la tranquillité et le confort. Pour cela, il arrondit les angles avec les flics et pourchasse les grincheux et les récalcitrants. De l'autre côté, il encaisse le fric et le verse au propriétaire, après quoi il touche sa part, confortable.

Ce qui est amusant, c'est que, dans ce lupanar, les clients et les vrais propriétaires sont les mêmes personnes, et elles portent toutes des uniformes feldgrau.

Il n'avait rien remarqué à son arrivée mais de petits drapeaux flottent à chaque étage de la tour d'acier, des drapeaux nazis.

Ce soir, Paris le dégoûte autant qu'il se dégoûte lui-même.

Il continue de marcher, il veut revenir à pied jusqu'à l'immeuble de la Gestapo espérant que la promenade lui permettra d'oublier ce qu'il a en tête. Mais c'est toujours la même pensée qui l'obsède. Loin de disparaître, elle semble flotter dans l'air en suivant ses pas, elle s'insinue par les pores de sa peau et remplit tout son être.

Ce satané train le hante. C'est cette histoire qui explique son dégoût soudain pour Paris, pour les Allemands, pour tout. Il cherche un prétexte pour désobéir à Gaillac, pour attaquer. Eh oui ! S'il l'attaquait, après tout ? Et s'il piquait les toiles ? Cela n'a pas l'air impossible : une gare isolée, des allées et venues discrètes, des sentinelles peu nombreuses, apparemment peu motivées, qui ne se doutent pas que le secret de leurs chargements nocturnes a été éventé… Dailans se dit qu'il a bien quelques atouts en main. Un léger sourire commence à éclairer son visage taillé à la serpe.

« Non ! » Il l'a presque crié ! Il secoue la tête violemment comme s'il voulait expulser cette idée de lui-même. Maintenant tout cela lui semble stupide, il se trouve idiot d'y penser, ne serait-ce qu'un instant. Attaquer une gare nécessite une organisation quasi militaire : il faudrait monter une opération d'envergure ; il aurait besoin de temps et de gros moyens pour procéder à des repérages, confirmer les renseignements du cheminot, réunir une équipe, des hommes sûrs, schématiser l'attaque, choisir une date, une heure... Tant de choses à faire et seulement trois jours !

Dailans marche de plus en plus vite.

Il faudrait au moins cinq types, dont un qui parle parfaitement l'allemand et un autre qui soit capable de faire céder un coffre-fort si, par malheur, il y en avait un dans le wagon et surtout un qui s'y connaisse parfaitement en matière d'art, qui soit capable de distinguer les toiles de valeur et de séparer les tableaux de leur cadre sans les endommager...

Arrivé au pont de l'Alma, il s'arrête un instant pour regarder la batterie de DCA dont les quatre canons semblent pointer la lune, les Allemands appellent leur défense antiaérienne la Flak, il aime bien le nom. Les avions anglais sont passés il y a une heure, tout est calme maintenant. Les servants, trois soldats en uniforme allemand, fument des cigarettes en regardant la Seine. Au-dessous, sculptés sur les piles, quatre soldats français : le chasseur, l'artilleur, le grenadier et le fameux zouave du pont de l'Alma de Diebolt.

Le vent pousse la fumée des cigarettes allemandes dans sa direction, cela lui donne envie. Il sort son paquet d'Élégantes-Maryland dont il a entendu dire qu'elles allaient bientôt passer à dix francs, s'aperçoit qu'il a laissé son briquet sur la table pendant l'interrogatoire, fouille ses poches et finit par trouver une boîte d'allumettes « drapeaux », puis reprend sa route en fumant.

Il connaît le type parfait pour le rôle de l'amateur de peinture, c'est un de ses vieux amis. Un fou d'art, un expert, bien meilleur que la plupart des marchands traditionnels de la place de Paris. Un esthète, certainement, mais aussi un délinquant-né, totalement amoral, prêt à tuer pour une toile. C'est l'homme de la situation : aussi dépourvu de scrupules qu'il est doué. Malheureusement, Dailans ne l'a pas vu depuis trois ans, en octobre 1939. Ils avaient bu un verre ensemble juste avant la déclaration de guerre, depuis, aucune nouvelle. Peut-être est-il mort au combat durant l'offensive allemande ? Le colosse fait la moue, il n'y croit guère, ce n'est pas le genre de type à se faire tuer pour le drapeau, il n'a pas vraiment le profil du héros militaire et s'il doit mourir avant l'âge, Dailans l'imagine plutôt chuter en s'échappant d'un musée par les toits, une peinture à la main. En plus, le gars n'est pas français et il y a peu de chances qu'il soit allé s'engager dans la légion.

Il suit la rue de Rivoli en direction de la place de la Concorde, il passe devant l'ancienne librairie anglaise de Paris « WH Smith & Son », aujourd'hui « Librairie allemande du front » – c'est la guerre.

En tout cas, dans le Milieu, personne ne sait où « l'expert » a bien pu passer et il manque à Gaillac et Dailans. Depuis deux ans, ils ont trempé dans quelques affaires d'art sans réellement s'investir, ils n'avaient pas d'homme de confiance dans ce domaine. Au début de la guerre, ils s'étaient contentés de s'attaquer uniquement à des collectionneurs juifs de peu d'importance, arrêtés ou en fuite, dont ils avaient fait cambrioler les appartements abandonnés puis revendu les biens. Cela faisait toujours quelque argent de poche mais ils avaient de meilleures combines pour gagner de l'argent frais : les bénéfices de la revente des objets avaient été ridicules comparés à ceux du marché noir. Normal, les grands collectionneurs juifs avaient été dépouillés directement par les Allemands, Gaillac avait bien tenté le coup mais les services économiques du

Reich n'avaient pas toléré l'intrusion, et puis sans expert, il n'était pas crédible. Retrouver ce type, c'est la priorité numéro un, aujourd'hui. L'affaire est très risquée mais, c'est bien connu, les profits sont proportionnels au risque ! S'il est à Paris, il n'y a plus un instant à perdre.

Dernier point, capital : si, après le braquage, les Allemands apprennent que Dailans détenait un cheminot de cette gare, ils vont forcément le suspecter. Comment faire ? Lui qui d'habitude laisse Gaillac concevoir les plans, il a l'impression que c'est le vent qui lui souffle la solution : il faut que les Allemands voient le prisonnier *avant* !

*

Il rentre sur le coup des 9 heures à l'hôtel particulier, avec un détour dans la salle commune où ses hommes boivent un verre en jouant au billard. Tous les soirs, ils sont une dizaine dans l'hôtel, à assurer la permanence tandis que les autres agents, des centaines et des centaines, parcourent les rues, achètent toutes marchandises demandées par les Allemands, s'informent, infiltrent des réseaux de Résistance, s'occupent de tout ; indispensables rouages français de l'occupation allemande. Dailans salue les types qui prennent un verre, lance une ou deux vannes, grasses, bêtes ; mais tous les hommes présents font semblant de trouver ça marrant. Xavier Dailans n'a jamais été drôle mais c'est le bras armé du grand patron, alors ses auditeurs se forcent à pouffer, de toute façon, ils ont trop peur pour rire vraiment. Le seul qui semble s'amuser avec lui, c'est Pierre Gaillac, également le seul à ne pas le craindre. Dailans vient voir son homme de confiance, Michel Favre, un truand condamné à la relégation et que la guerre, comme tant d'autres de son espèce, a sauvé. Depuis le début de l'occupation, il sert la Gestapo comme tueur à gages, sans se poser de questions. Les Allemands lui ont confié diverses exécutions en zone libre, Favre y est allé deux ou trois fois abattre des résistants. Plus jeune que Dailans, il lui est totalement dévoué. Comme lui, c'est un enfant de la misère et de l'alcool. Gamins, ils ont été tellement battus qu'ils n'ont plus aucun remords à frapper qui que ce soit. Chez leurs parents, dans les maisons de correction, aux bataillons disciplinaires, ils n'ont de toute leur vie connu que cela : les cris, les coups. Mais autant le visage de Dailans respire cette violence, autant celui de Favre a un air doux. C'est un homme d'une trentaine d'années habillé d'un costume à rayures et d'une cravate à pois, au visage poupin et aux cheveux blonds coiffés en une raie sage. Il essaie de se vieillir en portant une fine moustache et en buvant beaucoup, ce soir comme tous les autres. Le rouge sur ses joues, c'est celui de la bouteille bien plus sûrement que celui de la timidité du communiant. Pourquoi le colosse, qui se méfie de son ombre, fait-il confiance à un alcoolique au visage de mouflet ? Certains jeunes truands se le demandent avec une pointe de jalousie : plus tu es proche des patrons, plus tu palpes. Pourquoi lui ? Les plus anciens, ceux d'avant la guerre, savent : Dailans et Favre ont commis leurs premiers méfaits ensemble dès 1935, alors que Favre était vraiment tout jeunot. Beaucoup de cambriolages, quelques braquages de vieilles libraires à chignon ; pas terrible comme palmarès mais ça forge une équipe. Et puis ils ont augmenté la difficulté vers la fin des annees 1930. Vers 1937, ils se sont attaqués aux banques. Après le début de la guerre, exploit ! Gaillac, Dailans et Favre commettent le premier hold-up de l'occupation, dans une succursale du Crédit commercial de l'Île-de-France, au nord de Paris, le gérant et un caissier tués. La police a toutes les preuves mais n'ose pas arrêter les protégés des Allemands. Ils sont devenus intouchables.

Ils sont les rois du milieu.

Et ce soir, une fois encore, c'est à Favre que s'adresse Dailans.

*

Le bureau de Dailans est immense, avec vue sur les Tuileries. Au mur, une peinture moderne. Le géant ne l'a pas choisie lui-même, c'est Véra, la maîtresse de Gaillac qui a tenu à engager un professionnel pour l'ensemble de l'immeuble. Selon elle, les anciens propriétaires, des juifs, n'avaient pas très bon goût. Elle avait exigé que tout soit refait selon ses désirs et comme Gaillac n'a jamais été capable de lui refuser quoi que ce soit…

Inutile de préciser que Dailans déteste cette pièce et qu'il l'occupe le moins possible. Lui, ce qu'il aime, c'est se balader dans Paris, à la recherche d'informations sur un mauvais coup, un réseau de communistes, ou une arrivée de marchandises. Pas besoin de bureau pour ça, un troquet aurait bien mieux fait l'affaire. Mais bon, les Allemands sont des gens sérieux et respectables – tout du moins en apparence – et cela aurait fait mauvais genre de les recevoir dans un rade du 10e arrondissement.

Dailans se sert un verre et en propose un à Favre qui accepte avec reconnaissance. Du vrai whisky écossais, vingt ans d'âge ; cela ne se refuse pas, ce genre de douceur ne se trouve qu'au marché noir à des prix exorbitants, mais ce n'est pas un problème puisque, le marché noir, c'est Pierre Gaillac qui l'organise. Les deux hommes s'assoient dans deux épais fauteuils de cuir autour d'une table basse en verre. Dailans précise à Favre que rien de ce qu'il va lui dire ne devra sortir de la pièce puis lui expose les faits. À la fin du récit, les joues du jeune homme sont encore plus rouges qu'à l'habitude.

— Alors, qu'en penses-tu ? demande Dailans.

— Il doit y avoir pas mal de fric à la clef mais je vois quand même plusieurs problèmes.

— Je t'écoute.

— D'abord, ça paraît dangereux parce qu'il s'agit de voler les Allemands et, en plus, de leur voler un truc auquel ils tiennent.

— C'est vrai.

— Deuxièmement, tu n'as pas vu les toiles, tu te fondes sur une conversation entre deux boches, rapportée par un terroriste.

— C'est vrai aussi.

— Et puis le pire, à mon avis, c'est que le temps de préparation est vraiment réduit.

— Je sais tout cela. Tu veux le faire, ou pas ?

— Je suis partant. Mais Gaillac ?

— Il est pas là, Gaillac, va falloir se décider sans lui.

— Si tu le fais, je le fais.

— Sûr ?

— Sûr.

Dailans sourit.

— Moi je sais pas encore, je veux que tu retrouves Juan Maragal avant qu'on décide quoi que ce soit. Tu le connais ?

— C'est le spécialiste de la peinture ?

— Tout juste.

— Non, je ne le connais pas personnellement, tu me l'as jamais présenté.

— Tu vas le connaître. Je ferai rien sans lui, j'ai besoin de ce type. Si tu ne le trouves pas, je laisse tout tomber. Tu te renseignes discrètement, sans dire pourquoi, évidemment. Renseigne-toi dans les bordels, dans mon souvenir, c'était un amateur.

— Compris.

— Tu sais, vu les précautions prises, les toiles doivent valoir un paquet de fric.

Le truand au visage d'enfant hoche la tête.

— Je pense aussi.

— Dernière chose que tu dois savoir : je vais en parler à Speil.

— Tu veux le mettre dans le coup, tu vas tout lui dire ?

— Non, juste ce qu'il a besoin de savoir. Et surtout, s'il te parle de quoi que ce soit, tu ne sais rien.

Favre hoche la tête en signe d'assentiment. Il ne comprend pas tout mais ce n'est pas un problème. Il a une totale confiance en Dailans.

*

La soirée avance, il est maintenant plus de 22 heures. Dailans sait qu'il doit retourner voir le cheminot, il faut le prévenir, le plus vite possible. Speil peut venir à n'importe quel moment. Le géant fait ouvrir la porte de la cellule par le jeune au visage d'Italien. Wirth ne dort pas. Il est assis sur son lit, le regard vide. Il pense à ce qu'il a fait.

Dailans s'approche du lit et s'assoit à côté du prisonnier sans aucune crainte, sûr de sa force. Wirth a les mains libres mais que peut-il faire face à cette masse ? Il n'aurait même pas le temps de bouger le petit doigt que les immenses mains lui réduiraient le visage en miettes. De toute façon, il est tellement affaibli, physiquement et psychologiquement, qu'à aucun moment l'idée de tenter de s'évader ne vient à son esprit.

Le géant n'y va pas par quatre chemins :

— Je t'ai promis que j'allais te sauver la vie. Je vais tenir ma promesse mais il faut que tu m'aides.

Le prisonnier écoute, docilement, le géant délivrer son message.

— Les Allemands vont venir vous interroger toi et les autres membres du groupe. Je ne sais pas quand, peut-être demain. J'essaierai d'être là au moment de vos interrogatoires mais quoi qu'il se passe, je te préviens que si tu veux vivre, tu ne dois rien dire, rien du tout. Même si c'est moi qui te secoue, surtout tu ne dis rien, tu laisses passer l'orage.

Le prisonnier a bien du mal à comprendre cet étrange geôlier qui le torturait la veille et maintenant lui explique comment faire pour survivre.

— Je ne leur parle pas des sabotages ?

— Si tu leur parles de ça, c'est le poteau assuré !

— Ni des œuvres d'art ?

— Tu seras torturé pendant des heures avant d'être fusillé ! Tu ne dis rien du tout. Tu dis que tu ne sais pas pourquoi vous êtes ici, que vous voulez voir vos familles, que vous êtes amis avec les cheminots allemands et tout le reste du même tonneau... Pigé ?

L'autre secoue la tête.

Dailans a tant à faire, pas le temps de s'attarder, il doit aller voir les compagnons de Wirth, leur dire de ne rien révéler de leur participation aux attaques de janvier si jamais les Allemands viennent les interroger. Il se lève et va frapper à la porte de la cellule pour se faire ouvrir.

— Mais pourquoi allez-vous m'aider ?

Le géant, déjà un pied en dehors, revient dans la cellule et bloque la porte en s'appuyant dessus.

Réfléchir. Très vite. Il comprend : Wirth ne se pardonnera pas d'avoir trahi ses amis. Lui dire de se taire pour protéger sa vie n'a aucun sens, il ne pense qu'à se suicider. Il faut lui donner une raison d'espérer :

— J'ai mes raisons de *vous* aider.

— Nous ? » demande Wirth, sidéré.

— Tu as bien entendu. Je vais essayer de vous aider, toi et tes copains. Attention, tu sais bien que cela ne sera pas gratuit, il y a un prix pour tout... Mais avant de discuter de la suite, je dois d'abord vous sauver la vie. Alors tu nies tout en bloc, compris ?

L'autre acquiesce, abasourdi.

Dailans referme la porte de la cellule, en se demandant ce qu'on trouve à Gaillac de plus qu'à lui.

* *
*

Paris, dimanche 4 octobre 1942

C'est le lendemain, dans l'après-midi, que Daniel Speil décide d'aller rendre une petite visite à ses vieux amis Dailans et Gaillac. Il stoppe net un interrogatoire qu'il mène à la prison de la Santé. L'évidence lui saute aux yeux : il a besoin d'argent, et vite ! Il veut se rendre au casino d'Enghien le soir même et son stock de liquide est dangereusement en baisse. Sa seule chance c'est que Gaillac soit en fonds. Il sourit : Gaillac est toujours en fonds. Il n'empêche, se dit Speil en regardant d'un œil indifférent le détenu qui vomit du sang : ce n'est quand même pas très sain d'être payé par ceux qu'il est chargé de contrôler. Il laisse le prisonnier aux bons soins d'un sous-officier SS. Sorti de la pièce, Speil donne les ordres à son secrétaire d'un ton calme et parfaitement aimable : le temps de se laver les mains, de passer un uniforme propre et il se rendra chez Gaillac. Deux capitaines SS passent et s'arrêtent pour le saluer, droits comme des piquets. C'est que le Standartenführer[1] Daniel Speil n'est pas n'importe qui : décoré de la croix de fer de première classe pour ses faits d'armes en France *avant* le déclenchement officiel des hostilités, son français parfait et

1. Colonel SS.

sa connaissance des tâches policières lui ont valu la charge de superviser les différents services d'auxiliaires français de la Gestapo, et à ce titre il est le chef de Gaillac et des autres groupes de ce type qui œuvrent à Paris. Grosse responsabilité qui le conduit à travailler régulièrement les samedis et dimanches.

Speil rend son salut aux deux capitaines :

— Heil Hitler.

Une heure plus tard, sa voiture, une BMW 327 cabriolet Sport avec calandre en double haricot et ouïes d'aération chromées, franchit la grille de l'hôtel particulier de la rue de Lomé. C'est Dailans en personne qui vient ouvrir sa portière, l'Allemand descend. Il est à l'aube de la quarantaine, un peu dégarni pour son âge. Il porte l'uniforme du Sipo-SD, presque identique à celui de la SS – dont ses membres dépendent –, uniquement singularisé par l'absence des lettres SS en forme d'éclair sur le col et leur remplacement par un simple écusson noir.

Les deux hommes se serrent la main.

— Je suis content de te voir, Xavier mais… Pierre n'est pas là ?

— Il fait un petit voyage en Espagne, dit Dailans avec un sourire entendu.

À la tête dépitée du SS, le géant comprend que l'Allemand est surtout venu lui emprunter de l'argent. Sacré Speil ! Gaillac a monté tout un système pour qu'il soit arrosé dans les grandes largeurs mais il claque tout au jeu avec une constance qui frise la pathologie. Quelle tristesse, pense Dailans : en juin 1940, alors qu'ils étaient pourchassés, sans le sou, au plus mal, Speil était là, des nerfs d'acier, un guerrier impressionnant. En 1942, d'extérieur c'est bien le même homme mais Paris l'a bouffé et recraché en deux ans et demi. Heureusement, Gaillac et Dailans sont les seuls à s'en être aperçus, ses supérieurs n'ont rien remarqué. De toute façon les trois quarts sont encore plus pourris que lui.

— Ah, c'est plutôt avec Pierre que je parle de certaines choses…

— Ne vous inquiétez pas, j'ai des consignes.

Clin d'œil de Dailans, Daniel Speil est rassuré, il va avoir son argent. Maintenant il peut passer aux futilités, sa tournée d'inspection commence.

— Il y a du nouveau ?

— Des cheminots, qu'on garde ici depuis deux jours.

— Qu'est-ce que vous avez sur eux ?

Dailans lui montre les comptes-rendus d'interrogatoire, il les a dictés lui-même aux secrétaires de l'hôtel particulier. Bien sûr, ceux-ci ne font aucune mention de l'histoire du train, ils sont absolument creux, Dailans pose des questions et les cheminots nient. Or Dailans a la réputation de pouvoir faire avouer à peu près n'importe qui. Si les prévisions du géant sont exactes, Speil doit, dès ce moment, commencer à penser que les cheminots sont parfaitement innocents.

Bingo.

— Et comment ces braves gens ont-ils atterri ici ?

Dailans sort une lettre, jointe au procès-verbal d'interrogatoire.

— Une dénonciation, la voisine nous a écrit pour nous dire qu'ils se réunissaient souvent et, je cite, « qu'ils font du bruit. »

Speil n'en croit pas ses oreilles.

— Vous les avez arrêtés pour ça ?

— Non, plus loin elle ajoute qu'ils restent tard dans la nuit, qu'elle colle son oreille à la cloison et qu'elle les a entendus parler de faire dérailler des convois.

— Et quand tu les as interrogés, ils ont nié ?

— Tous ont nié en bloc.

— Tu as employé la manière forte.

— Très forte.

— Relâche-les !

— Peut-on faire une dernière tentative ensemble ? J'aimerais avoir votre avis.

— C'est que je n'ai pas beaucoup de temps…

Speil n'a pas beaucoup de temps mais pour que le plan fonctionne, il est impératif que le SS ait vu Wirth et qu'il se porte garant du travail effectué par le géant.

— C'est l'affaire de quelques minutes…

L'Allemand se laisse convaincre. Dailans croise les doigts : pourvu que le cheminot ait bien appris sa leçon et qu'il ne craque pas pendant l'interrogatoire. Si c'est le cas, le géant n'aura plus qu'à assommer son prisonnier avant qu'il ait le temps de balancer des informations compromettantes.

Mais tout se passe bien. La promesse de Dailans a requinqué Wirth qui résiste aux coups et à la baignoire sans parler. Une demi-heure passe, une fois sortis bredouilles de la cellule, les deux hommes rejoignent le bar du rez-de-chaussée où les hommes du géant écoutent de la musique sur un 78 tours flambant neuf.

— Alors qu'en pensez-vous ?, questionne Dailans.

— Non, je crois qu'il n'y a rien.

— Je me demandais…

Dailans hésite. Il a besoin que ses hommes entendent et puissent plus tard servir de témoins. Il va prendre un risque énorme. Tout son plan peut s'effondrer à ce moment-là :

— Est-ce qu'on prévient les gares, qu'on a leurs types ?

— Bien sûr que non. Il faut les libérer, ils ne sont pas dangereux.

— Je voudrais pas les libérer encore, laissez-moi essayer une dernière fois !

— Tu fais ce que tu veux mais je crois que tu ne trouveras rien, je pense que c'est la vieille voisine qui devrait être à leur place pour lui apprendre à nous déranger pour rien. En tout cas, je voulais te féliciter, tu fais bien ton travail, tu le prends très à cœur. Dommage que tu ne sois pas allemand.

Le géant sourit.

— J'ai la nationalité allemande.

— Ah oui, c'est vrai. On vous l'a donnée, à toi et Gaillac. On a bien fait… Et maintenant, si on reparlait de cet argent ?

C'est tout ce que Xavier Dailans voulait entendre. La menace Speil est écartée.

Après le départ de l'Allemand, Dailans prend sa voiture et repart à la gare de Saint-Brégny, pour revoir encore les lieux, de nuit cette fois.

* *
*

Paris, lundi 5 octobre 1942, 12 heures

Le lendemain midi, Xavier Dailans et Michel Favre se retrouvent dans un restaurant du 1er arrondissement de Paris pour déjeuner et faire le point. Ils ont l'habitude de venir ici, près de la place du Châtelet, dans une petite rue tranquille. L'établissement fait partie de ceux qui n'ont jamais entendu parler du rationnement. De nombreux officiers de la Wehrmacht ou de la SS y dégustent des plats préparés par Albert, le célèbre chef. Dailans a choisi une table un peu à l'écart, ils devraient pouvoir discuter tranquillement. Favre le rejoint à midi, pile à l'heure. Il est visiblement content et excité. À peine le temps de saluer son chef, de vérifier que personne ne surveille de trop près leur conversation et il annonce la grande nouvelle.

— Maragal est à Paris. Il est là depuis deux semaines.

Dailans sourit de toutes ses dents.

— Tu l'as logé ?

— Pas encore.

Le géant se rembrunit en un instant. Il s'apprête à parler lorsque le serveur vient prendre leur commande. Les deux hommes s'interrompent pour choisir. Ce midi, ce sera deux lièvres à la périgourdine. Un choix qui ferait baver d'envie les Parisiens affamés qui, durant des heures, font la queue devant les boulangeries pour obtenir quelques grammes de pain. Quant à la viande, en manger ne serait-ce qu'une fois par semaine requiert des trésors d'imagination et de débrouillardise. Pour accompagner le repas, ils demandent un bordeaux 1933.

Le serveur se retire, Dailans reprend, le visage grave :

— Bon ! Tu l'as trouvé ?

— J'ai mis tout le monde sur l'affaire et j'ai eu du répondant chez les demoiselles des boulevards. Il est à Paris. Il ne fréquente pas les bars louches, j'ai fait chou blanc de ce côté-là mais apparemment il est allé tirer son coup avec une pute dans un bordel à nous du 18e. La fille m'a dit qu'un client s'était présenté comme un prince des œuvres d'art et, au niveau de la description physique, ça colle. Donc il est vivant et dans le coin mais je sais pas où, il ne lui a rien dit, pas d'adresse, rien.

— T'es allé voir les receleurs ?

— Pas moi mais, j'ai envoyé des p'tits jeunes, pour qu'on puisse pas remonter jusqu'à nous. Eh bien, il ne s'est pas pointé chez eux, le père Juan. Comme s'il était revenu faire du tourisme mais qu'il avait pas voulu se remettre aux affaires. Je n'ai rien de plus.

— Bon, dès que le repas est fini, tu y retournes, on a plus que DEUX jours, il *faut* que tu le trouves.

— Je le trouverai.

— Vite ?

— Vite.

— Tu as été discret ?

— Bien sûr. J'ai un petit jeune qui centralise les infos. Il m'appelle dès qu'il l'a localisé. Impossible de remonter jusqu'à toi. J'ai fait courir le bruit qu'il doit du fric aux Corses et qu'ils le cherchent, tout le monde a la trouille et balance les infos.

Le serveur apporte les deux lièvres et le vin. Dailans le goûte et, à sa mine réjouie, il fait peu de doute qu'il l'apprécie. Ils mangent quelque temps silencieusement avant que le géant commence à raconter son repérage de la gare.

— J'y suis retourné hier soir après t'avoir vu. J'ai pu me glisser et observer sans me faire repérer, j'ai vu comment étaient organisés les départs de nuit, où était placé le bâtiment des gardes... Je vais interroger Wirth cet après-midi pour me faire confirmer plusieurs points. Mais j'ai eu une bonne impression. Quand j'aurai fini d'interroger notre ami, je commencerai à réfléchir à un plan.

Il s'arrête quelques instants pour engloutir la moitié de sa viande en deux coups de fourchette.

— Je me suis fait contrôler à un barrage allemand, quand je suis revenu sur Paris. C'est un point auquel je n'avais pas pensé : on peut être stoppé par des patrouilles allemandes ou des flics français, à l'aller, au retour, ou aux deux...

Dailans poursuit son récit jusqu'à la fin du repas, expliquant notamment comment il a mené Speil en bateau.

Après un bon café, du vrai, pas de cet ersatz imbuvable qu'on trouve partout, chacun s'apprête à repartir au volant de sa traction avant noire aux enjoliveurs jaunes.

Elles viennent de chez Monsieur Jacques, le ferrailleur juif, multimillionnaire et fournisseur officiel de métal pour l'armée allemande. Monsieur Jacques est un génie du commerce et même les nazis, tout antisémites qu'ils sont, le reconnaissent, il a été classé « Juif très utile » par les services économiques allemands et il n'est pas inquiété[1]. C'est un des rois de Paris, copain avec les flics, les Allemands, la Résistance. Il a des rapports cordiaux avec Gaillac, à qui il donne des millions et avec les services de la Gestapo, d'où un petit cadeau parmi tant d'autres : la vingtaine de voitures avec lesquelles Gaillac et ses sbires accomplissent leur besogne.

La conversation est revenue depuis quelques minutes aux affaires courantes lorsque Favre sursaute :

— Tu ne m'as même pas dit si l'affaire valait le coup. T'as eu des tuyaux sur la valeur des toiles ?

— Très juste, j'ai oublié.

Le visage du géant s'éclaire d'un sourire.

— Dans le dernier wagon, y'avait des tableaux flamands, direct de chez un collectionneur juif, des tableaux cotés chez Sotheby's à 400 000 francs l'un, avant guerre.

Favre sourit à son tour.

— Et combien de toiles de ce genre ? demande-t-il d'un air gourmand.

— Une vingtaine... »

Michel Favre ne pense pas à demander à Dailans d'où il tient ses renseignements. Heureusement pour le géant car il vient de tout inventer. Comme les chefs l'ont toujours fait, il motive ses troupes comme il peut... Mais le géant n'a pas l'impression de mentir vraiment. Bien sûr, il n'a aucune preuve mais il est certain que les toiles ont une immense valeur, son instinct ne le trompe pas. Il prend juste *un peu d'avance* avec la vérité.

Les deux hommes se serrent la main.

1. Inspiré d'un personnage réel.

Au même moment, le chef de salle sort précipitamment de l'établissement et court en direction des deux voitures.

— Monsieur Favre, un monsieur au téléphone pour vous… »

L'homme marque une pause pour reprendre son souffle.

— Il dit que c'est très important, que votre rendez-vous avec un certain *Monsieur Lexpert* est confirmé.

Le serveur n'a pas le temps de finir sa phrase, Dailans et Favre se précipitent en direction du restaurant.

3.

Paris, lundi 5 octobre 1942, 14 heures

La traction noire aux enjoliveurs jaunes roule en direction des quais de Seine. Elle appartient à la police judiciaire, cadeau royal de Monsieur Jacques, le ferrailleur millionnaire. Mais cela, l'inspecteur Thomas Lavrenti ne le sait pas.

Les voitures de police font partie des rares à être autorisées à circuler par les autorités militaires d'occupation. Depuis juin 1940, les véhicules français ont quasiment déserté les rues de Paris. Bien sûr, à toute règle, des exceptions : pompiers, secours, police, Gestapo française, journalistes inféodés, profiteurs, vedettes de l'ultra-collaboration se voient facilement remettre le précieux laissez-passer qui les autorise à rouler.

Mais, même après l'obtention de l'autorisation administrative de circulation, les épreuves du candidat à la conduite automobile sont loin d'être terminées : il lui faut maintenant réussir à s'approvisionner régulièrement en carburant, et c'est bien la partie la plus ardue de la quête. Les bons d'essence ne suffisent pas à pourvoir aux besoins et le mauvais mélange que l'on obtient grâce à eux endommage les moteurs qui vieillissent prématurément ; on roule, certes, mais pas toujours pour longtemps, alors de l'essence clandestine a fait son apparition dans l'année, même à la préfecture de Police, où le mécano attitré de la PJ fait des miracles. D'autres personnes, fortunées et, évidemment, *persona grata* pour les Allemands, contournent le problème : elles adoptent des réservoirs fonctionnant au gazogène ou au charbon. Les plus riches roulent dans ces minuscules voitures électriques. Leur nombre a augmenté ces derniers mois et Sacha Guitry est à la pointe du mouvement.

Cependant, pour l'immense majorité des Parisiens, le problème ne se pose pas. La voiture n'est qu'un souvenir d'avant guerre comme la viande-une-fois-par-jour, l'apéritif ou le Front populaire.

1942 : Vive le métro, la bicyclette et, pour les grandes occasions, le fiacre.

Problème de 1942, le fiacre est hors de prix, un vélo coûte le prix d'une voiture en 1938, quant à dire que le métro est bondé, il s'agit d'un délicat euphémisme.

D'habitude, l'inspecteur Thomas Lavrenti revient de son déjeuner jusqu'à la PJ en « métro bondé » mais en ce début d'après-midi, ô joie, une voiture conduite par un flic en uniforme est venue le chercher à la sortie du « restaurant à ticket » où il venait d'avaler ce que jamais personne n'aurait pensé appeler une soupe trois ans auparavant.

Maintenant, tandis que la voiture roule sur le boulevard de Sébastopol, Lavrenti regarde son reflet à travers la fenêtre. Il fait très beau pour un jour de début octobre et le ciel bleu permet d'oublier le froid qui commence à gagner la capitale.

Il est jeune, moins de trente ans. Il a les yeux noirs de son grand-père corse. Ses cheveux sont aussi sombres que ses yeux. Sur sa joue gauche, une petite cicatrice, souvenir d'un vieux combat en huit rounds, achève de lui donner un air volontaire malgré les traits fins de son visage.

Il est beau.

Au Quai des Orfèvres, où il travaille depuis deux ans, ses collègues le jalousent plus ou moins gentiment ; deux-trois bruits de couloir sur une ou deux aventures.

Il est beau (et tous les hommes sont prisonniers en Allemagne…).

Beau, chanceux, mais pauvre.

Il porte un costume rayé croisé, simple, un peu usé aux coudes qu'il repasse dans la petite chambre humide qu'il loue dans le 13e arrondissement. Son luxe, c'est de pratiquer la boxe et d'être un spectateur assidu des grands combats parisiens. Voilà peut-être ce qu'il préfère au monde, un bon match de boxe. Mais il n'y en a plus, ou presque. Dans les années 1930, il se débrouillait pour voir tous les beaux combats. Avant, lorsqu'il était enfant, c'étaient des prétendants de sa mère qui l'emmenaient. Il en avait vu des combats, Victor Young Perez, Marcel Cerdan, Milou Pladner, Marcel Thil ! Les messieurs qui l'accompagnaient ont disparu de sa mémoire (ces hommes comprenaient vite que sa mère ne se remarierait pas et n'invitaient jamais le gamin une deuxième fois) mais les combats, eux, l'ont marqué à jamais. Il en a retenu l'essentiel. L'orgueil. L'orgueil du vaincu qui se bat jusqu'au bout sans vouloir mettre un genou à terre, l'orgueil du vainqueur lorsque l'arbitre soulève son bras victorieux.

La voiture dépasse un panneau publicitaire annonçant la grande exposition antijuive à l'hôtel Berlitz, elle est terminée depuis longtemps mais l'affiche est restée. Un collègue lui avait conseillé d'y aller en lui promettant d'édifiantes révélations sur le pouvoir des juifs, leur capacité de nuisance… Tout le « tralala » antisémite habituel. Lavrenti, peu intéressé par ce qu'il appelle « la politique » s'est gardé de suivre le conseil.

Il n'en reste pas moins qu'il est difficile, ces jours-ci, de se tenir à l'écart de ce genre de débat.

Parce que, la politique, après des années de non-dit hypocrite, elle a maintenant toute sa place au Quai des Orfèvres !

L'année dernière, des services ont été créés, chargés de la lutte contre les résistants, les communistes et les juifs. Les policiers qui y travaillent ont de grosses primes et des promotions rapides, mais la pression des Allemands est forte : pour justifier leur existence, ces services ont besoin de résultats, la lutte qu'ils livrent aux éléments « antinationaux » est féroce. Jeune et ambitieux, Lavrenti avait été pressenti pour travailler à la BS2 – Brigade spéciale n° 2 –, la brigade antijuive de la police judiciaire. C'est le patron du service, le commissaire Mauber lui-même, qui l'avait proposé à Lavrenti alors qu'ils se croisaient un matin dans le grand escalier du Quai. Sans réfléchir, Lavrenti avait opposé une fin de non-recevoir immédiate, prétextant de son envie de ne pas abandonner les dossiers de criminels auxquels il se consacrait depuis trois ans. Bien sûr, son excuse n'a trompé personne et surtout pas Mauber, un antisémite fanatique, prêt à voir des complices des juifs absolument partout, par exemple chez un jeune flic qui refuse effrontément de travailler pour lui… Lavrenti, un peu jeune, avait sérieusement manqué de diplomatie ; Mauber n'est pas le genre d'homme à vexer. Heureusement, ses supérieurs l'ont appuyé. Son chef direct, le commissaire Valin, prudemment, lui a même fait comprendre qu'il avait fait le bon choix.

Pourquoi n'a-t-il pas accepté ?

Il serait bien en peine d'expliquer clairement pourquoi, mais ce dont il est sûr c'est que la propagande antisémite l'a toujours laissé très froid. Ce n'est pas faute d'y être exposé. Tous les jours, journaux et radios déversent des flots de haine sur « la race maudite », expliquant en long, en large et en travers leurs innombrables trahisons, escroqueries et méfaits divers. Mais rien à faire, Lavrenti n'y est pas sensible. Peut-être que, jusqu'à un certain point, la propagande a raison ? Peut-être bien que les juifs tenaient la France avant guerre et qu'il fallait un coup de balai ? Comment savoir, après tout ? Mais, selon l'inspecteur, il y a quand même un point faible dans le raisonnement. Des enfants de six ans, ils ne devaient pas tenir grand-chose avant guerre, à part la jupe maternelle. Or, ces gamins, maintenant, ils sont marqués, eux aussi, comme les adultes. Il s'est souvenu de ce jour de juin, plus tôt dans l'année, il finissait son service et rentrait chez lui, dans le 13e arrondissement, il faisait beau. Vers la place d'Italie, il avait croisé deux petites filles de six-sept ans, des jumelles qui rentraient de l'école en se tenant la main. En voyant ces deux petits anges, il avait eu un haut-le-cœur : elles étaient habillées comme toutes les petites filles de leur âge mais sur leur robe, il avait, pour la première fois, vu l'étoile.

En tant qu'homme, donc, l'inspecteur Lavrenti n'est pas antisémite. En tant que policier, homme de la loi, homme d'ordre, eh bien, il ne l'est pas plus. Pour lui, les juifs qui n'ont pas commis de délits ne méritent pas d'être traités en criminels, c'est aussi simple que ça. Le Code pénal, tout le Code pénal mais rien que le Code pénal ! La répression le choque, les rafles de cette année, il est bien content de ne pas avoir eu à y participer, il a eu peur d'être réquisitionné pour encadrer les agents en tenue. Un type de la police judiciaire qu'il connaît y a été forcé. Le gars lui a raconté, il n'était pas fier de lui. Au petit matin, il frappait à la porte des appartements avec les flics en uniforme. Dehors les Allemands attendaient, laissant les Français faire le boulot, se contentant de donner des directives, ils semblaient lointains, blasés. Après ils avaient emmené les gens vers le Vél' d'Hiv', les enfants hurlaient…

Face à Mauber, dans l'escalier, il n'avait eu qu'à se remémorer cette conversation et sa rencontre avec les deux enfants et cela avait suffi au jeune inspecteur, il avait su qu'il n'irait jamais aux « affaires juives », malgré les primes, les promotions ; il ne s'était pas engagé dans la police pour arrêter des enfants de sept ans.

Quelque temps après, on lui a proposé officieusement une place à la BS1, brigade spéciale antiterroriste de la police judiciaire. Choix plus difficile, y aller ou pas ?

Les résistants posent des bombes, tirent les Allemands dans le dos en pleine rue et après leurs attentats, il y a les otages, les représailles, les fusillés. C'est pour cela qu'il a hésité. En tant qu'homme de loi, en tant qu'homme d'ordre, les attentats le scandalisent : on tue des Allemands mais derrière des innocents meurent. Et puis, les résistants ne sont pas les innocentes petites écolières juives, leur combat est honorable mais c'est un combat, ils connaissent les risques. Enfin, c'est vrai, beaucoup sont communistes, pas trop son genre. Il est fidèle au Maréchal et n'a jamais été gaulliste. Pour lui, c'est le maréchal Pétain qui assure la survie du pays, de Gaulle s'apparente dans son esprit à une sorte d'assurance-vie en cas de victoire des Anglais. Pour lui, le pouvoir légal est à Vichy depuis juillet 1940, et c'est tout. Les mesures antijuives en zone libre ? Lavrenti est certain que le Maréchal n'a pas le choix et qu'il fait de son mieux pour atténuer les souffrances causées.

Cela étant, il n'a pas plus envie que ça de partir à la chasse aux résistants parce que, d'une certaine manière, il les comprend. Comme eux, il déteste les Allemands, la vision de leurs uniformes lui donne parfois des envies de meurtre, leur présence souille les rues qu'il aime tant, qu'il arpentait librement quand il était enfant. Et maintenant, ils sont là, il faut leur laisser le passage sur les trottoirs et surtout, il faut les voir jouer les touristes, s'amuser et s'empiffrer pendant que sa propre mère crève de faim. Pourtant, il n'a jamais rien fait contre eux, pas le plus petit acte de Résistance : pas de poème, pas de tract, pas de mallette à remettre dans un coin sombre à un homme en partance pour Londres.

Soutien de sa maman, veuve, il n'était déjà pas parti à la guerre... ni soldat, ni résistant, il n'est pas très fier de lui.

Mais sa mère lui a fait promettre qu'il ne ferait jamais rien contre les Allemands. Elle habite tout près de chez lui, un appartement à peine plus vaste que le sien. Elle l'a reçu les larmes aux yeux, le 14 juin 1940. Ni elle, ni lui, n'avaient quitté Paris. Il avait été réquisitionné comme tous les policiers parisiens, pour participer au maintien de l'ordre dans la *ville ouverte* et sa mère n'avait pas voulu fuir en abandonnant son fils unique, sa seule famille. Les Allemands étaient arrivés dans la journée. En fin d'après-midi, il était passé chez elle. En larmes, elle lui avait fait promettre de rester en vie, tout simplement, et pour cela de ne rien faire contre les Allemands, les Allemands, qu'elle hait tant, qui lui ont pris son mari en 1916, à Verdun, mort parmi les centaines de milliers d'autres et dont le corps n'a jamais été retrouvé.

Thomas, fruit de la dernière permission du papa, n'était même pas né.

En ce soir de juin, un de ces beaux soirs durant lesquels la France est morte, elle pleurait, blottie dans ses bras au milieu du petit salon rempli de photos du glorieux disparu. Tout en regardant les portraits de son père en uniforme, tout en sentant les larmes de sa mère couler sur sa joue, Lavrenti s'était dit que, de toute façon, il n'y avait rien à faire, les Allemands avaient balayé l'armée française en trois semaines. Ce n'était pas lui, petit inspecteur, qui allait pouvoir y changer grand-chose ; alors il avait promis.

Et de sa vie entière, c'est bien la meilleure décision qu'il ait jamais prise.

Lavrenti a promis à sa mère de ne pas résister pour éviter la mort. Il a promis : c'est sa justification morale, cela lui évite de réfléchir, il sait qu'il est dans le droit chemin, qu'on ne pourra rien lui reprocher, il a promis à la personne qu'il aime le plus au monde, il l'a fait pour elle, il a sacrifié son orgueil pour elle. Mais au fond de lui-même, dans le secret de son être, il a bien vite compris que la promesse qu'il avait faite ce soir-là allait lui sauver la vie. Comment aurait-il trouvé le courage de résister alors qu'il voit tous les jours les immenses moyens mis en œuvre pour broyer ceux qui osent dire *non* ? Il se dit que ces pauvres types n'ont vraiment aucune chance de s'en sortir. Il suit cela de loin (il s'occupe à la criminelle des homicides, toutefois ceux concernant les forces d'occupation ne sont pas de son ressort, ce sont les Allemands, les RG et les BS antiterroristes qui s'y collent) mais il n'y a pas besoin d'être aux premières loges pour voir qu'une tragédie se joue. Les Allemands ont des effectifs de police considérables : service de police militaire, services SS avec la Gestapo, police française et ses services spécialisés, commissariat aux questions juives, police en tenue… L'appareil répressif est monstrueux. La rumeur veut que des dizaines de milliers de Français servent d'indicateurs rémunérés ou de dénonciateurs anonymes.

Face à la gigantesque pieuvre, des réseaux disparates : communistes, gaullistes, on parle aussi d'un groupe juif de combat ; quelques milliers d'hommes, seuls, traqués, constamment menacés, à la merci d'une imprudence, d'une trahison, d'un mauvais hasard. Les pauvres hères n'ont aucune chance, l'espérance de vie n'est que de quelques mois. Souvent, ils seront tués avant d'avoir pu avoir une utilité quelconque. Les réseaux les plus efficaces sont ceux qui travaillent directement pour l'Intelligence Service britannique – parce qu'ils ont accès aux armes et aux fonds – et les réseaux communistes – parce qu'ils ont derrière eux une longue pratique de la lutte clandestine, certains de leurs gars ont fait la guerre d'Espagne, ils encadrent les plus jeunes.

De toute façon, « anglais », « rouges », jeunes, vieux, les Allemands fusillent tout le monde, sans distinction.

L'inspecteur n'est pas un résistant.

Mais de là à faire partie de la meute des chasseurs, il y a un pas.

Qu'il n'a pas franchi.

Il a refusé le poste à la BS1.

Il n'a jamais promis à sa mère de devenir un laquais des boches.

*

À la hauteur de la cathédrale Notre-Dame, la voiture tourne sur la gauche et franchit le premier point de contrôle du 36, quai des Orfèvres. Lavrenti sort de la voiture avant même qu'elle soit complètement garée dans la cour pavée. Il marche à très vive allure jusqu'à la grande porte où les identités sont à nouveau contrôlées. Il serre la main du policier de garde et rentre dans le saint des saints de la police française.

Il est 13 heures. Des secrétaires tapent, des policiers interrogent, d'autres se préparent à partir en opération. Le seul visage totalement serein est celui du maréchal Pétain dont l'immense portrait accueille le visiteur qui entre dans le bâtiment. La PJ travaille dur, les services sont surchargés. L'occupation allemande et les privations ont entraîné une forte augmentation des crimes et des délits à laquelle il faut faire face. Lavrenti arrive à son bureau, situé au quatrième étage. Son collègue, Hervé Sanz, n'est pas allé déjeuner et consulte des dossiers en buvant une mauvaise chicorée en guise de café. Lavrenti entre et lève les mains en signe de victoire.

— On l'a ? Il est là ?

L'autre policier éclate de rire, c'est rare. Sanz a quarante-deux ans, il est à la criminelle depuis douze ans. C'est le policier modèle pour les romanciers qui feuilletonnaient à deux sous la page dans *Le Petit Parisien* d'avant guerre : célibataire bourru, mal rasé, à l'haleine parfois alcoolisée, généreux, têtu ; con, parfois... Mais c'est avant tout un excellent policier. Il possède un flair redoutable, d'instinct, il sent la bonne piste au milieu de dizaines de faits sans importance – et il a de l'expérience à revendre.

Lavrenti, trop jeune, ne peut pas compter sur les intuitions d'un enquêteur expérimenté mais, enthousiaste, intelligent et surtout gros travailleur, il obtient lui aussi de très bons résultats.

Le chauffeur qui est venu chercher Lavrenti, le rire du jeune inspecteur qui résonne dans les bureaux ont une même cause : l'arrestation dans la nuit d'un dénommé Juan Maragal.

Cela fait trois ans que Lavrenti rêve de l'interroger.

Pour la police, Maragal est un phénomène criminel. Depuis l'âge de quinze ans, il a trempé dans un nombre invraisemblable d'histoires de vols de tableaux, de recel, d'extorsion, d'enlèvements de collectionneurs, de meurtres, bref tous les crimes et délits possibles et imaginables liés aux œuvres d'art. Seul problème, Maragal n'a pratiquement jamais été condamné, faute de preuves, sauf à quelques peines légères. À force de ne pas se faire pincer, il est devenu une figure du milieu. On dit de lui qu'il a amassé au fil du temps une petite fortune mais il a toujours eu l'intelligence de vivre discrètement, sans luxe ostentatoire, le profil type du gars difficile à coincer. Seulement, comme tous les autres, il a fini par pousser le bouchon trop loin. En 1939, on a retrouvé ses empreintes sur les corps de deux collectionneurs, un notaire et sa femme battus à mort dans leur appartement du 16e, et à qui plusieurs tableaux de valeur ont été volés. Sur les lieux du crime, deux inspecteurs de la criminelle sous les ordres du commissaire Valin : un tout jeune et un plus âgé, les inspecteurs Lavrenti et Sanz. L'enquête n'est pas longue. Dès qu'il arrive sur les lieux du crime, Lavrenti suspecte Maragal : le voleur a choisi avec soin les tableaux, emportant uniquement les pièces de valeur et les toiles ont été découpées par un professionnel... Maragal est l'un des trente types de Paris qui conjuguent les deux compétences nécessaires à l'accomplissement de ce crime : une expertise technique et une absence totale de scrupules. Sa conviction est confirmée par la police scientifique grâce aux prélèvements effectués sur la scène du crime et sur les corps : il y a des empreintes partout sur les macchabées. Le tueur n'a pas pris le temps de nettoyer, nul ne sait pourquoi. Seul petit problème, Maragal s'est envolé, il est absolument introuvable. Ce léger détail prive le frais émoulu inspecteur Lavrenti d'un triomphe dès sa première enquête en tant que titulaire. Privation dont il conçoit rapidement quelque amertume. Il développe une petite obsession professionnelle sur le personnage et donnerait volontiers un an de salaire pour le coincer.

Mais, rien à faire, aucune trace de lui pendant trois ans. Trois ans pendant lesquels tout a changé. Mais cette fois, le vent a tourné. Un voleur s'est fait cueillir la nuit dernière par une patrouille alors qu'il sortait d'une maison des quartiers chics de Neuilly à 4 heures du matin. Les policiers ont retrouvé dans son sac quelques petites statuettes précieuses qui appartenaient à la propriétaire, une vieille dame.

Les policiers de Neuilly ont rapidement identifié le voleur comme Juan Maragal, citoyen espagnol faisant l'objet de deux mandats d'arrêt lancés par la police judiciaire en mars 1939 : le type est recherché pour assassinat. Grosse prise.

En fin de matinée, après avoir enregistré sa déposition sur le vol commis la veille, ils l'ont emmené au Quai des Orfèvres où il attend d'être interrogé. Pour l'instant, il est au « 36 carreaux », les geôles de la maison, dans les sous-sols humides où patientent, à vingt par cellule, les hôtes des forces de police.

Sanz termine son briefing à l'attention de Lavrenti.

— Je te l'ai laissé pour l'interrogatoire, je me suis dit que cela te ferait plaisir…

— Merci, Hervé. Tu vas voir, il va regretter de m'avoir fait courir, je te le garantis. Trois ans ! Il avait réussi à disparaître complètement, ce salaud. Je suis curieux de savoir comment il a fait.

— Ce qui est sûr, c'est que la guerre, la démarcation, ça nous a pas aidés.

— Tu peux le dire ! Enfin, bon, il est là et il va regretter. Je vais lui faire raconter le premier sou qu'il a volé, le premier tableau, le premier mort : tout ! Comme ça, le bourreau n'aura aucun état d'âme quand il le verra, la tête sur le billot.

Lavrenti passe son doigt sur sa gorge.

— Bon, assez discuté. Je vais m'y mettre tout de suite, depuis le temps que je pense à ce moment ! Il est en cellule ?

— Il t'attend en bas.

Thomas Lavrenti fait un signe de remerciement et se dirige vers les salles d'interrogatoire.

* *
*

Une heure plus tard. Ils sont quatre : Dailans, Favre et deux portes-flingues. À l'entrée, ils passent le planton sans même lui jeter un regard. Le jeune flic en tenue, qui ne les reconnaît pas, leur barre la route.

— Hé, vous, vos papiers, lance-t-il, furieux.

Xavier Dailans lui lance un regard plein de commisération.

— Ah oui, mes papiers, j'oubliais. »

Il tire de la poche intérieure de son costume un petit portefeuille en cuir noir. Il l'ouvre lentement et sort une carte de couleur jaune. Dans le jargon, cette carte s'appelle *le carton*. Elle indique que son détenteur travaille pour le Sipo-SD, le nom technique de la Gestapo. La carte a été signée par Karl Oberg, le chef des SS en France, le 6 mai 1942, le lendemain de son arrivée dans la capitale : le détenteur de cette carte est un homme important.

Dailans tend le précieux document au policier qui lit et blêmit. Il claque bêtement des talons et dit d'un ton qui se voudrait sûr :

— Messieurs, excusez-moi, vous pouvez passer. »

Sa voix a tremblé, on aurait dit une chèvre.

Xavier Dailans et ses hommes rentrent dans le temple de la police française. En vainqueurs.

Eux qui avant la guerre ont connu ces lieux, parce qu'ils y ont été régulièrement interrogés, questionnés, tabassés ; eux que les policiers ont pourchassés sans répit, ils sont aujourd'hui les maîtres.

Dailans salue les policiers d'un air froid, en retour ceux-ci le gratifient de regards médusés. Cela fait pourtant deux ans qu'il parade régulièrement dans les commissariats, il se dit que les flics devraient commencer à s'y faire. Quelle bande d'hypocrites, Dailans a envie de leur remettre les idées en place : c'est un de leurs nombreux contacts dans le service qui les a prévenus de l'arrestation de Maragal et de la prise en charge de l'affaire par les inspecteurs Sanz et Lavrenti. Pas de problème pour passer des coups de fil et pour toucher, en douce, des enveloppes pleines de billets, mais dire simplement bonjour devant tout le monde, ça c'est plus difficile. Décidément, ces gens-là ne sont pas francs du collier.

Ils traversent l'aile sud du bâtiment. Après avoir tourné à droite et grimpé un escalier en colimaçon, ils arrivent jusqu'au bureau de Lavrenti. Dailans passe la tête par la porte et ne voit pas le jeune inspecteur qu'on lui a décrit au téléphone mais un autre policier, plus âgé, qu'il connaît bien.

— Bonjour, Sanz.

Sanz, plongé dans un dossier, n'a pas entendu le géant approcher. En entendant la voix grave, reconnaissable entre mille, il a immédiatement sursauté mais il se domine très vite.

— Dailans, quel plaisir ! On est venus voir ses vieux amis ? » demande le policier, tout de même un petit peu pâle.

— Mon pauvre Sanz, pas d'humour avec moi. Ce serait, comment dire… dangereux.

Le policier accuse le coup, même à la criminelle, il ne peut rien contre cet homme. Il baisse imperceptiblement les yeux.

— Qu'est-ce que je peux faire pour toi ?

— Vous avez arrêté Juan Maragal ?

— Oui, cette nuit. Une patrouille. Tu le connais ?

— T'occupe pas. Quelles charges ?

Sanz prend une fiche sur son bureau, et commence à la résumer.

— Vilaine histoire, il s'est fait prendre, hier en pleine nuit, au sortir de la demeure d'une dame nommée Grangé, Émilie de son petit nom, à Neuilly, au 12 rue Marlot, pour être précis.

Il relève la tête et sourit.

— Je te le donne en mille, une collectionneuse, statuettes romaines d'après ce que je lis... Il portait le sac du bon petit cambrioleur professionnel avec les jolies statuettes dedans. Pratique mais voyant... La patrouille est allée voir à l'intérieur et là, c'était pas joli. Ils ont trouvé ladite dame Grangé attachée au bas de ses escaliers. Mauvaise chute et traces de coups sur la figure. Je te rassure tout de suite, elle est très choquée mais elle s'en remettra. Jusque-là, c'était pas de notre ressort puisque la vieille est vivante, mais les flics du commissariat à Neuilly ont retrouvé dans leurs cartons un mandat d'arrêt de 1939 lié au meurtre d'un notaire et de sa femme, des collectionneurs malchanceux du 16e. Et ce mandat jauni par les années vient de moi, donc il a été amené ici. Voilà, tu sais tout. Tu imagines bien que sa situation n'est pas très brillante.

— Qui l'interroge ?

— Mon collègue Lavrenti.

— Je le connais ?

— Je ne sais pas. C'est un jeune. Deux ans qu'il est ici. Il ne t'a peut-être pas rencontré durant ta "carrière" avant guerre.

— Pourquoi mettez-vous un jeune sur une pointure comme Maragal ?

— Pointure, pointure... Faut le dire vite, il est sûrement très bon avec ses tableaux mais comme assassin, il est brouillon et son vol d'hier soir, c'est un peu le modèle de ce qu'il ne faut pas faire. Franchement, sortir avec un sac à trois heures du matin d'une maison de Neuilly...

— C'est un professionnel de la peinture, c'est pas un voleur ordinaire et puis vous ne l'avez pas vu depuis trois ans dit Dailans, un peu vexé qu'on critique *son* expert dont il a vanté les mérites à Favre.

Sanz n'insiste pas, on n'est jamais trop prudent.

— Lavrenti a pas mal travaillé sur son cas. C'est lui qui a réuni les preuves dans le dossier du double meurtre. Maragal les a tués quasiment le jour où le petit a mis le pied dans le bureau. C'est un peu son dossier fétiche et comme j'ai déjà pas mal de boulot, c'est lui qui est en première ligne. Et puis, il est bon et le commissaire Valin a eu un peu peur qu'il parte aux affaires politiques, il a voulu lui donner une part de dessert avant l'heure pour le retenir.

— Il veut aller chez les chasseurs de juifs ?

— D'après les bruits de couloirs, chez les communistes. Je crois pas que ça le tente vraiment mais y'a pas mal de pression pour qu'il y aille.

— C'est risqué comme boulot.

— Oui, mais ça attire les ambitieux.

— Ouais, je veux bien mais il y a eu des meurtres de flics cette année.

— Oui, ils en ont eu un dans leur service mais c'est aussi dangereux chez vous… dit Sanz avec l'air de pas y toucher.

— Personne ne s'attaque à moi, sauf les candidats au suicide. Vous, les flics, vous l'avez bien compris… répond Dailans.

Son sourire est plus méprisant que jamais.

— Bon, peu importe, je veux le voir.

Sanz commence à s'inquiéter. À l'arrivée du géant il avait cru à une espèce de visite de routine, une démonstration de force ricanante dont les types de la Gestapo ont l'habitude. Pierre Gaillac pousse d'ailleurs régulièrement le vice jusqu'à venir parader dans son uniforme de capitaine SS, mais là non, Dailans a l'air de savoir ce qu'il veut et Sanz se met à appréhender singulièrement la rencontre entre Dailans et Lavrenti.

— Il doit être en salle d'interrogatoire au sous-sol. Je t'accompagne ?

Le géant, d'un geste de la main, lui indique de ne pas se lever. Sanz ne peut rien faire. À défaut d'autre chose, une dernière pique.

— J'oubliais, tu connais le chemin !

— L'époque est dure, Sanz, je te l'ai déjà dit, l'humour est risqué, répond Dailans en souriant.

* *
*

La tradition veut que les policiers de la criminelle interrogent les suspects sans user de violence. Les techniques d'interrogatoire sont basées sur la pression psychologique et sur le recoupement de divers éléments, témoignages, preuves matérielles ou scientifiques pour trouver une brèche dans les déclarations du criminel et l'amener à se confondre. Les policiers de la criminelle se considèrent comme l'élite des forces de police et répugnent à utiliser certaines méthodes utilisées par d'autres services moins regardants. Mais les temps changent. Ce Paris de l'occupation est tellement violent. Les enquêtes n'aboutissent pas, des gens disparaissent par milliers. Les flics sont à cran. Depuis un an, beaucoup ont les mains qui deviennent lourdes au cours des interrogatoires. Lavrenti, parmi tant d'autres, a pris de mauvaises habitudes. Depuis quelque temps, il a musclé ses interrogatoires, parfois jusqu'au sang.

Il est seul à interroger Maragal, menotté à sa chaise. Il le gifle avec application. Il ne faut pas trop l'abîmer avant la présentation au juge d'instruction mais enfin, Lavrenti se fait tout de même un peu plaisir.

— Vingt-quatre mois d'attente, ça m'a rendu un peu nerveux, je te l'avoue.

— T'es pas le premier flic à me casser la gueule.

— Et d'une, je t'ai pas cassé la gueule, je t'ai giflé, c'est différent. Et de deux, si je te casse la gueule, je serai peut-être pas le premier mais je serai le dernier parce que tu ressortiras de la prison les pieds devant et la tête dans le panier du bourreau.

Maragal blêmit légèrement.

— Et alors ? J'en aurai bien profité avant. Pas de regret, je me suis bien amusé…

Lavrenti se lève promptement et le coupe par une nouvelle gifle. Maragal reste sans voix, Lavrenti finit tranquillement la phrase.

— …À tuer des petits vieux pour des coûts d'acquisition avantageux en matière d'œuvres d'art.

Devant lui, un bureau, une machine à écrire, Lavrenti se rassoit et tape le début du procès-verbal. La pièce est petite et sombre. Le poêle, le seul autre meuble de la salle, n'a pas fonctionné depuis l'hiver 1939. Le charbon est rare et l'administration ne souhaite pas le gaspiller pour de probables meurtriers. Les innocents et les flics pourront toujours se réchauffer une fois chez eux. S'ils le voulaient, ils pourraient avoir plus chaud, il existe plusieurs salles d'interrogatoire dans les étages supérieurs, près des bureaux, mais la plupart des enquêteurs préfèrent descendre en bas du bâtiment et braver le froid loin des oreilles indiscrètes. Ils ont pris l'habitude d'enlever leur veste avant de descendre et de se vêtir de deux pulls portés l'un sur l'autre.

— Vous n'avez aucune preuve.

— Alors là, détrompe-toi, tu as laissé beaucoup, beaucoup d'empreintes.

Maragal accuse le coup, il comprend que cette fois, il ne va pas s'en tirer.

— Tu peux penser de moi ce que tu veux mais je te garantis que je m'y connais mieux en peinture que tous les experts réunis des Musées de France. J'aime les tableaux, plus que tout et…

— Et ta gueule, à la fin ! Ça fait une heure que tu me dis que t'aimes la peinture, j'ai compris ! Tu aimes les tableaux, c'est bien. Cela justifie de battre à mort deux petits vieux ? Non ? C'est tout ? Maintenant, je veux savoir où tu as planqué tes trésors ?

— Ils sont bien cachés et je vais pas cracher le morceau à un sale flic qui me promet l'échafaud en échange. Tu commences toujours tes interrogatoires en promettant la mort au gars en face ? T'es pas le roi des aveux, toi. Tu t'es emporté tout de suite. T'es un débutant.

Lavrenti fait craquer ses phalanges.

— Je suis un mauvais policier mais j'ai toujours mes aveux, tu verras.

La porte s'ouvre, interrompant le face-à-face. Un homme en costume rentre, puis un second. À l'interpellation de Lavrenti, ils ne répondent rien, se contentant de balayer la pièce du regard. Une fois l'inspection terminée, Xavier Dailans rentre à son tour, le chapeau à la main et une cigarette aux lèvres. Maragal a un sourire béat sur le visage, on dirait qu'il va se mettre à pleurer de joie. Dailans salue l'inspecteur, proprement médusé par l'interruption.

— Monsieur l'inspecteur, je ne crois pas que nous nous connaissions, dit-il en tendant la main.

Lavrenti, furieux de l'intrusion, ne la serre pas.

— Obersturmführer Xavier Dailans, Gestapo, Gestapo française, annonce-t-il. Je suis accompagné de quelques collègues que je n'ai malheureusement pas le temps de vous présenter.

Dès qu'il a entendu le nom et le grade SS, l'inspecteur Lavrenti a compris que la situation risquait de se corser. C'est la première fois qu'il voit Dailans mais il le connaît de réputation, comme tous les policiers de Paris, pas besoin d'un dessin, si ce type prend la peine de venir vous voir c'est que, d'une manière ou d'une autre, vous allez avoir des ennuis… D'abord temporiser, le temps de comprendre ce qui se passe.

— Je préfère vous parler dans mon bureau, laissez-moi cinq minutes, s'il vous plaît, le temps de raccompagner cet homme à sa cellule.

Dailans tire une bouffée sur sa cigarette et regarde Juan Maragal comme s'il prenait subitement conscience de sa présence. Les deux hommes se sourient. Dailans regarde l'inspecteur d'un air désolé.

— J'aurais aimé vous dire oui, cher inspecteur, mais ce n'est pas possible. Je vais vous expliquer.

Il se rapproche du policier et le prend par le bras. Lavrenti souhaiterait se dégager mais il sent que ce n'est pas le moment d'augmenter encore la tension. Il se laisse faire. Dailans l'emmène jusque vers le poêle et reprend, sur le ton de la confidence :

— En fait, ce n'est pas vraiment vous que je suis venu voir… »

Il désigne Maragal de la tête.

— Je suis venu pour lui…

Comme d'habitude, il n'est pas convaincant, il voudrait que Lavrenti le voie comme une sorte de bandit civilisé, à la Pierre Gaillac, mais l'inspecteur sent surtout que le géant se maîtrise de plus en plus difficilement.

— Vous ne pouvez pas lui parler, il est interrogé dans le cadre d'une affaire de meurtre. Ce n'est pas possible, je suis désolé.

— Cher inspecteur, c'est encore pire que ce que vous pensez. Voyez-vous, je ne vais pas lui parler ici mais rue de Lomé, dans l'hôtel particulier où se trouvent nos bureaux.

Lavrenti, scandalisé par ce que Dailans vient de lui dire, en bafouille d'indignation.

— Il est ho-ho-hors de question qui-qu'il sorte du Quai des Orfèvres. C'est un sus-suspect dans une affaire de meurtre. On ne me le pardonnerait pas.

Xavier Dailans sent ses réserves de patience s'épuiser. Ce petit inspecteur commence à l'agacer sérieusement. Il a absolument besoin de Maragal et n'a pas l'habitude de laisser des flics lui barrer la route. Malgré cela il préférerait éviter d'utiliser la manière forte en pleine police criminelle : les habitués de la maison sont armés et il peut toujours tomber sur un policier qui a la gâchette qui le démange.

Tout ce petit jeu peut devenir dangereux assez rapidement.

— Écoutez, inspecteur, le directeur de la police criminelle ne refuse rien à la Gestapo alors ce n'est pas vous qui allez m'emmerder. J'ai été poli et je vous ai demandé gentiment. Maintenant, s'il faut d'autres arguments pour vous convaincre, pas de problèmes.

Dailans fait un signe à ses trois sbires qui se rapprochent du poêle.

Lavrenti réfléchit très rapidement, il comprend qu'il doit laisser partir Maragal. Il sait qu'il n'a pas le choix parce que la situation pourrait mal tourner en quelques secondes. Mais Lavrenti est jeune, buté et, parfois, orgueilleux jusqu'à la déraison.

Il regarde Dailans dans les yeux et, tout en sachant très bien qu'il commet une des plus grosses bêtises de sa vie, dit :

— Il ne part pas d'ici.

Xavier Dailans oublie policiers et gâchettes faciles, il n'a plus rien à faire d'un danger potentiel, l'heure est grave. Alors, sans plus de réflexion, il balance un formidable coup de tête dans le visage de Lavrenti qui s'effondre, le visage en sang.

— Les gars !

Il indique à ses hommes le policier à terre et claque des doigts.

Michel Favre prend les clefs des menottes de Maragal sur le bureau et le libère. Pendant ce temps, les deux autres se pressent aux pieds du jeune inspecteur et le rouent de coups. Maragal, maintenant libre, vient participer à la curée. Lavrenti essaie de se relever mais un coup de pied l'atteint derrière l'oreille et il se retrouve à nouveau contre le sol. Les coups suivants, il ne les sent même plus, il a sombré dans l'inconscience au moment où Dailans et Maragal se balançaient des grandes claques dans le dos pour fêter leurs retrouvailles. Quand il revient à lui, il sent que le bout de ses chaussures frotte le sol, il ouvre les yeux et constate avec effroi que deux des hommes de Dailans le traînent par les épaules. Ils remontent les escaliers et débouchent sur le rez-de-chaussée.

Lavrenti, trop faible pour se défendre physiquement, ne trouve que la force de crier : « Laissez-moi ! » à pleins poumons. Entendant ce cri, des dizaines de policiers sortent de leurs bureaux et, pour un peu, se frotteraient les yeux pour s'assurer qu'ils ne rêvent pas : un de leurs collègues, le visage en sang, est entraîné de force hors du commissariat par quatre types de la Gestap'.

Le commissaire divisionnaire Valin, sorti à l'instant, s'interpose.

— Dailans, il est hors de question que vous emmeniez cet homme.

Dailans fait un signe et aussitôt ses hommes laissent tomber l'inspecteur Lavrenti à terre et dégainent leurs armes. Instantanément les policiers font de même. En quelques secondes, vingt policiers et quatre gestapistes se braquent.

— Lâchez vos armes, dit Valin, rouge de colère.

— Laissez-nous passer, réplique Dailans.

— Vous ne sortirez pas d'ici, pas avec un des nôtres.

— Ce n'est pas un flic que j'arrête, aboie Dailans, c'est un terroriste en cheville avec les communistes que la

Gestapo va interroger. Si vous ne rangez pas vos armes dans les dix secondes je fais débarquer les Allemands et je leur dis que vous êtes tous complices.

Il explose, littéralement, crache en parlant.

— Putain ! Valin, vous faites une très grosse erreur, cela va coûter très cher à vos hommes.

Valin, dégoûté, se rend à l'évidence, les pistolets sont plus nombreux de son côté mais il ne sert à rien de les utiliser si c'est pour être fusillé dans les deux heures.

— Lâchez vos armes, messieurs, c'est un ordre.

— Commissaire, on va pas les laisser partir avec un collègue ?

Sanz se refuse à ranger son arme. Tandis que ses collègues rengainent, résignés, il vise ostensiblement Dailans qui le braque en retour. Tremblant de nervosité, il semble prêt à tirer incessamment.

Dailans est calme, son regard perce son adversaire, il va tirer. Dans quelques instants, Hervé Sanz va mourir. Une seconde, deux secondes, trois secondes, l'éternité…

Le commissaire Valin a compris que tout cela ne servait plus à rien. Très calme, il s'avance vers Sanz, dans la ligne de mire de Dailans. Il baisse l'arme du policier en direction du sol et lui chuchote :

— …T'inquiète pas, il ne le tuera pas, il n'osera pas, il sait bien qu'on le vengerait.

Le policier s'exécute dans un silence absolu.

Sanz a le regard vide de l'homme qui ne se pardonnera pas ce qu'il est en train de faire.

Lavrenti est à nouveau inconscient. Les deux types de la Gestapo le prennent par les épaules et l'emmènent jusqu'à la voiture. Favre se retourne, agite la main pour dire au revoir aux flics, un salut tout ce qu'il y a de plus ironique.

4.

Paris, lundi 5 octobre 1942, 16 heures

Deux heures plus tard, Dailans et Maragal sont assis dans le bureau du géant, un verre de bon porto à la main. Les deux hommes gardent le silence. Ce sont de vieux amis – pour autant qu'on puisse être réellement *amis* dans ce milieu d'associés – mais cette disparition inexpliquée de plus de trois ans ne contribue pas à assouplir le caractère naturellement méfiant du géant. Parler le premier, c'est accepter d'exposer ses intentions sans connaître celles de l'autre et donc prendre le risque de se découvrir à tort ou trop tôt…

Maragal, très nerveux, gigote dans son fauteuil, il sait bien que le géant ne l'a pas arraché des griffes de la police pour évoquer le bon vieux temps, mais alors pour quoi ?

— Je voulais te remercier pour ce que tu as fait, je n'oublierai jamais. Quand je t'ai vu passer la porte, j'ai cru à un miracle, lance l'Espagnol pour rompre un silence devenu embarrassant.

Maragal sait qu'il a eu un incroyable coup de chance : Dailans qui réapparaît subitement, alors que le policier à la tête de jeune premier s'amusait à lui balancer des claques et à lui rappeler le double meurtre des Augran, le genre de petit truc à se reprocher qui peut vous envoyer tout droit à la guillotine… Rien qu'à y repenser, il en a des frissons.

Le géant lui répond mais Maragal n'entend plus, depuis quelques secondes, il est ailleurs, très loin. Il vient d'apercevoir un petit tableau, accroché derrière le bureau de Dailans, qu'il n'avait pas remarqué en entrant. Dès lors qu'il l'a aperçu, il ne pense plus qu'à une chose : examiner cette toile qui ressemble à celle d'un jeune peintre dont il a vu les œuvres dans une galerie près de Montmartre. Emporté par son idée, il serait bien incapable de se rappeler ce dont il parlait il y a deux minutes.

— C'est un tableau de Veron ? » demande-t-il à Dailans qui comprend soudainement les raisons du désintérêt de Maragal pour leur conversation.

— Tu me demandes cela à moi ? C'est ton boulot de le savoir.

— Je peux jeter un coup d'œil ?

Sans attendre la réponse, Maragal se lève et examine le tableau, d'abord à trois mètres, puis à un, puis de très près. Dailans le laisse faire mais ne tarde pas à perdre patience devant l'observation minutieuse de son ami.

— Juan…

— Je n'ai pas encore regardé la signature mais je suis sûr que c'est lui, c'est Veron, c'est son style, mais il a évolué assez rapidement, c'est d'ailleurs intéressant parce que…

— Bon, Juan, rassieds-toi. Il va quand même falloir que tu t'expliques, tu me parleras peinture après, ordonne Xavier Dailans d'une voix dure.

Effectivement, le tableau est signé Veron. Un Italien d'une trentaine d'années, bien coté.

— J'arrête, j'arrête, mais note bien que j'avais raison, dit Maragal, ravi.

On ne contrarie pas les génies, même les génies criminels, Dailans le sait et ça l'emmerde, il aurait bien envie de rappeler à l'Espagnol qui commande.

— Je te félicite, Juan, mais ce que je veux savoir maintenant, c'est pourquoi tu n'as pas donné signe de vie plus tôt ? La dernière fois que je t'ai vu, on a bu un verre tranquillement, on a discuté, on a parlé affaires, on a fait des plans, bref tout allait pour le mieux et deux semaines plus tard, plus personne. Tu imagines ma déception ? Je t'ai cherché partout dans tous les tripots de Paris et cela m'a coûté une fortune en canons ton histoire ! Mais impossible de te mettre la main dessus. J'ai cru que tu t'étais fait flinguer et je me suis résigné à ne plus revoir mon vieil ami et surtout je me suis résigné à laisser passer des affaires absolument magnifiques...

De contrariété, il plisse son front, il est assez ridé pour son âge.

— ...Alors, en toute amitié, maintenant que je t'ai en face de moi : bordel de merde, où est-ce que t'étais passé ?

Il clôt sa tirade par un éclat de rire tonitruant.

— C'est une longue histoire...

— J'ai tout mon temps, dit Dailans en allumant une cigarette.

— En résumé : j'ai fait une sacrée connerie, il y a trois ans et c'est du retour de bâton dont tu m'as sauvé tout à l'heure...

Dailans a compris qu'il faisait référence au couple de collectionneurs dont lui a parlé l'inspecteur Sanz, plus tôt dans la journée, mais il laisse Maragal poursuivre sans piper mot.

— C'était au tout début de septembre 1939, pas très longtemps avant le début de la guerre. Je suis allé à une vente publique à Drouot, quelques jours après t'avoir vu.

— Ils laissent rentrer des types comme toi à Drouot ?

— Oh, normalement non ; mais je m'arrangeais : un billet glissé à la bonne personne et elle me laissait m'asseoir au fond, ni vu ni connu. Elle me faisait un tarif en fonction de la salle, là c'était dans la 5, la plus prestigieuse, alors j'ai payé plus cher.

— Tu avais suffisamment de fric pour corrompre le personnel ? Cela devait te coûter très cher.

— Ce genre de paiement fait partie des frais professionnels, tout simplement. J'étais bien obligé de payer si je voulais me tenir au courant des affaires.

— À quoi ça te servait de suivre les ventes ?

— Tu vas voir, c'en est l'exemple parfait... Je suis arrivé dans la salle, la vente a commencé peu après, j'ai vu de très belles toiles modernes mais, tu imagines bien, j'étais loin de pouvoir me les offrir. Parmi toutes les peintures mises en vente ce jour-là, une m'a particulièrement plu. Comme d'habitude, j'ai repéré le couple qui a remporté l'enchère, je me suis renseigné auprès de mes sources et, pour une fois, la chance m'était favorable, les acquéreurs n'étaient pas des Américains qui allaient ramener *ma* toile chez eux mais un couple de vieux Parisiens, ils ne devaient pas avoir loin de quatre-vingts ans. J'ai pas mis longtemps à trouver leur adresse, un autre billet bien placé et je savais que les nouveaux propriétaires s'appelaient M. et Mme Augran et résidaient dans le 16ᵉ. Alors, il m'est venu une idée...

Son regard s'aiguise, il plisse les paupières, sa voix prend un ton douceâtre, inquiétant, l'expert est tranquillement en train de se muer en criminel.

— Je me suis dit que cela vaudrait peut-être le coup de leur rendre une petite visite à ces messieurs-dames afin qu'on discute un peu de leur belle toile, pour savoir s'ils seraient prêts à aider un peu un jeune collectionneur. Pendant deux semaines, je les ai suivis, histoire de connaître un peu leurs habitudes... Et j'ai décidé de tenter le coup. Mais c'est à ce moment-là que j'ai commis mon erreur : j'ai voulu agir. J'aurais pu me faire aider par un pro, un gars comme toi qui connais les ficelles de ce genre d'affaires, mais j'ai été trop gourmand, j'en ai fait comme une sorte d'affaire personnelle, je crois que j'en ai eu marre d'être toujours le complice… Bref, je me suis lamentablement planté. La première partie du plan a bien fonctionné, j'ai réussi à me faire ouvrir sans aucun mal, j'ai dit que j'étais envoyé par Drouot pour une signature. Une fois à l'intérieur, je suis arrivé à les maîtriser sans trop de problème, un pain dans la gueule à chacun, ils ne se sont pas relevés, je n'ai plus eu qu'à les ficeler solidement sur une chaise. D'après ce que je savais, ils ne recevaient jamais personne le soir, je ne devais pas être dérangé. Alors, je me suis mis en chasse. Et là… rien ! En tout cas, rien que je pouvais facilement atteindre. Pas de tableaux accrochés au mur, pas d'objets de valeur ? J'ai commencé à me sentir mal, tu comprends ? J'avais pas envie de passer ma soirée là-bas. Heureusement j'ai trouvé rapidement un coffre-fort, caché derrière une commode, mais c'est là que les choses se sont gâtées.

— Tu savais pas ouvrir le coffre ? demande Dailans en ricanant.

— J'avais pas la combinaison !

— T'en avais pas besoin ! Tu sais pas les ouvrir sans ? Non ? J'imagine la suite, tu l'as demandée aux vieux.

— Oui.

— Et ils ont refusé ?

— Non. Ils disaient qu'ils s'en souvenaient plus.

— Alors t'as cogné ?

— J'y suis allé un peu fort… Je pense que je me suis énervé trop tôt, je m'en veux, parce que je pense que j'aurais pu avoir le code sans les faire autant souffrir, mais j'ai mal géré la situation. J'étais parti sur l'idée qu'ils allaient pas lâcher prise et alors, bêtement, je me suis retrouvé à les cogner vraiment fort dès le départ. Du coup, ils étaient complètement groggy et n'étaient plus en état de donner une série de huit chiffres, alors je me suis énervé encore plus, c'était un cercle vicieux.

Dailans, peu intéressé par les remords, coupe son ami :

— Bon, t'as eu la combinaison ?

— Ouais, la vieille a réussi à s'en souvenir et a fini par la cracher mais elle était déjà très mal en point à ce moment-là. Elle m'a demandé comment allait son mari, j'ai dit qu'il était évanoui et qu'il allait se réveiller mais je savais que je mentais. Je crois qu'il était en train de mourir, il bavait beaucoup...

— ...Tu as eu le code, c'est le principal. T'as réussi à ouvrir le coffre avec ?

— J'ai pas eu le temps !

Dailans lève les yeux au ciel.

— Non ?

— Eh bien, il devait être 10 ou 11 heures du soir, j'ai entendu du bruit dans l'escalier, j'ai espéré que c'était quelqu'un de l'immeuble qui habitait dans les étages et qui allait continuer de monter, mais non, les pas se sont arrêtés juste sur le palier. Plus rien, silence total et, tout à coup, ce que je craignais est arrivé. J'ai entendu une clef tourner dans la serrure ! J'ai arrêté de réfléchir. J'ai tout laissé en plan, j'ai foncé derrière la porte en espérant qu'on ne m'entende pas, je me suis caché derrière avec le pistolet que j'avais emporté. La porte s'est ouverte, une femme est rentrée et, au moment où elle a refermé la porte, je l'ai frappée de toutes mes forces avec la crosse. Elle s'est écroulée par terre, elle avait le crâne en sang.

— Et qu'est-ce que tu as fait ensuite ?

— Je suis retourné au coffre et je l'ai ouvert encore que, remarque bien, j'avais eu tellement peur que j'ai bien failli oublier la combinaison. Mais bon, après quelques instants de réflexion, ça m'est revenu. Donc j'ai ouvert le coffre. Et là rien, la catastrophe, la toile n'était pas là! J'ai cru que j'allais m'évanouir! J'ai vu l'étendue du désastre, cette femme blessée, les deux vieux que j'avais vraiment pas loupés... Je me suis vraiment mis à paniquer, j'aurais pu retourner leur demander des comptes mais je ne sais pas ce qui s'est passé, j'ai eu peur.

— Et alors?

— Et alors, je suis parti en courant, tout simplement.

Dailans est atterré.

— Tu es parti? Tu as tué les deux pauvres petits vieux... pour rien?

— Pour rien! Pourtant, je la méritais cette toile, après tout ce que j'avais fait. Je me suis retrouvé dans la rue, je pleurais presque en marchant. J'ai pris le métro, je suis sorti vers l'Hôtel de Ville et j'ai marché jusqu'à chez moi. J'ai repris peu à peu mes esprits. Cela a été le coup de grâce, je me suis souvenu que, dans le feu de l'action, je n'avais pas mis les gants que j'avais emportés : les corps, le coffre, tout était couvert d'empreintes!

Dailans se prend la tête entre les mains, le flic avait sacrément raison de se foutre de sa gueule...

— Alors tu as quitté Paris en quatrième vitesse?

— Et je ne suis pas revenu pendant trois ans.

— Depuis quand es-tu de retour?

— Ça fait deux semaines maintenant.

— Qu'est-ce que tu as fait pendant tes deux semaines? Tu t'es promené?

— À peine, je préparais mon coup d'hier soir.

— T'as même pas été voir une *demoiselle*?

— J'ai pas pu m'empêcher...

— Je m'en doute bien que t'as pas pu t'empêcher, je te connais. C'est comme ça que j'ai su que t'étais dans le coin.

Dailans se lève.

— Allez, viens, on continuera plus tard. On va pas rester là alors que t'as pas vu Paris depuis trois ans, tu vas voir comme elle est devenue belle, la vieille crasseuse... Tu vas voir, comme elle est belle quand on a de l'argent plein les poches... Je t'emmène faire un chouette tour.

Arrivé à la porte du bureau, il s'apprête à prendre son manteau mais il se ravise.

— Non, attends, le boulot d'abord. Je veux vérifier que mes prisonniers sont bien gardés et puis faut qu'on aille voir le flic qu'on a ramené, histoire de décider ce qu'on va bien pouvoir en faire...

*

Ils sortent du bureau de Dailans, parcourent un long couloir, puis descendent aux étages inférieurs de la maison. Ils atteignent l'immense cave, là où se trouvent les cellules où étaient emprisonnés Wirth et sa bande au début de leur détention. Dans un coin du grand sous-sol, cachée à même le sol sous un bureau et un tapis que Dailans déplace, une petite trappe. Le géant la soulève et s'y engouffre. Il descend une petite échelle qui l'emmène trois mètres plus bas. Conformément à ses ordres, les prisonniers ont été transférés après la visite de Speil, plus bas, dans des galeries souterraines aménagées en cellules auxquelles on ne peut accéder que par la petite trappe que viennent d'emprunter les deux hommes. En dessous de la prison officielle, c'est la prison privée de Gaillac et de sa bande, celle qu'on utilise pour les affaires particulières du service, les Allemands ne connaissent pas son existence. Eh oui ! Dans le système organisé par Gaillac, certaines cellules sont accessibles aux Allemands alors que d'autres sont secrètes et uniquement connues de lui et de quelques hommes de main. Six cachots, à quinze mètres sous le niveau de la rue, chacun fermé par de lourdes portes en fer avec, sur chacune d'elles, un œilleton et une petite ouverture par lesquels le surveillant peut passer un plateau. Le geôlier des cheminots suspend la réussite qu'il est en train de faire sur une petite table en bois. Il se nomme Ernest Archenbach, c'est un homme proche de la cinquantaine, aux traits burinés, qui fait partie de l'équipe rapprochée de Dailans.

Ils discutent quelques minutes puis Dailans repart rassuré, ses prisonniers sont bien gardés et personne ne les entendra s'ils crient.

*

Dailans et Maragal remontent jusqu'aux étages supérieurs de la maison. Ils rejoignent Favre et l'inspecteur dans une petite pièce à la fenêtre scellée. L'endroit est quasiment vide : deux chaises, une table, une baignoire. Favre s'arrête de cogner Lavrenti au moment où il voit le géant entrer suivi de l'Espagnol. Xavier Dailans le prend à part, les deux hommes vont discuter dehors.

— Ça fait une heure que je m'en occupe, j'ai fait comme tu m'as dit. Il a son compte. Qu'est-ce qu'on en fait maintenant ?

— Je pense que je vais le descendre.

Favre en reste bouche bée, il ne s'attendait visiblement pas à cette réponse.

— Tu vas le descendre ? Mais pourquoi ?

— Pour l'exemple, pour montrer aux flics qu'ils ne peuvent rien.

— C'est pour ça que tu nous l'as fait amener ici ?

— Oui, je pouvais quand même pas le buter sur place… Et j'avais envie de m'amuser un peu avant, dit Dailans, pince-sans-rire.

— Xavier, ne m'en veux pas mais je pense que ce n'est pas une bonne idée, répond Favre.

— Pourquoi ? Ils peuvent rien contre nous !

— Ils peuvent te tirer une balle dans le dos, pas besoin d'être en position de force pour tuer un type, dit Favre, validant sans le savoir le raisonnement du commissaire Valin.

— Tu me protèges et tu n'es pas le seul à le faire…

— Je ne peux pas te protéger tout le temps, personne ne le peut. Réfléchis, c'est idiot de le tuer. Prends pas une décision comme ça sans consulter Gaillac.

— Mais qu'est-ce que vous avez tous à m'emmerder avec Gaillac ? Je peux pas dire que j'ai envie de pisser sans que vous vous demandiez ce qu'il en penserait. Tu me prends pour un incapable ou quoi ? Tu crois que je suis pas capable de faire tourner la boutique ?

— J'ai pas dit cela, laisse tomber pour Gaillac mais je veux juste te dire mon idée avant que tu ne fasses quoi que ce soit.

Dailans ne peut pas refuser. Favre lui parle dans l'oreille et il est obligé de pencher sa grande carcasse pour pouvoir entendre.

De l'autre côté de la porte, Maragal toise l'inspecteur en ricanant.

— Alors, gamin, tu fais moins le malin maintenant ?

Lavrenti n'a pas spécialement envie de répondre. De toute façon, quoi qu'il dise, l'Espagnol va se faire un plaisir de lui rendre la monnaie de sa pièce. L'inspecteur se dit que s'il s'en sort, ce dont il doute fort, il ne frappera plus ses prisonniers. Le géant rentre dans la pièce, fonce vers l'inspecteur, sort son pistolet, le lui colle sur la tempe. Lavrenti ne peut réprimer un frisson, alors cette fois, c'est sûr, il va mourir. Mais Dailans regarde Favre en souriant et… n'appuie pas sur la gâchette.

— C'est ton jour de chance, le flic. Je vais pas te descendre. Et tu sais pourquoi ?

Pas de réponse. Juste des larmes. Lavrenti n'arrive pas à se retenir.

— Parce que tu m'es plus utile vivant que mort. Tu es promu ! Désormais, tu n'es plus un sale flic ordinaire, tu es un sale flic avec une mission, une grande responsabilité… Tu étais responsable de l'affaire de mon ami Juan, désormais c'est beaucoup mieux, tu deviens le responsable de mon copain lui-même. Je m'explique : si un jour son dossier ressort, si des poursuites sont engagées, c'est toi qu'on tiendra pour responsable. T'as compris, connard ? Maintenant c'est toi le garant de la liberté de Maragal. S'il plonge, tu es mort.

Lavrenti ne trouve pas grand-chose à redire. Au moins, il devrait s'en sortir vivant, pense-t-il en retenant ses larmes tandis que le géant et Maragal quittent la pièce.

*

Les deux hommes remontent tranquillement l'escalier, comme si rien ne s'était passé.

— Allez, on va pas rester là, où est-ce que je t'emmène ? demande Dailans à son ami.

— Je te laisse carte blanche.

— Alors on va jusqu'à Auteuil et on s'arrêtera faire une balade au retour.

Ils prennent la voiture et commencent à rouler en direction du champ de courses. Devant chaque commerce, des attroupements, des gens de tous âges et de toutes conditions font la queue durant des heures pour échanger un bout de papier contre des calories, en nombre toujours insuffisant. Paris, littéralement, crève la dalle. La ville n'est plus qu'un immense ventre qui gargouille.

La voiture se gare devant les grilles du champ de courses. À côté d'elle, un vélo-taxi conduit par un vieil homme s'arrête et dépose un type riche, genre homme d'affaires. Un colonel en uniforme de la Luftwaffe vient lui serrer la main, les deux hommes partent jouer.

— Y'en a pour qui ça a l'air d'aller, remarque Maragal tandis que le conducteur, éprouvé par sa course, s'assoit dans l'herbe et ferme les yeux.

— Y'en a beaucoup qui peinent mais y'en a quelques-uns pour qui ça va très très bien... C'est une sale période, les durs survivent, les faibles meurent, le secret pour bien bouffer c'est de savoir profiter de toutes les occasions. Tu vois ce champ de courses, c'est Gaillac qui l'a fait rouvrir à l'automne 1940, les Allemands hésitaient, je crois qu'ils avaient vraiment décidé d'emmerder le monde sur ce coup-là. Eh bien c'est Gaillac qui a négocié au nom des proprios. Il a convaincu les Allemands que Paris sans les champs de courses, ce n'était plus vraiment Paris et que ce serait dommage de priver les *Soldaten* en permission de cette plaisante activité. En douce, il a promis à je ne sais plus quel général prussien qu'il aurait 1 % sur tous les paris qui se prennent ici. Le général a accepté à condition de recevoir une enveloppe tous les mois sans qu'on ne lui en parle jamais. Gaillac, afin de "protéger" les propriétaires d'un changement d'avis du général, a exigé d'eux le même pourcentage... pour lui-même ! Beau plan. Le seul problème, c'est qu'une fois par mois, faut aller se faire payer.

Ce que ne dit pas Dailans c'est qu'il avait trouvé à l'époque que le pourcentage prélevé par Gaillac était nettement insuffisant. Il se trompait. Son complice avait eu l'intelligence de ne pas être trop gourmand : 2 %, c'est déjà beaucoup. Mais en ces temps troublés, de bons rapports avec les Allemands et leurs affiliés, cela vaut bien quelques sacrifices. S'il avait demandé plus, il aurait été richissime en six mois, les propriétaires auraient payé, le temps de réfléchir à comment le faire abattre… Richissime mais mort. Gaillac a expliqué à Dailans le secret de la longévité du racketteur : prendre 5 % à 100 personnes vaudra toujours mieux que prendre 25 % à deux. Tous les vieux du milieu ont crié au génie. Pour ne pas passer pour un crétin, Dailans a fait semblant d'approuver. Pourtant il sait bien qu'il n'aurait pas fait la même chose : il suffisait de demander 15 % et de se payer quinze gardes du corps… Gaillac a joué au gagne-petit – comme souvent – et ceux qui l'applaudissent sont des mauviettes. Point barre.

Ils sortent de la voiture et vont faire ce pour quoi ils sont venus. Tout se passe bien, les vieux propriétaires leur proposent de jouer quelques parties gratuitement. Dailans répond qu'il déteste les canassons.

*

Après les courses, ils décident d'aller flâner dans les quartiers de l'Est parisien d'où Dailans est originaire. C'est au tour de Maragal de questionner Dailans : en particulier sur le chemin qu'il a parcouru en trois ans.

Ils s'arrêtent chez un photographe. Dailans exige que Maragal se fasse photographier. Le géant remercie le photographe et lui laisse un gros billet pour un tirage au format photographie d'identité, disponible en fin d'après-midi.

— Pourquoi cette photo ?, demande l'Espagnol en sortant.

— T'occupe et raconte-moi plutôt ce que tu as fait pendant ces trois ans.

— Je me suis caché, qu'est-ce que tu crois ? Sous une fausse identité, d'abord dans le Sud, près de Montauban.

— Et les flics ne t'ont pas retrouvé ?

— J'ai eu des faux papiers rudement bien faits... Donc les flics du coin m'ont vu mais je n'ai pas été inquiété. Je me suis fait passer pour un riche marchand d'art que les rouges espagnols avaient pillé et qui refusait de retourner dans ce pays de malheur.

— Et alors, au moment de la guerre, tu n'as même pas été mobilisé ?

— Non, mes faux papiers étaient invérifiables. La moitié des archives espagnoles ont cramé pendant la guerre, alors pour eux j'étais un citoyen ibérique non mobilisable.

Cette fois Dailans est admiratif.

— Mais alors pourquoi tu es revenu à Paris, ça avait l'air de pas mal se passer ?

— J'avais besoin de fric, et puis les statuettes de la vieille que j'ai cambriolée hier, on en parlait jusqu'à Montauban, j'ai eu l'idée de tenter le coup.

— C'était un coup à combien ?

— Peut-être cinq cent mille...

— C'est pas mal mais c'est beaucoup moins que ce que je peux te proposer si tu travailles pour moi.

Nous y voilà, pense Maragal.

— Vas-y. Je me doute bien que tu n'es pas venu me chercher pour mes beaux yeux.

Dailans explique à Juan Maragal la guerre, les Allemands, la création du marché noir...

— C'est vrai qu'on a sacrément progressé depuis 1939 mais ce sont surtout les circonstances qui nous ont aidés. Tu sais que je peux te faire profiter de ces avantages si tu travailles pour moi et je peux te dire qu'ils sont nombreux : t'as vu comme j'ai pu te faire sortir de la taule. Bosse avec moi, je te garantis que c'est le meilleur moyen de te faire du fric. »

Juan Maragal a quand même des réticences, les Allemands ont armé les putschistes espagnols qui ont tué plusieurs membres de sa famille, pendant la guerre d'Espagne. Il explique aussi à Dailans qu'il ne se voit pas traquer d'autres personnes, qu'il ne se sent pas fait pour ce genre de boulot.

Dailans le laisse parler, en regardant ailleurs, l'air du type qui est en train de vivre la conversation la plus ennuyeuse de sa vie.

— De toute façon, tu n'as pas le choix Juan, dit-il au bout d'un moment.

— Comment cela, je n'ai pas le choix?

— Si tu ne travailles pas pour nous, ni moi ni Gaillac ne pourrons te protéger et le petit minable de tout à l'heure pourrait facilement retrouver ta trace.

— C'est du chantage?

— Absolument pas, tu sais bien que je ne fais pas de chantage à un ami; simplement, si t'es pas avec nous, si tu portes pas le *carton*, comment veux-tu qu'on te protège? Si tu te barres encore dans un bled pourri, et que les flics du coin te mettent la main dessus, comment veux-tu qu'on fasse pour te tirer de là?

— Je croyais que le jeune flic était mon assurance-vie.

— Une assurance-vie, cela n'empêche pas les gens de mourir, c'est juste qu'après y'a un type qui doit payer...

— Bon, eh bien, si je n'ai pas le choix, très bien, donne-moi ton foutu *carton* et puis je jouerai les balances, on n'en parle plus!

— Si on en parle, parce que ce n'est pas tout, justement.

— Ce n'est pas tout, tu ne crois pas que ça fait déjà assez, pour l'après-midi?

Dailans pousse son ami le dos contre la vitre d'une boucherie qui n'a plus rien à vendre.

— Ce que je vais te dire, maintenant, Juan, il faut que tu n'en parles à personne.

— Compris.

Dailans en vient au fait : il a décidé d'attaquer le train allemand et il a besoin d'hommes de confiance pour l'aider dans sa tâche.

— J'ai déjà effectué toutes les vérifications, Juan, la situation se présente vraiment bien, je t'assure.

L'Espagnol réfléchit, il s'appuie contre la porte d'un immeuble.

— Attends, attends, il y a quand même quelque chose qui me chiffonne. Tu me proposes de travailler pour toi, très bien. Tu me demandes d'avoir sur moi une carte de police allemande, je te dis que je ne veux pas, tu m'obliges, très bien. Mais dix minutes après tu me demandes de les voler, là je ne comprends plus. Si je le fais, j'ai besoin de savoir : pourquoi tu fais cela ? Pourquoi est-ce que tu es prêt à perdre tout ce que tu as, alors que tu n'as jamais eu tant avant ?

— Je profite de toutes les occasions, c'est tout, comme je te le disais aux courses, de *toutes*. Tu l'as vu, je suis devenu riche, eh bien figure-toi que ce que je fais c'est toujours pour l'argent, tu verras, nos activités rapportent bien, comparé à tous ceux qui crèvent de faim, y'a vraiment pas à se plaindre…

Ses yeux brillent.

— …Mais là c'est complètement différent. Un coup de ce genre, ça peut nous mettre dans les mecs les plus riches de France. Si la camelote est d'aussi bonne qualité que dans les convois d'avant y'en a pour des millions et des millions, c'est un coup qui peut nous mettre à l'abri, non pas pour un ou deux ans mais pour des dizaines d'années, en vivant largement. Avec ce fric, on ne craint plus rien, l'Allemagne peut bien perdre la guerre, on s'en fout, le fric nous protégera, que ce soient les Américains ou même les bolchéviques qui campent à Paris, on s'en tirera.

— Mais tu peux tout perdre !

— Oui, je peux tout perdre, mais je peux aussi tout perdre si un résistant me colle un pruneau demain matin !

— Tu arriveras à vendre les toiles ?

— On les emmènera au Portugal, on se mettra en contact avec les Américains, on trouvera bien le moyen de les fourguer à un bon prix, t'en fais pas.

— Et après, qui dit que t'auras pas envie de refaire le coup avec le prochain convoi ?

— Je pense que c'est typiquement la plaisanterie à ne faire qu'une fois, dit Dailans en ricanant.

— Xavier, j'aurai pas le niveau, pour un truc aussi dangereux.

— Mais non, dis pas ça, je suis sûr que tu seras parfait.

— T'as vu le résultat des premières tentatives…

— Mais justement, y'a eu progrès, sans même que tu t'en aperçoives…

Maragal fronce les sourcils, Dailans continue, un sourire joyeux sur les lèvres.

— La première fois, tu tapes les vieux trop tôt, tu manques d'oublier le code, tu t'enfuis sans rien emporter… La deuxième fois, tu finis par trouver une statuette… Remarque, tu te fais arrêter avant d'avoir fait dix mètres dehors…

Dailans finit par éclater de rire. Maragal est vexé.

— Bon, faut bien reconnaître que tu n'as pas été grandiose, mais en même temps t'as pas boxé dans ta catégorie. Cerdan – que j'ai vu boxer cette année, faudra que je te raconte, quelle raclée… –, bon, Cerdan, tout bon qu'il est, il peut pas combattre chez les lourds, toi c'est ce que t'as fait, deux fois, t'as voulu boxer dans une catégorie qu'était pas la tienne… Ça s'est pas bien passé, c'est normal, t'étais pas préparé. Mais je te rassure, dans ta catégorie, c'est *toi* le roi. C'est pour ça que je te veux. Et puis là, tout sera complètement différent : tu seras avec quatre gars, qui seront là pour te guider et te protéger, la seule chose que tu auras à faire c'est de nous indiquer quelles sont les toiles qui vaudront le coup et de les découper proprement. Ne me dis pas que ce n'est pas dans tes cordes.

— Si, c'est dans mes cordes, reconnaît Maragal.

*

Ils reprennent la voiture et vont chercher les affaires de Maragal dans un bouge miteux, près des Halles, puis Dailans emmène l'Espagnol jusqu'à un appartement coquet du 13e sans lui dire un seul mot. Ils montent les escaliers, Dailans ouvre la porte.

— Entre, c'est chez toi. Et n'essaie pas de te sauver, j'envoie Favre pour te surveiller. Je repasse ce soir. (Il marque une pause.) Alors tu marches ?

— J'ai le choix ?

— Pas tellement, faut bien le reconnaître…

— T'es sûr de ton coup au moins ?

— Ouais, je suis sûr, t'inquiète pas, il y a une seule chose qui compte pour que l'opération marche…

— D'avoir de la chance ?

— Oui, la chance est indispensable mais ce n'est pas à ça que je pense.

— À quoi tu penses alors ?

Le visage de Dailans a changé.

— J'ai besoin de types prêts à mourir.

— Et tu crois que je suis prêt à mourir ?

— Non, toi c'est différent. Avec ce que tu as fait aux vieux, si tu n'as pas une protection de très haut niveau, c'est comme si tu étais déjà mort.

Dailans marche jusqu'à sa voiture. Il ne se sent pas très bien. Maragal lui a posé la question qui fait mal : pourquoi est-ce qu'il fait ça ? Il n'a rien répondu. Il ne le sait pas. C'est un pari, un immense pari, se dit Dailans pour éviter d'avoir à réfléchir davantage.

* *
*

Olivier Forlain est un homme élégant : sa casquette est assortie à sa veste en cuir marron. Officiellement il est le chauffeur de Dailans, en réalité son homme à tout faire : geôlier, tabasseur de prostituée récalcitrante, cuisinier... Il s'occupe de toutes les besognes que Dailans trouve indignes de lui. C'est un type assez jeune qui n'aurait pas grimpé très haut sans l'aide du géant, mais dans ce milieu comme ailleurs, la chance et les rencontres font partie de la carrière. Ernest Archenbach, l'homme qui l'accompagne a, lui, longtemps manqué de chance, ce qui signifie qu'il a pas mal fréquenté la prison de la Santé où Dailans l'a connu. La dernière fois qu'il a plongé, c'était pour vol à main armée en 1937, dix ans de réclusion. Au début de l'occupation, Dailans est venu à la prison, il a montré sa carte de police allemande et a évité à Archenbach de sortir fin 1947. Ça crée des liens.

L'heure du couvre-feu est dépassée depuis longtemps lorsque les deux truands arrivent au Théâtre de la Ruche, une petite salle située près du métro Barbès. Loin de compter parmi les théâtres à la mode, ses honnêtes représentations de pièces de boulevard attirent un public désireux de s'évader des rigueurs du temps et les critiques ont, dans l'ensemble, été correctes. Ainsi ce soir, comme d'habitude, les spectateurs ont ri aux mésaventures du mari trompé et de l'amant caché dans le placard. Au moins pendant quelques minutes, ils ont eu l'air réellement heureux, comme autrefois, quand ils n'avaient pas faim.

Mais, maintenant, les acteurs partis, les lumières éteintes, le théâtre semble changer de visage. Dans un petit bureau au premier étage, c'est au tour d'André Veil de devenir la vedette des lieux. Un autre genre de vedette, son public, pas très nombreux, est assis autour d'une grande table en bois où les techniciens viennent habituellement casser la croûte : il y a là Xavier Dailans, Juan Maragal, Michel Favre, bientôt rejoints par Forlain et Archenbach.

Sans doute sensible à l'atmosphère des lieux, Dailans joue les maîtres de cérémonie.

— Pour ceux qui ne le connaîtraient pas encore, voici André, accessoiriste de ce magnifique théâtre et la personne à qui je m'adresse quand j'ai absolument besoin de choses impossibles. Accessoiriste : c'est un beau métier qui, par les temps qui courent, ne permet pas de nourrir une vieille mère malade, alors il faut bien se débrouiller.

— Maintenant que tout le monde est là, je vais pouvoir commencer. Le but de cette rencontre est de préparer notre action. J'ai déjà vu chacun de vous individuellement donc je pense que chacun connaît d'ores et déjà à peu près son rôle mais j'ai préféré que nous puissions revoir tout cela ensemble une fois. Je vous remercie de votre rapidité à tous puisque nous avons disposé des premières informations il y a seulement trois jours. Mais rassurez-vous, j'ai interrogé plusieurs fois chaque prisonnier avec Michel, je me suis rendu sur place, toutes les informations concordent et je suis sûr que tout se passera bien… Pour ce faire, je vais employer chacun de vous selon ses talents : Olivier, tu nous conduiras jusqu'à la gare, tu seras en soutien pendant l'assaut, puis tu nous ramèneras jusqu'à la planque, tu seras habillé en Rottenführer SS.

L'intéressé sourit, tout fier, il se voit déjà Führer de France. Dailans renonce à l'informer qu'il vient de le nommer… soldat de première classe.

— Ernst sera notre général puisqu'il parle couramment allemand. Je me suis attribué un grade de capitaine et, Juan, je te nomme lieutenant. Un point doit être clair, si nous sommes contrôlés ou si pour une raison ou pour une autre nous avons à parler avec des Allemands, vous laissez faire Ernst qui nous fera un extraordinaire numéro de général SS furieux et pressé. Vous pouvez remercier André qui vous a dégotté en trois jours des uniformes et des fausses cartes correspondant à vos grades. Il manque juste celle de Juan que nous aurons demain, si je pense à te donner cette photo, André.

Il se lève et lui tend la photo de Maragal, il est repassé chez le photographe avant de venir.

— Je vous fournis aussi les armes – couteaux et silencieux pour tout le monde… –, sauf pour Juan, qui est sous ta responsabilité, Michel. Juan, tu feras ce que tu as à faire avec des gants. Michel, il faut que tu en aies une paire sur toi, au cas où Môssieur Maragal se soit fait distrait.

Il s'interrompt quelques secondes et balaie l'assistance d'un regard dur.

— J'en viens maintenant à la partie la moins agréable de mon exposé. Cette expédition peut faire de nous des hommes riches, à l'abri du besoin. Mais c'est une aventure risquée où nous pouvons être tués, blessés ou arrêtés. Le fait d'être tué n'est pas un problème : vous avez joué, vous avez perdu. Si vous êtes blessés, tant mieux pour vous si vous arrivez à vous en tirer. Par contre, en aucun cas vous ne devez être pris, ce n'est pas un ordre, c'est un conseil. Déjà vous trahirez vos associés mais, surtout, cette trahison ne vous empêchera pas d'être torturé et finalement exécuté. J'insiste : si les Allemands vous prennent, vous n'avez strictement aucune chance de vous en sortir.

Dailans leur donne des capsules de cyanure à avaler. Chacun des hommes tend la main, tous regardent le poison d'un air étrange.

— Comment tu t'es procuré ça? demande Favre, admiratif.

— C'est à André qu'il faut demander.

Tous se tournent vers lui mais le vieil accessoiriste ne lâche pas le secret, se contentant de sourire d'un air énigmatique.

— Nous allons maintenant voir comment bien nous organiser pour ne pas avoir à prendre le cyanure.

Dailans déplie sur la grande table en bois le plan de la gare qu'il a dessiné selon les indications des prisonniers. Les autres se rapprochent pour l'écouter…

* *
*

Il est minuit passé. La voiture vient de brûler un feu rouge, ce qui fait bien rire le chauffeur Forlain et son passager avant, Michel Favre. À cette heure-là de la nuit, il n'y a personne dans les rues, couvre-feu oblige et même en plein jour, s'ils ont envie de griller des feux rouges et de renverser des grand-mères, qui va aller leur dire quelque chose ? Sur le siège arrière, l'inspecteur Lavrenti vient de reprendre vaguement conscience, ses jambes et ses bras sont entravés par une corde, il a envie de crier, de mordre, n'importe quoi tant sa situation lui est insupportable mais un bâillon l'en empêche. Il se redresse imperceptiblement, regarde par la fenêtre et se repère assez vite, c'est le bas du 1er arrondissement. Malgré un mal de tête effrayant, il essaie de réfléchir. Que vont-ils faire de lui ? Ils sont en train de le ramener devant le quai des Orfèvres, mais pour quoi faire ? Le déposer, brisé mais vivant, ou lui coller une balle à quelques mètres de son lieu de travail ? Lavrenti n'a pas vraiment de certitude. Le géant lui a laissé entendre qu'il aurait la vie sauve, mais il a pu très bien changer d'avis.

La voiture se rapproche du quai puis freine brutalement : le conducteur et le passager avant en descendent.

Les deux hommes ouvrent la porte arrière et attrapent le jeune homme par les jambes et les bras. Ils le jettent à terre sans ménagement, le bourrent de coups de poing et de coups de pied, puis lui crachent dessus.

— Si le peintre va en taule, on te retrouve et on t'égorge.

Un dernier crachat puis plus rien, la voiture redémarre et se met à rouler, le bruit du moteur se perd dans la nuit.

Des bruits de pas, un planton du quai a vu la forme inanimée qui gît en plein milieu de la route. Le garde appelle au secours.

Lavrenti est sauvé.

Il sait qu'il n'aura pas de repos avant de s'être vengé de ces ordures.

5.

Paris, mardi 6 octobre 1942, 11 heures

Cela fait trois jours que Dailans a interrogé Antoine Wirth pour la première fois, seulement trois jours mais le cheminot a l'impression que cela fait cent ans.

Il est assis sur son lit dans cette cellule minuscule où il n'a rien d'autre à faire que lire et relire les messages écrits sur les murs par ceux qui l'ont précédé ici : *Ma Julie, je t'aime; Vive de Gaulle; Vive Pétain; Vive le PCF; Vive Staline; Salauds de boches; Je m'appelle Jean R… si vous le pouvez, dites à mes enfants que leur papa les aime…* Des dizaines et des dizaines de petits mots de ce genre. Quand il les regarde trop longtemps, les larmes se mettent à couler sur son visage. Il ne trouve un refuge qu'en lui-même, en repensant à sa vie d'avant : à son épouse, à ses amis, à son métier, à sa machine… Après le décès de sa Mireille, il ne lui restait plus que cela : sa locomotive, sa *merveille* qu'il était seul à pouvoir conduire. Et cela aussi il l'a perdu, sa vue a baissé, il a dû se résoudre à laisser sa belle en d'autres mains et à accepter ce maudit poste au dépôt.

Winston emmerde Adolf.

La vie est surprenante, ce travail qu'il détestait tant, il n'aurait jamais cru le regretter un jour. Pourtant, il est arrivé, ce jour où sa vie s'est définitivement brisée, le 2 octobre 1942, ce jour où il est devenu un traître, ce jour où il a tout perdu. Même si le géant a finalement laissé entendre qu'il leur laisserait, à tous, la vie sauve, Wirth ne peut oublier qu'il a trahi ses compagnons. Il prend sa tête entre ses mains. Il voudrait que tout revienne comme avant, il voudrait retrouver son petit appartement, son travail et, surtout, sa fierté.

Mort aux Schleus, mort aux collabos, Vive l'Internationale.

*

Il entend des bruits derrière la porte de sa cellule. Est-ce pour être nourri ou pour être, encore, interrogé ? Depuis le début de la matinée, Dailans est venu au moins cinq fois lui faire préciser divers points de son histoire et lui redemander de décrire la gare, centimètre par centimètre. Au fur et à mesure qu'il répondait, le géant dessinait soigneusement des croquis sur un petit calepin vert.

Le géant a fini par partir, laissant le cerveau du cheminot en ébullition, une idée monstrueuse s'est formée dans son esprit : et si le gestapiste lui avait demandé tous ces renseignements dans le but d'attaquer lui-même le train ? Il est surtout le seul à être au courant de l'existence du chargement de tableaux. Or, après le premier jour de détention, durant lesquels lui et ses camarades ont été cuisinés tour à tour, les portes des cellules voisines ne se sont plus ouvertes qu'au moment des repas. Enfin, Dailans lui a demandé de ne rien dire aux Allemands à ce sujet…

Non ce n'est pas possible, il ne peut pas tenter un coup sur le convoi alors qu'il travaille pour les Allemands.

Peut-être que la Gestapo étudie les points faibles de la surveillance de la gare pour l'améliorer ? Oui, c'est sûrement cela, se dit Wirth pour se rassurer : car si Xavier veut attaquer le train, il ne va sûrement pas vouloir laisser beaucoup de témoins derrière lui.

Il se met à trembler.

De toute façon avait-il le choix ? L'autre allait le tuer. Il n'y avait rien d'autre à faire s'il voulait rester en vie. Et Dieu sait qu'il le voulait… C'est bien ce qu'il se reproche maintenant. En tout cas, ça a marché. Dès qu'il a obtenu ses renseignements, le géant s'est montré moins brutal et a même fini par dire que lui et les autres seraient libérés.

Mais Dailans a précisé que leur libération ne serait pas gratuite… Il leur a demandé de travailler pour lui.

S'ils ne meurent pas, lui et ses camarades vont se retrouver à chasser les résistants.

Il se demande s'il ne préférerait pas mourir.

Il essaie de ne plus penser à tout cela.

*

La porte de sa cellule s'ouvre, interrompant ses réflexions. Dailans et Archenbach entrent, ils lui mettent les menottes et le font sortir. Ils ouvrent les cellules voisines et en extraient les autres.

— En rang sans bouger, taisez-vous.

Pour la première fois, Wirth revoit ses compagnons, Albert à la face grêlée, le vieux Maurice qu'il connaît depuis si longtemps ; Alexandre dont le visage porte d'impressionnantes traces de coups. Ils ont à peine le temps de se regarder, les gestapistes les poussent avec les crosses de leurs fusils.

Ils sont juste au-dessous de la trappe menant aux cellules dans lesquelles ils étaient emprisonnés au début de leur détention. Les gardiens leur font grimper la petite échelle, chacun leur tour, les mains liées. Au-dessus, Forlain et Favre prennent les captifs par le col et leur font franchir le passage. Ceux qui ont le malheur d'hésiter sont frappés à coups de crosse. Les détenus doivent s'arrêter devant leurs anciennes cellules.

— Ne bougez pas.

Dailans sort le dernier. Forlain et Favre ouvrent la marche, ils avancent jusqu'à un escalier en colimaçon, puis disparaissent du champ de vision des prisonniers. Les cheminots sont nerveux. Derrière eux, il ne reste que Dailans et Archenbach. Les prisonniers ont compris que quelque chose se tramait. L'un fait mine de se retourner, un coup de crosse l'en empêche.

— Ne bougez pas.

Et puis, soudain, la fusillade commence. Dailans et Archenbach leur tirent dans le dos. Pendant plusieurs secondes, les mitraillettes vomissent leurs balles du bas vers le haut. Wirth s'effondre, tué par une rafale, la première balle est entrée dans le bas de la colonne et la dernière est ressortie par la gorge. Deux de ses camarades tombent en même temps que lui. Le quatrième cheminot se précipite vers l'escalier, dans l'espoir d'échapper aux balles mais Forlain et Favre avaient prévu sa tentative : dès qu'il apparaît dans l'escalier un crépitement déchire l'air, l'homme hurle, puis plus rien.

Le silence.

Forlain descend les quelques marches qui le séparent du bas de l'escalier, enjambe le cadavre de l'homme qu'il vient de tuer et découvre le reste du spectacle.

Du sang partout. Sur le sol, sur les portes des cellules et sur le géant qui a tiré de trop près et dont le costume en est couvert. Un des types, celui qui a des boutons sur le visage, n'est pas mort mais il a convulsé et bave du sang.

Forlain l'achève d'une rafale.

— C'était assez dangereux ton plan ! commente-t-il, On aurait pu se blesser !

— Il fallait que cela ressemble à une tentative d'évasion au cas où nos amis allemands reviendraient nous voir, eh bien moi je trouve que c'est le cas ! s'exclame Dailans, excédé.

— J'espère qu'on n'a pas fait une connerie de les descendre avant le coup, répond Favre.

— Non j'en ai tiré tout le jus qu'il y avait à en tirer, dit Dailans en contemplant les cadavres et les murs, couverts de sang, eux aussi. Bon, ça suffit la parlotte... Eh bien, on n'a pas fait dans la dentelle... Trouvez-moi un nouveau pour nettoyer. Et un autre pour emmener ces cons à la morgue.

*

Xavier Dailans remonte vers son bureau, se verse un verre et appelle son supérieur, Daniel Speil. Il tombe sur la secrétaire qui semble, comme à chaque fois, prendre un malin plaisir à le faire patienter un moment avant de lui passer le Standartenführer. Une minute plus tard, une voix dure résonne dans le combiné. Speil est de très mauvaise humeur : au casino, hier soir, rien n'a marché comme il l'espérait. Il a lâché un paquet de fric, tout ce que lui avait donné Dailans. En fait, derrière la comédie de la voix coléreuse, Speil, qui n'a jamais eu peur de toute sa vie, se prend à espérer que le coup de téléphone n'a pas pour objet une demande de remboursement immédiat du prêt.

— Speil.

— Bonjour, Herr Standartenführer, Dailans à l'appareil.

— Je t'écoute.

— Les prisonniers que vous avez vus l'autre jour...
Speil respire, c'est professionnel.

— Vous avez pu les faire parler ?

— Non : on n'a pas réussi et maintenant ils ne parleront plus jamais !

— Je ne te suis pas.

— On n'avait rien contre eux, j'ai décidé de les envoyer aux flics pour interrogatoires par le SPAC[1], je pensais qu'ils sauraient peut-être des choses sur eux, mais je n'avais pas beaucoup d'espoir, je pensais que les cheminots allaient être relâchés dans la journée...

— ... Et alors ? Ça a mal tourné ?

— Tout a dérapé en quelques instants, au moment du transfert. Le plus jeune prisonnier avait les mains attachées mais il s'est jeté sur un des gardes. Mon gars a eu peur, il a tiré et le gamin a pris une rafale en pleine poitrine. Les autres prisonniers sont devenus fous, ils ont foncé sur les gardiens comme des chiens enragés. On a dû les descendre.

— Tous ?

— Pas de survivant.

— Bon, et qu'est-ce que tu veux que j'y fasse ? demande Speil après un silence de plusieurs secondes.

— Rien, Herr Standartenführer, je voulais savoir si vous vouliez envoyer une équipe pour enquête ?

— Je te remercie mais je n'ai pas le temps d'envoyer des hommes sur une tentative d'évasion ratée. Les gens meurent, c'est la guerre. Remettez-vous au travail.

Speil raccroche rapidement pour ne pas laisser au géant le temps de parler d'argent.

Dailans savoure quelques instants d'intense satisfaction. Tout se passe comme prévu.

---

1. Service de police anti-communiste créé par René Bousquet.

— Favre… appelle-t-il.
Le tueur au visage de poupon arrive en courant.
— Il a marché. On se prépare pour ce soir ! »

* *
*

Après, le géant a l'impression que le temps s'accélère.

14 heures : choisir une voiture, la maquiller pour que personne ne puisse remonter jusqu'à eux.

15 heures : vérifier que chacun ait appris par cœur son alibi.

16 heures : manger.

17 heures : aller dormir un moment, ne pas y arriver.

21 heures : mettre les uniformes, prendre les flingues et un tract tapé à la machine qu'André a apporté à midi puis se planquer jusqu'à l'heure du départ – personne, même ici, ne doit les voir en uniforme, ils seraient faciles à dénoncer.

21 heures : calmer Juan qui pleure à moitié – de trouille – le faire boire.

22 heures : lui faire boire un dernier verre, pas plus sinon il va saloper le boulot.

22 heures 05 : départ par la porte arrière de l'hôtel particulier, la voiture est juste devant.

* *
*

Dans la voiture : Xavier Dailans, Olivier Forlain, Ernest Archenbach, Michel Favre et Juan Maragal, tous en uniformes allemands. Les voitures partent en direction du nord, elles dépassent bientôt les limites de la ville, elles atteignent les banlieues pauvres, les banlieues rouges ;

Saint-Denis la ville où les ouvriers veillent le repos des rois de France. Les rues sont désertes : les prolétaires sont chez eux. Après la ville, les usines et leurs cheminées froides. Puis elles disparaissent, elles aussi. Ce n'est plus la ville, ce n'est pas encore la campagne, ça y ressemble, pourtant il y a des potagers, des champs mais, soudainement, apparaît un lotissement de petits pavillons. Et c'est comme cela sur plusieurs dizaines de kilomètres, des espaces indistincts succèdent aux espaces indistincts. Puis à nouveau une ville. Au détour d'un virage, ils aperçoivent la gare. Elle est isolée, comme si la ville n'avait pas vraiment voulu d'elle, comme si elle l'avait volontairement rejetée à sa périphérie, dans une sorte de *no man's land* de terrains vagues et d'entrepôts ; pas d'habitations mises à part quelques maisons pauvres qui semblent se regarder en se demandant ce qu'elles font là.

Forlain roule très lentement et tous feux éteints pour se rapprocher le plus près possible sans se faire repérer.

23 heures 02.

Ce soir, la lune est cachée par les nuages. Il fait sombre.

Forlain stoppe la voiture au détour d'un virage. Derrière, il y a une petite maison que la route avait masquée, Dailans se dit qu'ils n'auraient pas dû se garer là, heureusement elle a l'air inoccupé : pas de lumière aux fenêtres et le jardin grouille d'herbes folles. Pas de souci à se faire, de toute façon, redémarrer la voiture ferait trop de bruit… Les hommes descendent et se dirigent en direction de grands bâtiments noirs aux abords de la gare, des ateliers de réparation de locomotive. Arrivés jusqu'à eux, ils se jettent dans leurs grandes ombres froides. La gare est pareille à toutes les autres : des butoirs au bout des voies, des sémaphores, deux portiques de signalisation, des wagons, plusieurs dépôts, un poste d'aiguillage, des voies de service, des bâtiments administratifs. Les voies semblent désertes mais elles sont éclairées, au milieu de l'obscurité ambiante, le tout donne une sensation un peu irréelle, comme si les cheminots venaient de disparaître subitement.

Ils se faufilent jusqu'aux voies sans être repérés et se cachent sous un wagon.

23 heures 10.

Plusieurs minutes passent sans qu'aucun des hommes ne bouge. Ils écoutent, immobiles, attentifs au moindre bruit. Ils entendent distinctement les pas des sentinelles, une allumette qui craque, le sifflement d'un homme ou du vent ; au loin, en direction des bâtiments administratifs, des éclats de voix leur parviennent.

Archenbach et Dailans se regardent, ils sont d'accord : au bruit, ils ont repéré quatre sentinelles.

23 heures 20.

Archenbach part en reconnaissance, vérifier les dires de Wirth. Dailans le regarde partir sans inquiétude, aucune chance qu'un type comme lui se fasse prendre même si son uniforme de général n'est pas la tenue idéale pour ce type d'expédition. Il est plus inquiet pour Maragal mais l'Espagnol a l'air de tenir le coup.

23 heures 25.

Archenbach revient, il confirme à Dailans que tout est conforme à ce qui a été prévu. Quatre sentinelles. Deux à droite, une à trente mètres en arrière, une vers le wagon-cible. Répartition des rôles.

23 heures 29.

Ils connaissent le plan de la gare par cœur, le chemin de ronde des sentinelles, l'emplacement des wagons, ils ont écouté, patrouillé, repéré ; c'est maintenant qu'il faut agir. Ils se souhaitent bonne chance.

Un dernier regard.

Ils se relèvent.

23 heures 30.

Quatre ombres dans la gare.

Course.

Des sentinelles sur les voies.

Les ombres fondent sur elles.

Les gardes s'effondrent aux pieds des ombres.

Une, puis deux, puis trois. Les ombres poussent les corps sans vie sous les wagons.

Les ombres sont habillées en uniforme SS.

Elles se rapprochent de l'emplacement.

Il reste une sentinelle qui se promène sur un terre-plein entre deux voies. Elle semble garder deux wagons, l'un sur la voie de droite, l'autre sur la voie de gauche. Si la description qu'a faite Wirth est bonne, le wagon où les tableaux se trouvent est celui de droite. À quelques mètres des ombres, la sentinelle ne se doute de rien : elle regarde au loin, trop loin, elle est ailleurs, elle n'est plus qu'une proie. En un instant, les ombres sont sur elle, la frappent et la poussent sous le wagon de gauche. Les yeux de la sentinelle sont révulsés de peur et de surprise : l'homme qui lui écrase la bouche avec sa main porte des galons de général SS. Archenbach ne lui laisse pas le temps de se reprendre.

— Je veux savoir où sont les tableaux, lui dit-il en allemand.

D'une légère inclinaison de la tête, la sentinelle désigne l'autre wagon.

— Donne-moi le mot de passe et je t'assomme sans te tuer. Si tu ne me le dis pas, je te tue.

La sentinelle hoche la tête. Le général pousse sa main d'un millimètre de manière à ce que l'homme puisse bouger la lèvre. Dailans est prêt à le poignarder en plein cœur s'il tente de crier, le son n'aurait que le temps d'expirer sur ses lèvres. La sentinelle le sait.

L'homme dit le mot « Christnacht ». Archenbach, d'abord incrédule, lui fait répéter. Dailans et Archenbach se regardent, se questionnent du regard et se répondent par un hochement de tête : l'homme a été sincère.

Il ne sert plus à rien.

Archenbach plaque de toutes ses forces sa main sur la bouche de la sentinelle tandis que Dailans lui enfonce son couteau dans le cœur. Le garde sent la pointe de métal s'enfoncer dans sa poitrine mais n'a pas le temps de crier.

Les deux hommes ressortent de sous le wagon. Ils se faufilent jusqu'à celui de droite, rejoints par Maragal. Forlain et Favre sont à quelques mètres, prêts à intercepter tout gêneur.

Le général Archenbach se place devant le wagon et dit le mot de passe, distinctement. Butée de porte, levier de verrouillage, le bruit d'un loquet, la porte du wagon s'ouvre. Le visage méfiant d'un garde apparaît. Il se raidit en voyant ses visiteurs, un général SS en uniforme accompagné de son aide de camp et son secrétaire.

— Heil Hitler, Herr Brigadeführer.

— Heil Hitler, répond Archenbach. C'est une inspection de sécurité. Montrez-moi les œuvres.

Le garde aide Archenbach à monter. À la suite, Dailans et Maragal pénètrent dans le wagon. Le garde se retourne et désigne trois grosses caisses de bois, il commence une phrase, qu'il ne finit pas. Le général sort un couteau et le poignarde.

Heureusement, il n'y a pas de coffre dans le wagon, c'était une des grandes craintes du géant, ouvrir un coffre prend un temps infini. Maragal commence à découper les toiles, passant d'un tableau à un autre en quelques secondes, le geste est précis, concentré, l'œil professionnel. En trois minutes, il a découpé une dizaine de toiles précieuses. Dailans n'a plus qu'à laisser un tract dans le wagon, au pied de la sentinelle morte.

23 heures 50.

Les toiles ont été roulées dans un grand sac, confié à Archenbach. Ils repartent d'un pas rapide jusqu'à la voiture qui les attend à cinquante mètres de la gare.

Les nuages s'écartent de la lune comme des soupirants repoussés.

La nuit, pendant quelques instants, devient lumineuse et belle.

*

La voiture démarre. Ils roulent un bon moment, la peur au ventre. La peur, surtout, que l'alerte ait été donnée à la gare et qu'un barrage surgisse au détour du prochain virage, empêchant leur fuite. Dans leur esprit à tous, de sombres pensées : arrestation, fouille, prison, tortures, tortures, tortures, tortures… C'est sur ces petites routes endormies qu'ils prennent réellement conscience de la gravité de leur acte, tous en même temps, sans dire un seul mot. Ce ne sont pas des Français humiliés et sans défense qu'ils ont attaqués mais l'armée allemande : si un seul d'entre eux fait une seule erreur, ils mourront tous. Dans la voiture, personne ne parle mais tous se regardent, tous se demandent un instant si, par prudence, il ne vaudrait pas mieux supprimer Juan Maragal. L'Espagnol baisse les yeux. Après une bonne demi-heure de route, la voiture s'engage sur un chemin forestier, roule pendant quelques minutes puis s'arrête devant une maison et une petite grange que la forêt semble sur le point d'avaler.

Ils sont sauvés.

Tout à coup, des rires éclatent dans la voiture.

Dailans descend, accompagné de Favre, il ouvre la porte de la maison. Très isolée, elle a déjà servi plusieurs fois à la bande.

— Prenez vos vêtements civils et changez-vous tout de suite, ordonne Dailans.

Ensuite, Forlain et Favre cachent la traction dans la grange, ils commencent à changer les plaques.

— Juan, amène les toiles, dit Dailans.

L'Espagnol les prend dans le coffre puis se dirige vers la maison, suivi à la trace par Archenbach qui ne prend guère la peine de cacher son rôle de chien de garde. L'Espagnol entre dans une grande salle au sol recouvert de briques usées, surmontée par un plafond aux poutres apparentes et dont les murs sont badigeonnés d'ocre rouge ; l'ensemble a un faux air andalou étonnant en pleine région parisienne. Maragal, avec dix toiles de maître entre les mains, ne peut s'empêcher d'examiner la pièce avec attention, à la recherche d'un meuble de valeur. Mais il n'a pas le temps de procéder à un examen aussi précis qu'il le souhaiterait.

Dailans le ramène à la réalité.

— Les toiles. Déballe-les sur la table.

Maragal, Archenbach et Dailans s'approchent pour admirer leurs trésors. Cette fois c'est l'Espagnol qui mène la danse et fait profiter ses compagnons d'un cours d'histoire de l'art.

— La première que j'ai découpée, dit-il en fouillant parmi les rouleaux, c'est celle-là.

Dailans et Favre approchent et contemplent une toile représentant une forêt dont les arbres ressemblent à ceux qui entourent cette maison, ils sont blancs à cause du givre, le sol est couvert de neige, pas de trace de présence humaine, juste un paysage enneigé.

— Dongen a peint cette toile en 1875 pendant sa période dite de Pontoise, elle s'appelle *Les Bois en hiver* et exprime…

— Fais voir les autres, le coupe Dailans.

Un peu vexé, les yeux brillants de passion, Maragal repose la toile sur la table et commente les autres pour ses deux compères bientôt rejoints par Favre et Forlain : *La*

Vue du golfe de Cézanne, *La Femme et le Jeune Enfant de Tanger* de Delacroix, un Vélasquez, *Après la promenade* de Degas, *Gris d'hiver* de Corot. Pendant ce temps, Favre balance au feu papiers et uniformes, tout ce qui peut les relier au casse.

Maintenant, alors que tout danger est écarté, l'Espagnol sent l'émotion le submerger tandis qu'il regarde tous ces chefs-d'œuvre qu'il tient entre ses mains. Il se sent tanguer et manque de s'évanouir.

C'est Dailans qui le rattrape.

— Oh là, mon vieux, tu te sens mal ?

— Non c'est juste que ça fait un peu trop d'émotion pour la soirée.

— Combien ça nous fait toutes ces toiles ? demande Favre.

— Si on additionne tout, je dirais dans les trente millions.

Cette fois ce sont tous les voisins de Maragal qui manquent de tourner de l'œil.

0 heure 30.

Dailans réunit tout le monde dehors avec un verre de champagne, le géant félicite généreusement ses troupes pour leur comportement lors du casse... et prévient Maragal que s'il essaie de venir voler les toiles, il l'enterrera vivant.

Tout le monde rit, sauf l'Espagnol qui essayait de mémoriser les lieux pour revenir.

— L'argent sera partagé après la vente des toiles qui, j'espère, aura lieu bientôt. Maintenant allons manger un morceau. Mais avant, je veux que nous portions un toast à notre protectrice... (Il lève les yeux au ciel.) À la nuit noire qui nous a protégés !

— À la nuit noire !

Favre, Forlain et Maragal rejoignent la demeure pour un gueuleton.

Archenbach reste avec Dailans.

— Tu es sûr qu'il ne va pas nous balancer ?

— T'inquiète pas, je le préviendrai que les toiles ne resteront pas ici. Et puis si tu veux, tu le fileras dans les prochains jours pour qu'il se sente surveillé. Mais de toute façon, il ne fera rien, j'ai confiance en lui…

— Tu plaisantes, là ?

— Oui, mais il ne fera rien, il a trop peur de nous… On peut trinquer ! À la nuit noire…

Les deux hommes vident leur verre et rentrent à l'intérieur.

*

* *

Mercredi 7 octobre 1942, 0 h 30

Au même moment, en plein centre de la capitale, Pierre Gaillac, le plus redouté des chefs de la Gestapo de Paris, converse distraitement avec sa voisine de table, une actrice de cinéma, belle, intelligente et qui n'aime rien tant que s'endormir au bras d'un *gangster* – il se souvient qu'elle ne se lassait pas de répéter le mot quand ils faisaient l'amour, comme si c'était ça qui allait la faire jouir. Mais ce n'est pas vers cette délicieuse jeune femme que se portent ses regards et ses pensées. L'objet de son attention est assis quelques places plus loin, radieuse dans sa robe de soirée. Gaillac la regarde en murmurant pour lui-même son prénom : Véra.

À côté d'elle, l'actrice fait, il est vrai, pâle figure : elle n'a pas ces yeux verts moqueurs, cette voix un tout petit peu grave ; elle n'a pas cette attitude, ce mélange de volonté et de goût pour l'abandon, qui se rencontre seulement chez les femmes les plus désirables. Véra sourit, elle regarde

Gaillac, elle sait bien que la comédienne a été sa maîtresse, cela ne lui fait rien, elle s'en moque, elle ne craint aucune rivale, elle ne craint rien ni personne, parce que le monde lui a toujours appartenu et parce qu'il n'y a aucune raison que cela change. L'actrice est aimée de la caméra, elle sait jouer avec, minauder, la caresser ; Véra, elle, ne pourra jamais faire de cinéma parce que la pellicule fondrait.

Véra et lui sont revenus d'Espagne à la fin de l'après-midi, contents de leur voyage. Elle a apprécié le soleil et Gaillac a aimé la sentir heureuse. Pour fêter son retour, il a invité une trentaine de personnes, dans une salle réservée de chez Maxim's, thème de la soirée : *Viva España* ; il est absolument imbattable pour trouver des idées de dîner, heureusement qu'il a de l'imagination, il en organise deux par semaine, au minimum.

Ce vieux Dailans n'est pas là, il a laissé un mot à son intention où il lui explique la tentative d'évasion des cheminots et se décommande pour le dîner, il a besoin de se reposer, écrit-il de son écriture hachée. Gaillac est certain qu'il a surtout eu envie de taper le carton et de se saouler au mauvais vin rouge avec ses porte-flingues. De toute façon, il ne sert à rien de l'obliger à venir. Quand il est de mauvaise humeur, Dailans est insortable, s'il y a du beau monde, c'est gênant et Pierre Gaillac ne dîne qu'avec du beau monde, en uniforme allemand de préférence. Ce soir, on compte un ou deux colonels SS et un général de la Luftwaffe, l'invité d'honneur. Mais c'est Hermann Brandl, dit Otto, qui a la vedette : *le maître de Paris*. Un des hommes les plus riches de France, d'Allemagne, de la Nouvelle Europe tout entière. La légende dit qu'en récompense des services rendus au régime, on lui a tacitement laissé le choix entre la gloire officielle et l'argent : il a choisi l'argent. C'est donc un officier de l'Abwehr pas plus gradé que cela, mais le grade n'a pas d'importance pour un homme comme lui, qui a inventé le système des « Bureaux Otto », système si ingénieux et efficace qu'il permet à l'Allemagne de récupérer facilement la majeure partie de la production agricole et industrielle française. Le génie de l'armée allemande en France, c'est lui – même si, officiellement, c'est Ernst Jünger[1] qui a le rôle. Son chef-d'œuvre date de juillet 1940 : il a compris qu'il était illusoire d'espérer déposséder les Français uniquement par la force ; frauder est l'activité la plus appréciée de ce foutu pays. Avec les Français, la force marche mais seulement jusqu'à un certain point. Pour ce que l'on ne peut obtenir par la coercition, Brandl a le génie de penser à utiliser... la plus grande douceur. Les bureaux d'achats vont servir à ça, tout obtenir *doucement*. Voilà l'idée du génie : ce sont des Français qui vont acheter à d'autres Français toutes marchandises *au prix du marché noir* et qui revendent ensuite aux Allemands en percevant un gros pourcentage.

Des Français pillent des Français.

Pour les Allemands, c'est en théorie plus cher que les réquisitions brutales mais cela a plusieurs avantages. Cela évite les frictions et la mobilisation d'unités entières occupées à traquer le cochon que chaque paysan va chercher à cacher. Et le cochon n'est pas le plus important... Pour faire la guerre à Dieu, au Diable et au monde entier, l'Allemagne a besoin de tout et n'importe quoi, de métaux, de plastique, d'acier... Alors « Otto » et ses milliers de collaborateurs se mettent au travail et achètent à des prix faramineux tous les métaux, tous les produits qu'ils trouvent et la Grande Armée allemande peut continuer à développer le *Lebensraum* de la Mère Patrie jusqu'au fin fond de la Russie.

1. Ernst Jünger (1895-1998). Écrivain allemand, combattant de la Première Guerre mondiale de laquelle il tirera le célèbre roman *Orages d'acier* (1920), il passe la majeure partie de la Seconde Guerre mondiale à Paris.

Pour la population française, le système est, en apparence, moins dur que la réquisition pure et simple. En apparence seulement car, en réalité, c'est le gouvernement français qui paie finalement la note par le biais d'énormes *indemnités journalières d'entretien des troupes d'occupation* qui se montent à plusieurs millions de francs par jour…

Les Allemands, au final, ne versent pas un centime.

Les Français qui vont participer à ces bureaux d'achats, les collaborateurs d'« Otto », Brandl les a choisis parmi les hommes qui n'avaient rien à perdre, sans aucun scrupule : les Gaillac, les Dailans, ce sont eux, avec quelques industriels, qui s'enrichissent le plus en cette année 1942, leurs fortunes se sont créées en moins de deux ans.

Tout ce petit monde se connaît et s'apprécie : le plus grand marchand de métaux de France s'appelle Monsieur Joseph, celui qui, avec sa gigantesque fortune, achète des voitures à roues jaunes. Monsieur Joseph est juif, ses trois grands copains s'appellent Hermann Brandl, Daniel Speil et Pierre Gaillac. Cela ne pose de problèmes à personne…

Mais pour ceux à qui les Allemands confient leurs opérations d'achats, les Gaillac et les Dailans, il s'agit d'un pacte avec le Diable.

Le plan de Brandl est, à proprement parler, diabolique.

En échange de l'accès à la manne financière des bureaux d'échange, les Allemands exigent de leurs obligés français qu'ils deviennent des auxiliaires de leur police et les aident à traquer les résistants : des truands professionnels comme Gaillac et Dailans retournent leur veste et deviennent les chiens les plus enragés de la répression policière au profit de la machine nazie. Brandl a organisé un système parfait qui ne repose absolument pas sur l'idéologie mais sur la cupidité et la corruption. Ceux qui leur vendent des marchandises doivent, en plus, des renseignements et le sang des résistants. Pas moyen de se défiler, s'ils ne le font pas, il n'est pas difficile pour les Allemands de faire jouer la concurrence.

Oui, ce soir, le véritable maître de Paris est bien à la table de Pierre Gaillac.

Entre deux plats, les deux hommes s'éclipsent quelques instants pour remercier le chef qui a préparé l'excellent dîner espagnol servi à ses convives. Ils se rendent aux cuisines et regardent, en amateurs éclairés, rôtisseurs, sauciers et pâtissiers s'activer au milieu des plans de travail, des accessoires en cuivre, des machines à hacher la viande, des tables chaudes et de la multitude de serveurs en queue-de-pie et chemise blanche qui papillonnent autour d'eux. Tandis que ses aides s'activent, le chef est en grande conversation avec un homme, pas très grand, portant un grand manteau croisé et une écharpe en laine blanche. Le cuisinier remarque l'arrivée de Gaillac et lui sourit, l'homme à l'écharpe blanche se retourne lui aussi mais ne sourit pas.

Pierre Gaillac est face à Christian Loméro.

Brandl, prudent, reste en arrière, un coup de feu part si vite.

Gaillac et Loméro : quand deux hommes se ressemblent à ce point-là, ils ne peuvent que se haïr. Loméro est le chef d'une autre équipe de la Gestapo, comparable en tous points à celle de Gaillac. Les deux groupes sont rivaux sur tous les plans et se détestent, ils sont nourris par la même main, ils arrêtent les mêmes communistes, les mêmes gaullistes et pourchassent les mêmes juifs.

Tout cela fait trop de points communs.

Gaillac ne peut pas tourner les talons, impossible, il aurait l'impression de se dégonfler. Il s'approche à pas lents, en regardant son ennemi dans les yeux. Gaillac ne l'a pas vu depuis qu'il a tenté de le faire assassiner, il y a trois mois.

La tentative a lamentablement échoué, une des gâchettes de Loméro a descendu l'assaillant. Heureusement, Gaillac avait eu l'intelligence de choisir un tueur sans lien connu avec lui. Loméro a eu des soupçons. Les deux hommes se sont rencontrés au siège de la Gestapo en présence des Allemands et Gaillac a juré la main sur le cœur qu'il n'y était strictement pour rien. Loméro ne l'a sûrement pas cru mais il n'a rien tenté depuis. Gaillac non plus, aucune occasion de le descendre ne s'étant présentée… Mais cela arrivera bien à nouveau.

Gaillac tend la main en souriant à pleines dents, Loméro la serre, mâchoire crispée. Loméro salue ensuite Brandl avec plus de chaleur. Pour un peu, Otto éclaterait de rire : c'est si drôle de voir ses poulains s'entre-déchirer, pour ramasser ce qu'il veut bien leur laisser. Un silence pesant s'installe mais Loméro ne s'efface pas. Gaillac comprend qu'il n'a plus qu'à tourner les talons, après avoir remercié rapidement le chef, plus rapidement qu'il ne l'avait prévu. Brandl ne le suit pas, le véritable maître de Paris bavarde avec la concurrence. Gaillac est furieux. Il s'arrête devant les types qui l'ont accompagné jusqu'à l'entrée des cuisines.

— Bande de cons. Loméro et sa bande sont là et vous ne me l'avez même pas dit ! Vous voulez que je me fasse descendre ?

Il n'attend pas spécialement de réponse et ses hommes le savent, ils régleront leurs comptes demain. Pour l'instant, Gaillac doit revenir pour faire bonne figure tandis que la soirée s'achève. Il retourne dans le salon particulier qu'il a réservé pour retrouver ses invités.

Daniel Speil est là, arrivé juste pour le dessert, des interrogatoires à terminer.

— Je t'ai emprunté du fric par l'intermédiaire de Dailans.

— Je sais, pas de problèmes, je sais qu'il est entre de bonnes mains.

Évidemment Gaillac ment, il sait qu'il ne reverra jamais son argent mais ce n'est pas grave. Vu la position de Speil, c'est une chance qu'il soit si aisément influençable.

Les deux hommes poursuivent leur conversation quand le maître d'hôtel intervient :

— Standartenführer Speil, on vous demande au téléphone.

— Qui ?

— L'aide de camp du Brigadeführer Oberg.

Speil accuse le coup. Oberg, ce n'est rien de moins que le chef des SS en France, le responsable de tous les services de police allemands, le bras armé d'Himmler pour la France.

— Je vous suis, dit Speil.

Gaillac ne s'affole pas, mais il fait signe discrètement à deux de ses sbires de se préparer. Dans ce boulot, on ne sait jamais ce qui peut se passer, il faut être sur ses gardes, les *Feldgrau* qui ont régulièrement besoin de supplétifs peuvent appeler à n'importe quel moment.

Et à ce moment précis Gaillac est certain qu'on va avoir besoin de ses services. Il cherche Véra des yeux, la belle comprend la signification de son regard et arrive rapidement.

— Ne m'attends pas ce soir, je ne rentrerai pas.

— Que se passe-t-il ?

— Je ne sais pas encore…

Speil revient, livide. Il se met à chuchoter à l'oreille de Gaillac.

— Un wagon d'œuvres d'art destiné aux pontes de Berlin a été pillé, apparemment par des résistants. Tout le monde est sur le coup : Gestapo, Wehrmacht… Je suis chargé de coordonner l'enquête. Je t'emmène.

— Vous emmenez Loméro aussi ?

— Non, on va déjà être trop nombreux. Cette affaire, elle est pour toi, prends deux hommes et on y va, ton géant n'est pas là ?

— Non, je crois qu'il se repose, il a eu une journée difficile.

— Il m'a parlé de ses cheminots, tiens, c'est amusant, le vol a eu lieu dans une gare… »

Pierre Gaillac ne sait pas pourquoi, il vient de frissonner.

II

Nuit noire #2

6.

Paris, mercredi 7 octobre 1942, 1 heure du matin

Le commandant Christian Vorminski dort les yeux grands ouverts.

Seul dans son lit, il fixe sans la voir la scène champêtre peinte sur le plafond de l'appartement qu'il occupe boulevard Saint-Michel. Il porte un pyjama de flanelle et dort dans des draps de soie mauve que les anciens propriétaires, sûrement des juifs, ont laissés, parmi tant d'autres effets. Sa respiration régulière contraste avec les mouvements incontrôlés de ses paupières, qui s'ouvrent de temps en temps, comme par magie, et révèlent pendant de longues secondes de grands yeux bleus. C'est un homme grand, aux cheveux châtains, pour l'instant... De petites mèches blanches, chaque semaine un petit peu plus nombreuses, s'ingénient à lui rappeler qu'il fêtera bientôt son quarantième anniversaire.

Il s'est couché vers onze heures, après avoir griffonné quelques lignes sur son journal, comme tous les soirs depuis l'âge de seize ans; quelques instants pour revivre et résumer sa journée : c'est un moment à lui, un moment qu'il aime, ou plus exactement un moment qu'il aimait. Depuis des mois, il n'écrit plus qu'à propos de Hans et du sentiment de culpabilité qui le ronge, le laissant éveillé des nuits entières.

Il est si fatigué que ce soir, heureusement, il s'est endormi en quelques instants. Mais le téléphone sonne, le réveillant en sursaut.

Hans !

Il tâtonne à la recherche de l'interrupteur de la lampe de chevet et parvient finalement à décrocher le téléphone alors que la septième sonnerie n'en finit pas de retentir.

L'appel vient de l'aide de camp de Oberg – le grand patron des SS en France. L'homme ne dit pas grand-chose, si ce n'est qu'il lui envoie une voiture pour le conduire jusqu'à une gare perdue de banlieue. Il semble très agité et parle vite, trop vite : Vorminski ne saisit pas tout mais ne fait pas répéter son interlocuteur, il saura tout ça bien assez tôt. Il respire. L'appel ne concerne pas Hans.

Sachant qu'il ne dispose que d'un quart d'heure pour se préparer, il jette un coup d'œil à la petite pendule placée sur la table de nuit, elle indique 1 heure du matin. Il se passe un peu d'eau sur le visage et la nuque, enfile rapidement un uniforme propre, attrape en passant quelques carrés de chocolat dans la cuisine puis ferme doucement la porte de son appartement, pour ne pas réveiller ses voisins. Il descend sur le perron de l'immeuble.

Il fait froid. Il attend la voiture, d'abord devant la porte puis, pour se réchauffer, il parcourt les trente mètres qui le séparent de l'angle du boulevard et de la rue Soufflot. Arrivé là, il contemple le Panthéon, et pense à ce pays, cette Grande Nation à genoux.

La voiture est en retard.

Quelques instants plus tard, enfin, un bruit de moteur brise le parfait silence de cette nuit d'octobre, une Volkswagen s'arrête à sa hauteur. Le chauffeur, un SS, descend, fait le salut nazi et ouvre la portière arrière ; Vorminski le salue avant de grimper dans le véhicule.

*

L'automobile fonce dans la nuit parisienne. Le chauffeur ne sait rien, on lui a juste dit d'emmener le commandant Christian Vorminski à la gare de Saint-Brégny. Celui-ci ne peut qu'attendre. Immédiatement ses pensées se tournent vers Hans, son frère, Hans Vorminski, Sturmbannführer SS[1]. Il s'endort aussitôt, peut-être parce qu'il n'a plus la force d'y penser, mais cette fois, même dans son sommeil, le visage de son frère le poursuit, il ne fait que ruminer encore et encore son obsession : Hans va mourir à Stalingrad. Et il ne peut rien y faire, parce que tout s'est joué il y a bien longtemps, parce que l'Allemagne et Herr Vorminski père ont écrit le destin de son frère pour lui.

Leur père.

Toujours à répéter, encore et encore : la mission de l'Allemagne, son essence sacrée, la haine des autres : la France, les juifs, les bolchéviques, l'Angleterre… Toutes ces horreurs, comme si les maîtres d'école ne les leur avaient pas déjà dites cent fois pendant la journée de classe.

Leur père.

Qui leur crie qu'il les a conçus trop tard, car ses fils sont trop jeunes pour participer à la guerre, et lui trop vieux : ses rêves de gloire militaire s'effondrent. En octobre 1918, il essaie de les faire enrôler, Hans n'a même pas quinze ans. Devant la caserne de Berlin, le jeune lieutenant qu'ils rencontrent croit d'abord à une blague avant de se fâcher, il leur dit de s'en aller, ajoutant que la guerre est perdue, de toute façon.

1. Commandant.

Avant ce jour, Christian n'avait jamais vu son père pleurer.

Puis, c'est l'armistice et le diktat. Hans, qui commence tout juste à muer, jure qu'il vengera son pays humilié, Christian, lui, comme toujours, reste silencieux. Il ne sait pas pourquoi il ne jure pas, il le voudrait, mais c'est son bras qui refuse de se lever. Pourtant, le jour de ses dix-huit ans, il s'engage dans la Reichswehr, peut-être pour éviter que Hans ne se sente obligé de le faire. La petite armée, née du traité de Versailles, ne recrute qu'au compte-gouttes sur la base d'épreuves très sélectives ; lors du concours pourtant, comme toujours durant sa scolarité, il se distingue. Dans la petite armée sans armes, il devient policier militaire : études de droit et de police criminelle à Berlin puis à l'université de Berne où il perfectionne son français.

Bien sûr, Hans s'est engagé lui aussi dans la Reichswehr puis dans la SS, dès 1934. Christian, lui, n'arrive toujours pas à lever le bras. Hans est un guerrier, comme Hitler doit en rêver dans son sommeil. Christian se contente d'être un très bon flic.

À la déclaration de guerre, on lui explique qu'il restera basé à Berlin et qu'il se déplacera à la demande, pour des affaires délicates. Au début, il ne comprend pas ce que cela signifie et puis les premières affaires arrivent, des meurtres, des vols, une histoire de mœurs en Hollande – où deux colonels de la Kriegsmarine avouent chacun avoir étranglé une jeune danseuse…

Pourquoi toutes ces affaires éparses, sans lien apparent, lui sont-elles confiées ? Il finit par comprendre : il est un très bon enquêteur et a reçu une formation poussée… Certes, mais il y a autre chose. Il fait partie de l'armée, officier supérieur, et son frère est un SS de haut rang. Il est donc dès lors acceptable pour les deux parties qu'une telle affaire exacerbe leur méfiance naturelle. Dans ce genre de situation le prendre comme enquêteur, c'est être assuré que l'enquête sera menée de manière professionnelle et impartiale.

C'est sûrement pour cela, en plus du français, qu'il est muté de Berlin à Paris au premier trimestre 1942, pour servir de tampon entre les deux camps. Il arrive après la bataille. Depuis le mois de mars, et l'arrivée de Oberg, les SS ont pris le contrôle de toutes les activités de police en France. L'armée allemande, jugée par Hitler trop molle dans le cadre des activités répressives, est reléguée au second plan. Les militaires du Grand État-Major, gênés par la torture, et répugnant parfois à exécuter des civils, ont été remplacés par la Gestapo qui ne s'embarrasse pas de ce genre de scrupules. La chose ne s'est pas faite sans heurts, les affrontements ont été haineux mais les SS et la Gestapo ont gagné. Fin mars, ils étaient les seuls maîtres des affaires policières françaises. Dès son arrivée, Vorminski a été gentiment prié de ne rien faire et d'attendre qu'on fasse appel à lui au cas, peu probable, où une affaire nécessiterait son concours. Depuis, il a passé le temps en profitant de Paris, en tombant amoureux, en jouant du violon, en priant pour ne pas être envoyé sur le front de l'Est et en se maudissant de ne pas avoir le courage de son frère.

Vorminski descend de la voiture de ce pas hésitant qui révèle immanquablement l'homme en manque de sommeil. Un Standartenführer SS arrive à sa rencontre et fait le salut nazi, Vorminski fait de même en forçant un peu son bras droit qui a toujours du mal à se lever.

— Je suis le Standartenführer Daniel Speil. Je dirige l'enquête. Le Brigadeführer Oberg est là, je vais vous présenter et puis vous vous mettrez au travail.

— Je ne sais même pas ce qui s'est passé.

— Pour résumer, des toiles destinées à plusieurs de nos dirigeants ont été volées dans un wagon, il y en a pour des millions de marks. Accessoirement, on a plusieurs sentinelles tuées.

Vorminski déteste les cyniques.

— Qu'attendez-vous de moi ?

— Je dirige l'enquête avec vous sur les aspects techniques tandis que la Gestapo française s'occupera du facteur humain.

Speil sourit à sa propre plaisanterie. Une citation revient à l'esprit de Vorminski : *Le cynisme, c'est de l'humour en mauvaise santé.*

— Vous avez fait boucler la zone ?

— C'est fait. J'ai aussi demandé des barrages dans un rayon de trente kilomètres.

— Il n'y a pas eu trop de passage avant ?

— Non. Le commandant de la gare a tout de suite fait prévenir le QG dès que ses hommes ont trouvé les sentinelles. On est arrivés vite.

— Vous avez des soupçons ?

— Nous en reparlerons après, allez vous présenter au Brigadeführer Oberg.

Speil désigne du menton un homme immense, droit dans son uniforme noir, dont le visage de boxeur est encore durci par des lunettes aux branches épaisses. Le Brigadeführer dicte un mémo à un jeune sergent qui semble peiner à le suivre. Vorminski s'approche d'eux et attend que la dictée prenne fin. Oberg signe la feuille puis ordonne au sergent d'aller télégraphier le document par les réseaux sécurisés. Le sergent s'exécute, laissant Vorminski s'approcher de Oberg.

— Heil Hitler, Herr Brigadeführer.

— Heil Hitler.

— C'est un honneur pour moi…

— Vous êtes très apprécié, vous savez ? coupe Oberge qui se moque comme d'une guigne des compliments d'un officier de la Wehrmacht.

Vorminski sourit modestement.

— Vous m'avez été imposé par Berlin pour conduire cette enquête, je ne le souhaitais pas, mais je n'ai pas eu le choix.

Vorminski sourit un peu moins.

— Au moins, votre frère est avec nous, c'est mieux que rien. Bon, vous ne faites rien sans informer Speil, il a toute ma confiance, vous, non !

En une seconde, Vorminski comprend son rôle : jouer les tampons entre la Wehrmacht et les SS. Comme d'habitude…

— Vous ne prévenez pas vos supérieurs de ce qui s'est passé, je n'ai aucune envie d'avoir Von Stülpnagel et tout l'état-major sur le dos… Dernière chose, vous travaillerez avec un Français, Gaillac. Il est de la Gestapo.

Vorminski se montre légèrement incrédule.

— Je n'aime pas beaucoup ces cochons-là mais il faut reconnaître que celui-ci nous est bien utile, ajoute Oberg.

Il se tourne vers Speil qui discute avec les photographes chargés de prendre les clichés de la scène.

— Speil, où est votre Français ?

— Dans la gare, il téléphone à ses hommes.

— Quand il aura fini, ramenez-le et présentez-le au commandant Vorminski puisqu'ils vont travailler ensemble.

Speil transmet l'ordre à un sous-officier. Le soldat part en courant et revient quelques instants plus tard avec Pierre Gaillac. Speil se propose de jouer les traducteurs, Vorminski s'apprête à dire qu'il comprend parfaitement le français lorsque Oberg demande à l'ensemble des personnes concernées par l'enquête de le rejoindre, coupant net la discussion. Outre les enquêteurs principaux, une dizaine de techniciens appartenant à différents corps de l'Armée d'occupation : Feldgendarmerie, SS, Wehrmacht se groupent autour du Brigadeführer.

On sent dans l'air une tension palpable. Tous n'ont pas été informés précisément des évènements qui se sont déroulés ici plus tôt dans la nuit, mais du simple lieutenant jusqu'au Brigadeführer Oberg, tous savent que l'heure est grave et que, pour une bonne part, la suite de leur carrière va dépendre du succès de cette enquête.

— Je vais être bref. Vous devez vous souvenir d'une chose : le crime qui s'est déroulé ce soir est un crime odieux que nous devons châtier avec la plus extrême sévérité. Je veux que vous retrouviez les coupables et les tableaux volés. J'ai décidé de prendre des otages : vingt cheminots français et vingt habitants. Ils seront fusillés dans trois jours si nous n'avons pas retrouvé les toiles. Je pense ainsi mettre la pression sur la population et vous aider par ce biais à obtenir rapidement tous les renseignements utiles... Colonel Speil, à vous.

— Merci Herr Brigadführer. Messieurs, juste un mot pour vous dire que vous serez placés sous mes ordres à temps plein jusqu'à la clôture de l'enquête, le Brigadeführer a signé des ordres en ce sens...

Vorminski n'écoute déjà plus, machinalement il regarde ses bottes. Il est mal à l'aise, il ne digère pas le coup des otages. Les SS et la Gestapo appliquent ce genre de méthode, lui n'a pas appris à travailler comme cela : c'est contre-productif. Mais Vorminski n'a pas le temps de se laisser aller à des considérations sur le meilleur moyen de traiter avec la population civile d'un pays occupé, Speil s'apprête à lui laisser la parole.

— ... C'est le commandant Vorminski qui se chargera matériellement de l'enquête sous mes ordres.

Vorminski, qui avait perdu le fil, doit se reprendre instantanément :

— Merci de votre confiance, Herr Standartenführer... Messieurs, vous venez d'horizons très différents, je vois qu'il y a des Feldgendarm, des SS et des gens de l'armée de terre… Eh bien, je compte sur vous pour l'oublier ! Il est essentiel que nous arrivions à travailler tous en bonne intelligence. J'insiste sur le fait que le travail que nous allons effectuer ce soir sera capital pour la résolution de l'enquête. Pour réussir, il est indispensable que nos actions soient parfaitement coordonnées. En pratique, dès que vous trouvez quelque chose d'intéressant, vous me faites appeler et je viens vous voir. Et bien sûr personne ne quitte les lieux en prétextant qu'il ne m'a pas trouvé… Prenez tout le temps qu'il vous faut, la gare est entièrement bouclée et elle ne rouvrira que lorsque le Standartenführer Speil en donnera l'ordre. Je veux le pré-rapport de tout le monde demain matin à 10 heures. D'ici deux jours, je passerai vous voir pour obtenir vos analyses définitives. Pas de retard ! Vous serez prioritaires pour les analyses labo. Une dernière chose, je compte sur votre discrétion à tous : ne parlez pas de notre travail, même à votre hiérarchie, le succès de l'enquête en dépend. Des questions ?

Pas de réponse.

— Alors on y va.

*

Debout devant le wagon où ont été volées les toiles, Vorminski organise le travail des photographes. L'un d'eux va prendre spécifiquement les corps et les blessures tandis que les deux autres se consacrent à l'ensemble de la scène de crime, de l'environnement à la disposition des éléments dans l'espace.

— Faites un maximum de clichés, j'aime en avoir beaucoup pour les comparer. Classez-les en quatre dossiers : Nord, Sud, Est, Ouest avec le wagon comme point central.

Les types des empreintes montent les premiers dans le wagon. Vorminski attend, espérant qu'ils trouveront quelque chose.

Deux minutes plus tard, un homme sort du wagon tenant une feuille de papier dans une pince.

— On n'a pas d'empreintes : ni dans le wagon, ni sur la porte, ni sur les vêtements du garde, mais ils ont laissé cette feuille.

— Tenez-la droite que je puisse la lire.

C'est un tract. Tapé à la machine. Une seule phrase, sèche.

Les Français ne se laisseront plus voler.
Groupe du 11 novembre.

Au loin, Vorminski voit la voiture de Oberg s'éloigner. Il appelle un garde en uniforme.

— Portez ça au laboratoire du QG pour le faire analyser. »

À l'intérieur du wagon, on entend les crépitements du flash du photographe de l'identité judiciaire. Après une dernière photo, il cède sa place au médecin légiste et rejoint d'un air endormi les types des empreintes vers les autres victimes. À quelques mètres, des brancardiers attendent l'ordre de transporter le premier cadavre.

Vorminski note divers éléments dans un carnet de cuir noir.

Le wagon a été ouvert de l'intérieur. Pas de traces d'effraction. Mots de passe ? Complice(s) ?

Il monte dans le wagon et se place juste en retrait du médecin. Il contemple la scène de crime, trois caisses tachées de sang, le cadavre d'un Uscha[1], un jeune. Il a encore des boutons d'acné. Vorminski détourne le regard.

1. Unterscharführer. Grade équivalent à celui de sergent.

— Qu'en pensez-vous ? » demande-t-il au médecin.

— Il a été poignardé dans le dos avec un couteau à lame longue, une quinzaine de centimètres, un coup net, la lame a touché en plein cœur.

— Il a pu crier, se défendre ?

— Non, la mort a été instantanée.

— Vous pouvez m'indiquer l'heure de la mort ?

— Approximativement entre minuit et minuit trente. L'autopsie confirmera.

Vorminski réfléchit.

— Vous avez d'autres questions ?

— Non, non ! Occupez-vous des autres cadavres, nous discuterons de tout cela après.

Vorminski ressort du wagon et se promène sur les voies, réfléchissant, écrivant quelques phrases sur son carnet.

Un des enquêteurs, un jeune lieutenant de la Luftwaffe, s'approche de lui. Il a couru, il est essoufflé.

— Mon commandant, on a des traces de pas !

— Qu'est-ce qu'elles nous apprennent ? dit Vorminski en souriant.

— Ils étaient toute une équipe, on a quatre traces qu'on différencie de manière certaine et une dont on ne sait pas si elle est comprise dans les quatre ou si elle est indépendante. On est en train de faire des moulages et on pourra les analyser.

— Je vous suis.

Le lieutenant emmène Vorminski jusqu'à un wagon proche.

— La sentinelle n° 2 a été tuée sous ce wagon, on aperçoit une empreinte ici, de la terre a dû tomber d'un chargement précédent et les types ont marché dessus. On a pu réaliser trois moulages mais ils sont de qualité assez moyenne, on a trouvé mieux un peu plus loin.

Ils poursuivent leur route. À plusieurs endroits, des traces éparses, non exploitables.

— On a de la chance, il a plu très légèrement en début de soirée et on sait qu'il n'y a quasiment pas eu de passage depuis, donc on suppose que, dans toutes les traces qu'on a relevées, on doit en avoir certaines qui sont celles des sentinelles et d'autres qui sont celles des assaillants.

— On pourra le déterminer puisqu'on a les chaussures des sentinelles !

— C'est là que les choses se corsent, mon commandant, si vous voulez bien m'accorder quelques minutes…

Le lieutenant continue sa route. Il a l'air excité et ravi. Il est petit mais marche très vite. Vorminski doit accélérer pour qu'il ne le dépasse pas. Ils s'éloignent peu à peu du centre de la gare puis dépassent plusieurs hangars et arrivent jusqu'à une maison au jardin si mal entretenu que Dailans l'avait crue abandonnée mais elle ne l'est pas : la porte de la grille est ouverte et des rayons de lumière traversent les interstices des volets clos.

Le lieutenant rejoint un groupe d'hommes à genoux, penchés sur le sol terreux en train de réaliser les moulages d'empreintes, à quelques mètres de la maison.

— C'est là qu'on a trouvé nos meilleures traces. Comme vous pouvez le constater, il y a beaucoup de terre encore humide, et quand ils sont descendus de voiture, leurs empreintes ont marqué la terre assez profondément.

Vorminski vient de voir sur le côté une profonde empreinte de pneus.

— C'est leur voiture ?

— Sûrement.

Vorminski regarde la maison.

— Il y a des gens là-dedans ?

— Oui, on les a réveillés.

— Je veux que la maison soit bouclée, je vais bientôt aller les interroger, tout à l'heure, et je n'ai pas envie qu'ils s'en aillent. Vous les faites attendre dans le salon avec du café, pas la peine de les effrayer, ils n'y sont pour rien… Vous avez fait le moulage de la marque du pneumatique ? demande Vorminski.

— Oui, mon commandant. On va aller le faire expertiser dès que vous le souhaiterez.

— Vous avez une idée de la marque du pneu ?

— Je pense que c'est un pneu français Michelin mais je ne peux pas en déduire le modèle de voiture avant plus amples analyses.

— Tenez-moi au courant dès que vous aurez trouvé. Vous m'avez dit que quelque chose clochait, que se passe-t-il ?

— Je vais vous montrer, mon commandant.

Le lieutenant va chercher le moulage d'une des empreintes et une paire de bottes qu'il a fait apporter de la gare quelques minutes avant d'aller chercher Vorminski. Il s'écarte de quelques mètres de l'endroit où travaillent toujours de ses collègues, il trouve un endroit où la terre est encore humide. Il écrase fortement la botte dans la terre.

— Mon commandant, pouvez-vous comparer les deux marques ?

Vorminski se penche et observe attentivement. L'empreinte laissée dans la terre et celle du moulage sont exactement les mêmes.

— Bon Dieu ! Les marques proviennent d'une botte de SS ! Est-ce qu'ils ont des bottes différentes de celles des militaires ?

— Oui, elles sont différentes.

— En résumé, vous êtes en train de m'expliquer que les assaillants portaient des bottes de SS ?

— Oui, mon commandant. J'ai envoyé un de mes gars interroger les SS. Aucun n'est arrivé en voiture par là ce soir.

— Ces traces auraient-elles pu être faites avant la pluie ?

— Elles n'auraient pas été si bien conservées. Elles ont été faites alors qu'il ne pleuvait plus.

— Surtout que vos hommes gardent ça pour eux, pour l'instant, nous ne pouvons pas accuser qui que ce soit avant d'avoir d'autres preuves. Remerciez les hommes pour le travail et tenez-moi au courant. »

Vorminski repart assez secoué, l'affaire se complique singulièrement. Il note : *Quatre à cinq assaillants.* Il allait écrire : *SS ?* mais il se ravise. En cet automne 1942 il ne fait pas bon de mettre certaines choses par écrit.

*

Il retourne vers le centre de la gare, à cinq cents mètres. En chemin, il croise ceux que, dans le jargon policier allemand, on surnomme « les fouilleurs », hommes de rang subalterne qui dans les enquêtes importantes passent en ligne les zones de crime au peigne fin, plusieurs fois de suite, à la recherche d'indices. Ce soir, ils ne trouvent rien, les assaillants n'ont pas laissé de trace derrière eux.

Au loin Vorminski aperçoit le médecin légiste, accroupi sur un cadavre, en train de finir son travail. Vorminski le rejoint, se penche à son tour et l'interroge d'un mouvement de menton. Le fait de se tenir accroupi semble gêner le médecin qui grimace.

— En fait, cinq sentinelles ont été tuées dans la gare, je pense qu'il y avait plusieurs assaillants. Les blessures se ressemblent mais je pense qu'elles ont été faites par des couteaux différents quoique proches, c'est-à-dire un manche d'une dizaine de centimètres et une lame de dix-sept ou dix-huit…

— Type couteau de chasseur…

— Chasseur, tueur, comme vous voulez... des couteaux pour tuer.

— On n'a pas retrouvé les armes.

— De toute manière, cela ne vous servirait à rien.

— Pourquoi dites-vous cela?

Le médecin se relève péniblement et, en boitant, va chercher une mallette en cuir dont il sort divers appareils nécessaires aux examens qu'il souhaite mener.

— Parce qu'il n'y aura aucune empreinte dessus, les types qui ont fait ça sont entraînés à tuer. Cela se sent : sur les cadavres, il n'y a pas de trace de lutte et la manière de tuer est très efficace, aucune victime ne porte de traces de blessures de défense, un coup direct au cœur, mortel mais sans trop de sang qui coule, donc beaucoup moins repérable que s'ils les avaient égorgés... Ensuite les corps ont été soigneusement déplacés et cachés sous les wagons. Non, je suis sûr que ce n'est pas le genre de type à ne pas porter de gants.

Tout cela d'un ton excité comme s'il était en train de résoudre l'enquête à lui tout seul. Vorminski sourit. Ce sont effectivement des éléments très importants.

— Quand puis-je avoir votre rapport d'autopsie?

— Demain en fin de matinée mais, mis à part l'heure de décès des sentinelles, je ne sais pas si je pourrai vous apprendre grand-chose de plus.

— Ne soyez pas si modeste! »

C'est au tour du médecin de sourire.

— ...Et tant que vous y êtes, demandez au lieutenant chargé des empreintes de venir, je vous verrai à la suite.

Vorminski salue le médecin d'une petite tape dans le dos et s'en va. Avant de commencer les interrogatoires, il veut revoir le wagon où les tableaux ont été dérobés. Tout en marchant, il essaie de visualiser le déplacement des assaillants. Une image le hante : il imagine le petit groupe caché avec les sentinelles marchant à quelques dizaines de mètres d'eux. Aucun d'eux n'a paniqué.

Ce n'étaient pas des débutants, ils n'auraient jamais pu mener à bien l'opération.

*

Sa réflexion est interrompue par le bruit d'une conversation. De l'autre côté du wagon devant lequel il passe, deux hommes parlent. C'est la langue employée, le français, qui attire l'oreille de Vorminski. Vorminski reconnaît les voix : l'une est celle de Speil, son supérieur dans le cadre de l'enquête, l'autre est celle du gestapiste français auquel il a été présenté un petit peu plus tôt. Vorminski tend l'oreille en se disant que, de toute façon, ces deux-là ne vont pas se précipiter pour lui dire ce qu'ils savent, il est donc de bonne guerre de s'informer.

Le Français dit qu'il ne connaît pas de groupe nommé « 11 novembre » :

— A priori, ça ne sonne pas communiste, c'est pas leur vocabulaire, le 11 novembre n'est pas leur date clé mais bon je ne sais pas si cela veut vraiment dire grand-chose ? Que penses-tu de tout cela ? demande-t-il à l'Allemand.

— Pas que du bien ! Il faut que je te dise quelque chose…

— Je t'écoute.

— Pendant que tu étais en Espagne, ton géant a interrogé des cheminots et, dans le tas, il y en avait un de cette gare. »

Vorminski, caché, ne le voit pas mais le visage de Pierre Gaillac a marqué le coup.

— C'est vrai ! Je les ai vus, les cheminots, j'ai parlé avec Dailans quelques minutes avant mon départ, il était en train d'interroger un des types. Merde ! Quand tu m'as dit où on allait tout à l'heure cela ne m'a pas plu et je ne savais pas pourquoi...

— Ne t'inquiète pas... répond Speil. Il n'aurait jamais organisé quelque chose contre l'armée allemande. Il n'est quand même pas complètement fou, pas à ce point-là...

— Tu as raison, répond Gaillac, un peu calmé.

Vorminski entend des bruits de pas, les photographes approchent ! S'il reste où il est, il va se faire repérer en train d'espionner un supérieur. À regret, il quitte sans bruit l'endroit d'où il épiait la conversation et se faufile discrètement entre différents wagons. C'est quand même très étrange, cette coïncidence ! Le policier se dit qu'il sera intéressant d'aller faire un tour pour discuter avec le fameux acolyte du Français et ses cheminots.

Malheureusement pour lui, il n'entend pas la suite de la conversation.

— Mais non, il n'est pas fou, et ne t'inquiète pas, je l'ai interrogé moi-même, cet homme !

— Tu l'as interrogé ? Et alors ?

— Il travaillait dans cette gare justement, mais je ne suis pas trop inquiet. Le pauvre homme n'avait l'air au courant de rien, et vu comme Dailans l'a cogné, cela m'étonnerait qu'il ait pu nous cacher quoi que ce soit... Tout cela n'est qu'une coïncidence dont il est certes préférable de ne pas trop se vanter. De toute façon, les cheminots sont morts.

— Dailans m'a écrit un mot où il m'en informait mais je n'en sais pas plus, tu sais ce qui s'est passé ?

— Il m'a téléphoné pour me dire qu'ils s'étaient rebellés pendant un transfert, que ses hommes les avaient abattus à la mitraillette. Il m'a proposé d'envoyer des enquêteurs mais bon, son évasion, je m'en fichais un peu, je lui ai répondu de ne pas s'inquiéter... Nous n'avons rien à nous reprocher mais c'est vrai que la coïncidence n'est pas du meilleur effet. J'ai quelques ennemis qui seraient ravis de pouvoir insinuer que je détenais un type au courant de l'attaque et que je n'ai pas su le faire parler. Je n'ai pas été malhonnête mais j'ai peur que certains en profitent et racontent partout que je n'ai pas été très efficace…

— Et qu'attendez-vous de moi ?

— Que mon nom ne sorte pas !

— Il ne sortira pas, affirme Gaillac.

*

Un soldat en uniforme arrive.

— Le commandant Vorminski va procéder aux premiers interrogatoires, il m'envoie vous demander si vous souhaitez y assister ?

— Je vous suis, toi tu t'occupes des otages, indique Speil à Gaillac.

— Je me suis procuré la liste des cheminots qui travaillent dans la gare. Nos hommes sont partis les chercher. J'attends les premiers d'ici une vingtaine de minutes… répond le Français.

— Parfait. Tu choisis les otages parmi leur famille, histoire de nous donner un moyen de pression.

À la suite du soldat, Speil s'engouffre dans le bâtiment administratif de la gare et monte jusqu'à l'étage de la direction. Dans un grand bureau, le responsable allemand de la gare, un Hauptsturmführer SS, est avachi dans un beau fauteuil en cuir. En face de lui, Vorminski lui pose des questions d'une voix douce, sans le brusquer. Speil se présente et s'assoit dans le fauteuil libre à côté de Vorminski.

— Je vous prie d'excuser cette interruption, je viens assister à votre entretien à simple titre d'observateur…

— Nous venons à peine de commencer Herr Standartenführer, j'informais le commandant Vorminski de la procédure disciplinaire que le Brigadeführer Oberg avait décidé de lancer contre moi. Il estime que le vol des toiles est imputable à ma négligence et à mon laxisme.

— Et que pensez-vous de cette accusation ? demande Vorminski.

Le SS interroge Speil de l'œil pour savoir s'il peut parler librement. Speil donne son accord d'un hochement de tête.

— Je m'en défendrai. J'ai exécuté les ordres : j'avais comme consigne de ne pas en faire trop pour ne pas attirer l'attention. Le chargement a été déposé moins de deux heures avant l'attaque et a été surveillé par cinq sentinelles dont une enfermée dans le wagon. Dans les salles communes, dix hommes étaient prêts à intervenir en cas de problème…

— … Mais l'alerte n'a pas été donnée !

— Non, vous avez raison. Je vous rappelle simplement que cinq de mes hommes sont morts. S'ils n'ont pas donné l'alerte c'est que leurs assassins ne leur en ont pas donné la possibilité !

— Comment vous êtes-vous aperçus qu'il y avait un problème ?

— À l'heure de la relève, aucune sentinelle n'est revenue, mes hommes sont allés voir, ils ont trouvé les corps et le wagon ouvert.

— La question la plus importante pour notre enquête est celle de l'ouverture du wagon. Sachant qu'il a été ouvert de l'intérieur, je vois deux possibilités : soit les malfaiteurs connaissaient le mot de passe, soit ils l'ont extorqué à un des gardiens avant de le tuer.

— Je suis certain que mes hommes n'ont rien à voir avec ces criminels.

— Donc une sentinelle a parlé sous la menace…

— Je pense que c'est ce qui s'est passé et d'ailleurs c'est cela qu'on va me reprocher : un SS n'aurait pas dû céder et mourir bravement. S'il ne l'a pas fait, c'est que son chef n'a pas su lui rappeler que notre fidélité au Führer doit aller jusqu'au sacrifice…

— Qui choisissait le mot de passe ?

— Moi. Les SS qui amenaient les toiles ne le connaissaient même pas.

— Quel était-il ?

L'homme sourit d'un air triste.

— Christnacht, j'y pense souvent, j'avais hâte de le fêter en famille… dit l'Hauptsturmführer comme pour s'excuser.

Vorminski réprime un sourire comme pour dire : « Moi aussi, j'y pense souvent. »

— Avez-vous des hommes qui manquent ?

— Même pas. Les anciens permissionnaires sont rentrés par le train hier et les nouveaux devaient partir demain.

— Avez-vous des hommes à qui vous ne faites pas confiance, avec qui vous avez déjà eu des problèmes ?

— Aucun problème de ce côté-là.

— Et les cheminots français ?

— J'en ai très peu, une vingtaine seulement. J'ai eu quelques provocations, des regards, des croix de Lorraine mais pas d'incidents graves, de type sabotages ou agressions.

— Qu'avez-vous fait lorsque vous avez vu les croix de Lorraine ?

— J'ai dit que je ferais fusiller sur-le-champ tout homme surpris à en dessiner… Ça a fait son effet, je n'en ai pas eu depuis.

Speil acquiesce.

Vorminski pose encore plusieurs questions puis met fin à l'entretien. Il serre la main de l'Hauptsturmführer en lui disant qu'il passera sûrement le voir pour lui poser des questions complémentaires.

— Je vous en prie, mais dépêchez-vous, je vais partir très rapidement pour Stalingrad, le Brigadeführer m'a fortement encouragé à aller me faire tuer…

— Cela suffit, n'allez pas trop loin, l'interrompt Speil.

L'homme a les yeux humides.

Vorminski se dit que Hans, lui aussi, va mourir à Stalingrad.

*

Les deux hommes sortent du bâtiment administratif.

— Alors que pensez-vous de tout ça ? demande Speil à Vorminski.

— Je crois que le pauvre bougre n'y est pour rien. Je ne crois pas non plus à des complicités internes allemandes, Herr Standartenführer.

— Et pourquoi cela ?

— Il y a trop de morts.

— Continuez.

— S'il y avait eu des complicités, on aurait vu des gardiens ficelés, des types assommés, c'est classique… Ici c'est le massacre, méthodique, froid. Personne n'a dit aux assaillants : “Celui-là, je l'aime bien, ne lui faites pas trop mal.” Les types qui étaient ici ne connaissaient personne, je suis prêt à le parier.

— Ça se tient… Nous verrons bien. Que vous reste-t-il à faire ?

— Je souhaite interroger les personnes qui habitent juste à côté de l'endroit où, on le suppose, les assaillants ont garé leur voiture.

— Je vous accompagne. Au fait, demain matin vous êtes attendu au musée du Jeu de paume, à onze heures, on vous expliquera d'où venaient les toiles. Je ne pourrai pas y être, vous viendrez me faire un compte-rendu après, nous déjeunerons ensemble.

Ils se rendent aux abords de la gare jusqu'à la maison devant laquelle les herbes folles montent la garde. À l'intérieur, deux soldats ont réuni les habitants dans la salle à manger avec interdiction de parler. Assise dans un fauteuil défraîchi, la maîtresse de maison sanglote doucement. Assis sur l'accoudoir, son fils de quinze ou seize ans passe nerveusement sa main dans ses cheveux tandis que le père, un monsieur d'une soixantaine d'années au visage d'amateur de vin bon marché, fait les cent pas entre un canapé et la pendule de ses ancêtres.

Vorminski, au grand étonnement de Speil, les salue en français, accompagnant son entrée d'un sourire engageant qui ne produit évidemment aucun effet sur les trois civils.

— Madame et messieurs, ne vous inquiétez pas, il ne vous sera fait aucun mal, nous sommes juste venus vous poser quelques questions.

— On n'a rien fait, dit la mère entre deux sanglots.

— Nous en sommes convaincus, ne vous inquiétez pas. Je veux juste vous poser une ou deux questions ! Cette nuit, aux alentours de minuit, une voiture s'est arrêtée près de chez vous. Dites-moi simplement si vous avez vu ou entendu quelque chose ?

Un silence assez long pendant lequel le père semble hésiter à prendre la parole, puis il finit par se décider :

— J'ai cru entendre un bruit de moteur vers cette heure-là mais très faible. Toute la famille dormait et je vous avoue, messieurs les officiers, que je me suis bien gardé d'être curieux, répond le père. Pour tout vous dire, le bruit m'a inquiété, sauf votre respect, messieurs les officiers, par les temps qui courent on ne sent pas très en sécurité... – et je n'ai pas réussi à me rendormir après. Une demi-heure plus tard j'ai entendu le même bruit comme si la voiture repartait...

— Et vous n'êtes pas allé voir ?

— Non, je vous l'ai dit, j'avais peur.

Le reste de l'entretien est tout aussi décevant, la mère et le fils dormaient profondément, ils n'ont rien vu, rien entendu.

Vorminski et Speil, un peu déçus, repartent, au soulagement visible des trois Français.

— Je ne savais pas que vous parliez si bien français, s'etonne Speil.

— Je l'ai appris à l'école et l'armée m'a envoyé finir mes études de criminologie en Suisse. Je l'ai beaucoup pratiqué là-bas.

— Voulez-vous que notre ami français de la Gestapo interroge lui-même ses compatriotes ?

— Non, Herr Standartenführer, cela ne sera pas nécessaire, la petite famille avait tellement peur qu'ils ne se seraient pas amusés à nous mentir, croyez-moi ! Ils nous auraient livrés toute la Résistance française s'ils avaient su quelque chose.

Speil renifle bruyamment, il fait froid.

— Vous avez raison. On va les laisser tranquille, ils manquent un peu d'envergure pour un tel coup... Faites le point technique avec les hommes et, s'ils ont fini, dites-leur d'évacuer. Passez me voir ensuite. Moi je m'occupe des otages avec Gaillac.

*

Vorminski fait rapidement le point avec ses hommes. Les photographes ont fini leur travail, les fouilleurs reviennent définitivement bredouilles et les types des empreintes n'ont rien trouvé de plus. Vorminski remercie tout le monde et les renvoie finir leur nuit.

Deux cents mètres plus loin, devant le bâtiment administratif, Pierre Gaillac fait rassembler les cheminots que quatre camions militaires viennent d'amener, menottes au poignet. Quelques minutes avant Vorminski et Speil, il est allé voir le responsable de la gare. Il a demandé une liste comportant les noms de tous les Français y travaillant. Le directeur lui a livré vingt noms et adresses. Pas un de plus : les autorités allemandes ont préféré affecter à la gare et à ses chargements sensibles le plus de techniciens allemands possible, les Français venant combler au compte-gouttes les postes vacants. Une fois les noms en poche et ses renforts de Paris arrivés, Gaillac a fait procéder aux arrestations. La plupart des cheminots n'habitaient pas loin, l'opération a été rapide. Les types sont maintenant alignés devant lui, paniqués, sans défense. Il y a moins d'une heure, ils dormaient profondément, puis ça a été le même scénario pour tous, à quelques détails près : ils ont entendu un bruit de voiture, leur porte a été enfoncée. Leurs femmes et leurs enfants ont pleuré, les Allemands ont crié, ils ont eu juste le temps d'enfiler un pantalon, dehors des camions les attendaient…

Et maintenant, ils sont là : devant eux, un Français en civil commande des Allemands en uniforme. Les Allemands ont des chiens, surexcités, que leurs maîtres laissent hurler à quelques dizaines de centimètres des prisonniers terrifiés.

— Tu les as tous ? demande Speil à Gaillac.

— Oui, ils dormaient tous bien gentiment.

— Très bien, tu les embarques. Tu as assez de cellules ?

— Oui, oui, pas de problème.

— Pour les otages à choisir dans la ville, c'est moi qui m'en occupe, je vais traiter ça avec les autorités françaises...

— D'accord.

Les deux hommes voient Vorminski marcher dans leur direction.

— Méfie-toi de lui, il parle ta langue, conseille Speil.

Le regard que lance Gaillac en direction de Vorminski, franchement mauvais tant qu'il est loin, se radoucit au fur et à mesure que l'officier arrive. Les chiens font un vacarme de tous les diables.

— Laissez-moi les cheminots, demande Vorminski. Pas la peine de laisser ces pauvres types à la Gestapo, je sens bien qu'ils ne sont pour rien dans l'histoire.

— C'est votre argument ? Vous *sentez* qu'ils n'y sont pour rien ? Vous plaisantez, j'espère ! répond Speil, indigné.

Gaillac manque d'éclater de rire. Vorminski hésite un instant à dire à Speil que des SS sont peut-être mêlés à l'affaire mais il n'ose pas, il est trop tôt.

— Pourquoi je vous les laisserais à vous ? Gaillac saura bien mieux s'en occuper que vous ! Chargez-vous des empreintes et du reste et ne venez pas jouer les humanistes.

Vorminski s'incline. Il n'a guère d'autre choix.

Il regarde les camions quitter la gare pour les geôles de la Gestapo, sous le regard amusé de Gaillac. Il va s'en aller, se reposer une heure ou deux chez lui car la journée risque d'être longue.

Il sait pourtant qu'il ne dormira pas. Cette nuit, Hans est peut-être mort à Stalingrad.

7.

Mercredi 7 octobre 1942, 9 heures

Quelques heures plus tard, c'est un Vorminski mal réveillé qui sort du métro à l'Étoile puis se dirige en bâillant vers l'hôtel Majestic, près des Champs-Élysées. Le palace, réquisitionné, abrite le Haut-Commandement militaire en France[1] – dont il dépend.

Il est 9 heures du matin, les abords de l'hôtel sont calmes, les militaires et les auxiliaires féminines arrivent tranquillement, jeunes soldats et souris grises[2] se sourient tandis que les officiers supérieurs aux airs sévères ne quittent pas des yeux les journaux qu'ils lisent tout en marchant.

Depuis son arrivée, Vorminski a toujours connu cette atmosphère d'apparente quiétude, mais ceux qui travaillent ici depuis juillet 1940 se souviennent d'une ambiance bien différente. À cette date, l'hôtel était un endroit débordant d'activité, aux téléphones sonnant de

1. Militärbefelshaber in Frankreich, MBF.

2. Surnom donné aux auxiliaires féminines de l'armée d'occupation en raison de la couleur de leurs uniformes.

manière continue, aux courriers, télégrammes, ordres, instructions, directives se croisant à un rythme effréné : entre ces murs, l'ensemble de la vie de la partie Nord du pays était gérée. Cela n'a duré qu'un temps. Avec l'arrivée de représentants des administrations berlinoises, d'émissaires des barons du régime et la reprise en main des affaires policières par les SS, les activités de l'hôtel Majestic ont été strictement recentrées sur le domaine militaire et tous ceux qui traitaient d'autres sujets ont vu avec inquiétude le nombre de leurs dossiers diminuer sensiblement… Avec inquiétude, car, en cet octobre 1942, lorsqu'un militaire n'est pas jugé indispensable, ses supérieurs ont pour ordre de l'expédier là où l'armée a tant besoin d'hommes : sur le front de l'Est, si loin de la douce France. Au cours de l'année, les effectifs du Haut-Commandement ont été réduits de manière importante et ceux qui restent se savent chanceux, car beaucoup de ceux qui sont partis ont déjà été tués. C'est pour cela qu'en cette matinée ensoleillée, les soldats se soucient tant des souris grises : ils doivent se dépêcher, ils partiront peut-être demain.

Lorsque Vorminski arrive à son bureau, Edna, sa jeune secrétaire, travaille déjà depuis une demi-heure. Comme chaque jour, elle lui apporte son café et ses journaux, et ce matin un courrier exceptionnellement abondant. Lui qui ne reçoit jamais rien, voilà que, du jour au lendemain, le tampon du chef suprême des SS orne les deux enveloppes apportées spécialement par coursier militaire.

Feignant d'oublier de congédier une Edna qui se retient à grand-peine d'ouvrir elle-même les enveloppes cachetées, Vorminski se paie le luxe d'écarter les précieuses missives d'une main négligente et de jeter un coup d'œil à l'éditorial du *Pariser Zeitung*, intitulé *Der Falsche Weg der USA* puis aux journaux français qui, évidemment, ne parlent pas de l'enquête.

— Edna, voudriez-vous avoir l'amabilité d'allumer mon poste de radio avant de partir ?

La jeune femme tourne le bouton d'un petit poste marron posé sur le rebord en marbre gris de la cheminée puis sort de la pièce alors que Jean Hérold-Paquis conclut sa chronique militaire quotidienne de son célèbre : « Londres comme Carthage sera détruite. »

Edna, fâchée, claque volontairement la porte.

Vorminski se décide à ouvrir les deux enveloppes. La première est un mot personnel de Oberg lui souhaitant bonne chance et l'assurant de son appui ; la seconde contient un organigramme de l'équipe d'enquête avec adresse et numéros de téléphone : les SS sont des gens organisés. Berlin a exigé que des spécialistes appartenant à chaque armée participent à l'enquête. Le commandant sourit, les SS n'ont vraiment pas dû apprécier cette directive et encore moins qu'un militaire soit choisi pour mener l'enquête. Oberg a d'abord dû s'étrangler, puis il a sûrement négocié Speil comme supérieur direct. Il n'empêche, Speil est un tortionnaire, pas un policier, il serait bien incapable de mener l'enquête seul.

Pour l'instant, faute d'une autre solution, ils ont besoin de lui.

Vorminski se met au travail, réfléchissant aux différents éléments en sa possession. Le point le plus troublant, celui qu'il veut traiter en priorité, est celui des empreintes de pas. Il appelle le QG des SS à Paris et fait rechercher si des effets leur appartenant ont été volés. Un quart d'heure plus tard, son correspondant le rappelle et l'informe que plusieurs containers contenant des uniformes ont disparu il y a trois mois alors qu'ils étaient stockés dans un dépôt de la région parisienne.

C'est déjà un premier élément.

Il commence à noter ses idées d'une écriture fine et penchée sur une grande feuille blanche à petits carreaux :

Hypothèse n° 1 :
des SS ont attaqué le train avec leurs propres uniformes – stupide.
Très facile de faire le tour des unités et de savoir qui n'était pas en caserne à l'heure du casse.
À vérifier quand même.
Attention tout de même aux informations fausses qui pourraient être données par des complices.
Globalement : probabilité très faible.
Hypothèse n° 2 :
des personnes souhaitant se faire passer pour des SS ont attaqué le train. Si elles avaient été repérées, leur présence n'aurait pas paru anormale grâce aux uniformes. Le fait que des uniformes aient été volés va dans ce sens si ce sont bien ceux-là mêmes qui ont été portés par les assaillants.
2-A : résistants ?
2-A-1 cheminots de la gare Saint-Brégny
2-A-2 résistants hors cheminots de la gare Saint-Brégny (le tract va dans ce sens)
À noter : des services étrangers peuvent avoir appuyé une opération de ce type.
2-B : banditisme ?

Vorminski finit son café d'un trait puis poursuit.

Éléments matériels
Empreintes de pas, de pneus
Tract : tapé à la machine.
Surveillance à demander :
Marchands d'art

Antiquaires
Rapport à demander :
Autopsie
Empreintes

Comment travailler ? Pour l'hypothèse n° 1, il se voit mal sonner gentiment à la porte des SS et leur demander si tout le monde était bien là hier soir. Il lui faut procéder par élimination et considérer cette hypothèse uniquement si les autres ne donnent rien.

Pour les hypothèses *2-A-1* et *2-A-2*, il a besoin d'éléments. Même si cela lui déplaît fortement, il n'a guère d'autre choix que d'aller voir le gestapiste français qu'il a rencontré la veille. Les hommes de la Gestapo sont les meilleurs connaisseurs de la Résistance, c'est comme ça… Et puis, sur place, il essaiera d'en savoir plus sur le fameux cheminot dont Speil et le Français parlaient derrière le wagon.

Action à entreprendre
Surveillance du marché de l'art
Interroger Gestapo française
Savoir d'où venaient les tableaux
Aller chercher rapport d'autopsie et d'empreintes
Faire le point avec le Standartenführer Speil

Il est temps de se mettre au travail. Oberg veut des résultats rapides et chaque moment d'inaction pourrait lui être reproché. Premièrement, il lui faut un type à qui il puisse confier la mission de surveiller le petit monde des marchands d'œuvres d'art. En réalité, Vorminski ne croit pas que les voleurs seront assez bêtes pour faire réapparaître les toiles si rapidement, mais on ne sait jamais, rien ne doit être négligé. À qui demander cela ? Il n'a personne ici : pas de subordonnés, pas de moyens. Alors, à regret, il consulte la liste de la seconde enveloppe et, parmi les divers enquêteurs représentant toutes les armes et services de police, il choisit un SS. De toute façon, ils ne supporteraient pas que leurs hommes soient laissés à l'écart et quitte à en prendre un, Vorminski préfère l'affecter à une piste dont il n'attend rien de miraculeux. Vorminski appelle, l'homme a l'air compétent, il accepte la mission sans rechigner. Sa besogne accomplie, Vorminski enfile son manteau au moment où Edna frappe à la porte du bureau.

— Commandant, je viens de recevoir un appel téléphonique du secrétariat du général Von Stülpnagel. Il est route…

La jeune femme n'a pas le temps de finir sa phrase que le général Carl Heinrich Von Stülpnagel, commandant l'ensemble de l'armée d'occupation, fait son entrée dans l'antichambre. Il salue militairement Vorminski et tend la main à une Edna si impressionnée qu'elle file immédiatement, laissant les deux hommes debout, face à face.

— Mes respects, mon général.

Le général réfléchit. Dans la pièce on n'entend plus que la radio que Vorminski n'ose pas aller éteindre. Il est presque soulagé lorsque le général brise le silence en se mettant à lui parler d'une voix dure :

— Je vous ai sous mes ordres depuis trois mois mais je n'ai quasiment jamais entendu parler de vous depuis que vous m'avez été présenté. Et voilà que depuis ce matin votre nom revient dans tous les appels téléphoniques que je reçois… Mes interlocuteurs me disent qu'il s'est passé quelque chose de grave la nuit dernière et que vous êtes un des acteurs centraux de cette affaire. Inutile de vous dire que je regrette énormément que vous ne m'ayez averti de rien !

— Mon général, j'ai été prévenu à une heure du matin et je suis arrivé sur place à plus de deux heures : je n'ai pas osé... Mais j'allais justement...

Von Stülpnagel fronce les sourcils. Ce n'est pas un militaire de salon – il a commandé une division pendant la campagne de France – mais c'est un homme calme, pondéré, qui n'élève pratiquement jamais la voix : même lorsqu'il se met en colère, il continue de parler d'une voix égale. Ses subordonnés ont appris à décrypter les signes d'agacement de leur supérieur et le froncement de sourcils en est l'un des plus connus. Vorminski juge prudent de ne pas aggraver sa situation en continuant à mentir. Il regarde ses bottes, signe manifeste de capitulation, puis relève les yeux, prêt cette fois à tout avouer.

— Pourquoi ne pas nous avoir avertis à votre arrivée?

— Parce qu'on m'a donné l'ordre de ne pas le faire.

Si Vorminski espérait dévier la colère du général, c'est raté, ses sourcils se froncent encore plus.

— On vous a donné l'ordre de ne pas prévenir vos supérieurs, à vous, un officier? Ordre qu'apparemment vous vous empressez d'exécuter! Très bien! Par simple curiosité, qui vous a donné l'ordre de ne pas prévenir le commandant des forces allemandes en France?

— Le Brigadeführer Oberg.

Quand ses correspondants l'avaient informé de la présence de Oberg, Von Stülpnagel avait été surpris. Il savait que l'affaire remontait haut mais que Oberg se soit déplacé lui-même, ça voulait dire que c'était *vraiment* grave.

— Écoutez-moi bien. Je me suis bien renseigné sur votre histoire de tableaux... A priori cela ne nous concerne pas, nous, militaires. J'ai demandé le transfert de mes attributions de police à Oberg et j'en suis fort heureux. Pour moi, ce genre de tâche n'a rien à voir avec le métier des armes mais... peut-être voyez-vous les choses autrement, conclut-il en regardant Vorminski avec un sourire condescendant.

— Nos dirigeants, à Berlin, ont décidé de laisser la direction de l'affaire aux SS, vous n'êtes actuellement plus sous mes ordres mais sous ceux de Oberg. Je me moque de ce que vous fabriquez avec lui mais si j'apprends que vous m'avez caché quoi que ce soit qui puisse mettre en jeu les intérêts de l'armée d'occupation, je vous fais traduire en cour martiale, est-ce clair ?

— Parfaitement, mon général.

— Alors je vous laisse avec *vos* SS, Heil Hitler.

— Heil Hitler.

Le général sort, laissant Vorminski abattu. Il pose machinalement son manteau sur un coin du bureau et s'assoit quelques instants, pour retrouver ses esprits.

Vos SS.

Même à une époque où chacun a peur, où rien ne peut se dire, il y a toujours moyen de se faire comprendre. En l'occurrence le message était clair : Vous n'êtes pas de mon côté, vous êtes avec eux, vous n'êtes pas un militaire, vous êtes un SS... Vorminski n'a même pas protesté. Qu'aurait-il dit ? Qu'il n'a pas le choix ? Personne ne choisit de toute façon, lui pas plus que les autres. Et puis tout est bien trop complexe, les repères sont faussés : certains généraux de la Wehrmacht sont plus antisémites que Rosenberg, d'autres ne le sont pas du tout ; beaucoup d'officiers sont proches du parti, d'autres, une minorité, en sont presque à le combattre. Personne ne sait vraiment à qui il parle. La seule chose que tous partagent, c'est la peur : peut-être le général est-il en train de regretter ses mots, se disant qu'il a été bien trop transparent ?

Vorminski se dit que la meilleure chose à faire est de continuer son enquête comme il l'a toujours fait : en simple technicien.

Mais au fond il sait que, cette fois, cela ne sera pas possible.

* *
*

Mercredi 7 octobre 1942, 10 heures

Dès qu'il franchit l'entrée de l'hôtel particulier, avant même de monter l'escalier qui mène à son bureau, Xavier Dailans entend les cris. Certains viennent des cellules des sous-sols, d'autres des salles d'interrogatoire du haut. Dehors, trois types gardent la propriété mais au rez-de-chaussée, personne n'est là pour accueillir les visiteurs, la salle de billard est vide et, au bar, Dailans constate avec dépit que personne n'a eu le temps de préparer du café. Tout le monde doit être occupé à faire crier les prisonniers.

Il a passé la nuit dans la maison qu'il a rejointe avec les autres après le casse. Il n'a pas beaucoup dormi et son petit déjeuner a été frugal, il a manqué d'appétit. Ensuite, ils se sont mis en route pour la dernière partie du plan : le retour à Paris, comme si de rien n'était. Comme ils l'avaient prévu, les barrages allemands ont été levés avant l'aube et ils n'ont pas été contrôlés sur le chemin du retour. De toute façon avec leurs cartes de la Gestapo, plus de sept heures après le casse, ils n'auraient pas subi de contrôle poussé.

Une fois dans la capitale, il a mis les toiles en sécurité chez l'accessoiriste après avoir déposé Maragal ; pour lui éviter toute tentation, il vaut mieux qu'il ne sache pas où elles se trouvent. Après, il n'avait plus qu'à retourner à l'hôtel et à se remettre au boulot en espérant que tout le monde sache tenir sa langue. Il les a prévenus, il compte bien ne prendre aucun risque : les tableaux, il les laissera au frais pendant un long moment, plusieurs années s'il le faut, jusqu'à ce qu'il sente le moment venu de faire un énorme bénéfice.

Il a quand même une drôle d'impression, lui et les autres ont fêté cela une bonne partie de la nuit, descendant pas mal d'alcool… Mais au matin un doute s'est emparé de lui : s'ils avaient crié victoire trop tôt, si les Allemands parvenaient à remonter leur piste ? Il préfère ne pas y penser. Il faut faire comme si de rien n'était, et d'abord aller saluer tout le monde, comme d'habitude. Une attitude différente ne servirait qu'à faire paniquer ses complices et la panique augmente le risque de bévues…

Il a demandé à Favre et Forlain d'arriver tôt, histoire de les jauger, de voir s'ils n'ont pas trop des gueules de coupables, mais la première personne qu'il croise dans l'escalier est Gaillac, furibard, qui attaque bille en tête :

— Mais, putain, t'étais où ? Je t'ai fait chercher partout !

— Je t'ai laissé un mot hier, j'avais envie de faire un poker entre amis, tu avais un de tes grands dîners et ça ne me disait pas trop.

Gaillac, d'habitude assez patient avec Dailans, ne le laisse même pas finir sa phrase.

— Crétin ! Mes dîners, c'est ça qui rapporte ! Mais je n'ai pas le temps d'en discuter maintenant. Il faut que je te parle, suis-moi.

Dailans sent une drôle de petite boule dans son ventre.

Les deux hommes montent rapidement les escaliers. La semaine dernière des ouvriers sont venus creuser des niches à même le mur, elles abriteront bientôt de petites sculptures que Véra a commandées à un célèbre artiste parisien. Il faut bien dépenser son fric.

Ils arrivent au bureau de Gaillac.

— Il s'est passé quelque chose de grave, hier, à la gare Saint-Brégny.

Dailans prend un air détaché.

— Je t'écoute.

— J'étais avec Speil hier en train de dîner quand on a été appelé là-bas. Des tableaux ont été volés dans la gare. Ils étaient destinés aux dirigeants allemands.

— Et alors ?

— Et alors ? Je t'ai fait chercher parce qu'il y avait du boulot !

— C'est toi qui mènes l'enquête ?

— Oui, enfin, je ne suis pas seul mais on s'occupe d'une partie importante.

Catastrophe ! Dailans réalise que c'est son propre chef qui va s'occuper de l'enquête... Il n'y avait même pas pensé. Le géant regarde ailleurs, il ne veut pas croiser le regard de son ami, pas maintenant.

Gaillac trouve son attitude étrange. Xavier Dailans qui ne s'intéresse pas à un vol de tableaux, qui ne demande pas qui a fait le coup, qui ne demande même pas combien ça a rapporté ?!

C'est plutôt louche.

Gaillac décide de temporiser. Il se lève de son fauteuil et s'assoit sur le bureau, à quelques centimètres du fauteuil du colosse. Il se penche vers lui, et reprend doucement :

— C'est même un petit peu plus compliqué que cela ! En discutant avec Speil, je me suis rendu compte que les cheminots étaient de la même gare qu'un des types que tu as interrogé ici, le jour de mon départ.

Dailans fait la moue.

— Non, vraiment, ça ne me dit rien... Ah si, maintenant que tu m'en parles, ça me revient ! La gare de Saint-Brégny ? Oui, effectivement, j'ai interrogé un type ici, tu l'as même vu juste avant de partir...

— Putain, Xavier ! Dis-moi que tu n'y es pour rien ! crie brusquement Gaillac.

— Je n'y suis pour rien ! Je t'assure ! Et puis, tu me vois monter un coup comme ça en trois jours ?

C'est un bon argument. Le regard de Gaillac se radoucit.

— Non, c'est vrai que ça fait un peu court…

— Et puis, Speil a assisté à l'interrogatoire. Demande-lui, il te dira qu'on l'a interrogé tous les deux…

— Il me l'a dit.

— Alors il a dû te dire qu'il voulait le faire relâcher direct à la fin de l'interrogatoire, tellement Wirth semblait innocent. Je crois que c'étaient pas des résistants lui et les autres types, juste une bande de copains qui jouaient aux cartes et qu'ont eu le manque de pot d'être dénoncés.

— N'empêche qu'ils sont morts…

— Mais moi j'y peux rien s'ils ont fait les mariolles… Je voulais juste les envoyer aux flics pour être sûr…

— Bon, allez, te fatigue pas, je te crois et puis j'ai plus le temps de t'écouter. La seule chose, c'est qu'il ne vaut mieux pas que cela se sache. Alors tu fermes ta gueule.

Pas de souci pour ça : se taire, c'est une des choses que Xavier Dailans fait le mieux.

— Allez, maintenant, tu vas te mettre au boulot. Favre et Forlain sont là ? Archenbach aussi ?

Le géant hoche la tête en signe d'assentiment.

— Bon, tu les mets sur le coup, j'ai besoin de tout le monde, j'ai une vingtaine de cheminots à interroger et les Allemands qui veulent des résultats : on y va costaud, il nous faut les renseignements rapidement. Vous m'aidez à interroger les cheminots, je veux savoir lequel a vendu la mèche aux résistants. Et tu vérifies que tes gugusses ne se taillent pas, je ne les paie pas pour aller se promener !

Gaillac et Dailans rejoignent leurs acolytes, en tout une quinzaine de truands se retrouvent dans les salles d'interrogatoire et recommencent à questionner les pauvres types. Gaillac a remonté ses manches de chemise et applique à un cheminot la technique de la baignoire. Le gars, mains menottées, a le ventre appuyé contre le rebord de la baignoire et le buste incliné en avant. Gaillac lui maintient la tête sous l'eau tout en chronométrant. Le type se débat mais il ne peut rien faire. Au bout d'un moment, Gaillac le laisse respirer. Le type reprend son souffle, regarde le visage froid du tortionnaire, sans mot dire.

Gaillac lui replonge violemment la tête dans l'eau.

Dans les autres pièces, les mêmes scènes : les gestapistes frappent, écrasent, coupent sans aucun résultat. Au bout d'une heure, personne n'a dit le moindre mot sur le casse. Gaillac passe d'une salle à l'autre, encourageant ses hommes à martyriser encore et encore les prisonniers, espérant envers et contre tout que l'un d'eux va finir par craquer. Les gestapistes torturent de plus en plus durement des hommes qui ne parlent pas, tout simplement parce qu'ils ne savent rien, parce qu'ils n'ont rien à dire. Dailans fume cigarette sur cigarette et Gaillac, qui comprend bien que tout cela ne débouchera sur rien, continue de faire mal, par dépit de ne rien obtenir.

* *
*

Mercredi 7 octobre 1942, 11 heures

Vorminski franchit la grille de l'hôtel particulier assis au volant de la Mercedes que l'armée a mise à sa disposition.

L'un des trois hommes qui montent la garde à la grille, le jeune à la tête d'Italien, demande à Vorminski de le suivre, appliquant fidèlement la consigne de Gaillac : ne jamais faire attendre un officier de la Wehrmacht. À l'intérieur de l'immense demeure, Vorminski est impressionné par le luxe du décor. Les gestapistes français ont l'air de faire de bonnes affaires ! En particulier, la fontaine qu'a fait construire Gaillac dans l'entrée a produit son effet. Vorminski l'a trouvée voyante, et somme toute très laide, mais le type qui l'a payé a de l'argent, sans aucun doute. Cela tombe bien, c'est exactement ce qu'a voulu montrer Pierre Gaillac.

En montant les escaliers, Vorminski aperçoit au quatrième étage, sur sa droite, un grand portrait d'Adolf Hitler.

L'Italien lui parle mais de la musique classique jouée très fort rend ses propos inaudibles.

Au cinquième, l'Italien crie à Vorminski d'attendre devant une porte.

Ici, la musique n'arrive pas à couvrir les cris des suppliciés.

Gaillac sort de la pièce, sourire aux lèvres, avec du sang sur sa chemise. Pendant la seconde où la porte de la salle d'interrogatoire reste entrouverte, Vorminski a le temps de voir un homme inanimé, à terre, à côté d'une baignoire pleine.

— Heil Hitler.

— Heil Hitler.

Le Français sent immédiatement la gêne de l'officier.

— Malheureusement le maintien de l'ordre impose parfois quelques activités désagréables, n'est-ce pas ?

— C'est ce que je vois. »

Gaillac rigole.

— Et désolé que cela se soit mal passé pour vous hier soir, sans rancune ?

— Pourquoi dites-vous cela ?

— Vous n'avez pas réussi à me reprendre les cheminots !

— C'est vrai...

— Je pense que cela est mieux ainsi, sauf votre respect... Nous avons certaines méthodes que vous semblez réprouver mais dont je vous certifie l'efficacité...

— Par exemple ?

Gaillac referme la porte et entraîne Vorminski jusqu'à un recoin au fond du couloir.

— Par exemple ? Nous ne leur donnons rien à manger.

— Vous ne les avez pas nourris ? Depuis hier soir ?

— Non, et ils n'ont rien bu non plus, ils sont affaiblis et c'est exactement ce que nous souhaitons. Autre astuce, je les fais attacher partout où je trouve de la place, je les installe dans des endroits dont vous n'avez même pas idée...

À l'aide d'une clé, il ouvre la porte d'un placard à balais. Un homme s'y trouve, plié en deux, attaché par des menottes aux tuyaux de canalisation. L'odeur d'urine est insupportable.

Vorminski réprime à grand-peine un haut-le-cœur.

— Vous savez, tout ça... c'est pour le Reich que je le fais ! dit Gaillac en souriant.

Il balance quatre ou cinq coups de pied dans les jambes et le ventre du type qui hurle, avant de refermer la porte.

Vorminski a envie de vomir.

*

Ils se rendent au bureau de Gaillac, là où Vorminski a aperçu le portrait d'Hitler. Le Führer est représenté debout, pantalon noir et veste marron, le regard lointain, visionnaire. Vorminski ne l'avait pas vu tout à l'heure, mais quelques mètres plus loin est accroché un portrait du ReichMarshal Göring en uniforme de la Luftwaffe. Entre les deux tableaux, la porte d'entrée du bureau de Gaillac. L'endroit est bien gardé ! Dans le bureau, le Français propose un verre à l'officier. Vorminski refuse, il est trop tôt et puis il n'a jamais été un grand amateur d'alcool, il en boit parce qu'un officier allemand doit savoir boire. Au moins de la bière, cela fait partie des conventions à respecter, mais il n'y prend pas de plaisir particulier.

— En tout cas, c'est une très bonne idée d'être passé, lui dit Gaillac. Je pense que nous avons tout intérêt à travailler ensemble si nous voulons résoudre rapidement l'enquête.

— Entièrement d'accord, c'est bien dans cet esprit que je suis venu vous voir.

— Je peux vous demander ce que vous savez ?

— Pour l'instant, pas grand-chose, il y a eu des prélèvements d'empreintes de pas, je n'ai pas encore le rapport mais apparemment ils étaient cinq ou six… Autre point, les assaillants étaient très entraînés, ils ont tué vite et bien. C'est d'ailleurs pour parler de cela que je suis venu vous voir.

— En quoi puis-je vous aider, mon commandant ?

— Vous êtes reconnus comme les principaux experts anti-Résistance sur la place de Paris, je voudrais que vous me parliez des différents groupes de résistants qui, à votre avis, auraient pu organiser une telle action. »

Le sourire modeste de Gaillac est très réussi.

— Mon commandant… Je vais malheureusement vous décevoir. En toute franchise, beaucoup de groupes auraient pu monter une action de ce type. Il faut bien voir que l'activité terroriste a beaucoup augmenté cette année, la situation s'est dégradée, il y a beaucoup, beaucoup de travail… Communistes, juifs, gaullistes, réseaux anglais, on n'arrête pas. J'aime comparer la Résistance à une hydre : on croit avoir coupé une tête : elle a déjà repoussé ! Vous comprenez ? C'est une guerre qui ne dit pas son nom mais nous sommes en guerre !

— Et pour cette bataille en particulier, pas de pistes, pas d'idées particulières ?

— Pas d'idées particulières... parce que trop de pistes. Non, rien du tout, les interrogatoires des cheminots n'ont rien donné pour l'instant et si vous voulez mon avis, ça ne donnera rien, je le sens... Voilà, comme vous pouvez le constater, je n'ai pas grand-chose.

La conversation est interrompue par l'arrivée de Dailans, il entre dans la pièce, sans frapper, on ne le lui a jamais appris. Lorsque Vorminski croise le regard du géant, il comprend immédiatement que c'est de lui dont parlaient Speil et Gaillac. Il se souvient de la phrase de son compatriote : « Pendant que tu étais en Espagne, ton géant a interrogé des cheminots et, dans le tas, il y en avait un de cette gare. »

Gaillac fait les présentations. La main immense de Dailans broie celle de l'officier allemand. Vorminski ne sait pas s'il doit parler de la conversation qu'il a surprise derrière le wagon. Ne pas en parler, c'est se donner le temps d'en apprendre plus mais cela peut aussi laisser le temps de cacher des preuves. En parler, cela peut aussi signifier tirer ses cartouches trop tôt... Sans compter que tout cela n'est sûrement qu'une coïncidence.

Tant pis s'il y a un coup à jouer c'est peut-être maintenant. En les prenant au dépourvu, il pourra observer leur réaction.

Vorminski va droit au but :

— Au fait, pouvez-vous me parler du cheminot de la gare de Saint-Brégny que vous avez interrogé quelques jours avant le casse ? Je pourrais le rencontrer ?

La foudre vient de s'abattre sur Dailans.

Gaillac n'a pas cillé mais le géant a vu le fantôme d'Antoine Wirth et Vorminski n'en a pas raté une miette. Après quelques instants de silence, c'est Gaillac qui reprend la main mais son sourire est forcé.

— Eh bien, dites-moi ! Vous êtes très bien informé. Dailans a effectivement interrogé des cheminots français, dont un appartenait à la gare de Saint-Brégny. Mais c'est une affaire très banale. Nous avons une vieille dame qui a écrit une lettre de dénonciation concernant cinq hommes qui se réunissaient dans un appartement à côté de chez elle et, tenez-vous bien, ces hommes « font du bruit », je cite la lettre de mémoire. C'est bien ça Xavier ?

— Oui, je l'ai dans mon bureau, je vous l'amènerai, mon commandant.

— Donc nous vérifions et effectivement, des hommes passent régulièrement la soirée dans l'appartement à côté de chez elle. J'ai demandé à Xavier de les appréhender…

— Uniquement sur cette base ? Ça paraît quand même mince, coupe Vorminski.

— Mon commandant, vous seriez surpris du nombre de réseaux terroristes qui sont démantelés sur la base de ce genre de témoignage ! rétorque Gaillac, agacé par cet officier qui visiblement désapprouve toutes ses méthodes de travail…

— J'ai arrêté cinq hommes, tous cheminots, dont un nommé Antoine Wirth travaillant à la gare de Saint-Brégny, reprend Dailans. J'ai son dossier avec les PV d'interrogatoires, je vous les communiquerai avec la lettre. Après plusieurs interrogatoires dont un mené avec…

Vorminski, qui regarde le géant, ne voit pas le signe de tête, le *non* que lui adresse Gaillac au moment où le géant s'apprête à évoquer l'interrogatoire mené avec Speil. Le colosse s'interrompt, ne sachant pas quoi dire. Gaillac reprend avant que le blanc ne devienne gênant.

— … Avec des méthodes musclées.

— Vous en connaissez d'autres ? demande Vorminski en souriant.

— Vous avez raison. Non, ce que je veux dire, c'est que je suis allé voir Xavier pendant qu'il interrogeait le cheminot et l'interrogatoire était très dur.

— Mais vous n'avez rien trouvé !

— Non !

— Et où sont-ils, ces braves gens ? Vous les avez laissés rentrer chez eux ?

— C'est-à-dire que…

Dailans, mal à l'aise, raconte la tentative des cheminots pour s'emparer de la mitraillette de l'un des gardiens, la fusillade, les morts. La fable prend : lorsque le géant termine son récit, Vorminski, qui n'avait pas connaissance de la mort des cheminots, semble assez secoué.

— Eh bien, dites-moi ! Vous n'avez eu aucun survivant ?

— Non, comme je vous l'ai dit, tout s'est passé très vite : plusieurs de mes hommes ont tiré des rafales et quand ils ont cessé le feu, les cheminots étaient morts, tous.

Vorminski remercie ses interlocuteurs. Il doit aller chercher les différents rapports concernant l'affaire et les étudier rapidement avant de rencontrer Speil. Gaillac et Vorminski se serrent la main, se promettant de coopérer sincèrement ; aucun des deux ne croit un mot de ce que l'autre dit. Vorminski hésite à évoquer le sort des otages français détenus mais, de toute façon, cela ne servira à rien, alors à quoi bon ?

Il regagne sa voiture avec la certitude qu'on vient de lui mentir, ce qui lui manque c'est de savoir sur quoi.

* *
*

Dans le bureau de son chef, Dailans écume de rage.

— Pourquoi tu ne m'as pas laissé parler de Speil ? Ça l'aurait refroidi, le boche ?

— Écoute-moi bien ! On n'y est pour rien dans cette histoire, par contre c'est vrai qu'elle ne nous met pas vraiment en valeur ! Quand il m'en a parlé hier, Speil m'a expressément demandé de ne pas le citer. Je ne pense pas qu'il aurait énormément apprécié qu'on désobéisse à ses ordres, tu le connais comme moi, je pense qu'il aurait même détesté et à quoi cela aurait servi d'en parler ? Laisse l'Allemand se poser des questions, il ne trouvera rien. Nous, on continue de travailler, il faut qu'on trouve ces types rapidement, c'est très important…

Dailans ne laisse même pas son patron finir sa phrase. Il sort sans un mot, il veut faire quelques pas dehors. Il a besoin d'air frais, besoin de réfléchir. L'hôtel possède un grand jardin, bien entretenu, un jardinier vient plusieurs fois par semaine, c'est Véra qui donne les ordres.

Il s'assoit sur un banc en pierre, humide.

Les feuilles des arbres sont tombées.

Il a peur.

Comment se fait-il que le flic allemand ait été si vite au courant de l'existence de Wirth ? Ont-ils été vus en uniforme ? Est-ce que quelqu'un les a trahis ? Quelqu'un du groupe ? Maragal ?

Pourquoi l'aurait-il fait ?

Trop de questions. Il prend sa tête entre ses mains.

Le géant reste plusieurs minutes sans bouger, il ne pense plus à rien. Il n'entend pas Gaillac s'approcher puis s'asseoir à côté de lui.

— Je t'ai observé de la fenêtre.

Dailans reste silencieux.

— Pourquoi tu ne me le dis pas maintenant ?

— Pour quoi faire ? Puisque tu le sais !

— Parce que je veux que cela vienne de toi.

— Eh bien, je vais te le dire moi-même, si ça peut te faire plaisir. C'est moi qui ai tout organisé.

Dailans est au bord des larmes.

— Pourquoi m'as-tu menti tout à l'heure ?

— C'était... c'était trop tôt.

— Mais qu'est-ce qui a bien pu te passer par la tête ? demande Gaillac d'une voix rageuse. On avait une vie dont on n'avait jamais osé rêver, on avait tout, l'argent, le luxe, la liberté... Il n'y avait qu'une chose dans ce putain de pays à laquelle on n'avait pas le droit de s'attaquer, c'était bien aux Allemands. Et toi, direct, tu y vas... C'est Wirth qui t'a donné le tuyau ?

— Oui, lui et sa bande comptaient attaquer le convoi. Je l'ai su après ton départ pour l'Espagne, je ne pouvais pas t'en parler.

— Oui, mais tu savais très bien ce que je t'aurais dit !

— Oui, tu m'aurais dit de ne pas le faire.

— Je t'aurais dit de continuer à faire fortune tranquillement. Et qui as-tu entraîné là-dedans ?

Dailans égrène les noms de ses complices. Gaillac est effondré.

— Tu te rends compte qu'ils t'ont suivi, qu'ils t'ont fait confiance ? Quel gâchis ! Bon, maintenant, je veux que tu me dises absolument tout.

Pendant une demi-heure, le géant raconte l'opération sans s'arrêter, jusque dans les moindres détails : les préparatifs, le piège tendu à Speil, l'assaut...

À la fin du récit, Gaillac hoche la tête avec l'air du connaisseur qui a apprécié.

— T'avais pas mal pensé ton coup... Et faire assister Speil à l'interrogatoire, c'était bien vu... Mais alors quand je t'ai empêché de le dire au flic allemand, c'est pour ça que tu avais l'air désespéré !

— Désespéré, non ! C'était juste ma protection qui s'effondrait..., répond Dailans.

— Comment a-t-il pu savoir que tu avais interrogé Wirth ?

— Aucune idée, je suis quasiment sûr de ne pas avoir été trahi et si tu me dis que Speil ne le lui a pas dit, alors je ne sais vraiment pas…

Le regard de Gaillac s'assombrit à nouveau.

— La dernière chose que je voudrais comprendre, c'est pourquoi tu as fait ça ? »

L'autre se souvient de sa promenade nocturne, c'était il y a trois jours : une éternité. Il se souvient bien de ce à quoi il avait pensé : la préparation de l'opération, les difficultés, les risques, ce genre de choses… Mais il ne s'était jamais réellement concentré sur le *pourquoi*. Bien sûr, l'argent a dû compter. Il était déjà riche, mais réussir ce coup s'était s'assurer la fortune, c'est d'ailleurs ce qu'il a dit aux autres… Mais maintenant qu'il y réfléchit, il a l'impression qu'il y avait autre chose. Peut-être du défi face à Gaillac, peut-être aux Allemands, peut-être à lui-même, parce que les résistants, les terroristes sont trop faciles à tuer…

De toute façon tout cela n'a plus d'importance, il est trop tard, ce n'est pas ça qui compte. Ce qui compte, c'est sauver sa peau, par n'importe quel moyen.

— Tu crois que Speil pourra arranger ça ?!

— Mon pauvre, aucune protection ne pourra te sauver !

— Qu'est-ce que tu vas faire ?

— Tu sais bien que je n'ai pas le choix… Si je veux sauver ma peau, il faut que je prouve que tu as fait ta connerie tout seul, que je n'ai rien à voir là-dedans.

— Tu vas me tuer ?

— Ça ne me servirait à rien, les Allemands l'apprendraient tôt ou tard et penseraient que j'ai voulu éviter qu'ils remontent jusqu'à moi…

— Tu vas me dénoncer ?

— Mais que veux-tu que je fasse d'autre ?

— Je t'ai sauvé la vie. Tu dois m'aider.

Gaillac se lève et se dirige vers l'intérieur, sans répondre.

— Pierre ! Ils ne croiront pas que tu n'étais au courant de rien.

Gaillac ne se retourne pas. Dailans reste seul à se demander qui l'a trahi.

8.

Gaillac ferme la porte de son bureau. Il enlève sa veste et s'écroule dans un grand canapé de cuir noir. Les yeux fermés, les mains croisées derrière la tête, il essaie de ne pas y penser.

Mais il n'y arrive pas. Dailans a raison : sans lui, il serait mort.

Il se revoit comme si c'était hier, quelques instants après que Dailans lui a sauvé la vie. Affamés, la peur au ventre, lui et quatre autres hommes courent aussi vite que le leur permette leur estomac vide. Leurs lourdes chaussures de prisonniers écrasent l'herbe humide. Il a le cœur qui bat à exploser. Il se sent sale. Il n'arrive pas à oublier l'odeur de chair calcinée : il la sent sur lui, elle lui dévore la peau. Il se concentre sur sa fuite : courir, ne pas tomber, être attentif au moindre bruit. Chacun sait ce qu'il doit faire, tout s'organise par gestes furtifs, à tour de rôle un homme joue les éclaireurs, cinquante mètres devant les autres, prêt à prévenir au moindre danger mais cette précaution se révèle inutile, personne, nulle part. C'est comme si tous les hommes étaient morts tout à l'heure. Alors, tandis qu'ils longent prudemment la route, cachés dans les sous-bois, les fugitifs commencent à échanger quelques mots, tout bas, pour savoir qui est l'*autre*, cet inconnu à qui l'on vient de remettre sa vie. Lui il l'a remise à Dailans.

Et le géant l'a sauvé.

Il ouvre les yeux. Véra est là. Elle le regarde avec ses yeux verts, elle est magnifique, tout simplement. Elle se blottit contre lui, la tête sur ses épaules. Il masse doucement ses beaux cheveux blonds. Bien sûr, elle ne l'aime pas, elle ne l'a jamais aimé, il le sait très bien. Elle aime sa cruauté, elle aime sa puissance, elle aime une légende noire. Elle a juste l'intelligence de le cacher. Il la laisse seule. Il quitte son bureau et part à la recherche de Dailans, il a sa petite idée de l'endroit où il se trouve. En chemin, il se rappelle ce que son acolyte lui a dit : « Les Allemands ne croiront jamais que tu n'étais pas au courant de l'attaque, tu y passeras aussi. »

Et, effectivement, Gaillac voit mal ce qu'il pourrait dire : « Mon adjoint m'a doublé et j'étais en Espagne, désolé », ou : « Dailans est devenu fou mais croyez-moi je n'en savais rien... » Speil va lui coller une balle dans la tête, oui !

Comme il l'avait prévu, le géant est au bar en train de vider une bouteille de rhum, au goulot.

— Pose ça, il faut qu'on parle. Qui avais-tu avec toi lors de l'attaque ? Redis-moi.

— Forlain, Favre, Archenbach, André et un type que je connais d'avant la guerre, Juan Maragal.

— Tu réponds de lui ?

— Oui, oui, je réponds de lui ; il me doit tout.

— C'est pas lourd...

— Il a très peur de moi.

— C'est mieux mais il va falloir quand même envisager de le descendre.

Dailans avale la moitié de la bouteille d'une seule gorgée.

— Mais jusqu'à maintenant tu penses qu'il n'a rien dit ?

— Non, il est surveillé par Forlain depuis le casse et je l'avais gardé avec moi de sa libération au départ pour la gare. Mais pourquoi toutes ces questions ?

— J'ai réfléchi. Je ne pense pas que tu aies été trahi. On serait déjà morts. Je pense que c'est beaucoup plus con que ça, je crois que le flic allemand a entendu Speil me parler de ton cheminot… tout simplement. Speil ne se méfiait pas, il m'a parlé en français, il nous croyait seul… Je suis sûr que cette petite fouine nous espionnait. Si c'est ça, alors la situation est peut-être un peu moins grave que je pensais, il ne pourra pas remonter bien loin.

— Et alors ?

— Alors ? Alors la situation n'est pas désespérée et je vais peut-être pouvoir t'aider, grand con !

Le géant finit la bouteille d'un trait.

— Tu ne vas pas me descendre ni me dénoncer ?

— Je t'ai déjà dit que je ne te ferai pas descendre ! Et je ne vais pas te dénoncer non plus.

— Pourquoi tu ferais ça ?

— Tu ne te souviens pas de m'avoir sauvé la vie le jour de l'évasion ?

— J'oubliais, M. Gaillac est un homme d'honneur… Je ne sais pas quoi te dire.

— Attends, j'y mets quand même des conditions.

— Tout ce que tu veux.

— Je m'occupe de tout, je prends les choses en main. Tu obéis à chacune de mes paroles sans poser de questions.

— Comme d'habitude…

— Ouais, justement, comme d'habitude, quand on n'a pas d'emmerdes. Et je te dis un dernier truc, Xavier, le coup que tu m'as fait, c'est une fois, pas deux, sinon je te jure que je te descends moi-même.

— Ça n'arrivera plus jamais, je te le promets.

— J'y compte bien.

Gaillac s'éloigne.

— Faut que tes gugusses rappliquent et qu'on réfléchisse à un plan de bataille. Rameute tout le monde, surtout ton Espagnol, que je puisse juger sur pièce. Rendez-vous ce soir dans mon bureau et puis on ira faire une balade.

Le géant repasse de l'autre côté du bar à la recherche d'une nouvelle bouteille.

— Et par pitié : arrête de boire ! Il va te falloir les idées claires, pour une fois.

Dailans répond en faisant le salut militaire.

Pure bravade. Au fond de lui, il sait bien que Gaillac est le seul à pouvoir lui sauver la vie.

9.

Jeudi 8 octobre 1942, 8 heures 30

Couché sur le lit de la chambre d'hôpital, l'inspecteur Lavrenti se remémore les événements qui l'ont conduit ici.

Après avoir été jeté hors de la voiture par les gestapistes, il a rapidement été examiné par le médecin de garde au 36, puis transporté d'urgence ici, à la Pitié. Les médecins viennent de lui confirmer qu'il n'avait pas été trop durement touché. Quelques jours de convalescence et il sera bientôt comme neuf. Mais l'inspecteur ne veut pas rester ici, ne veut pas de repos. Il n'a surtout pas envie de se retrouver seul à gamberger pendant des jours sur ce qui s'est passé.

*

Mme Lavrenti entre dans la chambre alors que son fils finit péniblement de s'habiller. L'épaule du jeune homme lui fait mal et il passe sa veste avec difficulté. Il a un œil poché et des bleus sur tout le corps, souvenirs des coups de pied qu'il a reçus lorsqu'il était à terre, il y a deux jours.

Cela fait beaucoup pour une mère.

Mme Lavrenti retient ses larmes à grand-peine. La veille, lors de sa première visite, elle n'y était pas parvenue. Thomas était très gêné. Il n'avait pas trop su quoi faire. Il l'avait prise dans ses bras en lui disant que tout allait bien. Cela n'avait pas réussi à la rassurer, évidemment. Elle avait eu si peur quand elle a appris ce que lui avait fait la Gestapo.

— Bonjour Thomas.

— Bonjour Maman, dit Lavrenti d'un ton un peu sec tandis qu'elle lui embrasse la joue droite.

— Pourquoi t'habilles-tu Thomas ? lui demande-t-elle d'un air soupçonneux

Lavrenti détourne le regard.

De ses doigts frêles, elle touche le visage de son fils.

— Pourquoi t'habilles-tu, Thomas ? Les médecins t'ont dit que tu pouvais quitter l'hôpital ?

Son fils ne lui répond toujours pas. C'est de toute façon inutile.

Elle voudrait qu'il prononce les mots qu'elle aimerait tant entendre ce soir, au creux de son oreille, juste ces quelques mots tout simples : « Je change de vie, Maman, je démissionne, je vais choisir un métier tranquille, trouver une jolie jeune fille et l'épouser. » Bien sûr, elle sait que ce n'est pas cela qu'il dira.

— Je ne veux pas rester ici. Je retourne au 36.

— Non ! s'exclame Mme Lavrenti en retour.

Elle n'a pas réfléchi. Elle n'a pas l'habitude de crier, elle reste quelques instants un peu interdite.

Thomas serre sa mère contre lui, très fort. À quoi bon s'expliquer ? S'il lui disait qu'il voulait se mettre en danger, prendre des risques, sans qu'il sache exactement pourquoi il ressent ce besoin, cela ne ferait que l'effrayer. Sa maman ne peut pas le comprendre. Lorsqu'il était enfant, elle savait tout de lui. Il voulait toujours lui expliquer ce qu'il pensait, ce qu'il voulait, pour qu'elle le comprenne. C'était il y a si longtemps. Aujourd'hui il ne sait pas quoi lui dire. Ils quittent la chambre ensemble. Une infirmière vient à leur rencontre et reproche au jeune policier de partir alors qu'il n'en a pas reçu l'autorisation. Lavrenti hausse les épaules et poursuit son chemin. Mme Lavrenti le suit sans adresser la parole à l'infirmière. Elle sait qu'il n'y a rien à dire. Lorsque Thomas a pris une décision, personne ne peut le faire changer d'avis et cela l'attriste profondément.

La mère et le fils attendent ensemble sur le quai du métro. Thomas parle longuement mais ses mots ne sont pas sincères. Il remercie sa maman d'être venu le voir et lui promet d'être beaucoup plus prudent qu'il ne l'a été jusqu'ici. Il ajoute qu'il viendra la voir dans quelques jours et lui fait promettre de ne pas s'inquiéter d'ici là.

La rame arrive. Mme Lavrenti s'engouffre à l'intérieur après avoir embrassé son fils.

La rame s'éloigne.

Lavrenti se sent triste.

*

L'inspecteur arrive au quai des Orfèvres. Maintenant il le regrette presque : il est peut-être revenu trop vite, ses côtes en particulier le font souffrir. La porte du bureau à peine franchie, il voit l'inspecteur Sanz lui tomber littéralement dans les bras. Lavrenti sait qu'il s'est démené comme un beau diable pour l'arracher aux griffes de la Gestapo, multipliant les coups de téléphone, allant voir toute personne connaissant Dailans pour lui demander d'intervenir... Cela n'a pas servi à grand-chose mais c'est toujours bien de l'avoir tenté. Par contre, l'attitude de Valin l'a déçu, le commissaire n'a pas tout fait pour le protéger, lui semble-t-il. Mais il est trop tard pour s'appesantir sur le passé. Il veut regarder vers l'avant et surtout, trouver un moyen de se venger de Xavier Dailans et de ses complices.

De toute façon, il y a bien pire. C'est cela qu'il annonce en premier à Sanz, juste après leurs retrouvailles :

— Le médecin de l'hôpital m'a ordonné de rester deux mois sans boxer.

* *
*

Jeudi 8 octobre 1942, 9 heures

Près du musée du Jeu de paume, Vorminski ne peut manquer l'immense affiche informant le public de la création de l'Institut des questions juives. L'image est laide. Un vautour porte au cou une étoile de David, ses pattes crochues sont posées sur les côtes d'une jeune femme inanimée, enveloppée dans le drapeau français. Le slogan est limpide : « Français, au secours ! » Ici aussi ! Les mêmes affiches recouvraient les murs des villes allemandes à la fin des années 1930. Vorminski repense à ces juifs qu'il connaissait là-bas, un couple de médecins. Ils habitaient dans la petite ville où il était en garnison, entre 1932 et 1934. Il se souvient du changement d'attitude de la population à leur égard après l'accession des nazis au pouvoir. Il se souvient des insultes, il se souvient que la dernière année, l'homme avait été roué de coups par de jeunes nazis. Le plus terrible est que le médecin soignait la plupart de ses agresseurs depuis leur plus tendre enfance. C'en était trop. Brisés, l'homme et la femme avaient quitté le pays peu après. Huit ans plus tard, Vorminski espère qu'ils n'ont pas eu la mauvaise idée de se réfugier en France. « Pourvu qu'ils aient poussé jusqu'à New York », murmure-t-il pour lui-même.

Le musée est gardé par des militaires de la Luftwaffe. Après avoir décliné son identité, il est conduit jusqu'à une bibliothèque où travaillent dans un silence concentré une dizaine de personnes habillées en civil. Un sergent le prie d'attendre à l'entrée. Il profite de ce moment de répit pour réajuster son uniforme en se regardant dans un grand miroir orné de dorures. Quelques instants plus tard, Vorminski est rejoint par le comte von Behr, le chef de l'ERR[1] à Paris. L'homme porte un magnifique uniforme de la Croix-Rouge allemande qui ressemble à celui des militaires, en plus bigarré. Vorminski apprécie assez moyennement, le comte doit aimer que les Français le prennent pour un militaire mais Vorminski, en bon officier qu'il est, estime que quand on est civil, on n'essaie pas de se faire passer pour ce qu'on n'est pas. Les salutations sont froides : poignée de main molle, sourire forcé. Visiblement M. le comte n'obéit aux instructions qu'à regret et répugne à confier quelque information que ce soit à un policier militaire… Mais *les ordres sont les ordres,* alors l'homme précède Vorminski jusqu'à son bureau. Pour y parvenir, tous deux longent plusieurs couloirs dont la traversée est rendue difficile par la quantité invraisemblable d'œuvres d'art placées sans ordre apparent, sculptures de toutes tailles, meubles précieux et toiles de différents formats ; toute cette beauté entassée oblige à une marche prudente sous peine de chute.

Une fois dans son bureau, le comte claque violemment la porte derrière lui puis pointe un doigt accusateur en direction de Vorminski.

— Vous savez qu'ils m'ont vraiment gâché ma nuit, à cause de vous ? Ils m'ont appelé à plus de deux heures en

1. Einsatzst Reichsleiter Rosenberg.

me disant de vous confier toute information utile, comme si cela ne pouvait pas attendre ce matin…

— C'est que l'affaire semble d'importance, rétorque Vorminski.

— Croyez-moi : elle l'est. Sinon on ne m'aurait pas ordonné de vous révéler les secrets de notre organisation, habituellement très discrète. À ce propos, donnez-moi votre parole d'officier que les informations que je vais vous donner serviront uniquement à retrouver les auteurs du vol et que vous n'irez pas répéter notre petite conversation à n'importe qui.

— Vous avez ma parole.

— De toute façon, je ne vous conseille pas de bavarder, les personnages qui sont mêlés à nos activités sont si puissants qu'ils pourraient vous écraser comme une mouche…

— Me voilà prévenu, répond Vorminski dans un sourire crispé.

Le comte soupire. C'est un homme de cinquante-cinq ans, nerveux, au physique sec et aux cheveux blancs.

— Je suis le directeur de ce que l'on appelle les services Rosenberg. Pourquoi Rosenberg ? Parce que nous avons été créés par Alfred Rosenberg, mais en réalité, nous prenons nos ordres directement du ReichMarchall Göring… Depuis la fin de 1940, nous recensons, entreposons et organisons le transport d'œuvres d'art détenues en France à destination de l'Allemagne.

— Vous me dites que le créateur du service est Alfred Rosenberg mais que vous prenez vos ordres du ReichMarchall Göring. Le service a échappé à son fondateur ?

— Exactement. Disons que le Dr Rosenberg, un de nos plus brillants esprits…

— Sans aucun doute, s'empresse de rajouter Vorminski qui ne pense pas un mot de ce qu'il dit.

— Je disais donc que le Dr Rosenberg s'intéresse à l'art dans le cadre de ses théories sur la germanité...

Le silence de quelques instants laisse deviner à Vorminski le peu d'estime réelle qu'éprouve le comte vis-à-vis des théories notoirement fumeuses de Rosenberg.

— Le ReichMarchall a une vision plus classique et, je dois dire, fédératrice de l'art.

Pas besoin que le comte en dise plus, neuf ans de régime nazi ont été bénéfiques à l'agilité d'esprit du peuple allemand : puisque chaque mot est un danger, on prend l'habitude de se faire comprendre à *demi-mot*. Vorminski a saisi : Göring, notoirement corrompu, revend des œuvres pour son compte et permet à des subordonnés de le faire. Les types qui travaillent ici ont dû laisser tomber Rosenberg et ses délires théoriques en moins de temps qu'il ne faut pour le dire.

— Le gros du travail a déjà été fait, nous avons commencé à la fin de 1940, depuis cette date nous confisquons toutes les collections d'œuvres appartenant à des juifs qu'ils soient français ou étrangers.

— C'est le cas des toiles qui ont été volées cette nuit ?

— Oui, elles venaient de plusieurs collections privées juives.

— Comment est-ce que cela se passe concrètement ?

— Les œuvres sont confisquées par la Gestapo, puis nous les entreposons ici. Nous en faisons l'inventaire : les personnes que vous avez vu travailler à votre arrivée sont des historiens d'art qui ont pour mission de faire une liste raisonnée des collections avant leur dispersion. Et je peux vous dire qu'ils travaillent plus de douze heures par jour. Certaines des collections que nous recevons comportent des milliers de pièces. Venez voir ! Je vais vous montrer quelque chose.

Le comte emmène Vorminski dans les couloirs du musée : partout des tableaux, de toutes les époques et de tous les formats. Ils arrivent jusqu'à une porte fermée à clef, von Behr sort un trousseau de la poche de son uniforme, les deux hommes rentrent. Dans la pénombre, Vorminski devine des centaines et des centaines de tableaux, le comte von Behr allume la lumière : là encore, des centaines de tableaux sont collés les uns contre les autres.

— Vous savez ce qu'il y a ici ? » demande-t-il.

Vorminski ne répond pas.

— Des tableaux modernes qui n'intéressent pas *officiellement* nos élites. Vous êtes amateur d'art ?

— Oui.

— Il y a dans cette pièce plusieurs Corot, des Léger, trois ou quatre Manet, une dizaine de Picasso, j'en passe et des meilleurs.

Vorminski en a le souffle coupé.

— Ce type de toiles n'a plus sa place dans les musées allemands depuis plusieurs années et nos dirigeants peuvent difficilement les entreposer chez eux.

— Donc elles restent ici ?

— Nous essayons de les échanger aux musées français ou aux marchands d'art contre des toiles plus acceptables pour nous. Le ReichMarchall est passé maître dans l'art d'utiliser ce stock pour ses acquisitions.

Les deux hommes ressortent de la pièce.

— Les Français sont au courant de ce qui est détenu ici ? demande Vorminski.

— Ils doivent bien s'en douter…

— Mais ils ne participent pas directement aux inventaires ?

— Non ! Mon Dieu, non ! Nous les laissons en dehors de nos affaires.

En retournant vers le bureau du comte, ils croisent une femme penchée sur un livre, un visage de souris de bibliothèque avec de petites lunettes rondes.

— Vous venez de voir Mlle Valland[1]. Elle est la seule Française à travailler ici. Elle est inoffensive, elle ne s'occupe que de l'entretien du musée. Mais revenons à la procédure : une fois les collections recensées, nous prenons contact avec l'Allemagne pour savoir qui aura quoi. Il existe une liste indiquant les priorités, elle mêle des musées publics et des personnages de l'État, elle commence évidemment par le Führer et comporte à peu près soixante noms de personnes et d'institutions… Nous prenons contact avec tout ce petit monde et nous négocions. Inutile de vous dire que les négociations sont serrées et difficiles et il arrive assez régulièrement que le ReichMarchal Göring vienne directement ici pour trancher des questions difficiles, dit von Behr.

— Le ReichMarchal vient souvent ici ? »

Le comte von Behr se rapproche de Vorminski et parle tout bas :

— Vous me croyez si je vous dis qu'il est venu une vingtaine de fois en deux ans ?

Les yeux de Vorminski se plissent légèrement. Voilà pourquoi toute cette affaire est prise tellement au sérieux ! Les voleurs ont touché aux joujoux de Göring et le Reich-Marchal doit être prêt à n'importe quoi pour récupérer son bien.

— Pouvez-vous me parler des toiles qui ont été volées cette nuit ?

— C'est une perte terrible, plusieurs des peintures étaient de très grande valeur, au moins trois : *Les Bois en hiver* de Dongen, *La Vue du golfe* de Cézanne, *La Femme et le Jeune Enfant de Tanger* de Delacroix, un Vélasquez, un Degas, des maîtres hollandais, un peu moins précieux

1. Rose Valland a existé. Résistante, c'est grâce à son action clandestine que tous les mouvements de tableaux volés ont pu être enregistrés.

cependant… Pour résumer, c'est un vol de plusieurs dizaines de millions de francs, difficile d'être précis, vingt-cinq, trente-cinq, une très grosse somme en tout cas.

— Ces toiles appartenaient à des juifs ?

— Oui, comme toutes les autres.

— Est-ce que leurs anciens propriétaires auraient pu essayer de les récupérer ?

— Vous plaisantez ? demande le comte.

— Non. Absolument pas.

— Il faut bien que vous compreniez que leurs anciens propriétaires sont hors d'état de nuire. Soit ils ont fui vers des cieux plus cléments, soit ils ont été déportés. Il est absolument impossible que des juifs aient aujourd'hui assez d'argent et d'influence pour monter une opération de cette envergure. Mon Dieu, mais vous n'êtes pas au courant que nous les arrêtons en masse et que nous les envoyons à l'est ?

— C'était juste une question, monsieur le comte, je désirais connaître votre sentiment sur le sujet, c'est tout, répond Vorminski, agacé. Changeons de sujet : vos services ont-ils supervisé le transport ?

— Non, ce sont les SS qui en sont chargés. Dès que les œuvres ont quitté ce lieu, elles cessent d'être sous la responsabilité de l'ERR et passent sous celle des SS, c'est prévu entre nos services.

— Je me demandais, justement, pourquoi les SS ? pourquoi pas l'armée ?

— Ce serait effectivement beaucoup plus simple, le problème c'est que l'armée est opposée à nos opérations. Pour être tout à fait franc, nous ne travaillons pas dans la droite ligne des conventions de Genève. Au contraire, mon commandant, ce que nous faisons est proscrit et, vous le savez mieux que moi, les militaires sont des gens légalistes. Ils ont toujours refusé d'assurer le transport des œuvres sans un ordre écrit du Führer, un ordre qui n'est évidemment jamais arrivé. Alors on se débrouille. On a fait plusieurs fois appel à la Luftwaffe mais nous avons malheureusement eu des désagréments avec eux...

— Des désagréments de quel genre ?

— Des fuites. Certains militaires de la Luftwaffe ne pouvaient s'empêcher de prévenir leurs camarades de la Wehrmacht et tout devenait très compliqué. Alors les envois ont été faits grâce à des trains affrétés par les SS, tout s'était bien déroulé jusqu'à maintenant, jusqu'à hier.

— Les gens qui travaillent ici connaissent-ils les dates des transferts ?

— Non, les SS viennent chercher les œuvres ; après nous ne nous occupons de rien... Sincèrement, je ne pense pas que cela soit ici que vous trouverez votre voleur. Aucun de mes employés ne connaissait le lieu et la date du départ des œuvres pour l'Allemagne et, je vous le dis très franchement, avec tout le travail de recensement qu'il reste à faire ici, si un membre du personnel était malhonnête, il lui serait beaucoup plus facile d'agir ici que dans une obscure gare des faubourgs parisiens.

Vorminski sent qu'il est temps de partir.

— Très bien, je vous remercie de toutes ces informations, monsieur le comte. Je ne reviendrai vous déranger qu'en cas d'absolue nécessité.

Von Behr raccompagne le commandant jusqu'à l'entrée du musée comme s'il souhaitait vérifier de ses propres yeux qu'il quitte réellement les lieux. Précaution inutile : Vorminski n'a aucune intention de s'attarder ici. Il a un énorme travail de recoupement qui l'attend, inutile de continuer à poser des questions, il faut déjà vérifier si l'homme ne lui a pas menti. Mais Vorminski repart assez content, le comte a été plus bavard qu'il ne l'espérait, il n'a sûrement pas tout révélé mais en a dit suffisamment pour confirmer au policier ce que celui-ci sentait confusément : cette enquête va être sacrément difficile.

Cela tombe bien, c'est exactement ce qu'il aime.

* *
*

Place Mazas, dans le 12e arrondissement; depuis 1914 la morgue est située dans un grand immeuble érigé spécialement pour l'accueillir. Officiellement, c'est l'Institut médico-légal, officieusement : *la maison des noyés* ou *le musée de l'assassinat et du suicide*, le surnom préféré de Vorminski. Le médecin légiste, présent la veille sur les lieux du crime, vient de finir de rédiger le rapport d'autopsie. Vorminski le rejoint alors qu'il se lave les mains, tentant de faire disparaître de ses paumes non pas le sang des cadavres mais de l'encre, le stylo avec lequel il a signé le rapport ayant fuit. Le médecin a les traits tirés, il ne s'est pas arrêté de travailler depuis plusieurs heures. Son ton est las, rien à voir avec l'espèce d'excitation enjouée qu'il avait hier soir, sur les lieux du crime. Le médecin boiteux est maintenant pressé d'aller dormir. À côté de lui, le jeune lieutenant de la Luftwaffe chargé des empreintes a les yeux rougis, il a travaillé dur pour arriver ici en fin de matinée comme le lui avait demandé le commandant. Il demande à passer en premier car une autre affaire requiert sa présence avant le déjeuner. Vorminski acquiesce à sa demande et prie le docteur de les laisser seuls quelques minutes. Le médecin boiteux s'éclipse sans protester, son regard trahissant quand même un léger agacement.

Vorminski lance un coup de menton interrogateur au jeune militaire. Celui-ci répond en lisant le dossier qu'il a préparé :

— Ils étaient bien cinq, tous avec des chaussures de SS, les cinq.

— Vous avez vérifié ? »

Pour toute réponse, le lieutenant tend à Vorminski un dossier où figurent les photos des empreintes trouvées la veille avec des agrandissements de clichés représentant les semelles des chaussures en service dans la SS : les dessins sont exactement les mêmes. Le lieutenant ne résiste pas longtemps au plaisir de commenter ses photos, il retrouve rapidement son enthousiasme, il s'anime et, à la fin de son exposé, il parle du ton du détective qui explique à la presse comment il vient de résoudre l'enquête, seul contre tous…

Vorminski doit doucher son enthousiasme sinon il risque de raconter son histoire à l'ensemble de la garnison de Paris et, par là même, de s'attirer des ennuis :

— Surtout ne dites rien, je vous en conjure. C'est sûrement une fausse piste : il y a eu des vols d'uniformes il y a quelques mois. N'allez surtout pas vous créer une réputation affreuse en accusant à tort nos amis du parti.

— Oui, mon commandant, je ne dirai rien, répond le jeune homme, un peu dépité mais qui a saisi le message de prudence.

— Et à propos des pneus ?

— On a travaillé dessus toute la nuit avec mon équipe mais pas de résultat, on a bien la marque du pneu, mais ce modèle est classique et peut se monter sur quasiment tous les véhicules français d'avant-guerre explique le jeune lieutenant d'un air déçu.

— Mais au moins on est sûrs qu'il s'agit d'une voiture française.

— Oui, mon commandant.

— Alors vous venez de m'apporter deux éléments précieux, lieutenant. Beau travail ! dit Vorminski dans l'espoir de lui remonter le moral. Laissez-moi votre dossier et je passerai vous voir si j'ai des questions complémentaires.

Une voiture française, ça colle avec la Résistance ou avec Gaillac et Cie.

Vorminski raccompagne le lieutenant qui part en haussant les épaules d'un air dépité.

Il appelle à haute voix le médecin, lequel apparaît instantanément au bout du couloir aux murs blancs.

— À vous, docteur, dit le commandant imitant, sourire aux lèvres, un médecin accueillant son patient.

Le médecin entre en traînant la patte.

— Je vous avais prévenu, vous allez être déçu. Je n'ai pas grand-chose de neuf mais je vous confirme ce que je vous ai dit hier soir.

— C'est déjà ça.

— Je vous informe officiellement que nos cinq sentinelles ont été tuées dans la gare, entre minuit et minuit et demi par plusieurs armes non retrouvées mais qui sont de manière certaine des couteaux à grande lame. Je n'ai trouvé aucune empreinte sur les cadavres, ce qui confirme que vos types sont habitués à ce genre de coup de main, et, comme je vous le disais déjà hier, la nature des blessures confirme cette hypothèse.

— C'est tout ? demande Vorminski quand même un peu déçu.

— Non. Je peux vous affirmer que nous avons affaire à trois tueurs différents. Deux éléments : déjà les couteaux sont du même type mais de modèle distinct, deuxièmement, l'étude des angles de pénétration de la lame dans la chair montre que trois personnes de taille diverse ont porté les coups…

— Trois personnes, vous êtes sûr ?

— Absolument certain, les preuves scientifiques sont dans mon rapport.

Le médecin pointe son doigt verticalement, prenant le ciel à témoin.

— Mon commandant, sachez que les angles ne mentent jamais.

Vorminski regarde le médecin avec circonspection. Mieux vaut changer de sujet, sa phrase ressemble à l'introduction d'un cours de médecine légale, et là Vorminski n'a vraiment pas le temps ou alors autant parler pratique.

— Je lirai le rapport. Autre chose : Avez-vous entendu parler de cheminots tués en essayant de s'échapper d'une résidence de la Gestapo ?

— Non. Pourquoi ?

— Dites-moi ce que vous en pensez : quatre types tués à la mitraillette, quatre tireurs dans un espace clos. Les prisonniers étaient désarmés, ils ont apparemment essayé de forcer le passage.

— Ils sont tous morts sur le coup ?

— Oui. Je crois que les secours n'ont même pas été appelés.

— On ne vous a parlé d'aucune blessure non mortelle ? »

Vorminski essaie de se souvenir des mots employés par Dailans.

— Non, on ne m'a pas parlé de blessure.

— C'est cela que je trouve bizarre, le fait qu'il n'y ait aucun survivant... Il est difficile de vous donner un avis sans voir ni les lieux ni les cadavres mais ce que je peux vous dire c'est que quatre morts directes, c'est beaucoup, c'est même plutôt rare, je ne suis pas spécialiste des statistiques, mais sur une situation telle que vous me la décrivez, vous pourriez avoir deux morts et deux blessés ou trois morts et un blessé... Là, quatre tués, les types de la Gestapo n'y sont pas allés de main morte !

— Est-ce que vous êtes en train de me dire que cela ressemble à une exécution ?

— Non, mon commandant, je ne peux pas aller jusque-là sans avoir vu les cadavres, ce que je dis c'est qu'assurément ils n'ont pas tiré dans les jambes et vous m'avez dit que les types étaient désarmés, maintenant concluez ce que vous voulez, je ne suis pas l'enquêteur !

Vorminski, pour dissimuler son trouble, jette un coup d'œil à sa montre. Il est presque l'heure de rejoindre Speil pour le déjeuner.

— Très bien, je vous en reparlerai si j'ai de nouveaux éléments.

— Avant que vous partiez, mon commandant, permettez-moi une petite question personnelle.

Vorminski s'attend à peu près à tout avec ce drôle de médecin boiteux.

— Je vous en prie.

— Êtes-vous le frère de Hans Vorminski ?

Vorminski s'attendait à tout… sauf à cela. Il manque de tomber à la renverse et pose sa main sur un dossier de chaise.

— Vous… Vous connaissez mon frère ?

Le médecin est étonné, il n'avait pas imaginé que le commandant serait aussi troublé. Il répond, un sourire un peu forcé aux lèvres.

— Un petit peu. Votre frère était dans la même division que moi. Il commande le IIe bataillon d'infanterie du régiment Nordland, il est connu comme le loup blanc sur le front de l'Est. Un sacré type, si vous me permettez. Je dirigeais le service sanitaire de la division…

— Il est vivant, il va bien ?

— Mais je ne sais pas, mon commandant ! Je suis rentré de l'Est, il y a deux mois, j'ai pris un éclat d'obus dans la jambe. On m'a rapatrié sur Berlin en convalescence et ma femme s'est démenée comme une diablesse pour que je ne retourne pas là-bas avec mon boitillement. Ça a marché ; remarquez, quand elle a appris que j'étais nommé à Paris, je peux vous dire qu'elle était vraiment furieuse, pour un peu, elle m'aurait renvoyé elle-même à Sébastopol ; la réputation des Parisiennes, vous comprenez…

Une fois de plus, Vorminski coupe le médecin.

— Dans quelle zone combattiez-vous ?

— On est partis de Rostov et on a foncé vers le Caucase. Vous vous rendez compte ? J'ai vu la mer d'Azov, la mer Noire et je n'ai pas été bien loin de voir la mer Caspienne !

— Parlez-moi encore de mon frère.

— Vous savez, je ne le connais pas si bien que cela. Nous étions officiers dans la même division mais la différence d'âge, de grade, de fonction, tout cela fait que nous ne nous voyions que très peu. Cela dit c'est un soldat courageux et très respecté par ses hommes, ça je peux vous l'affirmer sans l'ombre d'un doute. Mais on dirait que vous n'avez aucune nouvelle, il ne vous écrit pas ?

— Non, rien depuis trois mois.

— Trois mois, c'est la date de ma blessure. À cette date, il allait bien, après je ne sais pas, je suis désolé…

Le médecin regrette amèrement d'avoir posé la question.

— Je me dis que s'il était arrivé quelque chose, j'aurais reçu un courrier, dit Vorminski comme pour se rassurer.

Le médecin opine du chef, le commandant veut visiblement être tranquillisé, pas besoin de lui parler franchement, pas besoin de lui dire que les courriers, c'est pour les familles des combattants morts proprement d'une balle en plein cœur ; que pour la majorité, ceux qui meurent déchiquetés par une explosion, ceux qui meurent de faim dans un camp de prisonniers, ceux qui sont égorgés par des partisans et dont on jette le corps au fond d'un ravin, pour eux, il n'y a pas plus d'avis de décès que de sépultures.

— Ne vous inquiétez pas, mon commandant, l'armée allemande va la gagner cette guerre ! Grâce à des gens de la trempe de votre frère, et il vous reviendra vivant !

Vorminski, ému aux larmes, marmonne un au revoir à peine intelligible, se dirige vers la porte comme un somnambule, laissant le médecin boiteux dans des abîmes de perplexité. En dehors du bâtiment, le commandant prend quelques instants pour reprendre ses esprits. Il lui faut beaucoup de volonté et plusieurs minutes pour réussir à chasser l'image de Hans. Les passants doivent être surpris de voir cet officier allemand arrêté en pleine rue, rouge et haletant comme si un uppercut au ventre lui avait coupé le souffle. Mais il n'a pas le temps de s'abandonner à ses tourments, il doit rejoindre le Standartenführer Speil.

* *
*

Daniel Speil repousse le dossier d'une main rageuse, se lève d'un bond du fauteuil de son bureau et fait les cent pas de la porte d'entrée jusqu'à la fenêtre, ruminant son dépit : comment travailler avec des dossiers aussi mal ficelés ? Il vient de lire la biographie de cet homme et il ne sait toujours rien de lui : ce type est un véritable fantôme. Vorminski ! Le SD[1] est pourtant réputé pour ses fiches mais là, zéro pointé ! C'en est presque suspect, une personne sur laquelle on a aussi peu d'éléments. On dirait que ce type n'a pas de vie, en tout cas pas de vie amoureuse. C'est cela qui étonne le plus Speil : cet homme semble n'avoir aucune liaison depuis quinze ans : aucune femme dans sa vie, bizarre. En plus il sort beaucoup : théâtre, concert, dîner, c'est un mondain. Cela a été noté dans toutes les villes où il est

1. Service de police des SS.

passé. Speil se dit qu'il est peut-être homosexuel. Rien que d'y penser, il a un reniflement de mépris. Apparemment, il n'est pas le seul à avoir eu l'idée mais dans toutes ses affectations, il n'est mentionné aucune aventure coupable, ni aucune attirance. Rien n'a jamais été trouvé, ni lettre, ni photos, rien.

Sa carrière est assez atypique elle aussi, très peu de postes opérationnels, des allers-retours entre la Wehrmacht et l'Abwehr dans des postes d'analyse et de documentation, pas de poste de terrain à l'étranger. Cela amuse Speil. Ils ne se ressemblent pas du tout mais ils ont quand même en commun d'avoir travaillé tous les deux dans le domaine de l'espionnage. Cela n'est pas étonnant pour un militaire, mais pour un SS c'est plus rare. C'est Speil qui avait demandé lui-même l'affection, histoire de changer un peu le cours de sa carrière. Les SS étaient tout à fait d'accord, cela leur permettait d'introduire une personne de plus dans la place. L'Abwehr était réticente mais elle n'avait pas eu le choix. C'est comme cela que Speil est arrivé en France en 1938. Le Standartenführer n'a pas le temps de laisser son esprit vagabonder, une secrétaire entre pour le prévenir de l'arrivée du commandant Vorminski. Il prend quelques instants, ajuste son uniforme avant que la secrétaire ne fasse entrer le militaire. Les deux hommes se serrent la main, l'officier en uniforme vert, le soldat du parti en uniforme noir, Vorminski, grand, élancé, Speil plus court et plus épais. Ils ont à peu près le même âge mais Speil fait plus vieux, avec son crâne dégarni avant l'heure.

— J'espère que vous ne voyez pas d'inconvénient à travailler devant un bon déjeuner demande Speil.

— Non, Herr Standartenführer, je serais ravi de partager votre table.

— Avez-vous un restaurant préféré, mon commandant ?

— Non, pas spécialement.

— Alors suivez-moi, je vous emmène à ma petite cantine personnelle, nous prendrons ma voiture.

Les deux hommes se rendent près de l'église Saint-Sulpice dans un petit restaurant dont la particularité est d'être réservé aux officiers de l'armée d'occupation, un restaurant avec alcool et où les « jours sans » sont inconnus. Étrangement l'endroit est quasiment désert. Le serveur est un jeune Français qui n'en revient pas de la chance qu'il a d'avoir été engagé ici : des pourboires en veux-tu, en voilà et, surtout, de la viande tous les jours. Grâce à lui, sa famille vit très bien. Il accueille ses visiteurs avec un grand sourire et leur donne la meilleure table, ni trop près ni trop loin du grand poêle qui fonctionne sans interruption.

Daniel Speil ne dit pas grand-chose jusqu'au milieu du repas, se contentant d'écouter Vorminski raconter ses rendez-vous à l'ERR et au légiste. Un compte-rendu un peu tronqué, le commandant préférant parler des empreintes plus tard. Speil ne s'anime que lorsque Vorminski parle de sa visite à la Gestapo française :

— Nous y voilà, dit Speil. J'attendais que vous évoquiez le sujet, j'imagine que ce que je vous ai dit hier ne vous a pas fait plaisir.

— Pardon ?

— Quand je vous ai dit que la Gestapo ferait du meilleur travail que vous avec les cheminots et que je vous ai demandé de ne pas jouer les humanistes.

— Je n'étais pas d'accord, j'ai pensé que vous deviez avoir vos raisons…

— Exactement, j'avais mes raisons ! s'écrie Speil. J'avais mes raisons parce que des soldats allemands avaient été tués et que vous me sembliez plus préoccupé du sort des otages que de retrouver les tueurs par tous les moyens. Mais vous allez dire que je me trompe ?

— Oui. En toute franchise, je trouve les méthodes employées par la Gestapo inefficaces dans ce genre d'affaires. Attention, je ne suis pas en train d'essayer de vous convaincre. D'un point de vue moral, je comprends votre point de vue : nos hommes avant tout ! Mais ce dont je suis sûr c'est que les interrogatoires accompagnés de torture ne donnent généralement pas grand-chose dans les enquêtes criminelles parce que n'importe qui avoue n'importe quoi. L'aveu est un moyen et non une fin. Pour les gens de la Gestapo, l'aveu est une fin en soi… Pour en revenir à notre affaire, ma visite aux Français de la Gestapo m'a appris que les interrogatoires des cheminots n'avaient rien donné, et je suis quasiment sûr que cela ne donnera rien puisqu'ils sont innocents !

— Vous savez ? En fait, je pense comme vous, je les ai regardés, les cheminots, et j'ai vu dans leurs yeux qu'ils ne savaient pas pourquoi ils étaient là, raconte Speil.

— Mais vous avez laissé le Français les torturer !

Speil a un sourire modeste.

— Je peux me tromper, je ne me fie pas qu'à mes impressions. Ce que vous me dites des interrogatoires menés par les Français le confirme, c'est tout.

— Qu'allez-vous faire d'eux maintenant ? Ils vont rester à la Gestapo ?

— Nous les envoyons dans un camp d'internement, ils vont servir d'otages mais le Brigadführer Oberg a donné l'ordre d'élargir les arrestations aux habitants de la ville. Mes adjoints sont allés voir le maire ce matin et sont en train d'établir une liste rationnelle.

— Rationnelle ? interroge Vorminski.

— C'est-à-dire qu'on prend des otages dans tous les milieux, on envoie des notables rejoindre les communistes. À moi de vous faire la leçon, mon commandant… Pendant longtemps, lorsque vous, les militaires, vous occupiez du maintien de l'ordre, vous exécutiez prioritairement les prisonniers communistes ! Vous m'excuserez mais c'était idiot ! C'était méconnaître le caractère trans-social du réflexe patriotique de la population. C'est d'ailleurs un phénomène très intéressant à étudier qui rappelle jusqu'à un certain point le mouvement nationaliste allemand pendant les campagnes napoléoniennes... Passons. Tout cela pour vous dire que nous avons appris de vos erreurs et pour l'affaire qui nous préoccupe. Dans soixante heures, si nous n'avons pas nos toiles, nous commencerons à fusiller.

Vorminski ne tressaille même pas, il savait ce que l'autre allait dire. Avec les SS, les fusillades sont classiques. Quand l'armée avait le pouvoir de police, fusiller des civils était une mesure de vengeance appliquée avec, quand même, quelques vagues problèmes de conscience. Là, non, fusiller devient un procédé inhérent à l'enquête, une méthode de police, tout simplement.

— Soixante heures, c'est court.

C'est tout ce que Vorminski trouve à répondre.

— C'est court, mais nous n'avons pas le choix. Nous n'avons pas le début d'un commencement de piste...

— Justement, j'ai oublié de vous dire deux choses.

Vorminski sort de sa sacoche un dossier, celui que lui a donné le policier chargé des empreintes. Il le tend à Speil. Le Standartenführer regarde longuement les photos. À la fin de sa lecture, il profère un juron sonore.

— Je ne pense pas que ceux qui ont fait cela soient réellement des SS. Cela serait trop simple.

— Putain de merde ! Vous auriez pu commencer par cela Vorminski. Et qu'en concluez-vous ?

— Sûrement des terroristes qui se sont procurés nos uniformes.

Speil paraît soulagé. Immédiatement, Vorminski reprend :

— Je suis d'accord avec vous, je me suis renseigné ; des containers contenant des uniformes SS ont été volés, il y a trois mois : ce n'est pas une piste qui conduit aux SS mais c'est quand même une piste qui peut nous conduire aux voleurs, quels qu'ils soient.

— Cela fait trois mois qu'ils ont été volés et on n'a retrouvé personne. Vous risquez de ne pas trouver grand-chose !

— Vous avez raison. C'est pour cela que je veux revenir à la question principale, je dirais même la seule, et la question est, Standartenführer : Qui savait ? Qui savait qu'un train partirait ce soir-là ? Si les cheminots qui ont été interrogés ne savent rien, je ne sais pas vers qui on va se tourner. Pas vers des Allemands quand même !

— Vous croyez que des Allemands peuvent être mêlés à ça ?

— Des Allemands ou des Français qui travaillent pour eux », répond Vorminski, ravi d'avoir surpris Speil une deuxième fois.

— C'est-à-dire… Qu'est-ce que la Gestapo a à voir dans cette histoire ?

— Non, ce n'est sûrement rien…

Le Standartenführer est dans ses petits souliers. Vorminski prend son temps avant de finir sa phrase, histoire de bien laisser mijoter son interlocuteur.

— Saviez-vous que la Gestapo française avait interrogé des cheminots quelques jours avant l'attaque et que parmi ces cheminots il y en avait un qui travaillait précisément dans la gare de Saint Brégny ?

Le commandant s'interrompt. C'est amusant, Speil a l'air aussi gêné que Dailans. Seul son regard est fixe. Ses narines frémissent de colère mais il laisse le commandant Vorminski poursuivre son idée.

— Et ces cheminots ont, paraît-il, tenter de s'évader quelques heures avant l'attaque. Heureusement M. Dailans et ses hommes étaient là et ont abattu les hommes à la mitraillette. Alors voilà, je me demandais : ceux qui avaient peut-être l'information sur l'heure de départ du train, c'étaient peut-être ces hommes et ceux qui ont reçu cette information, c'est peut-être Dailans et qui sait ce qu'il a pu en faire ? Ces types-là ont des voitures, des laisser-passer et bénéficient de notre protection, je serais bien curieux de savoir si personne ne l'a vu en uniforme SS ce jour-là ?

C'est le moment de vérité, Vorminski va voir si ce que va lui répondre Speil est conforme à ce qu'il a entendu de la conversation entre Speil et Gaillac. S'il ne dit rien, alors c'est que l'affaire est très grave…

— Vorminski, vous êtes un pauvre imbécile imprudent, vous ne savez pas de qui vous parlez. Dailans est un type impeccable, j'ai en lui toute confiance et vous savez pourquoi ? »

Vorminski ne répond pas.

— Parce que cet homme m'a protégé en juin 1940 près d'un petit bois au sud de Paris et cela, il l'a fait au péril de sa vie. Maintenant, écoutez-moi bien, je vais vous expliquer pourquoi Xavier Dailans n'a rien à voir avec ce crime.

Vorminski, jusque-là, reste méfiant. Le SS n'a pas avoué qu'il savait que Dailans avait interrogé les cheminots.

— Premièrement, il n'a pas besoin d'argent, lui et Gaillac sont devenus riches. S'ils se tiennent tranquilles et continuent à nous servir aussi efficacement qu'ils le font, je peux vous assurer que sur le long terme ils seront financièrement assez prospères pour se les acheter les toiles, pas besoin de les voler !

— On ne lutte pas toujours avec succès contre sa nature, Herr Standartenführer.

— Laissez-moi vous donner la seconde raison, mon commandant, sans m'interrompre, je vous prie !

Speil a tapé du poing sur la table, le bruit surprend les rares clients dans le restaurant presque vide. Le jeune serveur se replie prudemment vers les cuisines.

— Ce cheminot dont vous croyez qu'il est la clef de tout, je l'ai connu.

Vorminski *sait* que Speil n'a rien à voir dans l'attaque. Tout s'effondre.

— J'ai même participé à son interrogatoire. C'était il y a trois ou quatre jours, j'étais passé voir Gaillac, j'ai lu les procès-verbaux des interrogatoires, il n'y avait rien dedans. Je suis allé avec Dailans interroger le détenu, c'est lui qui me l'a demandé, il m'a expliqué qu'il n'arrivait à rien avec lui, j'ai vu tout de suite qu'il n'y était pas allé mollement, le gars avait le visage tuméfié. Là, ça a été pareil, on l'a plongé et replongé tellement de fois dans la baignoire que ça me fatiguait moi-même, je lui ai collé des coups de poing… Le grand jeu. Rien à faire, le gars racontait toujours la même histoire : ils jouaient aux cartes régulièrement avec des amis et n'ont jamais rien fait d'autre. À la fin, lorsque je suis parti, j'ai dit à Dailans de les libérer, j'étais sûr qu'ils étaient innocents. Il a voulu les garder encore un peu. C'est là qu'ils ont essayé de s'évader pendant un transfert. Voilà, vous connaissez toute l'histoire ! »

Vorminski ignorait que Speil avait participé aux interrogatoires, les soupçons sur Dailans… C'est comme s'il avait accusé Speil ! Le commandant voudrait disparaître sous terre.

— Herr Standartenführer, je suis désolé, je suis honteux…

— Une dernière chose, mon commandant. Vous savez pourquoi ils étaient arrivés dans les mains de la Gestapo ?

— Une voisine, je crois ?

— Exactement, une voisine trouvait qu'ils faisaient trop de bruit, elle a écrit une lettre les accusant d'être des résistants. Je crois surtout que c'étaient des joueurs de belote ! Cette fois, vous savez tout, mon commandant. »

Speil se radoucit devant l'air piteux de Vorminski.

— Ne vous excusez pas, mon commandant. À la vérité, quand j'ai compris que l'attaque avait eu lieu dans la gare où travaillait le cheminot, je vous avoue que j'ai eu peur de la réaction de mes supérieurs et de mes collègues. Vous comprenez pourquoi… Mais je reste persuadé que les évènements ne sont pas liés. Maintenant, si vous avez des doutes, nous pouvons aller chez Oberg. Je suis prêt à y aller avec vous et je demanderai à être déchargé de l'enquête.

— Non, Herr Standartenführer, cela ne sera pas nécessaire. J'allais faire fausse route et je vous remercie de m'avoir empêché de me couvrir de ridicule. »

Speil fait « non » d'un mouvement de la main.

— Non, c'est moi, je n'aurais pas dû vous insulter, je vous prie de m'excuser. Si nous voulons retrouver ces malfaisants, nous devons coopérer. Mon commandant, l'addition est pour moi.

Après le repas, les deux hommes remontent dans la BMW du Standartenführer, direction ses bureaux de l'avenue Foch. Speil dit quelques banalités sur Paris. Vorminski, profondément humilié, entend à peine. Arrivés à destination, les deux hommes se serrent la main rapidement. Vorminski repart, vaincu.

* *
*

De retour à l'état-major, il passe devant Edna sans lui dire le moindre mot. Elle le trouve si pâle qu'elle le suit en lui demandant s'il se sent bien et s'il désire quelque chose. Vorminski claque la porte de son bureau derrière lui sans même répondre. Sur son bureau, un dossier a été posé en son absence, à côté un bristol signé de la main du général Von Stülpnagel :

Pour que vous sachiez au moins à qui vous avez affaire.

Enfin une bonne nouvelle, le général a compris qu'il n'était pas dans une situation confortable et qu'il avait plus besoin d'aide que de remontrances.

Il a sous les yeux le dossier de Daniel Speil, mais il ne sait pas quel service a rédigé cette synthèse, il n'y a aucune indication de provenance. Sacré bonhomme, en tout cas ! Condamné pour le meurtre de deux ouvriers communistes, il sort de prison à l'arrivée d'Hitler et intègre dès sa création le SD, la police interne des SS, créé par Heydrich. Pendant trois ans, il est de tous les grands combats du régime : purge des opposants et mise en place de l'antisémitisme d'État. En 1936, Himmler devient le chef de toutes les forces de sécurité, SS et police tendent à ne faire plus qu'un. Speil prend du galon mais il freine sa carrière en s'opposant à une directive émise par un proche du Reichsführer. En disgrâce, il demande à être détaché dans l'Abwehr et débarque en France...

Vorminski poursuit sa lecture mais n'en apprend guère plus. Speil est un SS honnête qui a regagné l'estime de ses supérieurs par son courage lors de sa mission d'espionnage. Un honnête nazi fanatique, en somme...

Ce n'est pas ainsi qu'il va progresser dans son enquête. Il faut qu'il se reprenne, il est en train de tout rater, il en est conscient. Il relit le tract qui a été déposé dans le wagon. Il repense à la petite fonctionnaire du musée du Jeu de paume. Est-ce qu'elle ne pourrait pas, elle, transmettre des informations précises à la Résistance ? Mais est-ce vraiment une action de la Résistance ? Les blessures, les toiles si soigneusement découpées : il sent comme une odeur de gangstérisme derrière tout cela, une intuition. C'est peut-être par là qu'il faut commencer, oublier la Résistance, aller consulter les fichiers de la police française sur les types capables de monter une opération de ce genre. Il appelle la préfecture de Police et demande qu'on lui sorte rapidement tous les dossiers des délinquants spécialisés dans les œuvres d'art. Il laisse aux policiers une heure pour accomplir cette tâche puis se met en route. Arrivé là-bas, il marche plusieurs minutes près de la cathédrale Notre-Dame, sans y entrer. À l'heure prévue, il pénètre dans la préfecture. Il est accueilli par un policier français très bien disposé et particulièrement bavard. Vorminski, moins agréable qu'à l'habitude, lui fait comprendre qu'il a besoin d'une table et d'une chaise proches d'un chauffage, d'une carafe d'eau et d'un verre propre, des dossiers demandés et surtout d'une paix royale jusqu'à ce qu'il sorte poser les questions qu'il jugera utile. Le policier en perd le sourire mais obéit, il installe le commandant dans un bureau inoccupé de l'aile Est de la préfecture. Arrivé dans la pièce, Vorminski voit la pile de dossiers qu'il devra parcourir, plusieurs centaines. Tous concernent des hommes impliqués dans des délits liés à l'art. Il s'en veut d'avoir été désagréable avec le flic français. Réunir tous ces documents en un laps de temps si court, la performance est remarquable, il faudra qu'il le félicite. Il se met au travail vers quinze heures trente, sans beaucoup d'espoir. C'est le genre de tâche ingrate qui ne paie pas souvent mais auquel un policier consciencieux ne saurait se soustraire. Il n'empêche, difficile de ne pas se perdre dans cette myriade de noms, de surnoms, de délits et de crimes mais il regarde les dossiers avec les yeux du policier expérimenté sachant exactement ce qu'il cherche. Un profil. Un homme, un connaisseur, ayant une expérience dans ce genre d'affaires, sachant découper une toile sans l'endommager, étant en contact soit directement avec des collectionneurs, soit avec des revendeurs. Il cherche aussi un homme prêt à tuer ou frayant avec ce type particulier de délinquants. Sur les cent dossiers, une bonne dizaine correspond en plein au profil, des types ayant déjà commis des crimes de sang. Il est assez content de lui. Il récapitule les noms sur un carnet noir. Il s'étire et boit un grand verre d'eau. Il va déjà aller parler de ces hommes au policier. Si cela ne donne rien, il se remettra au travail et élargira le cercle de noms. Il traverse les couloirs de la préfecture jusqu'au bureau que lui a indiqué le policier bavard. L'homme, environ trente-cinq ans, portant un costume flambant neuf, travaille en fumant la pipe.

— Je répondrai à toutes vos questions mais ne me demandez pas où je me ravitaille en tabac. Je pourrais être radié de la police, dit le policier, faussement suppliant.

Vorminski sourit sans trop comprendre. Les problèmes de ravitaillement en tabac des Parisiens le laissent pour tout dire assez indifférent. Il tend la feuille avec les noms au policier.

— Je suis venu vous parler de ces gens-là.

— Oh ! Mais nous avons du beau linge sur ce papier ! Mais nos fichiers datent un peu. Par exemple, celui-là, dit-il en pointant a fiche d'un dénommé Juan Maragal, il a été libéré par la force la semaine dernière...

— Vous voulez dire qu'il s'est évadé ?

— Même pas, je peux vous faire rencontrer le policier qui le surveillait si vous voulez, c'est un collègue à moi.

— Parlez-moi d'abord du type.

Le policier semble hésitant.

— Vous comprenez, mon commandant, il s'agit d'un dossier délicat. Je ne voudrais pas qu'on apprenne...

Vorminski insiste : C'est exactement le genre de type qu'il cherche et il est dehors depuis quelques jours, juste avant l'attaque.

— Vous avez ma parole d'officier que vous ne serez pas cité.

— Ce sont les types de la Gestapo française qui l'ont fait libérer.

Un début de sourire se forme au coin des lèvres du commandant allemand.

— Maragal venait d'être arrêté après, je crois, trois ans de cavale. Il était interrogé par mon collègue Lavrenti quand un gestapiste nommé Xavier Dailans et plusieurs de ses hommes sont arrivés, avec leurs uniformes de la SS, ont roué de coups l'inspecteur et sont repartis avec Maragal.

À la grande surprise du policier, Vorminski se lève d'un bond.

— Je veux voir l'inspecteur Lavrenti le plus rapidement possible.

10.

Jeudi 8 octobre 1942, 16 heures 30

— Tu sais ? J'en veux à Valin, terriblement !

— Thomas, que voulais-tu qu'il fasse ? Il était démuni. Tu sais bien que nous n'avons plus aucun pouvoir sur les mecs de la Gestapo… »

Les inspecteurs Sanz et Lavrenti suivent à pied un homme rondouillard d'une cinquantaine d'années qu'ils soupçonnent d'avoir fait assassiner sa femme, héritière d'une lignée de joailliers hollandais. Un matin, la femme de ménage a retrouvé l'épouse gisant à terre, en robe de chambre, le crâne défoncé à coups de tisonnier. Le mari étant parti la veille dans leur maison de Deauville, l'absence tombait trop bien pour ne pas être suspecte. Mais l'enquête s'annonçait mal : les interrogatoires des voisins n'avaient rien donné, personne n'avait rien vu ni entendu, aucune empreinte sur l'arme du crime. Alors, un peu en désespoir de cause, les policiers reçurent l'ordre de le filer dans l'attente d'un éventuel faux pas.

Le suspect avance à pas lents sur le boulevard Raspail, les deux inspecteurs le suivent à distance. Les filatures ont commencé juste après le meurtre, cela fait bientôt deux semaines mais elles ne donnent aucun résultat, l'homme va donner à manger aux canards ou se promène tranquillement sur les quais de Seine. Son seul vice semble être l'achat de livres chez les bouquinistes et Dieu sait qu'il a de l'argent pour en acheter… Mais à part cela : rien. Ce que les policiers espéraient ne s'est pas produit : il n'a pas rencontré d'individus suspects dans les bars louches de Pigalle et il ne s'est pas précipité chez une maîtresse inconnue. Hervé Sanz en a franchement assez de cette filature, il est certain que, comme les autres jours, ils repartiront bredouilles, c'est du temps et de l'argent gâché. Le gros est sûrement innocent du meurtre de sa femme mais les ordres étant de poursuivre les investigations, Sanz poursuit, à contrecœur.

L'inspecteur Sanz ne désobéit aux ordres que lorsqu'ils deviennent vraiment dégueulasses.

Il respire fort. Il s'apprête à prendre un très gros risque mais il a confiance en Lavrenti. Tous deux travaillent ensemble depuis deux ans, ont beaucoup discuté, de tout et de rien. Sanz n'ignore rien de ses opinions politiques, de son attentisme, des promesses faites à sa mère. Mais il a pu observer son collègue au 36, sur le terrain, lors des interrogatoires. De cet ensemble est né chez lui la conviction que Lavrenti n'est pas et ne sera jamais un mouchard, et c'est bien cela le plus important. Mieux, s'il arrive à le convaincre, il pourrait sûrement en faire un homme de confiance. C'est exactement ce qu'il cherche. Tant pis s'il est, au fond, pétainiste. L'époque n'est pas à une contradiction près. Sanz fait partie d'une espèce rare : les policiers résistants actifs. Il est en contact avec la Résistance intérieure. Ses chefs lui ont expressément interdit de rejoindre Londres, il doit rester en poste, faire comme si de rien n'était et glaner le maximum de renseignements sur la situation. Sanz, avec son expérience, son bagout et ses connaissances, est l'homme parfait pour le rôle. Peut-être était-ce compter sans son fichu caractère. C'est une mission d'observation que la Résistance lui a confiée mais Sanz a rapidement voulu faire plus. En discutant avec d'autres policiers qui travaillent en dehors de la criminelle, il a très vite eu connaissance des arrestations de juifs. Cela l'a révulsé. Enquêtant discrètement, il a démonté l'horrible mécanisme qui conduit aux arrestations. Des listes de juifs à arrêter sont régulièrement adressées aux commissariats d'arrondissement. Depuis plusieurs mois, un de ses amis qui travaille dans un commissariat du 14ᵉ le prévient à chaque arrivée d'une liste. Hier, le policier a contacté Sanz, des juifs grecs doivent être arrêtés dans les prochains jours. Dans le 14ᵉ, il y a vingt familles. Sachant que matériellement ils ne peuvent toutes les prévenir, ils ont choisi, les larmes aux yeux, de ne prévenir que la première et la dernière de la liste, elles feront circuler ou non l'information. C'est le destin, les deux policiers auront fait ce qu'ils pouvaient. Mais son ami lui a annoncé qu'il ne voulait plus aller avertir lui-même les familles, il a peur d'être reconnu. Il veut bien continuer de donner les noms à Sanz mais souhaite en rester là. Sanz, qui a besoin de quelqu'un pour le seconder dans sa tâche, pense au jeune inspecteur avec qui il fait équipe depuis deux ans, mais c'est quand même un risque, on ne sait jamais.

Tant pis, Sanz a fait la Première Guerre mondiale, les Allemands ne lui font pas peur.

— Lavrenti, on décroche, ce gros plein de soupe va nous emmener regarder la tour Eiffel, je le sens ! Soit il se fiche de nous, soit il a réellement la vie la plus ennuyeuse que j'aie jamais vue et je vais finir par croire que sa charmante épouse s'est collée le coup de tisonnier elle-même tellement elle s'emmerdait ! Ne dis rien, je le sais, ma femme, paix à son âme, me faisait régulièrement des remarques sur mon merveilleux sens de l'humour… Dis donc, gamin, si tu me laissais te payer un canon ? Tu dois être fatigué, et si tu ne l'es pas, tu ne refuseras pas une petite pause à un vieil homme marqué par les ans.

Difficile de discuter. Les deux hommes rentrent dans un bistrot, Sanz choisit une table un peu à l'écart, il commande deux ballons de blanc. Lavrenti est étonné, ils ne boivent jamais pendant le service. Mais Sanz insiste, les deux hommes trinquent.

— Thomas, il y a quelque chose que je n'ai jamais osé te demander. J'ai toujours hésité. J'ai toujours eu peur que tu le prennes mal. Et en même temps, je n'aurais pas l'impression de te connaître réellement jusqu'à ce que tu m'aies répondu là-dessus…

— Arrête tes bêtises, Hervé ! répond Lavrenti en souriant. Nous sommes amis. Tu peux me demander ce que tu veux.

— Très bien, je te remercie de ta confiance. Je me demandais pourquoi tu n'avais jamais essayé de passer boxeur professionnel. Tu aimes tellement ça ! Tu aurais pu en vivre, t'entraîner autant que faire te plaise, et peut-être même ramasser du fric… Pourquoi te contenter de te battre contre les collègues une fois tous les trois mois ?

Lavrenti reste silencieux quelques instants.

— J'ai toujours voulu être policier, aussi loin que je me souvienne, c'est ce que je voulais faire. La boxe, je n'ai jamais pensé que c'était *réellement* pour moi. Et puis honnêtement, je crois que la question ne s'est jamais vraiment posée. Je suis costaud, plutôt rapide mais il me manque quelque chose pour être un vrai bon boxeur. Tous les entraîneurs m'ont dit à peu près la même chose… » (Il s'interrompt une seconde.) … *J'espère que vous êtes meilleur policier que boxeur.*

Sanz regarde son collègue avec attention. Mais il a encore besoin de quelques minutes avant d'arriver à se lancer.

Ils évoquent ensuite les grands boxeurs des années 1920 et 1930 que Sanz a vus combattre. Le jeune inspecteur, qui n'entend pourtant pas ces récits pour la première fois, écoute attentivement son collègue.

Cependant, au bout d'un moment, Hervé Sanz s'interrompt et Lavrenti constate que ses mains tremblent. Le jeune homme comprend que la causerie sur la boxe n'était que le prélude à une autre conversation.

— Pourquoi tu ne parles pas *franchement*, Hervé ?

— C'est vrai que je ne t'ai pas fait venir ici pour te parler de Georges Carpentier.

Il regarde Lavrenti dans les yeux puis se lance. Tandis qu'il parle, il observe très attentivement le visage du jeune homme. Les gestap' l'ont quand même sacrément amoché. Quelle bande de salauds ! Sanz raconte son histoire, les dizaines de juifs sauvés avec son collègue avant que la peur ne le fasse renoncer. Il lui dit tout, sans rien lui cacher, il lui dit franchement que tout cela a de grandes chances de mal finir, il suffit d'un rien, un hasard, une maladresse, une dénonciation. Lavrenti ne bronche pas. Tout a changé dans son esprit depuis qu'il s'est fait corriger. L'ennemi a désormais un visage. Sanz n'a pas besoin de lui donner beaucoup d'arguments. Le petit est mûr. Lorsque les deux hommes quittent le café, une demi-heure plus tard, Thomas Lavrenti fait partie de la Résistance.

*

Sa première mission, il est un peu ému, il ne s'y attendait pas, il ne se sent pas prêt mais Sanz a dit que cela ne pouvait pas attendre. Lavrenti doit se rendre pas très loin de la gare Montparnasse prévenir un juif grec et sa famille de leur prochaine arrestation. Pendant ce temps-là, Sanz s'occupe d'une autre famille dans un autre coin du 14e arrondissement. Lavrenti descend du métro à la station Montparnasse, il fera le reste du chemin à pied. Il n'a pas pris sa voiture, trop facilement repérable. Il descend la rue de la Gaîté, passe devant le cimetière du Montparnasse, aperçoit le haut des monuments funéraires, par-dessus le mur d'enceinte. Il détourne la tête, il n'est pas superstitieux mais bon… Il tourne dans la rue Froidevaux, c'est ici, au 25, Sanz lui a inscrit l'adresse sur un bout de papier. Il passe devant une boucherie. Une dizaine de personnes attend devant, la queue ne lui paraît pas très longue. Chez lui, il a toujours l'impression qu'il faut attendre des heures. En réalité, il ne fait pas les courses lui-même, bien souvent c'est sa mère qui prend ses tickets et qui attend des heures entières pour un demi-bout de viande.

Cela l'inquiète, il a peur qu'elle finisse par prendre froid à faire le pied de grue qu'il neige ou qu'il vente, mais elle ne veut rien savoir, elle l'a prévenu qu'elle s'arrêterait le jour où il se marierait et pas avant. Que répondre ? Il n'a personne en vue. Et puis, de toute façon, il ne sait pas trop comment il ferait si sa mère ne l'aidait pas. C'est connu, les policiers n'ont pas d'horaires ; les bouchers si, sauf pour le marché noir.

Il se rapproche du 25, la nervosité le gagne mais il sait que personne ne le suit. Pour en être sûr, il n'a eu besoin que d'un coup d'œil en arrière, il suit des gens régulièrement, il sait comment procèdent les professionnels. La voie est libre, il n'y a personne. Il arrive au 25 et se faufile en silence pour ne pas être vu par la concierge. 1er étage, 2e, 3e. Il y est. Il frappe doucement à la porte. Une femme d'une trentaine d'années, brune à la peau mate, lui ouvre la porte. Elle tient dans ses bras une petite fille de quatre ou cinq ans qui a le même teint qu'elle et de jolis cheveux noirs et bouclés.

— Madame, puis-je entrer quelques instants pour vous parler ? demande-t-il d'une voix timide.

La femme a l'air un peu effrayé.

— Mon mari n'est pas là, il vaudrait mieux que vous repassiez plus tard.

Elle s'apprête à refermer la porte. Lavrenti glisse son pied et l'empêche de le faire.

Il reprend d'une voix plus ferme :

— Madame, je *dois* entrer. Je suis venu vous prévenir de quelque chose de très grave mais je ne pourrais pas repasser, il faut que je vous parle maintenant. Je… je fais partie de la Résistance.

Il a dit les derniers mots tout bas.

La femme le laisse entrer.

*

Jeudi 8 octobre 1942, 17 heures 45

Il revient au 36 alors que la nuit tombe. L'heure du couvre-feu est encore loin mais les employés de bureau se hâtent de rentrer chez eux. Il fait froid, les magasins sont vides et les restaurants trop chers : autant rester tranquillement chez soi et s'occuper comme on peut. S'occuper comme on peut, facile à dire! La guerre, cette horrible guerre, c'est aussi une de ses conséquences, cet ennui, le soir, chez soi, cet ennui quotidien, sournois, il n'y a rien à faire à part attendre le sommeil en grelottant. Le couvre-feu interdit toute sortie tardive et les dîners entre amis ne sont guère prisés puisque les hôtes doivent dormir sur place pour peu que le dîner dépasse l'heure fatidique. Et puis de toute façon les assiettes sont vides, alors…

Lavrenti rentre dans son bureau le sourire aux lèvres, il est un peu déçu de constater que Sanz n'est pas encore revenu. Il a hâte de raconter à son collègue toute l'histoire, hâte de lui raconter qu'il s'est révélé digne de la confiance qu'il lui a accordée. Il a envie de lui parler de sa mission, de ce qu'il a ressenti, du frisson qui lui a parcouru l'échine lorsque la porte s'est ouverte. Il voudrait le remercier aussi, le remercier de lui avoir fait confiance, de lui avoir ouvert les yeux sur ce qui se passait; le remercier, encore et encore parce que demain matin, il pourra se regarder dans une glace. Bien sûr, Lavrenti n'est pas d'accord avec tout ce que Sanz a dit, en particulier sur le Maréchal.... Mais l'important n'est pas là, même s'ils ont des différences politiques, ce qui compte c'est qu'ils sont d'accord pour faire quelque chose, ici à Paris et maintenant.

Des coups à la porte, Lavrenti se retourne, prêt à accueillir son ami.

Il blêmit. La porte s'ouvre mais ce n'est pas Hervé Sanz qui entre dans la pièce, c'est un officier allemand. Lavrenti a un mouvement involontaire de recul. Les idées se bousculent dans sa tête : pourvu qu'il n'ait pas été suivi, pourvu que la famille n'ait pas été arrêtée suite à une imprudence qu'il aurait commise et, mon Dieu, Sanz qui va revenir d'une minute à l'autre! La première chose à faire est de garder son calme. Pas facile. Étrangement, l'Allemand a l'air presque aussi gêné que lui, le sourire de l'officier est un sourire timide et son regard loin d'être agressif ou suffisant comme c'est si souvent le cas chez eux semble dire, tout simplement : « Je vous ai trouvé. »

Ce sont presque exactement ses mots :

— Enfin, inspecteur Lavrenti, je vous ai trouvé... Je suis le commandant Vorminski. Je pense que nous allons pouvoir nous aider mutuellement.

— En quoi puis-je vous être utile? demande Lavrenti, pas vraiment rassuré.

— En me parlant de ceux qui vous ont fait ces bleus.

— Je suis tombé.

Vorminski semble déçu.

— C'est une réponse de voyou, pas de policier, inspecteur. Mais je vous comprends. J'arrive dans votre bureau et vous interroge sans vous donner d'explications, laissez-moi réparer mon erreur.

Vorminski lui raconte toute l'histoire et lui fait part de ses soupçons sur Dailans. Au fur et à mesure de son récit, Lavrenti comprend que la venue du policier n'a rien à voir avec sa mission.

Il respire.

— Voilà, cette fois, vous savez tout, dit Vorminski à la fin de son récit. Je suis à peu près persuadé que Maragal vous a été enlevé pour participer à l'attaque organisée par Dailans.

— C'est bien possible mais je ne comprends pas ce que vous attendez de moi, commandant.

— J'attends de vous, inspecteur, que vous m'aidiez à coincer Dailans et sa clique. »

Lavrenti fait la moue. Bien sûr, cela lui permettrait de se venger de ses agresseurs mais quand même, travailler main dans la main avec un officier allemand, cela lui est difficile. Surtout après ce qu'il vient de faire cet après-midi.

— Je ne comprends pas, est-ce une requête officielle ?

— Non, inspecteur, ce n'est pas une requête officielle, cette entrevue est tout ce qu'il y a de plus officieux.

— Je souhaiterais avoir un peu de temps pour réfléchir, commandant… »

Vorminski lève les bras au ciel.

— Mais je ne peux pas vous en donner ! C'est la seule chose que je ne peux pas vous donner ! Le temps joue contre nous. Je suis sûr qu'ils sont déjà en train d'effacer les preuves de leur implication. Je comprends votre trouble. Mais même si cela vous paraît difficile, essayez d'oublier un instant que je suis un Allemand, ne me voyez pas comme un ennemi. Regardez-moi comme un policier qui a entrevu la vérité dans une affaire de droit commun et qui cherche maintenant à la faire éclater. J'ai besoin d'un allié comme vous parce que je suis entouré de bandits qui ne rêvent que de me voir me perdre dans cette enquête. J'ai absolument besoin de votre aide. Vous serez efficace et j'aurai confiance en vous car nous avons précisément les mêmes ennemis : Maragal, Dailans et Cie. Ce que je vous propose est un marché équitable. Vous m'aidez à rassembler les preuves et je vous aide à coincer ceux qui vous ont…

Vorminski hésite.

— Qui m'ont humilié et battu, vous pouvez le dire, commandant, ils m'ont traîné dehors par les cheveux, c'est toute la police que ces criminels ont humiliée !

— Justement, je suis pour vous la seule chance de vous venger. Nous savons tous les deux que sans un Allemand derrière vous, ces gens resteront intouchables. Et puis, comprenez-moi bien, je ne vous demande pas de lutter contre des résistants mais contre des crapules qui assassinent des Français tous les jours. Si j'étais convaincu que l'action avait été exécutée par la Résistance, je ne serais pas ici. Je ne vous demande pas de lutter contre vos concitoyens mais contre des bandits et des assassins. Assassins de Français, assassins d'Allemands. Vous êtes peut-être un résistant vous-même, je ne veux même pas le savoir, tout ce que je sais c'est que si l'Allemagne était occupée, je ne resterais pas sans rien faire… Ce que je vous demande, c'est de considérer nos intérêts communs dans une affaire spécifique. Et puis je vais vous dire une dernière chose, inspecteur. Même si je ne devrais pas… (Il baisse la voix.) Des innocents sont retenus en otage par les SS et vont être fusillés si les coupables ne sont pas retrouvés.

— Vous croyez qu'on peut les sauver ?

— Je pense que si nous travaillons ensemble, nous avons une chance d'éviter leur assassinat.

— Laissez-moi réfléchir jusqu'à demain matin mais je pense que je vous dirai non.

— Même après ce que ces types vous ont fait ?

— Même après ce qu'ils m'ont fait. Si vous me présentez une requête officielle, je travaillerai pour vous. Si vous me demandez de me porter volontaire… je ne le ferai pas.

Lavrenti voudrait crier le contraire.

— Très bien, dit Vorminski d'un air déçu. Je vais travailler cette nuit, je reviendrai vous voir demain, dit-il au policier français en guise de conclusion.

Les deux hommes se serrent la main à la porte du bureau.

Sanz revient à ce moment précis : il voit Lavrenti discuter au fond du couloir avec un officier allemand. Quel choc. Pendant un instant, le policier reste pétrifié. Non, ce n'est pas possible que Lavrenti l'ait vendu : il avait l'air si sincère au café. C'est impossible. Le policier marche comme un automate jusqu'à leur bureau commun. Il croise l'officier allemand sur le départ. Les deux hommes ne se regardent pas. Vorminski s'éclipse. À la porte, Lavrenti, gêné, s'écarte pour laisser passer Sanz. Le policier s'assoit et commence à mâchonner nerveusement son crayon de papier fétiche.

— Je t'en prie, dis-moi que cela n'a rien à voir avec ce que je crois, demande-t-il d'un ton implorant à Lavrenti.

— Cela n'a strictement rien à voir.

— Tu n'as pas balancé la famille grecque ?

— J'ai accompli ma mission et je n'ai balancé ni les Grecs, ni toi.

— Alors, on peut savoir pourquoi tu reçois un officier boche dans notre bureau.

Lavrenti prend son manteau et sort de la pièce. Il n'a pas envie de se justifier, pas ce soir.

III

Orages

11.

Jeudi 8 octobre 1942, 18 heures 45

Dailans a rameuté ses hommes. Il les a appelés et leur a expliqué que l'affaire ne tournait pas exactement comme il l'avait espéré. Ne voulant pas en dire plus au téléphone, il a donné rendez-vous à tout le monde dans le bureau de Gaillac vers dix-neuf heures.

Quelques minutes avant l'heure prévue, ils arrivent tour à tour, Archenbach en premier, suivi par Favre qui a déjà pris quelques apéritifs. Combien ? Suffisamment pour que sa conduite apparaisse très approximative aux automobilistes qui l'ont croisé sur le chemin. Forlain, le chauffeur de Dailans, est allé chercher Maragal pour s'assurer que l'Espagnol *n'oublie pas* de se rendre à la convocation. André l'accessoiriste a fermé le ban. Tous s'installent dans les canapés du bureau. La tension se lit sur les visages. Normal, lors des conversations téléphoniques, le géant a parlé de complications et le lieu du rendez-vous est le bureau de Gaillac.

Or, le grand chef n'était pas censé être au courant !

Si c'est le cas, ça promet de barder, Gaillac risquant fort de ne pas cautionner leur petite aventure…

Dailans arrive. Il a mauvaise mine.

— Ne me demandez rien, c'est le patron qui prend tout en main. Il nous rejoint dans un instant.

Un silence angoissé s'installe dans la pièce.

Quelques minutes plus tard, Pierre Gaillac rentre à son tour. Il claque violemment la porte du bureau derrière lui. On entendrait une mouche voler. Il toise chaque homme présent.

— Est-ce que tous ceux dans le coup sont présents dans cette pièce ? demande-t-il à Dailans d'une voix froide.

— Tout le monde est là.

— Alors on y va.

— On va où ?

— D'abord, voir les tableaux, ensuite vous m'emmenez à la maison où vous êtes allés après l'attaque.

Dailans s'est levé d'un bond.

— La maison, les tableaux, ce n'est pas ce qui pose problème ! La maison est isolée et nous n'avons pas été suivis, quant aux tableaux, ils sont en sécurité ! Tu as dit que tu allais nous aider mais ce n'est pas comme ça…

Gaillac le coupe.

— Dailans, je crois que tu en as fait suffisamment. Tu obéis et c'est tout !

Le ton de Gaillac est sans réplique. Dailans se rassoit. Quant aux autres hommes, c'est à qui se fera le plus petit dans son siège.

Lorsqu'ils partent, la nuit a dévoré la ville depuis deux heures.

Ils ont pris deux voitures. Dans la première, conduite par Forlain, il y a Gaillac, Dailans et André. Dans l'autre, Archenbach, Favre et Maragal. Les deux voitures traversent les rues de Paris en direction du boulevard de Rochechouart. Les candélabres éteints, leurs phares sont les seules sources de lumière dans cet océan d'obscurité.

— Pierre, il faut faire stopper les autres, dit Dailans d'un ton inquiet, après quelques minutes de trajet.

— Pourquoi ça ?

— Il ne faut pas que les autres sachent où les tableaux sont cachés. En particulier l'Espagnol, c'est dangereux.

— Il nous balancerait ?

— Non. Mais je le connais, il essaiera de les récupérer.

Gaillac réfléchit quelques instants.

— D'accord, on va leur dire de s'arrêter. »

Forlain ralentit. La voiture qui les suit arrive à leur hauteur.

— Garez-vous ici, ordonne Gaillac. On reviendra vous rechercher.

Au grand désarroi de Maragal, la voiture dans laquelle il a pris place s'immobilise devant un café de la place Saint-Georges tandis que le premier véhicule continue sa route vers le nord. Gaillac, Dailans et André descendent à proximité de Barbès, seul Forlain restant à l'intérieur. Les trois hommes se dirigent vers le théâtre de la Ruche. À leur arrivée, le théâtre est en pleine effervescence. Normalement, André officie à cette heure-là mais les propriétaires ont constaté son absence et c'est son jeune apprenti qui est à la manœuvre. Le vieil accessoiriste prie pour que ses patrons ne le voient pas. Demain, il pourra toujours raconter qu'il s'est fait arrêter par une patrouille allemande mais s'il est vu maintenant et que les propriétaires viennent lui demander des comptes sur son absence, Dailans ou Gaillac vont les descendre en moins de temps qu'il ne faut pour le dire... Les trois hommes rentrent par l'entrée arrière du théâtre, qui n'est pas surveillée. La représentation commence à l'instant, ils entendent les trois coups frappés par le régisseur. Sans être vus, ils se faufilent jusqu'aux sous-sols. Les tableaux sont cachés dans le magasin des accessoires plusieurs mètres en dessous de la scène. C'est une immense pièce, véritable capharnaüm où cohabitent costumes, accessoires et divers éléments de décor : toiles peintes, portants et praticables. Arriver jusqu'aux toiles relève de la gageure. Ils contournent d'abord un établi et déplacent une grande mappemonde. Ce n'est que le premier obstacle. Il leur faut ensuite dégager un lot de tapis de pacotille, liés par une grosse ficelle avant d'accéder finalement à une petite armoire métallique fermée dont Dailans a la clef, attachée à son cou.

— Il y a un tel bric-à-brac là-dedans que personne n'aura jamais l'idée de venir chercher des tableaux de valeur ici, constate-t-il en ouvrant la porte. C'est pour cela que j'ai choisi cet endroit.

Gaillac acquiesce d'un signe de tête.

— Qui sait que les tableaux sont cachés ici ? demande-t-il.

— Maintenant nous sommes trois. André, toi et moi.

— Bon. Ça me va. Ne traînons pas ici, pas la peine de se faire remarquer.

Dailans n'a jeté aux tableaux qu'un coup d'œil furtif, il ne veut pas perdre de temps à jouer les amateurs d'art, peut-être plus tard quand tout sera terminé. Ils repartent par où ils étaient arrivés sans être arrêtés, personne ne s'est aperçu de leur passage.

*

Ils retournent chercher l'autre voiture, restée bien sagement garée vers la place Saint-Georges.

— Où va-t-on, maintenant ? demande Dailans.

— Je te l'ai déjà dit. Je veux voir la maison du vieux. Il faut que j'ai l'ensemble des informations avant de décider quoi que ce soit.

Sa phrase à peine terminée, Gaillac tourne ostensiblement le dos à son adjoint. Il n'a aucune envie de discuter ce soir, en tout cas pas maintenant. Il préfère regarder la ville par la fenêtre de la traction. Dailans comprend qu'il vaut mieux ne pas trop insister. Même sentiment chez Forlain et André : pendant tout le trajet, aucune parole n'est prononcée. Après plus d'une demi-heure de route, les deux voitures s'engagent sur le chemin forestier qui mène à la maison. Gaillac reconnaît intérieurement que le lieu a été bien choisi. L'ancien corps de ferme n'a aucun vis-à-vis. Pour le moins, il n'y a pas une habitation à moins de trois kilomètres. C'est la première fois que Gaillac vient ici mais tous les autres types sont déjà venus. Normal, ce sont des hommes de Dailans, ils sont ici chez eux, c'est une de leurs tanières préférées. Ici, Gaillac comprend qu'il dépend trop de son adjoint. Il a passé beaucoup de temps à se faire bien voir des Allemands, à force de s'occuper de l'organisation, à faire leur publicité, ce genre d'activité... Il a laissé Dailans s'occuper du terrain et des actions à y mener. Et le géant, toute brute épaisse qu'il est, a placé ses hommes et a constitué son petit réseau personnel : les Favre, les Forlain éprouvent pour lui un attachement de chien fidèle. La preuve, lorsqu'il les a conduits dans ce traquenard, ils l'ont suivi sans hésiter, sans poser de questions, animés par une confiance aveugle. Les voitures s'arrêtent. Les hommes descendent. Le patron s'éloigne de quelques pas, silencieux. Les autres, ne sachant pas trop quoi faire, restent près des voitures et allument des cigarettes.

Gaillac regarde le potager, le puits, la forêt. Il n'y a pas de bruit, sauf celui d'une source venant des bois. C'est une belle nuit, pense-t-il, en regardant le ciel brillant d'étoiles. Il aimerait bien avoir une maison comme celle-ci. D'habitude, il imagine son avenir en Amérique, à Hollywood, près de chez Clark Gable et des belles actrices, dans une villa blanche inondée de soleil. Cela fait rire beaucoup de gens. Pas lui, il est tout à fait sérieux : s'il réunit assez de fric, il aimerait bien partir là-bas ou peut-être en Italie, pourquoi pas ? Il a toujours entendu dire que l'Italie était magnifique. Les gamins italiens avec lesquels il jouait, enfant, le lui répétaient tout le temps. Eux-mêmes n'en savaient rien, ils n'y avaient jamais été, ils étaient nés en France mais leurs pères le leur avaient dit, leurs pères se souvenaient de la lumière et se désespéraient de ne pas la revoir. Ils savaient très bien qu'ils n'y retourneraient jamais, le voyage coûtait trop cher, ils avaient fait l'aller, ils ne feraient jamais le retour…

— Alors qu'est-ce que vous pensez de tout cela, monsieur Gaillac ? risque Michel Favre, interrompant la rêverie de son patron.

— Ce que j'en pense ? demande Gaillac en braquant son pistolet vers le groupe.

Les hommes arrêtent de parler. Maragal lève les bras en l'air, imité instantanément par tous les autres.

— Je vais vous le dire ce que j'en pense, vous allez bien m'écouter, s'il y en a un qui bouge, je le descends. »

Dailans, Favre, Forlain, Maragal, Archenbach et André sont tétanisés. Ils ont tous le même regard, mélange de soumission, de peur et de colère. Gaillac peut être tranquille, ils ne bougeront pas. Même s'ils en avaient l'intention, ils seraient incapables d'esquisser le moindre mouvement.

— Vous voulez savoir ce que je pense de tout ça ? Eh bien, voilà : je pense déjà que vous êtes stupides. Ce que je pense c'est que vous avez mis à mal tout ce que j'avais réussi. Ce que j'en pense ? C'est que vous avez oublié que sans moi, vous n'étiez rien… Mais rassurez-vous, je ne vais pas vous tuer parce que vous êtes stupides ! Vous pouvez avoir des idées stupides, je suis là normalement pour rattraper le coup. Ce que je pardonne plus difficilement, c'est que vous ayez fait tout cela dans mon dos. C'est cela qui me gêne : vous m'avez doublé, messieurs…

Tous les accusés ont compris. L'histoire va mal finir : doubler le patron, c'est bien le crime le plus grave qui soit.

Un crime passible de la peine de mort.

— Je vais juste vous poser une dernière question avant de décider de ce que je vais faire de vous : si votre plan avait fonctionné, est-ce que vous m'auriez mis au courant ? Est-ce que j'aurais eu une part des bénéfices ?

— Je cherchais un moyen de te faire parvenir la moitié de la somme sans que tu comprennes d'où elle venait, répond le géant, je te jure que c'est vrai.

Gaillac tire deux fois en une fraction de seconde.

Dans la tête.

Favre s'écroule, mort.

Dailans et Maragal sont couverts de sang.

Dailans vient de perdre son meilleur ami.

— Voilà, je pense que ça suffit. Vous vous souviendrez de ce qu'il en coûte de m'emmerder. Si vous dites un mot de ce que vous avez fait à la gare, des tableaux ou de ce qui s'est passé ici ce soir, je vous fais la même chose, à tous, compris ?

Personne n'est en état de répondre. Dailans regarde fixement le corps de son ami. Maragal vomit à quelques mètres des cadavres. L'accessoiriste est assis par terre, la tête dans ses genoux.

— Vous, arrêtez de chialer et allez me l'enterrer ordonne Gaillac. « Creusez bien, je viendrai vérifier.

Le géant vient de s'allumer une Lucky Strike. Dieu seul sait comment il s'est procuré le paquet. Gaillac s'approche de lui. Il l'entraîne vers le fond de la propriété, jouxtée par la forêt. Ils s'enfoncent d'une vingtaine de mètres dans les bois. Même sous les arbres, il ne fait pas tout à fait noir tant, ce soir, la lune est brillante. Dailans enlève les feuilles mortes qui couvrent le tronc coupé d'un chêne avant de s'asseoir. Gaillac reste debout.

— C'est moi que tu aurais dû tuer, il n'y était pour rien, ils m'ont suivi, c'est tout ! dit le géant d'un ton las.

— Mais je ne voulais pas te tuer, je t'ai promis mon aide, rappelle-toi. Maintenant je veux qu'on oublie cette histoire et qu'on recommence à travailler comme avant.

— Alors pourquoi ?

— Pour faire un exemple, pour que plus personne parmi vous n'ait l'idée de me prendre pour un con.

— Pourquoi Favre ?

— Parce que je veux qu'on oublie cette histoire... Mais imagine qu'un jour, une mauvaise idée te reprenne, tu te souviendras que la dernière fois, ton meilleur ami a payé pour toi. En plus, je suis sûr qu'il t'a encouragé.

— Il n'a pas eu à le faire, j'étais décidé ! Pourquoi pas les autres ?

— J'ai procédé par élimination, tout simplement.

Gaillac allume à son tour une cigarette.

— Maragal va sûrement nous être très utile. Archenbach est vieux, il ne me menace pas. André n'est pas un truand et il peut toujours me servir avec ses accessoires... Il me restait donc Forlain qui est bien et ton Favre pour qui je n'avais pas une passion débordante... Alors, tu vois que je n'avais guère le choix.

— Tu avais tout prévu ? La visite à la gare et le fait de le tuer ici, tu le savais depuis le début ?

— Je savais que la maison était isolée, c'était le meilleur endroit pour faire ce que j'avais à faire, donc oui je savais comment cela finirait. Tu as raison, la balade visait surtout à les amener jusqu'ici sans qu'ils s'inquiètent trop. Je ne me faisais pas de souci pour les tableaux, je savais qu'ils seraient bien cachés. Mais pour tout te dire, il y a une chose que je ne savais pas, c'est si j'allais le tuer moi-même ou si j'allais te demander de le faire.

Dailans est en sueur, il fait froid pourtant.

— J'ai vu ça dans un film américain, le méchant demande à un petit jeune de commettre un crime pour lui prouver sa loyauté, je trouvais ça intéressant mais je me suis dit que tu risquais de mal le vivre…

Dailans regarde le sol, il ne veut pas que Gaillac voit son regard à cet instant, il se ferait descendre. Il repense à tout ce qu'ils avaient fait ensemble avec Favre, pas aux mauvais coups, pas au braquage du Crédit commercial de France, pas à ce genre de chose, mais aux rigolades, aux cuites, aux bons moments. Et il y en a eu un sacré nombre ! C'est fini, le truand au visage de bébé est mort le premier. Dailans n'avait que deux amis sur Terre : Favre et Gaillac. Ce soir, le second a tué le premier.

Ça doit être le destin.

— Maintenant, il faut que tu me ramènes à Paris, je dois rejoindre Speil, j'ai encore du boulot pour te tirer d'affaire !

Gaillac ricane, le géant ne cille pas, il regarde les feuilles mortes.

— Allez, Xavier, tu t'y feras et puis si tu m'en veux vraiment, rappelle-toi que cela aurait dû être toi.

— Je suis d'accord, cela aurait dû être moi, répond simplement le géant.

* *
*

Jeudi 8 octobre 1942, 23 heures 45

La soirée est déjà très avancée lorsque Gaillac rejoint Daniel Speil dans un bordel de Pigalle. Ils ont l'habitude de se donner rendez-vous ici lorsqu'ils veulent parler tranquillement de certaines affaires annexes au service.

L'endroit appartient au Français, même s'il n'apparaît pas dans l'organigramme. Un prête-nom, c'est tellement plus discret ! Mais il est ici chez lui, c'est un des endroits qu'il préfère, il l'apprécie tellement qu'il a refusé à Véra le plaisir d'en diriger les travaux de décoration. Au début, il l'avait laissée faire puis il a fini par comprendre son grand dessein : transformer l'endroit en un boxon artistique, avec tableaux d'art moderne aux murs ! Pour lui, il en était hors de question, Véra peut décorer ce qu'elle veut à sa manière, tout sauf *son* bordel ! En la matière, Gaillac a des idées bien arrêtées, un établissement digne de ce nom se doit d'être décoré de manière rococo avec des colonnes grecques et des fleurs partout. Tant pis pour le bon ou mauvais goût, ce n'est pas la question, a-t-il expliqué à Véra. Il s'agit uniquement de donner aux clients ce qu'ils attendent, un moment d'amour au goût sucré et au parfum trop lourd. Mais Véra n'a rien voulu comprendre. Pire, elle s'est montrée récalcitrante à l'installation de faux flamants roses à la porte des chambres. Alors, à regret, il a dû l'écarter du projet…

Gaillac rentre dans l'établissement sans prêter aucune attention aux entraîneuses qui s'emploient à charmer les soldats de la Wehrmacht. Elles n'ont pas grand-chose à faire, ils sont déjà charmés ou ne demandent qu'à l'être. On n'entre pas ici par hasard. Gaillac passe derrière le bar et monte un petit escalier. Il ne va pas s'encanailler. Le *grand escalier* menant aux chambres de ces dames est de l'autre côté de la salle, celui qu'il emprunte mène à son bureau. Speil est déjà à l'intérieur, assis dans un bon fauteuil en cuir, une bouteille de cognac devant lui et une cigarette aux lèvres. Son uniforme mal remis et son attitude générale laissent aisément deviner d'où il vient.

— J'espère que vous avez passé un moment agréable, déclare Gaillac en enlevant son manteau.

— Cher Pierre, je te félicite pour ton établissement, tu as su réunir tout ce qui peut rasséréner le guerrier fatigué.

— Je ne pourrais entendre plus beau compliment.

Gaillac exécute un simulacre de révérence devant son chef, qu'il a si savamment corrompu en un peu plus de deux ans. Mais Speil n'a pas fini, au contraire.

— Malheureusement tu es loin d'être aussi efficace dans tous les domaines.

— Vous aurais-je déçu en quoi que ce soit, Herr Standartenführer ?

— Oui, Gaillac ! Tu m'as déçu, rugit l'allemand. Oui tu m'as déçu quand ce chien de policier militaire est venu me voir et qu'il m'a parlé de ton géant et de son cheminot. Je t'ai vraiment haï, je croyais que tu étouffais l'affaire et toi tu lui balances tout ?

Gaillac n'a pas commis la trahison dont Speil l'accuse mais l'Allemand est nerveux, son regard est mauvais. Il a sûrement forcé sur la bouteille, alors il va falloir jouer serré et se montrer persuasif :

— Mais je n'y suis absolument pour rien ! Vorminski connaissait l'histoire avant même de passer me voir. Il savait qu'un cheminot avait été interrogé par Dailans, ce que nous lui avons confirmé, que vouliez-vous que nous fassions d'autre ? Que nous mentions ? Après son départ, j'ai tenté de vous prévenir mais je n'ai pas pu vous joindre, vous étiez déjà parti et votre secrétaire ne savait pas où vous joindre, que vouliez-vous que je fasse de plus ? De toute façon vous n'avez rien à vous reprocher et Vorminski va le comprendre très vite, ne vous faites pas de souci.

— Pas de souci, peut-être, mais je voudrais bien savoir comment il a appris l'existence de Wirth, demande l'Allemand.

— Je pense qu'il a entendu notre conversation à la gare.

— Il ne savait pas que je l'avais interrogé, il croyait que seul Dailans était dans le coup…

— C'est vrai ! Quand il est venu, il n'a effectivement mentionné que Dailans, peut-être qu'il a été surpris en écoutant ? (Gaillac réfléchit un instant.) Oui, ça doit être ça, je pense qu'il n'a entendu que le début.

— Il va croire que c'est moi qui ai tout manigancé !

Gaillac secoue la tête en signe de dénégation. Speil écrase sa cigarette, immédiatement il en rallume une autre.

— Je sais que je n'y suis pour rien mais Dailans ? Tu es sûr qu'il ne nous a pas roulés dans la farine ?

— Vous l'avez dit vous-même, il a interrogé le prisonnier devant vous ! Vous avez participé à l'interrogatoire.

L'espace d'une seconde, Speil essaie de se souvenir du prisonnier qu'il a lui-même torturé mais non, rien ne lui revient, il n'arrive pas à revoir ses traits. Ce dont il se souvient le mieux, c'est l'argent, il ne l'avait pas encore, il ne pensait qu'à ça, il le palpait en imagination, il n'avait qu'une hâte : boucler l'interrogatoire pour que le géant le lui donne.

— Je…Je n'étais peut-être pas très concentré mais si tu me dis…

De toute façon, il est beaucoup trop tard pour revenir en arrière, Gaillac le sait.

— Je vous jure qu'il n'a rien à voir là-dedans.

— Je te crois, mais il faut que tu me retrouves ces types et rapidement.

Gaillac, le regard lointain, allume à son tour une cigarette sans rien répondre. Il repense à celui qu'il a descendu ce soir.

Au fond, Favre, il l'aimait bien.

12.

Vendredi 9 octobre 1942, midi

Sébastien Moreau est en retard au café où Gaillac lui a donné rendez-vous. Les deux hommes se voient toujours dans des cafés, jamais le même. Moreau n'est venu qu'une fois à l'hôtel particulier de la Gestapo, Gaillac ne veut pas qu'il y retourne, le travail d'infiltration est un travail périlleux, inutile d'en accroître les risques : les bâtiments de la rue de Lomé sont bien connus des Parisiens, n'importe qui pourrait voir entrer le jeune homme et cela signifierait pour lui une condamnation à mort, purement et simplement. Les résistants ne sont pas tendres avec ceux qu'ils soupçonnent de trahison, ils ne peuvent pas se le permettre, leur vie en dépend, au moindre doute, ils abattent le type. En un an et demi, Gaillac a perdu quatre informateurs, trois hommes et une femme. C'est une goutte d'eau par rapport au nombre d'agents qui dépendent de ses services mais ce sont quand même des échecs, de gros échecs. Un informateur mort est un informateur qui ne fait plus son travail. Vivre est en quelque sorte la première de leurs obligations professionnelles. Les trois hommes dépendaient de différents subordonnés, Gaillac ne les connaissait pas mais la femme il s'en souvient bien, il s'en occupait personnellement. C'était une jeune femme brune aux cheveux longs, jolie avec des lèvres épaisses. Elle infiltrait un groupe communiste. Tout se passait bien jusqu'à ce qu'elle se fasse repérer par un de ses membres sortant d'un cinéma avec son amant, un officier autrichien. La police avait retrouvé son cadavre, son joli minois défoncé à coups de barre de fer. Le groupe n'avait pas été démantelé, l'échec total. Depuis cet épisode, Gaillac fait attention à ses mouchards. Il leur rappelle régulièrement les règles élémentaires de prudence à respecter : ne prendre aucun risque inutile, savoir être patient, connaître sa fausse biographie par cœur. Il leur redit sans cesse qu'une infiltration, en dehors de circonstances particulières, est une affaire de longue haleine, et qu'on ne brûle les étapes qu'à son détriment. Mais quelles que soient les précautions prises, l'opération reste toujours délicate, pour ne pas dire hasardeuse, tant le nombre de facteurs qui entrent en jeu est important.

Il y a des victoires, des défaites, il y a des morts.

Mais il arrive que tout soit simple. Par exemple quand l'informateur fait déjà partie d'un groupe de Résistance et qu'il vient spontanément révéler ses informations. C'est exactement ce qui s'est passé avec Sébastien Moreau. Il s'est présenté rue Lomé à la fin du mois d'août. Il a tout simplement dit aux gardes qu'il venait donner des renseignements, il n'y avait plus qu'à le fouiller, le faire entrer, lui servir un verre et entendre ce qu'il avait à dire. Lorsque Gaillac l'a eu pour la première fois en face de lui, c'est son jeune âge qui l'a frappé. Moreau a vingt ans et en paraît dix-sept. C'est un jeune homme aux mains fines, comme celles d'un pianiste ou d'un chirurgien. Atavisme ? Son père exerce à la Pitié-Salpêtrière, lui-même étudie la médecine. Lorsque la guerre a éclaté, il n'est pas parti au front, trop jeune, mais un de ses frères a été tué. Pendant plusieurs mois, il est resté sous le choc. Et puis l'envie d'agir l'a repris peu à peu. Il a cherché à prendre contact avec la Résistance, sans succès, jusqu'à fin 1941 où il a rejoint un groupe lié à l'aumônerie de la Faculté de Médecine... Que penser de ce jeune résistant à la voix douce venu spontanément à la Gestapo pour raconter ses secrets ? Pourquoi faisait-il cela ? C'est cela qui troublait Gaillac, le jour de leur première rencontre : argent, idéologie ? Gaillac ne le pensait pas, mais comme il y a toujours une raison, alors il a procédé par élimination, et que restait-il si ce n'est... l'amour ? Oui, c'était bien cela, Sébastien Moreau était guidé par l'amour, parfois si mauvais conseiller qu'il amène à commettre des actes irréparables, des actes terribles, qu'une autre personne ne peut comprendre, des actes qu'on regrettera toute sa vie, une fois le coup de folie passé... Dans la Résistance, il avait fait la connaissance d'Elsa Vaucquier, une étudiante en lettres dont il était tombé éperdument amoureux. On pourrait croire qu'il est difficile de tomber amoureux en ces jours terribles, eh bien non, cela ne change rien, le cœur des hommes est toujours le même, prêt à s'emballer et à souffrir comme aux plus beaux jours de paix. Le groupe éditait un journal clandestin, qu'il passait ensuite de la main à la main à des sympathisants, qui eux-mêmes le transmettaient et ainsi de suite. Ce journal, il fallait le préparer, l'écrire, l'imprimer. C'est en travaillant à la confection du journal qu'ils se sont rapprochés. Près de la machine à ronéotyper, Moreau a regardé Elsa. Elle était si jolie, il a aimé sa taille de guêpe, sa poitrine généreuse dont son pull en laine n'arrivait pas à cacher totalement la forme. Il a aimé le grain de beauté sur son nez, son visage un peu dur et son regard lointain. Il a aimé qu'elle soit révoltée et vive, qu'elle ne s'en laisse pas conter, qu'elle semble ne pas savoir être tendre. Il est devenu fou d'elle, et son enthousiasme a fait tomber toutes les barrières d'Elsa. Pendant plusieurs mois, ils se sont aimés ou, plutôt, ils ont essayé de trouver le temps de s'aimer, entre leurs études, le journal et surtout malgré la peur. Et puis tout a basculé. Au début du mois d'août, c'était un matin, Moreau a compris que le groupe était en danger. En pleine mission, il a eu l'impression d'être suivi. Il venait de récupérer un pli et devait le remettre au représentant d'un autre réseau pour ménager une rencontre et, éventuellement, si la confiance se créait, commencer un travail en commun. Il était très heureux, presque guilleret. Le groupe « Argio » était, disait-on, lié aux services secrets anglais. Travailler avec eux, cela voulait dire argent et armes mais surtout cela voulait dire s'engager encore plus et passer enfin à l'action. Et puis, en un instant, sa gaieté a disparu. En chemin, il s'était arrêté pour regarder la devanture d'une librairie, joli tableau de l'état de la France : des livres antisémites, des odes au Maréchal, quelques romans, dont celui de ce petit salaud de Rebatet ; c'est en repartant qu'il a vu, à une vingtaine de mètres derrière lui, un homme d'une trentaine d'années au visage de poupon. Or, ce visage, il était absolument certain de l'avoir déjà vu, juste avant d'aller prendre le pli, à plusieurs stations de métro de là ! Il avait été suivi ! Après avoir tourné rapidement à l'angle de la rue, il a attendu, caché sous un porche, mais personne n'est venu. Le doute s'est installé, peut-être était-ce une erreur ? En tout cas, une erreur qu'il n'arrivait pas à oublier, une erreur à se sentir mal, à lui donner envie de vomir ; une erreur qui avait fendu l'armure. À ce moment, il a compris ce qu'il s'était toujours refusé à admettre : son amour avec Elsa était condamné, Elsa était condamnée, lui-même était condamné. Il n'avait absolument aucune chance de s'en sortir. Cette fois-là, peut-être était-ce son esprit qui lui avait joué un tour et peut-être n'avait-il pas été suivi, mais combien de temps se passerait-il avant que la chance ne tourne ? Combien de temps avant qu'Elsa soit arrêtée et torturée ? Les affiches de condamnation à mort, il les connaissait par cœur, rédigées en deux langues avec les noms, les motifs et, en dessous, les phrases rituelles : *Tode Verurteilt und heute erschossen worden / Condamnés à mort, ils ont été fusillés aujourd'hui*. Il en rêvait toutes les nuits, seule Elsa était au courant, mais ce matin, elle n'était pas là pour le rassurer… En quelques instants, la peur l'a submergé. Pris de panique, il est rentré chez lui, dans la chambre que lui ont achetée ses parents. Là, il s'est approché du lavabo et il s'est regardé pleurer. Après s'être calmé, il s'est mis à chercher un moyen de sauver Elsa et de se sauver lui-même. Après deux heures de réflexion, il a fini par trouver, mais ce qui est lui est venu à l'esprit était si monstrueux qu'il est allé s'asseoir sur son lit, il ne pouvait plus rester debout, ses jambes ne le portaient plus, il fallait qu'il s'allonge.

L'idée, la grande idée était d'aller voir la Gestapo et de tout raconter en échange de la vie sauve pour lui et Elsa. Et il fallait le faire tout de suite, il ne fallait pas perdre de temps, peut-être étaient-ils surveillés depuis des mois ? Peut-être les Allemands s'apprêtaient-ils à arrêter Elsa en pleine Sorbonne ? Il était en sueur rien que d'y penser. Il a mis une chemise propre et s'est préparé à partir. Les gestapistes, il savait bien où les trouver, tout le monde à Paris connaît les différentes officines. Il est allé dans la plus connue, demandant à parler à Pierre Gaillac, uniquement. Après avoir été fouillé, il a été reçu, il a expliqué ce qu'il voulait. À aucun moment il n'a envisagé d'en parler à Elsa, il savait bien ce que cela aurait signifié : la fin de leur histoire. Elle ne vivait que pour leur lutte, elle était de toutes les missions, c'était une sorte d'enragée. C'est elle qui voulait que le groupe écrive moins et agisse plus, qui voulait qu'il s'oriente soit vers le renseignement, soit vers l'action armée. Le message que Sébastien portait, la volonté du groupe de passer aux choses sérieuses en se mettant au service d'un mouvement de Résistance plus large, c'était son idée à elle. Impossible pour Moreau de lui révéler son secret, elle ne l'aurait pas quitté, elle l'aurait sûrement tué de ses propres mains !

Gaillac a cru sans difficulté l'histoire du jeune homme, son raisonnement semblait logique. Et en plus, Moreau avait raison : il était bel et bien surveillé. Pour son groupe, il jouait souvent les agents de liaison et il était entré l'avant-veille dans une maison qui servait de boîte aux lettres. La maison était grillée, une dénonciation. Gaillac faisait suivre tous ceux qui y rentraient. Celui qui filait le jeune homme, c'était Favre, décédé depuis. Si Moreau ne s'était pas livré de lui-même, il aurait été arrêté peu après. Pourtant, Gaillac, « ému » par son histoire, et surtout très intéressé par la possibilité de faire tomber deux groupes pour le prix d'un, a accepté les conditions du jeune homme et lui a promis la vie sauve pour lui et sa belle s'il lui livrait les deux réseaux, le leur et celui qu'il approchait. C'était le début d'une fructueuse collaboration, même si elle n'avait jusque-là débouché sur aucune arrestation, les contacts entre les deux groupes n'ayant pas encore abouti. Pas besoin de se dépêcher, Gaillac préfère attendre pour boucler tout le monde. Et puis Gaillac l'aime bien ce jeune homme, il est poli, fiable et intelligent. C'est agréable de discuter avec lui. Bien sûr, le chef fait toujours attention, il fait vérifier tous les renseignements que Moreau lui donne et l'étudiant sait que s'il tente un mauvais coup, sa fiancée et lui mourront. Mais jusqu'ici, tout s'est parfaitement bien passé.

Ce midi, Sébastien Moreau est en retard. C'est la première fois et Gaillac est inquiet. Le gestapiste a choisi un bistrot discret, perdu au fin fond du 13e. Il est venu avec plusieurs gorilles, les rares clients ont détalé à la vue des impers noirs. Il en a pris bonne note, il faut qu'ils fassent attention, ils sont en train de devenir aussi faciles à repérer que des flics. Dailans doit avoir raison, ils s'embourgeoisent. Moreau finit par arriver avec quinze minutes de retard. Il porte un costume qui ressemble à celui des zazous, veston allongé, pantalon rétréci et des chaussures aux semelles épaisses. Gaillac serait bien en peine de dire si le jeune homme est à la pointe de la mode ou s'il souffre des restrictions, peut-être un peu des deux...

Moreau est enrhumé, il se mouche régulièrement dans un mouchoir brodé. Gaillac observe son visage, celui d'un gamin brun pas très beau, il a encore des boutons d'acné, ses sourcils sont trop épais et il a des oreilles légèrement décollées.

— Alors, qu'est-ce que tu m'apportes cette fois-ci? lui demande-t-il d'un air gourmand.

— J'ai des choses à vous dire, monsieur Gaillac, je pense qu'elles vont vous intéresser.

— Je t'écoute.

— Cette fois, c'est officiel, notre groupe va travailler avec « Argio ». Il va y avoir dans deux jours une réunion dans la maison de M... C'est une réunion très importante, un agent d'Argio vient pour nous donner des objectifs précis. Notre chef fait un peu la tête parce qu'il va y perdre son statut, mais bon, c'est pour la bonne cause et c'est le seul moyen d'avoir des armes et de l'argent.

— Armes, argent, action, ah oui! Effectivement, cela devient sérieux!

— Parce qu'avant vous ne trouviez pas nos activités sérieuses?

— Non.

Moreau cache mal sa colère, ses yeux brillent.

— Non et je vais t'expliquer pourquoi, reprend Gaillac. Pour lire un journal et réfléchir, il faut avoir le ventre plein. Or, cette année, les Parisiens n'ont pas très bien mangé – je pense que tu es au courant… Ce que je veux te dire c'est que les Parisiens, je parle de l'immense majorité de la population, ne résisteront pas, ils resteront sourds à tous les appels, à ceux de ton groupe comme à ceux des autres, tout simplement parce qu'ils sont bien trop occupés à chercher à bouffer. Tu pourras publier tous les tracts que tu veux, cela n'y changera rien. Mais le renseignement ou les actions armées, là c'est autre chose, là ça nous fait du mal, là vous devenez dangereux!

— C'est pour cela que j'ai voulu vous prévenir. Je me suis dit que l'occasion était belle d'arrêter tout le monde, d'en finir une fois pour toutes.

Le gosse est amusant, pense Gaillac. Il croit que lorsque son réseau aura cessé toute activité, lorsque ses chefs auront été arrêtés, il pourra tranquillement continuer son petit bonhomme de chemin avec sa fiancée, sans rien lui dire de son rôle, évidemment. Il devra juste la convaincre qu'ils ont déjà fait beaucoup, qu'ils ont pris de très gros risques, qu'il est temps de se faire oublier. Voilà le plan. La trahison et sa récompense. Gaillac a toujours jugé inutile de détromper le jeune homme. Une chose après l'autre. D'abord les deux réseaux, ensuite seulement il lui expliquera qu'il a signé un pacte avec le Diable et qu'il est trop tard pour faire machine arrière. Il l'aidera à encaisser le choc, avec une récompense ou avec des menaces puis il lui trouvera une nouvelle mission, une nouvelle trahison. Et ainsi de suite, le point d'arrivée ne sera jamais qu'un nouveau point de départ : un cercle vicieux… Ce n'est pas qu'il veuille spécialement s'acharner, il n'a rien contre le jeune homme, il lui serait même plutôt sympathique, au fond : trahir par amour, c'est quand même plus joli que trahir pour une liasse mais les circonstances commandent et l'époque n'est pas propice à l'épanouissement sentimental.

— Il est encore trop tôt pour intervenir. Je veux que tu ailles à ta réunion et que tu fasses exactement comme si de rien n'était.

— Mais vous avez l'occasion d'arrêter tout le monde d'un coup! dit Moreau, déçu que son cauchemar se termine moins vite qu'il ne l'avait espéré.

Gaillac tape violemment du poing sur la table. L'expression de son visage a changé instantanément.

— Je te conseille de ne pas discuter mes ordres. Tu vas à ta réunion comme je te l'ai dit, quand je voudrais arrêter tout le monde je te préviendrai.

— Oui, monsieur, répond Moreau d'un air penaud.

— Je veux que tu fasses exactement comme d'habitude. Nous surveillerons très discrètement les participants et les filerons pour voir s'ils ne sont pas affiliés en même temps à d'autres réseaux, toi tu ne t'occupes de rien, compris?

— Oui, monsieur.

— Donne-moi l'adresse, note aussi le jour et l'heure, ordonne Gaillac en tendant au jeune un bout de papier et un stylo. Moreau s'exécute d'une écriture nerveuse, presque une griffure.

— Tu es sûr que tu ne veux pas un petit quelque chose, une petite récompense? Un peu d'argent pour t'habiller?

— Non, monsieur, je ne veux pas d'argent, je ne vous demande rien de plus que ce que vous m'avez déjà accordé. Voulez-vous que je vous montre à nouveau la photo d'Elsa?

Gaillac secoue la tête. À chaque fois qu'il le voit, le gamin veut qu'il regarde la photo de sa fiancée, pour que, le jour où la Gestapo interviendra, les hommes la reconnaissent et ne la blessent pas. Ce gosse est vraiment très bien. Gaillac se dit qu'il aurait pu en faire quelque chose, lui apprendre les secrets du métier, ceux qui garantissent la réussite si les circonstances sont là, évidemment : être honnête dans sa malhonnêteté, toujours être loyal à ses amis, toujours être fidèle à ses chefs. Fidèle à ses chefs... Gaillac pense à Favre. Tout lui avait paru si rapide au moment où il a tiré : *Bang! Bang!* et c'était fini. Maintenant, il est confronté aux détails, ce qu'il a vu sans réellement le saisir lui revient maintenant avec netteté. Des sensations, des odeurs, des images; le costume de Favre, sa chemise noire au col relevé comme les maquereaux qu'il avait vus dans les bas-fonds de Madrid, la manière dont il est tombé, les deux genoux au sol, droit pendant un dixième de seconde avant de s'effondrer face contre terre. Gaillac est content qu'il n'ait pas souffert. Cela fait quand même bizarre de tuer quelqu'un qu'au fond on aimait bien, se dit-il.

De la main, il fait signe au jeune homme de s'en aller. Il faut qu'il réfléchisse. Il doit se rendre dans quelques minutes à une réunion organisée par les Allemands sur la sécurité à Paris. L'ambiance risque d'être houleuse.

* *
*

Vendredi 9 octobre 1942, 15 heures

En plein cœur du 16e arrondissement, l'avenue Victor-Hugo relie la place de l'Étoile et la porte de la Muette. C'est au nº 124 que, le 22 mai 1885, le grand homme, bourré de morphine pour l'occasion, est mort tranquillement, entouré des siens. Victor Hugo, dont le visage de vieillard à barbe blanche orne les murs de la capitale, un joli coup des services de propagande allemands que d'entraîner par voie d'affiche le Géant dans la guerre mondiale, cinquante-sept ans après son décès : « La nouvelle Europe se fera dont seront exclues l'Angleterre et la Russie, on chassera l'Angleterre dans les océans et la Russie tartare dans les steppes. » Victor Hugo au service de la politique nazie, cette époque est pleine de surprises.

C'est dans un immeuble de l'avenue, pas très loin du lycée Janson-de-Sailly, que se trouve le QG de Christian Loméro. Le gestapiste revient d'une réunion avec les Allemands où il a été proprement humilié et il trouve un exutoire à sa colère en hurlant contre ses hommes. Il y a trente-six heures, un vol de tableaux a été commis dans une gare de banlieue, plusieurs sentinelles tuées. Les Allemands ont marqué leur mécontentement contre toutes les autorités de police françaises. Statistiques à l'appui, ils ont constaté la rapide dégradation des conditions de sécurité dans la capitale et la région parisienne. La réunion était à haut niveau, Oberg n'était pas là, mais la plupart de ses adjoints étaient présents. Tous les responsables français en ont pris pour leur grade, Loméro compris. À son retour, il a trouvé ses hommes, manches de chemise remontées et cigarette aux lèvres, buvant tranquillement un café : il les a traités de tous les noms, tout son vocabulaire y est passé. À vrai dire, la réprimande n'était pas forcément très justifiée, Loméro a toujours exigé des résultats et n'a reculé devant aucun moyen pour les obtenir : toute l'année ses hommes ont torturé tant et plus, il y a eu de la musique en permanence pour couvrir le bruit des supplices. Juste avant qu'il arrive en hurlant, ses hommes discutaient des renseignements glanés plus tôt au cours des interrogatoires et de nouvelles arrestations à effectuer. Mais c'est une injustice pour une injustice : au cours de la réunion les Allemands ont imputé la mauvaise situation policière à l'incapacité des forces de police sans admettre que l'évolution de la situation politique y était pour beaucoup. Loméro n'a pas pu s'expliquer, expliquer qu'au départ tout était simple et que tout s'est considérablement compliqué depuis... Dans les mois qui ont suivi l'armistice, la population traumatisée ne songeait qu'à se réfugier derrière le Maréchal comme un enfant court se réfugier dans les bras de son père. Les gaullistes jouaient les poils à gratter mais peu nombreux, isolés dans une Angleterre écrasée sous les bombes, ils ne faisaient pas peur. Les officines de la Gestapo française qui se sont constituées à cette époque, vers la fin 1940, début 1941 avaient donc du travail en proportion raisonnable. Mais pour Loméro, la raison principale du calme régnant en France tenait à la position du parti communiste. L'URSS alliée du Reich, le parti communiste français, aux ordres, ne pouvait rien faire. Il n'était d'ailleurs pas forcément en état de faire quoi que ce soit tant les coups de boutoir de la police de la IIIe République finissante l'avaient meurtri. La douce France était donc calme et les soldats allemands dévalisaient les magasins parisiens en toute quiétude. Tout a changé le 26 juin 1941. Ce jour-là plusieurs millions d'hommes ont déferlé sur la patrie des soviets et de l'électricité. L'ex-Sainte-Russie s'est jetée dans la bataille, et avec elle l'ensemble des partis frères. En France, les communistes, bridés depuis trop longtemps, ont pu enfin en découdre avec l'occupant. À partir de cette date, le nombre d'attentats n'a cessé d'augmenter. La zone occupée grouillait pourtant de militaires et de policiers mais le nombre d'actions n'a cessé de s'élever. L'armée allemande, dépassée, a jeté l'éponge et a laissé la place aux SS ; les attentats n'ont pas diminué pour autant, bien au contraire. En octobre 1942, on en est là. Les Allemands sont dans une impasse mais ne peuvent pas l'admettre, parce qu'ils n'ont pas grand-chose à proposer. Ils souhaiteraient augmenter encore l'activité répressive mais les ressources en hommes de l'armée et de la Gestapo sont au plus bas. Alors que faire ? Les SS n'ont d'autres possibilités que celle, un peu vaine, de mettre la pression sur leurs auxiliaires français... Pression que Christian Loméro répercute sur ses hommes en hurlant. Lorsqu'il arrive à bout de souffle et de vocabulaire, il sort de la pièce pour aller se changer. Il est allé à la réunion en uniforme du SD mais n'aime pas le porter quand il travaille. Le vêtement le serre, l'empêche d'être à l'aise et, de plus, même un bon teinturier peine à enlever les tâches de sang. Il monte les escaliers, jusqu'au dernier étage où se trouvent ses appartements privés. Il ne rentre pas tous les soirs dans sa maison de Neuilly; quand il a trop de travail, il reste dormir ici dans une immense chambre qui jouxte son bureau, chambre qui lui permet aussi de lutiner ses maîtresses avant de retourner travailler rapidement. C'est une très belle pièce, spacieuse, avec un grand lit recouvert d'édredons brillants, entouré de deux tables de nuit. Deux grands tapis épais égaient la moquette. Un renfoncement met en valeur une commode contemporaine. La pièce est éclairée par deux appliques dont les motifs en croix sont identiques à ceux de la commode. De l'autre côté, un bon fauteuil à accoudoirs; dans un coin, une porte conduit à une grande salle de bain. Et puis, partout, des fleurs : tulipes, roses, Loméro aime les fleurs, elles sont changées toutes les semaines.

Seuls ses deux collaborateurs les plus proches l'ont suivi : un truand et un ancien policier, le genre d'association qui marche cette année à Paris. C'est à eux et à eux seuls que Loméro explique la véritable raison de son courroux : que les statistiques allemandes soient mauvaises, cela l'embête mais bon, il y a pire, bien pire... Juste après que les Allemands ont parlé du vol, il a voulu montrer sa bonne volonté, il s'est levé et a demandé à être chargé de l'enquête. Le Standartenführer Speil l'a remercié et lui a demandé de se mettre en rapport avec Pierre Gaillac qui s'était vu confier cette mission. Le Français lui a fait un petit signe de la main, tandis que les Allemands, qui n'ignorent rien de la haine que les deux hommes se vouent, souriaient franchement. À la fin de la réunion, Speil est venu le voir et l'a assuré qu'il ferait appel à lui dès que le besoin s'en ferait sentir. Maigre consolation. Gaillac a l'enquête et lui s'est ridiculisé en la demandant. Voilà ce qui met Loméro hors de lui : se ridiculiser devant son ennemi. Il ne peut imaginer pire situation. Pourquoi une telle haine entre les deux hommes ? Elle est tellement ancrée, tellement évidente, qu'ils seraient bien en peine de l'expliquer. Ils sont pourtant loin d'être les seuls à travailler pour la Gestapo à Paris, il y a peut-être dix ou quinze grands groupes, sans compter les innombrables affiliés, des franchisés, des inféodés. Cela représente beaucoup de monde et une pagaille sans nom… Mais tous les groupes de la gestap' n'ont pas de mauvaises relations. La plupart des groupes se spécialisent dans certains types d'activités, cela évite que tout le monde se marche sur les pieds, certains groupes d'activistes se fichent d'ailleurs pas mal du gâteau que représente le marché noir et ne se consacrent qu'à la chasse aux résistants ou aux juifs. La plupart des groupes mêlent les deux. Entre les collabos, on voit de tout : des échanges d'informations et des coups tordus. Il n'y a pas de règles, même si les règlements de comptes violents sont plutôt rares. Mais entre Gaillac et Loméro, non, rien à faire, c'est la haine. Ils marchent depuis trop longtemps sur les mêmes plates-bandes. Leurs groupes font à peu près la même taille. Ils ont la même stratégie : accès à la manne du marché noir en échange de la traque aux résistants. Ils recherchent les mêmes extras : confiscations de biens juifs, rackets, vols, trafics en tout genre… Ils sont aussi pareillement subventionnés par M. Jacques, le ferrailleur, en échange de l'oubli de sa judéité ; Gaillac et Loméro ont la mémoire également courte et se disputent allégrement ses faveurs financières. En plus, ils éprouvent une répulsion quasi physique l'un pour l'autre. Gaillac, qui est bel homme, se fout ouvertement du physique rondouillard de son ennemi et de son vocabulaire argotique, mélange de titi parisien et d'expressions de prison. L'autre le sait et ne le supporte pas. Trop de points communs, trop d'accrochages entre leurs lieutenants, trop d'Allemands qui jettent de l'huile sur le feu et divisent pour mieux régner. Tout cela devait mal finir.

C'était une belle nuit du mois d'août. Loméro avait emmené sa maîtresse, la femme d'un journaliste connu, voir *Folies d'un soir*, la revue des Folies-Bergère menée par Reine Paulet. Le spectacle était très réussi, ils avaient passé une bonne soirée qu'ils s'apprêtaient à conclure de la plus douce des manières. Ils sont descendus de voiture à Neuilly, le couvre-feu était dépassé depuis longtemps. Le type a surgi de nulle part, tirant en vain dans leur direction. Le garde du corps de Loméro a riposté, et l'assaillant est mort sur le coup, emportant dans la tombe le nom de son commanditaire. Le lendemain, la maîtresse de Loméro lui a annoncé qu'elle le quittait pour retourner vers son gratte-papier de mari et des centaines de bouquets envoyés à grands frais n'ont rien changé à sa décision. Loméro et ses gars ont enquêté, mais rien, l'homme était un inconnu, peut-être un résistant, mais pas forcément. Pourquoi pas un type payé par son ennemi intime ? Certains bruits au SD le laissaient entendre mais comment être sûr ? À l'issue d'une réunion, Loméro avait entraîné Gaillac à part pour lui poser la question. Il connaissait déjà la reponse mais voulait voir ses yeux. Gaillac, comme prévu, avait juré de son innocence, Loméro n'y avait jamais cru. Depuis, il ne sortait qu'entouré de cinq ou six gardes du corps et s'il ne pouvait officiellement accuser Gaillac, il s'était promis de le faire descendre dès que l'occasion s'en présenterait… Et voilà le salopard à qui les Allemands confiaient leur enquête prioritaire ! Loméro en étouffait de rage pendant qu'il enfilait chemise et cravate.

On frappe à la porte.

— Entrez, dit Loméro qui finit de nouer sa cravate dans la salle de bain.

— Patron, Mlle Jeanne demande à ce que vous la receviez rapidement.

Loméro est incapable de refuser quoi que ce soit à Jeanne Sikorski-Elsa dans le cadre de sa mission d'infiltration.

— Fais-la entrer, j'arrive tout de suite. Je vous reverrai plus tard, ajoute-t-il à l'adresse de ses deux lieutenants.

Loméro se regarde dans la glace, désespérant de trouver, sur cette face laide, le moindre signe de séduction. Jeanne Sikorski vient d'entrer. Il la voit dans un angle du miroir, sac à la main, inspectant la pièce. Elle porte une gabardine en laine avec petite capuche et des bottillons à talons hauts montant aux chevilles. C'est une jeune femme d'une vingtaine d'années, pas très grande, au teint pâle et aux cheveux très noirs qu'elle porte attachés. Elle est belle, son visage aux traits réguliers mais froids est heureusement adouci par un petit grain de beauté qu'elle a sur le nez, jolie petite touche de charme. Elle est belle et le regard perçant qu'elle porte sur Loméro prouve qu'elle le sait parfaitement.

— Mademoiselle, dit le gestapiste avant de lui baiser la main.

— Monsieur Loméro, cette pièce est de toute beauté.

— Je suis très heureux qu'elle vous plaise, il ne tient qu'à vous d'en profiter plus souvent…

Le coin de la bouche de Jeanne se plisse dans un sourire entendu. Le jour où elle l'a vu pour la première fois, elle lui a dit qu'elle avait besoin d'argent. Elle avait entendu Mistinguett dire lors d'une interview à Radio Paris qu'« il n'y avait que le fric qui l'intéressait » ! Si Mistinguett le disait, elle pouvait bien en faire autant... Elle s'est présentée à Loméro, expliquant qu'elle en avait marre de mal manger, qu'elle voulait être du bon côté, du côté de ceux qui vont bouffer. Loméro a accepté son offre, il a eu des informations sur un réseau de la fac de médecine et a transformé Jeanne en Elsa, une parfaite étudiante en lettres qui fréquente les cafés du Quartier latin en rêvant d'entrer dans la Résistance. Plein d'espoir, il lui a aussi laissé entendre qu'elle pourrait gagner de l'argent autrement... Elle n'a dit ni oui, ni non, pour l'instant, il ne s'est rien passé.

Loméro la fait asseoir dans le grand fauteuil en cuir de la pièce :

— Je peux fumer ? demande-t-elle.

— Je vous en prie, répond Loméro qui déteste le tabac mais qui espère tellement la mettre dans son lit que le sacrifice lui apparaît minime.

Il dépose un cendrier en cristal sur l'accoudoir du fauteuil.

— Je vous écoute, où en êtes-vous ?

— Une réunion du groupe va avoir bientôt lieu en région parisienne. Les contacts avec le groupe Argio ont abouti : on va les rejoindre et se lancer dans les renseignements. Ils nous envoient un agent de liaison qui doit nous amener de la documentation anglaise...

Loméro est aux anges.

— On vous fait parvenir de la documentation anglaise ?

— Oui, je ne les ai pas encore vus mais apparemment des manuels de guérilla sont distribués par la Résistance aux combattants, les couvertures font l'apologie du Maréchal, mais le contenu n'a rien à voir... Radios, explosifs et autres joyeusetés.

— C'est très intéressant, il me faut absolument ces documents !

— Vous les aurez.

— Et ce n'est pas tout. L'envoyé du groupe va nous donner nos premiers objectifs précis et concrets en matière de renseignements à collecter.

— Très bien, très bien, on va savoir ce qui intéresse les Anglais !

Loméro commence à flairer le gros coup, celui qui va le faire passer très loin devant Gaillac aux yeux des Allemands, celui qui va réparer toutes les injustices et les vexations…

— Voilà, je suis juste venue vous faire un point de la situation, je crois que je vous ai tout dit. Que voulez-vous que je fasse ?

— Surtout, vous continuez comme cela, on ne fait rien de plus, on laisse couler. Il est trop tôt pour intervenir. On ne fera rien tant que toutes les ramifications du réseau ne sont pas connues. Assistez à la réunion et identifiez le plus de personnes possible.

— Argio est un groupe important, avec des ramifications en zone Nono[1]. Si vous me les faites tomber, votre fortune est faite, mademoiselle, dit Loméro qui jubile.

— Si nous sommes d'accord sur les objectifs, monsieur Loméro, je vais vous laisser, j'ai rendez-vous avec mon amoureux transi, si je ne viens pas, il va faire une syncope…

En parlant de Sébastien Moreau, elle a des yeux impitoyables.

— Ah, oui, vous ne m'avez rien dit à son sujet.

— Moreau ? Il est très bien, très dévoué, très consciencieux. Je passe ma vie avec lui, c'est lui qui s'occupe des contacts avec Argio depuis le départ et je sais tout dans les deux heures. Le pauvre chéri ne cloisonne pas. J'ai droit

1. Zone Nono : zone non occupée.

à toutes les confidences. Mais je l'adore, entendons-nous bien ! Grâce à lui, j'ai des informations que je ne pourrais avoir dans le cadre de mes responsabilités propres.

— Mais pourquoi lui ? demande Loméro avec une pointe de jalousie dans la voix.

— Vous pensez bien que j'ai essayé avec le chef du réseau mais les quelques tentatives d'approche que j'ai faites ont, je dois l'avouer, échoué lamentablement. Le chef est un vieux médecin qui ne s'intéresse absolument pas à la bagatelle, alors je me suis rabattu sur le brillant jeune second…

Loméro se dit qu'il a bien de la chance, ce jeune second.

— Permettez-moi juste une dernière question.

— Je vous écoute.

— Pourquoi faites-vous cela ? lui demande-t-il en la raccompagnant jusqu'à la porte.

— Cela ?

— Pourquoi trahissez-vous ces gens ?

— C'est vous qui me posez la question ? Vous faites exactement la même chose à plus grande échelle !

— Vous ne répondez pas à ma question. Ce n'est vraiment que pour l'argent ?

— Je vais dans le sens de l'histoire, l'Allemagne va gagner la guerre … Je suis jeune, j'aime le risque et je gagne de l'argent. Voyez-vous, monsieur Loméro, en un mot, je m'amuse.

Elle a dit tout ça avec un sourire qui fait littéralement fondre Loméro. Il la regarde avec des yeux brillants sans chercher à dissimuler ce à quoi il pense.

Mais le visage de Jeanne se ferme instantanément.

— Monsieur Loméro, si vous voulez coucher avec moi il faudra me faire un minimum de cour…

— Mais je ne demande que ça, laissez-moi vous inviter à dîner dimanche.

— Dimanche ? Après la réunion ? Pourquoi pas, je vous raconterai tout. En attendant… »

Elle tend sa main, paume ouverte. Loméro y dépose une liasse de billets.

— Encore.

Loméro sourit, va jusqu'à la commode puis revient avec un nouveau tas de billets, bien plus important que le premier. La jeune femme s'en saisit et les compte rapidement avant de tourner les talons.

13.

Samedi 10 octobre 1942, 8 heures 30

Il arrive au Quai des Orfèvres, épuisé par une nuit sans repos.

Le sommeil l'a fui et il a hésité presque toute la nuit. Que faire avec l'Allemand ? Il n'en savait rien. Vraiment rien. Dire oui serait très dangereux. Beaucoup de policiers lui en voudraient.

Dire non serait peut-être encore plus périlleux.

Il s'est tourné et retourné dans son lit à la recherche d'une réponse impossible. Plus les heures passaient, plus il s'en voulait : pourquoi n'arrivait-il jamais à prendre une décision ? C'était tout lui, il était incapable de s'engager. Peut-être était-ce pour cela qu'il aimait tant le danger inhérent au métier de policier, parce qu'il ne vous laissait pas le temps de réfléchir. Lorsqu'il apparaissait, il n'y avait pas de doutes, pas de choix, juste une réponse instinctive et dans ces moments-là, pour une fois, il se sentait fort et sûr de lui. Pour le reste, il hésitait encore et toujours. Il papillonnait d'une femme à l'autre sans jamais se fixer. Il n'avait pas vraiment d'amis. Il ne parvenait pas vraiment à se lier, à s'engager. Il restait toujours sur la réserve, décourageant les meilleures volontés, sauf celle de Sanz.

Et puis, aux premières lueurs de l'aube, il avait su qu'il ne pouvait plus hésiter. Il savait ce qu'il allait faire.

Pour une fois dans sa vie, il avait choisi.

*

Sur le palier du deuxième étage, il reconnaît trois petits truands à qui il a déjà eu affaire. Ils attendent pour une audition avec des policiers d'un autre service. Lorsque les voyous le reconnaissent, ils se mettent à s'esclaffer.

— Mais n'est-ce pas le courageux inspecteur Lavrenti ? demande un petit roux d'une vingtaine d'années à son compère plus âgé.

— Mais oui, c'est bien lui, le célèbre inspecteur qui joue les héros mais ensuite pleure comme une fillette quand il se fait embarquer par plus fort que lui…

— Vos gueules ! dit le policier en uniforme qui les surveille.

Lavrenti remarque que l'homme réprime un sourire en prononçant ces mots.

Lavrenti poursuit son ascension sans s'arrêter. S'il le faisait, il irait casser la gueule aux trois minables mais aussi au flic. Au moins, l'épisode lui a appris une chose : s'il ne se venge pas, il n'aura plus qu'à quitter la ville parce que tous les truands riront dès qu'il voudra leur mettre les menottes.

* *
*

Samedi 10 octobre 1942, 8 heures 45

L'homme se tient près du kiosque du métro Étoile. Il est mal à l'aise dans ses vêtements civils : son manteau et son costume qu'il a achetés voilà deux ans sont devenus beaucoup trop larges pour lui. Il le sait, mais à quoi bon s'en procurer de nouveaux ? Il va bientôt mourir.

Il fume une cigarette en jetant un œil distrait aux couvertures des journaux allemands : *Das Reich, le Volkischer Beobachter, le Parisianiser Zeitung* et tant d'autres... Il remarque avec satisfaction qu'il est de plus en plus facile d'acheter la presse allemande. De Paris à Lübeck, d'Athènes à Rostov, elle inonde l'Europe et partout où passe le soldat, il se sent un peu chez lui... Mais les journaux titrent encore et toujours sur la guerre et il n'en peut plus. Pour ces quelques jours, il ne souhaite qu'une chose : la laisser derrière lui, loin, là-bas. Il n'achètera rien. De toute façon, il n'est pas là pour cela. Il attend quelqu'un. Il est venu un peu en avance sur l'horaire prévu pour être sûr de ne pas le rater. Si ce qu'on lui a dit est vrai, il n'y en a plus pour très longtemps. Quelques instants plus tard, le voilà, il le reconnaît sans l'ombre d'un doute, au moment même où il sort du métro. C'est bien lui, Christian Vorminski. Il correspond parfaitement à la photo, un bel homme d'une quarantaine d'années, plus grand que son frère. Il porte un uniforme vert de la Wehrmacht, sa casquette est neuve et ses bottes sont impeccablement cirées, il a aussi un porte-documents en cuir marron, l'homme se dit qu'il a tout de l'officier d'état-major – pour ne pas dire du militaire de salon. Ça ne l'étonne pas, son frère l'avait prévenu à demi-mot.

Le commandant se dirige droit vers le kiosque sans prêter attention à l'homme qui fume quelques mètres à sa gauche. Il a travaillé sans discontinuer la veille et une bonne partie de la nuit. Avant de se replonger dans son enquête, il veut se changer les idées en lisant les journaux français, c'est une des activités qui lui plaît le plus depuis qu'il réside à Paris. Il aurait pu acheter la presse près de la Sorbonne mais il était trop tôt. Il s'est assis dans le métro et a fait le trajet les yeux clos comme s'il terminait sa nuit. Ce n'était pas une très bonne idée, il a senti tous les à-coups pendant le trajet et surtout il n'a pas cessé de penser à l'affaire…

Devant le kiosque, il hésite. Quel journal choisir ? *La Gerbe, Je suis partout, Au pilori* ? Aujourd'hui il ne sait vraiment pas quoi prendre. Le vendeur sourit d'un air de dire : « Prenez votre temps. »

Il ne s'est pas encore décidé lorsqu'il sent une présence derrière lui. Il se retourne et se trouve nez à nez avec un individu de grande taille, à la maigreur frappante.

— Commandant Vorminski ? demande l'homme avec un accent du Nord de l'Allemagne.

Vorminski pâlit. Un Allemand en civil, la Gestapo ?

— Lui-même. Comment me connaissez-vous ? demande-t-il d'un œil soupçonneux.

— Je suis un ami de Hans, votre frère. Il m'a donné une photo de vous, cela fait plusieurs jours que je vous guette.

La physionomie du commandant change du tout au tout. Ses yeux brillent soudainement.

— Vous avez des nouvelles de Hans ? Il va bien ?

— Les dernières remontent à deux semaines, lorsque je suis parti en permission.

— Comment allait-il à ce moment-là ?

— Il allait bien, ne vous inquiétez pas.

Vorminski tend sa main et serre vigoureusement celle de l'homme en civil.

— Voici une lettre que votre frère m'a demandé de vous remettre.

Vorminski fronce le sourcil. Ce ne serait pas un piège, quand même ? En tout cas, l'écriture sur l'enveloppe est bien celle de Hans.

— Pourquoi ne l'a-t-il pas envoyée lui-même ?

— La censure. Votre frère m'a dit en confidence qu'elle ne devait être lue que de vous. D'après lui son contenu pourrait l'envoyer devant un tribunal. Sachant que je partais en permission exceptionnelle à Paris, il m'a demandé de vous la remettre en mains propres. Je ne sais rien de plus.

L'homme s'apprête déjà à repartir.

— Attendez, ne partez pas comme ça. Laissez-moi au moins vous offrir un café.

L'homme sent qu'il ne sert à rien de protester, Vorminski ne le laissera pas partir avant d'avoir discuté avec lui. Il accepte, avec un sourire résigné que le policier, tout à sa joie, ne remarque pas.

Le commandant emmène son visiteur dans un café qu'il connaît, en haut des Champs-Élysées.

— Vous ne m'avez même pas donné votre nom, demande Vorminski, une fois attablé.

— Je suis le Sturmbannführer Anton Dürer, je suis un proche de votre frère, nous faisons partie des rares de la division à être encore en un seul morceau. Ça crée des liens…, dit-il avec un sourire amer.

— Je sais que ce qui se passe là-bas est terrible…

— Pour l'instant ça va. Les combats sont durs mais on avance à nouveau…

— Vous avez l'air de ne pas y croire. Racontez-moi.

— Sauf votre respect, mon commandant, rien de ce que je peux vous dire ne pourra vous donner une idée de ce que votre frère a enduré depuis qu'il est parti. Ce n'est pas une guerre, c'est le jugement dernier, oui, le jugement dernier… L'hiver a été épouvantable. Épouvantable, je me rends compte que ça ne signifie rien, les mots perdent leur sens là-bas. Comment vous faire comprendre ? Nous avons eu des morts de froid, en plein milieu d'une attaque. Les types sont morts dans leur tranchée sans avoir été touchés !

Il est interrompu par le serveur qui apporte deux cafés, du vrai, on est tout de même sur les Champs-Élysées, pas de privation dans les cafés des vainqueurs.

— Nous avançons dans le Caucase, nous atteindrons Groznyï, c'est l'objectif de l'hiver, s'assurer des champs de pétrole avant l'arrivée de l'hiver.

Dürer sourit tristement.

— Vous pensez que vous n'y arriverez pas ? demande Vorminski.

— En fait je dissocierais deux choses. Je crois en la victoire finale à la condition que notre offensive de cet hiver réussisse. Si les Russes n'ont plus de pétrole, ils sont condamnés. Mais presque tous les soldats qui participent à cette offensive vont mourir et le savent. Je sais que vous espérez revoir votre frère vivant. N'ayez pas trop d'espoir. Nous nous sacrifions pour l'Allemagne, mon commandant.

Vorminski est décomposé. Il tremble lorsqu'il porte la tasse à ses lèvres.

— J'ai été blessé, vous savez. J'ai perdu trois doigts à la main gauche, je pourrais ne pas retourner au front mais je le veux, ils me manquent, tous.

— Vous retournez là-bas alors que vous savez que vous allez mourir ?

— C'est assez difficile à expliquer, c'est l'idée que lorsque vous avez vécu ce que nous avons vécu, vous ne pouvez, de toute façon, plus vivre ailleurs que là : vos camarades vous manquent, les combats vous manquent, l'hiver russe même vous manque, je dirais même que les Russes vous manquent, eh oui, même eux, ils finissent par faire partie de vous. Donc vous savez que vous ne pouvez pas être ailleurs.

— Pourquoi êtes-vous ici alors ?

— J'ai sauvé trois généraux le jour où j'ai perdu mes doigts, on m'a récompensé comme ça ! Trois semaines à Paris, permission exceptionnelle. Mais comme je vous le disais, je veux repartir vite, vous comprenez ?

Vorminski ne va pas lui mentir, il secoue la tête en signe de triste dénégation.

— C'est normal, dit l'autre. Ne vous inquiétez pas, je veille sur votre frère. Sa seule chance de s'en sortir est de gagner le droit de retourner au pays. Vous savez aussi bien que moi comment on le gagne. Il faut une blessure qui vous empêche de combattre mais si elle est trop grave, elle vous empêchera d'être évacué et vous ne pourrez survivre, là-bas. L'équilibre est difficile à trouver... Peut-être réussirai-je à vous le ramener vivant malgré tout !

Vorminski veut rester sur ces dernières paroles.

— Je ne sais pas quoi vous dire. Je ne sais pas comment vous remercier.

— Souhaitez-moi bonne chance.

— De tout cœur, je vous souhaite bonne chance, Sturmbannführer.

— Heil Hitler.

— Heil Hitler.

Ils se serrent la main puis Dürer repart, laissant Vorminski seul avec une interrogation. Pourquoi lui avoir demandé de lui souhaiter bonne chance s'il sait qu'il va mourir ? Il reste un long moment perplexe devant sa tasse de café. Comprenant qu'il ne trouvera pas de réponse, il décide de partir. Il cache la lettre dans une poche de sa veste. Il n'a pas osé la lire, pas ici, pas maintenant. Il quitte le café après avoir payé. Arrivé à l'hôtel Majestic, très en retard, il ne s'attarde pas dans les couloirs et arrive rapidement jusqu'au bureau de sa secrétaire. Il passe devant elle, en la saluant comme si de rien n'était. Elle lui répond en lui souriant aimablement, ce qui n'est pas dans ses habitudes. D'abord étonné, Vorminski finit par comprendre : elle le regarde autrement depuis que le commandant en chef est venu le voir avant-hier. Et ce n'est pas tout. Edna, toute fière, lui apprend que ce matin l'aide de camp du général von Stülpnagel a appelé et indiqué qu'il pouvait passer voir le général quand il le souhaitait. Vorminski ne réagit absolument pas. Il va dans son bureau, essaie de se mettre au travail mais n'y arrive pas. Quelques minutes plus tard, il ressort sous les yeux médusés d'Edna sans lui dire où il va, sans rien lui dire du tout.

*

Il a besoin de faire un tour, d'être seul. Il marche sans trop réfléchir, laissant ses pas le porter. Il tourne au hasard, boulevard Haussmann, boulevard Saint-Martin, boulevard de Sébastopol… Il pense à Hans. Au coin de la rue de Turbigo, il débouche sur les Halles. Il passe devant Heller, le restaurant de salaisons qui fait le bonheur de bon nombre de ses compatriotes. Il croise les forts poussant leurs diables devant les différents pavillons : pavillon de la viande, pavillon du poisson, pavillon des BOF – Beurres, Œufs, Fromages. Au détour d'une rue il découvre la file de ceux qui attendent pour les rutabagas, longue de plusieurs centaines de mètres. Un peu plus loin, des enfants en culottes courtes, un vieux monsieur à béret et un autre avec une casquette, sont occupés à ramasser par terre des restes du marché de la veille. Il subsiste çà et là quelques feuilles de salade, des pommes de terre écrasées que ces pauvres gens ramassent précieusement. Mon Dieu, on est en train de les affamer, s'exclame-t-il intérieurement. Quand il passe près du petit groupe, il a envie de s'excuser, envie de leur dire qu'il n'est pas responsable de tout cela. Les denrées arrivent toujours jusqu'à Paris, en nombre moins important, il est vrai, mais elles arrivent. Mais les Parisiens n'en profitent pas. Les troupes d'occupation sont servies les premières, ensuite les collabos, et quand les Parisiens arrivent il n'y a déjà plus rien ou si peu. Il a honte de son uniforme. Les gens ne font pas attention à lui, cependant ils semblent ne pas le voir, tout à leurs recherches. Vorminski ne sait pas s'ils le font exprès. Si ses compatriotes parlent parfois de Paris comme de la « ville sans regard », *die Stadt ohne Blick*, c'est parce que les habitants ne les regardent pas, font comme s'ils n'étaient pas là, comme s'ils n'existaient pas. C'est tout à fait l'impression qu'a Vorminski à ce moment, sans en être totalement sûr.

*

L'air frais lui a fait du bien, il se dit que ce n'est pas le moment de se laisser déconcentrer, il doit se reprendre, continuer l'enquête. La lettre attendra.

Puisqu'il n'est plus très loin, il décide d'aller voir le jeune policier pour savoir s'il a accepté son offre. Il l'espère de tout cœur car les résultats de son travail de la veille et de la nuit dernière ne sont pas très brillants à vrai dire. Il a voulu se concentrer sur d'autres pistes que celle des gestapistes français, histoire d'être sûr qu'il ne fonçait pas tête baissée dans une mauvaise direction. Il s'est rendu dans le grand baraquement SS de la région parisienne. Il a vu l'Oberstürmbannführer responsable et lui a expliqué la situation. Dès qu'il a présenté le mandat fourni par Oberg, le SS s'est plié en quatre. En particulier, il lui a montré les registres de sortie de la caserne : personne n'a été porté manquant et les rares permissionnaires seront interrogés dès leur retour. Après, il est retourné à la gare de Saint-Brégny, là-bas il a pu interroger les gardes qui s'y trouvaient ce soir-là. Mais leurs témoignages se sont révélés décevants, ils n'ont rien vu ni entendu. Plus précisément, ceux qui étaient loin de l'action n'ont rien entendu et ceux qui étaient près ont été tués... Pas grand-chose à tirer de tout cela, s'est dit Vorminski, un peu découragé. Que faire ? Décidément, la seule piste viable était celle des Français de la Gestapo. Il aurait préféré que cela ne soit pas le cas, l'enquête risque d'être assez difficile, mais il n'y peut rien. La seule chose à faire est alors d'approfondir la question et en particulier de découvrir quelles pouvaient être leurs motivations. Il est retourné voir le policier du service des dossiers, celui qui fume la pipe mais fait des mystères sur la provenance de son tabac. Il craignait que l'homme fût reparti chez lui mais le policier, à plus de vingt heures, était toujours fidèle au poste. Vorminski lui a dit qu'il voulait étudier les dossiers de Xavier Dailans et Pierre Gaillac. Problème : celui de Gaillac est manquant.

— Vous savez, ce type-là finira préfet de police. On sait tous que c'est un gangster mais il est déterminé à réussir. Alors il commence à faire disparaître les preuves ; d'abord les dossiers, ensuite les hommes…, déclare le policier en riant.

Il fait le geste de se trancher la gorge.

— Tous ceux qui savent, couic ! Remarquez, ça fait déjà pas mal de monde.

— Vous êtes quand même responsable de ces dossiers, dit Vorminski, courroucé.

— Commandant, pour un petit service de ce genre, Gaillac a les moyens de verser, à n'importe quel flic, trois ou quatre fois son salaire mensuel. Dans ces conditions, trois coffres-forts ne suffiraient pas à protéger leurs fiches. Vous pouvez me demander tous les dossiers que vous voudrez et je vous les fournirai avec plaisir, mais celui-là, franchement, je n'y peux rien.

— Je comprends. Mais c'est un fichier de police, un fichier interne en quelque sorte. Vous croyez que les fichiers du casier judiciaire seront eux aussi manquants ? demande Vorminski.

— Franchement, il y a beaucoup de chances qu'ils n'aient plus grand-chose non plus. Ce type a le bras long.

Pas de dossier Gaillac, mais ceux de Dailans et Maragal étaient là, sans les photos, deux fiches jaunes cartonnées dont il avait recopié les principaux renseignements.

*

Nom : Maragal
Prénom : Juan
Né : le 23 août 1904 à Almería
Description : 1 mètre 70, teint mat, cheveux noirs, yeux marron
Signe physique particulier : aucun
Domicilié : en fuite, adresse inconnue
Nationalité : espagnole
Situation de famille : célibataire sans enfant
Profession : pas de profession connue
Service militaire : néant
Condamnations :

> *— Plusieurs condamnations en Espagne (vols, coups et blessures)*
> *— Pas de condamnations en France*

Complices connus : Xavier Dailans
Renseignements et observations complémentaires : très dangereux
Recherché pour le meurtre des époux Augran, Paris, 1939.

Nom : Dailans
Prénom : Xavier
Né : le 14 avril 1909 à Chartres
Description : 1 mètre 95, cheveux châtain clair, yeux bleus
Signe physique particulier : aucun
Domicilié : à Paris, 85 boulevard Voltaire, 11e.
Nationalité : française
Situation de famille : célibataire, deux enfants naturels
Profession : pas de profession connue
Service militaire : effectué en 1928. Rappelé en 1939. Vols, violences.
Condamnations.

— 3 ans de maison de correction pour vol
— 2 ans de prison pour proxénétisme
Complices connus : Michel Favre, Juan Maragal, Ernest Archenbach, Olivier Forlain
Renseignements et observations complémentaires : très dangereux

*

Édifiant, a pensé Vorminski, et dire que ces gens-là règnent sur Paris, nommés responsables du maintien de l'ordre par l'Abwehr et les SS ! Décidément, pauvre France ! Pas tout à fait attendri, il s'est soudain rappelé qu'à l'époque où les Français ont occupé la Ruhr, ils n'ont pas été tendres non plus : chacun souffre à son tour. Il s'est quand même pris à espérer que le tour des Français ne reviendrait pas : ils risqueraient d'être impitoyables.

Il a remercié le flic avant de retourner à son bureau sans passer voir Lavrenti. Trop tôt. Il irait le lendemain. Il fallait d'abord qu'il réfléchisse à la question : comment frapper des hommes aussi dangereux. La visite lui a au moins permis de savoir à qui il avait affaire : le futur préfet de police et ses tueurs…

*

La porte du bureau de Lavrenti s'ouvre au moment où Vorminski s'apprête à frapper. C'est Sanz, le collègue du jeune inspecteur qui lui ouvre. Quand il voit l'officier allemand, Sanz devient blanc : un bonjour froid et métallique sort à grand-peine de sa gorge, puis il sort précipitamment. Le policier n'a pas osé lui lancer un regard franchement hostile mais Vorminski a bien senti qu'il était très contrarié par sa présence. C'est bizarre, il a dû tomber sur un cas particulier parce que les couloirs du Quai des Orfèvres sont pleins d'Allemands en uniforme discutant avec des policiers français...

Lavrenti arrive, main tendue.

— Ne vous inquiétez pas, mon collègue est un peu troublé par votre présence, dit-il en lui serrant la main.

— Je ne comprends pas. Partout des Français discutent avec des Allemands, même des SS ! Peut-être que votre inspecteur est spécialement sensible aux uniformes verts ?

— Certains services travaillent beaucoup avec les autorités d'occupation mais ce n'est pas le cas de la police criminelle. Nous sommes restés, si vous me passez l'expression, assez franco-français.

— Par simple curiosité, quels services travaillent le plus avec vous ?

— Oh, nous en avons beaucoup, les services antirésistants, anticommunistes, antijuifs...

— Je vois, dit Vorminski, un peu gêné, mais laissons de côté la politique, je suis passé vous voir, pour discuter de notre affaire. Nous pouvons parler ici ?

— Maintenant que vous êtes là... Si nous ne parlons pas trop fort, cela devrait aller.

— Serait-il possible que mes prières aient été exaucées et que vous soyez finalement d'accord pour que nous travaillions ensemble, inspecteur ?

— J'accepte, si vous me promettez que vous êtes prêt à tout pour faire tomber Dailans et ses copains.

— Je vous le promets !

— Alors nous sommes associés.

Lavrenti sourit, Vorminski a l'air soulagé.

— Puis-je vous demander pourquoi vous avez changé d'avis ?

— J'ai beaucoup réfléchi. La police ne peut rien contre la Gestapo française. Leurs hommes décident de tout ici. Le seul moyen que j'ai de me venger des fils de pute qui m'ont tabassé, c'est de m'entendre avec ceux qui sont au-dessus d'eux, l'armée allemande. Vous.

— Je partage votre raisonnement. Tout cela est parfait.

Lavrenti hoche la tête.

— Alors, par quoi commençons-nous ? demande l'inspecteur.

— Ce qu'il faut, c'est retrouver Maragal, je pense que c'est lui la clef de tout, si on le fait parler lui, il nous donnera les autres. Vous pouvez vous occuper de cela ?

— Rien ne me ferait plus plaisir, répond l'inspecteur Lavrenti. Ce qu'il me faudrait, c'est un ordre écrit de votre part pour pouvoir l'arrêter.

— Contentez-vous de le localiser, pour l'instant. Nous ne l'arrêterons que quand nous serons sûrs de notre coup. Vous savez, inspecteur, il va nous falloir être très prudents, ne parlez de notre accord à personne. Nos adversaires sont très puissants.

Le problème, c'est que Vorminski ne sait pas exactement qui sont ses adversaires : Dailans, certainement, mais les autres, Gaillac et Speil ? Il ne sait pas.

— Je suis absolument convaincu que Dailans et Gaillac sont derrière le coup du train, dans quelle mesure exactement je ne sais pas, mais je suis certain qu'ils sont impliqués. Mon problème est qu'ils sont protégés et je ne peux les interroger sans preuves tangibles, mes supérieurs me bloqueraient. Je pense donc que c'est Juan Maragal qui est la clef, c'est lui qu'il nous faut appréhender.

— Vous m'appelez dès que vous l'avez. De mon côté je vais essayer de trouver un autre angle d'attaque. Je voudrais trouver un début de preuve matérielle, pour pouvoir faire pression sur eux lors des interrogatoires, sinon je crains bien que nous ne puissions percer leur défense.

— Je vous tiens au courant dès que j'ai du nouveau. Une dernière chose avant que vous ne partiez, lorsque vous voulez me voir, accepteriez-vous de me téléphoner avant et que nous nous rencontrions à proximité ? Vous comprenez, vous m'avez demandé de ne pas parler de nos investigations, je n'ai rien dit mais du coup, certains de mes collègues comprennent mal pourquoi je vous reçois...

— N'en dites pas plus, je vous appellerai.

Les deux hommes se séparent. La situation du policier français ne doit pas être simple, pense Vorminski.

Il hésite à retourner au travail immédiatement. Il n'a pas envie, il veut encore se promener, peut-être repasser à son domicile pour lire la lettre tranquillement. Il traverse la route vide de véhicules puis s'arrête sur le pont... Il regarde le fleuve. Il aurait voulu tenir jusqu'à chez lui, il n'en est pas loin mais il n'a pas la force d'attendre plus longtemps. Il sort la lettre de sa vareuse et commence à lire.

Sagopchine, Territoires occupés de Russie,
Le 26 septembre 1942.

Mon cher frère,

J'ai recommencé cette lettre trois fois, en priant à chaque fois pour ne pas mourir avant de te l'avoir fait transmettre. Je ne voulais pas partir sans que tu saches que je t'aime malgré toute la peine que tu as pu me causer.
Que te dire sur ma vie ici? Les derniers mois ont été meilleurs, nous sommes enfin repassés à l'offensive. Nous avons pris Rostov il y a quelques semaines et depuis nous dévorons la steppe russe sans discontinuer pour atteindre le Caucase avant que, comme l'année dernière, le froid n'empêche tous nos mouvements. Mais l'hiver russe arrive vite et le piège risque de se refermer sur nous avant que nous n'ayons pu mener à bien notre mission.

J'ai peur. Je me dis qu'aidés par ce maudit climat, les rouges vont bien finir par nous ramener jusqu'en Allemagne ! Je tremble à l'idée que nos succès actuels que nous avons tant de mal à obtenir ne soient que des fétus de paille. Je ne veux pas y penser. Je combats sans réfléchir. Mais parfois j'échoue, mon cerveau se remet à fonctionner malgré la fatigue, la faim et l'angoisse me prennent ; pourvu que nous soyons victorieux car leur vengeance serait indescriptible.
Nos actes sont terrifiants et laids. Les combats nous laissent peu de temps pour nous préoccuper des civils mais des unités nous suivent et les liquident par milliers : hommes, femmes et enfants. Mon Dieu, je suis complice de tout cela, plus que complice, Christian, j'ai participé moi-même à des massacres. J'ai beau me répéter que ce ne sont que des sous-hommes et qu'ils ne méritent aucune pitié, souvent la culpabilité me prend et je ne sais plus. Ce sont quand même bien des femmes et des enfants, faits de chair et d'os que j'ai tués sciemment. Que dirait notre père, Christian ? Que pourras-tu me dire, toi ?
J'ai beaucoup réfléchi à ce qui s'est passé entre nous ces dernières années et je sais que le principal reproche que je te fais est finalement de ne pas croire, de ne pas prendre position, de ne pas voir le redressement qui s'était opéré, je te reproche de ne rien dire, d'attendre, de fuir en un mot ta responsabilité historique, celle de te joindre à nous.
Mais parfois, si loin de notre terre, je me demande si tu n'as pas raison. Parfois je me dis que ce que nous sommes venus faire ici est criminel.
Je m'en veux tellement d'écrire ces mots, Christian, je trahis notre Führer à qui j'ai juré fidélité.
Tout est tellement confus dans mon esprit. Je ne suis plus sûr de rien.

De toute manière, il est trop tard, nous sommes allés trop loin dans ce pays, nous avons trop détruit pour reculer aujourd'hui.
Je voudrais t'écrire plus longtemps mais je dois donner rapidement cette lettre à celui qui te l'apportera.
Ne t'étonne pas du ton apaisé et confiant de celles que je t'enverrai par la suite, c'est uniquement pour passer l'épreuve de la censure : je crois que je ne trouverai plus jamais le repos.
Ne me juge pas trop sévèrement.
Je retourne me battre. Les Russes ne sont pas loin. Les vibrations des explosions font trembler ma main.
Je te demande de détruire cette lettre dès que tu l'auras lue, n'essaie pas de la garder, elle serait aussi dangereuse pour toi que pour moi ainsi que pour mon messager.

Heil Hitler.
Ton frère qui t'aime, Hans.

*

Son frère est un assassin.

Vorminski pleure doucement.

Il relit la lettre une fois, la déchire en mille morceaux, puis la jette, ne gardant que le passage où son frère lui écrit qu'il l'aime.

Les Parisiens qui passent sur le pont doivent croire qu'un soldat allemand vient d'apprendre que sa petite amie le quitte.

*

Il rentre chez lui. Il ne va pas retourner travailler tout de suite, il n'en a pas le courage. Il veut se reposer quelques minutes, reprendre ses esprits avant d'y aller. Il appellera un chauffeur. Il se dit qu'il n'est vraiment pas digne de son frère. Est-ce que lui, en plein milieu de la bataille, peut rentrer chez lui et prendre quelques minutes de pause ? Il arrive au pied de son immeuble, vers le Panthéon. Il monte jusqu'au quatrième étage où se trouve son appartement.

Il y a du bruit au troisième, un déménagement, un jeune couple s'installe.

Il introduit la clef dans la serrure.

Au moment où il entre, il entend un bruit.

— Il y a quelqu'un ?

Personne ne répond.

Il se méfie. Il avance avec précaution sur le parquet ciré. Pourvu que ce ne soit pas Gaillac et sa bande qui aient eu l'idée de venir fouiller ses affaires.

Il entend un rire étouffé.

— Hugues ?

À nouveau, le silence.

— Hugues ? Je t'ai entendu.

Un homme jeune se précipite sur lui et l'enlace, ils s'embrassent.

— Tu m'as fait peur, *klein* idiot. Tu n'es pas en cours ?

— Non je n'ai pas cours et ne me parle pas allemand, tu sais que je trouve que c'est une langue de brutes ! Je suis venu ici parce qu'ils déménagent en dessous et font du bruit. Je ne pensais pas que tu reviendrais avant ce soir. Je te dérange ?

— Mais non, idiot, bien sûr que non.

Ils s'embrassent encore.

— Personne ne t'a vu, au moins ?

— Non, j'ai fait attention et puis tu sais, je n'ai que deux étages à monter. Je ne mets pas de chaussures, et j'ai appris à ouvrir ta porte sans faire un bruit et, de toute façon, ta vieille voisine est sourde comme un pot!

Hugues Saujer-Boissieu est l'amant de Vorminski. C'est un très beau jeune homme, aux cheveux blonds coupés courts, mince et aux yeux rieurs. Il a vingt ans. Le jeune homme a fait partie avant guerre d'un mouvement franco-allemand d'échanges de jeunes, le genre de cercles noyautés par Abetz et Cie[1]. Son père est un journaleux bien connu qui écrit dans les quotidiens collaborationnistes : dans la famille on ne craint pas spécialement les uniformes vert-de-gris. Hugues encore moins que les autres. Mais tout le monde ignore leur liaison. Vorminski craint plus que tout que son homosexualité soit découverte. Il l'a toujours cachée. Les relations homosexuelles sont un délit en vertu de l'article 175 du Code pénal allemand; les nazis tiennent un fichier central des homosexuels et la Wehrmacht a le sien propre. Ceux qui y figurent sont déclarés inaptes au commandement et souvent renvoyés. Mais Vorminski n'apparaît dans aucune des listes, par miracle. Celui-ci date du début des années 1920. Berlin avait la réputation d'être la ville la plus décadente du monde. Elle était, en tout cas, une des plus libérales en matière d'homosexualité et, contrairement à la quasi-totalité des autres villes d'Allemagne, les homosexuels jouissaient d'une acceptation relative dans cette cité frénétique et désordonnée prise par la fièvre de l'après-guerre. Un des clubs homosexuels les plus célèbres s'appelait le Monbijou. Vorminski en avait entendu parler depuis longtemps. Beaucoup d'officiers se plaignaient de la corruption des mœurs régnant là-bas et le club était considéré comme le summum de la dépravation. Vorminski, qui avait toujours ressenti une attirance pour les garçons, n'avait pas résisté à la tentation. Jeune lieutenant, il avait profité d'une permis-

1. Futur ambassadeur du Reich en France.

sion pour se rendre dans le club, synonyme de toutes les promesses. Il avait rencontré là-bas son premier amant, choisi au hasard, l'homme l'avait emmené chez lui. Surmontant son appréhension, Vorminski s'était abandonné à ses caresses. Il y avait pris goût. Il était revenu, une fois, deux fois, trois fois. La cinquième a été celle de trop, il y a eu une descente de police. La faible liberté dont bénéficiaient les homosexuels était soumise parfois à des retournements, c'était comme cela. La plupart des homosexuels connaissaient ces descentes périodiques et laissaient passer calmement l'orage, mais pour Vorminski, c'était une réelle catastrophe. En tant que militaire, son nom allait être à coup sûr communiqué à ses supérieurs. Il pourrait dire adieu à toute idée de carrière. Il n'avait pas réfléchi, il avait suivi les prostitués jusqu'à une issue de secours et s'était enfui dans la nuit avec la police à ses trousses. Miraculeusement, il avait réussi à leur échapper, il ne savait même pas comment. Toute la nuit, il avait réfléchi. Il avait pris trop de risques. Il n'était pas question que cela se reproduise. Jamais. Il avait trop à perdre. Sa carrière, et surtout l'affection de son frère. Hans, dès cette époque, était un homophobe virulent. Quelques années plus tard, les discours d'Himmler sur la honte que représente l'homosexualité dans la SS ont trouvé chez lui un écho très favorable. Aujourd'hui peut-être qu'il a changé. Avec ce qu'il a avoué dans sa lettre, Vorminski se dit qu'il pourrait presque le lui dire…

Chassant ces pensées, il prend Hugues dans ses bras et l'embrasse : du Monbijou, jusqu'à lui, le commandant n'avait connu personne. Quelle incroyable chance il a d'avoir trouvé ce garçon. Il ne le lui a jamais dit, mais il est tout pour lui. Parce qu'il lui a permis de vivre sa vie, de ne plus se mentir, de ne plus être torturé par l'absence de contact physique. Le jeune homme est cultivé, c'est agréable de discuter avec lui, et surtout il n'éprouve aucune honte de son homosexualité. Il est tellement jeune, il n'est même pas majeur. Il a tout de suite compris que l'officier allemand invité à dîner chez ses parents était homosexuel. Vorminski avait été tellement troublé par sa beauté qu'il n'osait pas le regarder quand ils étaient à table. Le lendemain, le jeune homme attendait à sa porte. Vorminski avait fait semblant de ne pas comprendre et lui avait poliment demandé ce qu'il faisait là. Le garçon l'avait poussé à l'intérieur et avait refermé la porte derrière eux. Vorminski avait compris qu'il n'y avait plus rien à faire, que ce jeune homme serait son guide, qu'il n'y avait plus qu'à le suivre les yeux fermés sans réfléchir et qu'il verrait bien où cela le mènerait.

Vorminski entend à peine Hugues qui lui parle. Il lui conseille le bouquin de Brasillach et Bardèche sur le cinéma, la dernière édition vient de sortir. Vorminski n'ose pas dire qu'il ignore qui sont ces deux personnages que le jeune garçon semble admirer profondément :

— ...Le bouquin est écrit avec une intelligence remarquable, je pense qu'il n'y a qu'eux qui ont aussi bien analysé Chaplin...

Le jeune homme continue, tout y passe, Griffith, Lang, Ford... C'est tout Hugues, ça, le monde est à feu et à sang mais ce qui l'intéresse c'est la critique cinématographique et la rentrée littéraire. La guerre le gêne quand même, les films anglais sont interdits depuis 1940, les américains depuis cette année. Mais Vorminski sait que certains haut gradés allemands en regardent discrètement. Il se garde bien de le dire au jeune homme, il a trop peur que celui-ci le quitte pour un général ayant accès à ce genre de trésors. Parfois, Vorminski se demande s'il n'est pas avec lui parce qu'il a la nationalité de Fritz Lang. Il sait que de toute façon l'amour a toujours une raison cachée, il y a toujours moyen de se faire du mal, mieux vaut profiter du moment présent.

La tête d'Hugues repose sur son épaule, le jeune homme l'embrasse de temps à autre interrompant ses réflexions. Vorminski regarde le plafond. Il est dans les bras d'un jeune homme, un jeune Français, pendant que son frère se bat en Russie et tue des femmes et des enfants. Et il a honte, car à cette minute, il est l'homme le plus heureux du monde.

14.

Dimanche 11 octobre 1942, 11 heures

Il en a assez de leur mépris. Oh, ils le cachent tous plus ou moins bien mais, régulièrement, il le sent poindre à la fin de leurs phrases ou au détour de leurs intonations : pour tous, il est *le* traître. Même Loméro et Darquier de Pellepoix, l'antisémite fanatique à monocle, ancien directeur de *La France enchaînée* et nouveau haut commissaire aux Questions juives, sont mieux traités que lui. Le mépris des autres collabos, c'est celui-là le plus abject, se dit Pierre Gaillac. Ce substantif de traître, le Tout-Paris collaborateur le lui balance perfidement dès qu'il a le dos tourné, trop heureux de se débarrasser du mistigri ! Journalistes, patrons, juges, ils sont aussi mouillés que lui et ils le savent bien ! Et quand on est mouillé jusqu'au cou, quoi de plus commun que d'affirmer que l'on n'a pas le choix, qu'on protège, qu'on se dévoue… mais que le voisin, lui, trahit, sans scrupules ? Ce qui sauve Gaillac, c'est qu'ils ont besoin de lui. Qui ont-ils appelé la semaine dernière quand une bombe a explosé au cinéma Maillot-Palace où le PPF[1] fai-

1. PPF : parti populaire français, parti collaborationniste.

sait projeter *Le Juif Süss*? Qui appellent-ils quand un cousin à eux a fait des conneries dans la Résistance et s'est fait arrêter par les Allemands? Qui appellent-ils quand des patrons de la zone libre vendent des matières premières et qu'il faut un intermédiaire pour traiter avec les Allemands?

Lui, lui, lui, toujours lui.

C'est pour cette dernière affaire qu'il doit se rendre à la résidence de l'ambassadeur de Vichy à Paris, Fernand de Brinon, pour un déjeuner dominical entre amis. Drôles d'amis. L'état-major allemand ayant besoin de matières premières pour la guerre, ils se sont adressés à des industriels français de la zone libre, mais l'administration de Vichy, peu favorable, a fait traîner les choses. Alors, les militaires ont eu l'idée d'organiser une vente secrète : les industriels français vendent à l'entreprise française de M. Jacques située en zone occupée qui leur revend immédiatement la marchandise moyennant une commission. Les Français et M. Jacques ont leur argent, les Allemands leurs marchandises et Vichy, comme d'habitude, se fait rouler. Dans cette affaire, le ferrailleur travaille pour les Allemands et Gaillac, lui, veille à ce que personne ne soit lésé et à ce que les tarifs français restent raisonnables. Il est en quelque sorte le garant du bon déroulement des négociations... Mais cela le débecte d'aller déjeuner chez Brinon! S'il y en a un qui l'a toujours pris de haut, c'est bien ce fin de race à grand nez et grandes oreilles. Quand ils se rencontrent, Brinon le regarde avec une sorte de dégoût, l'air de dire : « Nous ne sommes pas du même monde. » Et c'est en partie vrai. Brinon, journaliste, ami d'Abetz : le gratin, le beau monde, tandis que Gaillac, lui, fréquente Dailans et compagnie... Mais Brinon, qui est-il *réellement*, se demande Gaillac? Ambassadeur de Vichy, oui, mais surtout, vendu aux Allemands corps et âme, répercutant leurs ordres au vieux sénile. Brinon roule pour Hitler et d'ailleurs la vente qu'il organise, Gaillac est prêt à parier que les autorités de Vichy n'en ont jamais entendu parler... Alors en quoi sont-ils si différents ? Et tous les autres, tous ceux avec qui il va déjeuner, qui sont-ils *réellement* ? Des patrons français bon teint tout contents de travailler pour le Reich, ravis d'échanger leurs produits contre des montagnes de francs. Tous pareils, tous dans le même bain avec lui. Ils sont peut-être encore pires que lui parce que depuis leur naissance, la France les a choyés, gâtés alors qu'à lui, cette mauvaise mère ne lui a rien donné, pas même une éducation. Gaillac ne se voit pas comme un traître. Si trahir, c'est rompre un engagement, quel engagement a-t-il rompu ? La France, il la vomit aujourd'hui comme il la vomissait hier, et pour un peu il se persuaderait qu'il est fidèle à ses convictions. Il a été heureux quand les SS lui ont proposé la nationalité allemande, elle le soustrayait une fois pour toutes à toute tentative de poursuite émanant des autorités françaises, c'était surtout une belle preuve de confiance : il a accepté, et il en est fier, il ne regrette rien. Mais le geste a choqué même jusque chez les collabos les plus convaincus. Et alors ? De toute façon, il n'a de comptes à rendre à personne ! Il a fait le bon choix. Il est sûr que pour rafler la mise, il faut s'engager à fond. Les attentistes, il les méprise, lui au moins agit, pas comme ces milliers de pauvres crétins qu'il voit chaque jour battre le pavé dans les rues de Paris à la recherche du bout de charbon qui leur permettra de se chauffer le soir. Quant aux résistants, ils sont honnêtes mais ils sont cons : ils vont tous mourir et, de toute manière, ils se battent pour une cause qui n'en vaut pas la peine. Ils feraient mieux de faire comme lui et de piquer tout ce qu'il y a à piquer. Il le sait, il est cynique. Oui, un cynique de plus dans une ville où tous les repères moraux se sont effondrés. Il l'est peut-être plus que la moyenne ? Qu'est-ce qu'il peut y faire ? Quand un interlocuteur un peu saoul se risque à aborder le sujet, Gaillac explique qu'il n'est pas né comme cela, que la vie lui a craché au visage suffisamment de fois pour qu'il devienne ce qu'il est aujourd'hui et si l'interlocuteur demande des précisions sur ses antécédents biographiques, Gaillac lui dit de s'occuper de ses affaires… Mais c'est vrai qu'il est cynique, oui, il ne peut pas le nier. Avec le coup qu'il s'apprête à faire. Une merveilleuse mécanique, tout y est : préparation et précision. Il a tout cogité, tout préparé puis en a laissé l'exécution à Dailans qui n'a plus qu'à appliquer ses ordres. La situation se présente bien, très bien. C'est presque un miracle qu'il ait eu une idée aussi brillante, se dit-il. Il la trouve réellement habile. De quoi faire d'une pierre deux coups : sauver cet idiot de Dailans et démanteler un réseau de grande taille, ce qui démontrera aux Allemands, de manière définitive, qu'il est bien plus efficace que ce petit salaud de Loméro.

Si cette triste histoire peut servir à cela…

Gaillac quitte ses appartements et descend à son bureau, il a tellement de choses à faire, pas le temps de traîner. Il doit lire des comptes-rendus d'interrogatoires, recevoir des indicateurs, et puis surtout songer à la succession de Favre. Ce n'est pas le tout de descendre des types, il faut ensuite songer à les remplacer. Favre, c'est compliqué, il savait tirer et cogner mais il savait aussi réfléchir, et s'il n'est pas difficile de trouver des remplaçants pour la bagarre, des types pas trop bêtes, c'est déjà plus dur. Gaillac sourit. Surtout ne pas choisir un proche de Dailans, celui-là maintenant, il le surveille et plutôt deux fois qu'une. Avec le recul, il s'est trouvé bien gentil avec le géant. De temps à autre, quand il y repense, il se dit qu'il aurait dû le flinguer aussi, ce qu'il a fait le méritait amplement. Gaillac ne sait même pas pourquoi il l'a épargné : le géant lui a sauvé la vie, oui, mais est-ce vraiment la seule raison ? Il n'est pas sûr. C'est simple, et Gaillac n'aime pas les sentiments trop simples, il y a sûrement autre chose. Peut-être a-t-il été faible, tout simplement? Peut-être a-t-il été incapable de tuer le seul pour qui il éprouve de l'amitié, malgré ses erreurs, malgré tout? Et s'il éprouve de l'amitié pour Dailans, c'est bien qu'au fond de lui-même il n'est pas le parfait cynique qu'il aime à croire.

Et à cette pensée, pour la première fois en deux ans, il se sent vraiment en danger.

*

Région parisienne, près de la forêt de Meudon. 11 heures 55

Jeanne maudit les règles de sécurité du réseau qui imposent de venir séparément aux réunions. Elle est partie à vélo de sa chambre d'étudiante du 6e et pédale depuis deux bonnes heures. Elle s'approche enfin du but de son voyage, une petite maison en lisière de la forêt de Meudon. Elle est fatiguée, elle a froid. Quand elle pense qu'il faudra qu'elle retourne à Paris… Elle prie pour qu'il ne pleuve pas, elle ne couperait pas à une bonne pneumonie.

La prochaine fois qu'elle devra prendre une fausse identité pour ses activités, elle se promet d'en choisir une qui lui permettra d'avoir une voiture : veuve d'un riche baron, quelque chose comme ça. Même si elle est un peu jeune pour être veuve, elle trouvera bien une histoire crédible. Non, vraiment, étudiante c'était une mauvaise idée. L'argent qu'elle reçoit, elle peut à peine l'utiliser, elle est obligée de le cacher et de ne céder à aucune de ses envies. Son personnage a du mal à manger à sa faim : une soudaine rentrée d'argent intriguerait Moreau et les autres. Étudiante brillante mais sans argent, elle vit de la générosité d'un vieil oncle riche résidant en zone libre, en réalité Loméro, qui lui envoie des colis et de l'argent pour le loyer.

Pas vraiment le meilleur rôle pour quelqu'un qui rêve de vivre confortablement. Heureusement il n'y en a plus pour très longtemps. Cela dit, le personnage est crédible et son histoire invérifiable : ses parents sont prétendument polonais, et avec ce qu'il doit rester de la Pologne, il va être difficile d'aller vérifier les extraits de naissance. C'est d'ailleurs presque la vérité, elle est d'origine polonaise et parle couramment la langue. Pour parfaire sa couverture, la Gestapo lui a préparé tous les documents dont elle avait besoin pour se mettre dans la peau du personnage, dont un splendide diplôme du lycée français de Varsovie. Si elle ne commet pas d'erreur, Jeanne est impossible à démasquer. Et puis, étudiante, c'est quand même la couverture idéale pour ses activités : elle n'a pas énormément d'heures de cours et les différentes recherches dans les bibliothèques et les musées sont de parfaits paravents pour se consacrer à son véritable travail. Si Moreau vient la voir à l'improviste à la bibliothèque Sainte-Geneviève, rien de plus simple que de lui dire qu'elle faisait une recherche au Louvre ou quelque chose dans le genre. Pas facile d'aller démonter l'alibi. Il faut juste qu'elle aille assister à quelques cours et qu'elle rédige une dissertation de temps en temps, elle a même fini par y prendre goût. Cela lui rappelle l'école, elle était bonne élève.

Elle n'est plus très loin du lieu de rendez-vous lorsqu'une voiture militaire allemande la double. Pendant le dépassement, elle voit les occupants l'observer à travers le rétroviseur. La voiture ralentit. La vitre s'ouvre et le conducteur lui fait signe de s'arrêter. Elle obéit.

Quelques mètres plus loin, le véhicule stoppe sur le bas-côté, deux jeunes sous-officiers de la Wehrmacht en descendent et viennent à sa rencontre.

— Police allemande, mademoiselle. Vos papiers, s'il vous plaît.

Elle comprend immédiatement. Il a dit ça avec un regard gourmand et un sourire engageant. Ils ont juste envie de taquiner une jeune et jolie Française. Ils ne sont pas policiers pour deux sous, ils ont employé cette formule de « police allemande » parce qu'ils savent qu'elle effraie les Français : une jolie jeune fille sans défense ne manquera pas d'être terrifiée. Mais, à leur grande surprise, c'est avec un regard froid et assuré qu'elle tend sa fausse carte d'identité au nom de Jeanne Sikorski.

— Ça ne m'a pas l'air d'être une vraie, dit le soldat, dans un français hésitant après l'avoir examinée longuement.

Il a tout à fait raison, mais il ne le sait pas.

Bien sûr, il bluffe. Il cherche un moyen pour essayer de faire réagir la jeune femme mais Jeanne ne se laisse pas impressionner. Intérieurement, elle bout, ces crétins sont en train de la mettre en retard. Elle a envie de leur dire qu'elle est de la Gestapo et qu'ils lui font perdre son temps mais elle n'ose pas. Le secret de son identité est son bien le plus précieux. Moins de personnes sont au courant, moins elle court le risque que la Résistance l'apprenne. En outre, ils ne la croiraient pas forcément sur parole et elle n'a pas la précieuse carte jaune que lui a donnée Loméro : trop dangereux, elle ne l'a jamais sur elle. Heureusement, elle n'a pas à prendre de risques, les deux soldats finissent par renoncer, sa froideur a produit l'effet escompté : ils comprennent qu'il est inutile d'espérer flirter avec elle. Ils retournent à leur voiture et démarrent non sans lui avoir lancé un dernier regard, beaucoup moins aimable, celui-là… Jeanne souffle, cela aurait pu être pire, avec de jeunes crétins qui s'ennuient et qui ont l'impression d'être des renards dans un poulailler, on ne sait jamais comment les choses peuvent tourner.

Dès qu'elle voit la voiture s'éloigner, elle repart. Elle est très en retard, il faut qu'elle se concentre à nouveau, et vite, elle est presque arrivée. Elle repense à ce que Loméro lui a demandé : identifier le plus de personnes possible à la réunion. Il va falloir qu'elle enregistre des noms, des pseudonymes, des visages, des détails, des objectifs et qu'elle tente de se procurer les fameux manuels de guérilla qui intéressent tant son chef.

Encore un tournant. Mais elle s'arrête brusquement, des voitures sont garées à moins de cent mètres de la maison où a lieu la réunion. Les automobiles ne sont pas visibles de la maison mais elle, elle les voit très bien, des tractions à roues jaunes, comme celles de Loméro. Ce ne sont pas celles des résistants, ils n'en ont pas ! Jeanne jette précipitamment son vélo dans le fossé et court se réfugier derrière les arbres. Elle se cache, haletante, espérant que personne ne l'a vue. Elle reste près d'une minute sans trop savoir quoi faire. Et puis elle se décide. Malgré le danger. Il lui faut en avoir le cœur net. Elle se glisse entre les arbres sans faire aucun bruit. En quelques instants, elle se retrouve à moins de trente mètres de la maison. Cachée par les chênes, elle voit une vingtaine d'hommes encercler les lieux.

*

Ils sont dix. Deux professeurs de médecine, cinq de leurs amis venant d'horizons divers et trois jeunes internes dont Sébastien Moreau. La maison appartient à la famille d'un des internes, ses occupants sont partis au moment de l'exode et ne sont pas revenus. Isolée, peu visible, sans voisin indiscret, c'est l'endroit idéal pour la réunion. C'est aujourd'hui le grand jour, après des mois d'approche, les résistants rencontrent pour la première fois un représentant du groupe Argio. L'homme s'est présenté sous le pseudonyme de Samuel sans rien révéler de plus sur son identité. C'est normal, moins on en dit, plus les Allemands mettent de temps à remonter les pistes. Les pseudonymes changeants, impersonnels – Yves, Henri –, servent à gagner quelques semaines, quelques jours avant l'inéluctable arrestation.

Ils sont dix mais devraient être onze. Il manque Elsa Vaucquier. Ils l'ont attendue plus d'un quart d'heure puis se sont finalement résignés à commencer la réunion sans elle. Ils envisagent déjà de l'écourter et de se séparer rapidement. Peut-être Elsa a-t-elle eu un simple empêchement mais si elle a été arrêtée, qui sait ce que les Allemands ont pu lui faire dire ? Moreau a le visage tendu, il se demande où elle peut bien être. Il balaie la pièce du regard comme pour vérifier qu'elle n'est réellement pas là, comme s'il avait du mal à croire à son absence. De toutes ses forces, il espère qu'elle n'a pas été arrêtée. Il trahit ses amis pour le lui éviter, pourvu qu'il n'ait pas fait tout cela pour rien. Il a chaud, il se sent mal, il a peur pour Jeanne et surtout il a honte de lui, en voyant le visage de ces hommes réunis ici. Ils y croient, ils se battent pour une cause noble et lui, et lui… Il essaie de ne pas penser à la suite. Il a les yeux dans le vague à force de songer à Jeanne. Il voit son visage et son sourire, il respire son parfum. Il entend à peine le type d'Argio leur dire qu'il est très heureux de les compter désormais parmi eux, ajoutant qu'il souhaite leur confier le plus rapidement possible diverses missions et en particulier le soutien médical de leurs agents blessés. L'homme a en effet de quoi être heureux, les médecins ont pour consigne stricte de signaler tous les blessés par balle qu'ils sont amenés à soigner, pouvoir compter sur des docteurs qui ne les dénonceront pas est donc une aubaine pour les membres de son groupe qui s'apprêtent à commettre des actions violentes. Mais son flot de paroles passe sans que Moreau arrive à saisir ce qu'il dit. Pendant plusieurs minutes, il n'entend rien, juste une sorte de mélodie en arrière-plan sonore.

Ce qui tire le jeune homme de sa rêverie, c'est la soudaine interruption de l'orateur. Il y a eu comme un bruit dehors. Tous les participants l'ont entendu, Moreau comme les autres. Ils se taisent, à l'affût. Plusieurs secondes passent. Un autre bruit, faible, on dirait un pied posé délicatement sur les graviers et qui a légèrement glissé. Puis à nouveau, plus rien…

Tout à coup, les gonds de la porte cèdent et celle-ci s'abat sur le sol de la pièce. Au même instant, les vitres de la pièce se brisent. Instinctivement, un des résistants tente de saisir son arme mais un tir venu de la fenêtre le touche en pleine poitrine. Ses compagnons n'ont plus qu'à lever les mains en l'air et à se rendre.

Une dizaine d'hommes, choisis personnellement par Gaillac, rentrent arme au poing, prêts à tirer.

Xavier Dailans apparaît dans l'embrasure de la porte, énorme.

— Désarmez-les, ordonne-t-il à ses troupes.

Deux gestapistes vont prendre leurs armes aux résistants toujours debout autour de la table, les bras levés. Ils ne peuvent rien faire, le reste des hommes de Dailans les tient en joue.

— Ne tentez rien, j'ai aussi des types dehors. Vous serez morts avant d'avoir fait un geste, ajoute-t-il.

Lorsque toutes les armes ont été confisquées, il s'approche, pistolets braqués :

— Vous ne saviez pas qu'il faut laisser des gardes dehors quand on organise un petit repas de ce genre ? C'est très important. On peut donner l'alerte si y'a des types qui s'amènent alors qu'ils n'étaient pas invités.

Il prend un air désolé.

— Vous n'avez pas été très prudents sur ce coup-là et je crois que ça va vous causer de drôles d'ennuis.

Il s'arrête devant Moreau.

— Toi, viens par là, dit-il en s'adressant à Moreau.

Il prend le jeune homme par l'épaule et le tire en arrière. Moreau est en larmes.

Pendant un instant, les résistants croient que le gestapiste va tuer leur compagnon sous leurs yeux. Ils restent pétrifiés d'horreur. Le géant rejoint ses hommes mais ne tire pas. Alors, ils comprennent que si le géant a fait sortir Moreau du rang, c'est au contraire pour l'épargner, ce sont eux qui vont être abattus sur place. Les résistants lancent à Moreau un dernier regard, brûlant de haine. Ils n'ont pas le temps d'esquisser un geste, Dailans ouvre le feu, imité par ses hommes.

Neuf corps s'écroulent mais certains résistants sont encore en vie.

— Ne les achevez pas dans la nuque, tirez de face, ordonne Dailans.

Les gestapistes achèvent les prisonniers en tirant dans la poitrine, dans le cou ou dans la tête.

Moreau est pâle comme la mort. Il reste dans le coin de la pièce à contempler ses amis assassinés, comme si la terreur l'avait paralysé. Quand il retrouve l'usage de son bras, il essuie ses larmes par gestes saccadés. Il s'approche de Dailans et tente de lui parler, mais il est secoué par des spasmes, il doit s'y reprendre à trois fois pour y parvenir, le géant le regarde en rigolant essayer de formuler sa phrase :

— M. Gaillac ne m'avait pas dit que vous deviez intervenir... Il m'avait dit d'assister à la réunion. Il ne m'avait pas dit que cela allait se passer comme cela. Il ne m'avait pas dit ça...

— Te fatigue pas, gamin, y'a eu pas mal de changements de plans. Je vais t'expliquer. Il faut que tu voies l'arme d'un de ces gars. Tu vas comprendre.

Dailans claque des doigts. Un des hommes apporte un pistolet à l'un des résistants.

Sous le regard attentif de Moreau, Dailans prend l'arme et la vérifie soigneusement…

— Je… Je… ne comprends toujours pas, dit Moreau.

Dailans abat le jeune homme d'une balle en plein cœur. Moreau s'écroule mort à ses pieds. L'homme nettoie ses empreintes et remet le flingue dans la main d'un des résistants en appuyant soigneusement pour que les empreintes apparaissent nettement sur la crosse.

— Mes… Mes…sieurs, quelle… quelle tristesse, notre meilleur agent est mort héroïquement pendant l'assaut, il est mort tué par ces voyous sans comprendre ce qui lui arrivait, lance-t-il à ses hommes d'un air narquois.

Tout le monde ricane.

— Maintenant videz vos chargeurs et faites attention de ne pas vous blesser.

Les gestapistes tirent dans la direction de la table où se tenaient les résistants. Les balles se logent dans les murs, dans un buffet, dans un poêle. Lorsque les chargeurs sont vides, ils font de même dans le sens inverse avec les pistolets des résistants. Quelques instants plus tard la salle à manger a l'air d'un véritable champ de bataille. Une bataille qui a fait dix morts.

— Apportez la marchandise.

À l'injonction du géant, les hommes se précipitent jusqu'aux voitures et reviennent avec des rouleaux et des armes. Une fois dans la maison ils se mettent à chercher une cachette crédible.

— Dépêche-toi, lui dit Dailans, dès que vous avez terminé je vais prévenir Gaillac.

En attendant, il allume une cigarette. Il a envie de souffler quelques instants. Il regarde les résistants morts. Il se dit qu'il va falloir les transporter ailleurs, les mettre dans une grange, s'ils les laissent là baignant dans leur sang, ses visiteurs risquent de se trouver mal ! Il s'apprête à donner l'ordre de les transporter mais quelque chose l'arrête, une sensation étrange, l'impression d'un manque.

Dix hommes. Dix hommes et pas de femme. Dailans blêmit.

— Merde !

Plusieurs hommes se pressent vers lui.

— Moreau nous avait parlé de sa compagne, elle n'est pas là. Il faut qu'on la retrouve. Fouillez cette putain de maison, elle est peut-être cachée ici.

Ses hommes remuent la maison de fond en comble pendant plus d'un quart d'heure. Sans résultat.

— Cherchez encore ! Moi je dois prévenir les Allemands.

Dailans se fait conduire au village le plus proche. Un petit village tranquille. Le café est ouvert. Dailans et trois hommes armés s'y engouffrent. Le géant demande au patron où est le téléphone du village. Coup de chance, le village en compte deux dont un dans l'établissement. Le patron lui indique l'endroit d'une main tremblante. Les habitués ont les yeux dans leur verre. Dailans demande la résidence de François de Brinon où Gaillac a commencé son déjeuner d'affaires.

— Alors c'est réglé ? demande Gaillac lorsqu'il prend la communication.

— Tu peux venir mais on a un problème.

— Grave ?

— Je ne sais pas. Il manque la fille. La copine de Moreau, celle dont il nous montrait tout le temps la photo…

— Quoi ?

— Tu as bien entendu. Elle n'était pas à la réunion.

— Retrouve-la. Elle est dangereuse, elle sait que ces pauvres types n'avaient rien à voir avec les tableaux. Il faut absolument la retrouver. Tu m'entends ? Elle peut tout faire s'écrouler. Elle est peut-être dans la maison ?

— J'ai ordonné qu'on fouille tout mais ça n'a rien donné.

— Bon. Fais comme prévu, je préviens les autres, je prends congé de Brinon et j'arrive.

— C'est ça, "prends congé", Pierre, je t'attends.

Gaillac raccroche sans répondre. Dailans se dit qu'il ne devrait peut-être pas trop jouer avec le feu ces temps-ci...

*

Gaillac a prévenu Speil et Vorminski par téléphone. Les trois hommes se sont donné rendez-vous à quatorze heures trente sur la petite route qui longe la forêt. Tous sont à l'heure. De là, le chauffeur de Gaillac joue les guides jusqu'à la maison. Les trois véhicules arrivent en même temps sur les lieux de l'assaut. Dailans les accueille à leur descente de voiture.

— C'est vous qu'il faut féliciter pour nos tableaux? demande Speil.

— Je n'ai fait que mon boulot, Herr Standartenführer. »

Gaillac regarde ailleurs.

Vorminski, lui, fixe Dailans. Il ne croit pas une seconde que cet homme n'ait fait que son « boulot »...

Le coup de téléphone l'a sorti du lit. Il a travaillé tard la veille et avait décidé de s'accorder son dimanche matin, espérant que Hugues viendrait le rejoindre dans la matinée. Rien de tel ne s'était produit. Il n'avait peut-être pas eu envie? Vorminski en était là, à se faire délicieusement peur, lorsque le téléphone de son domicile a sonné. Quelques instants plus tard, Pierre Gaillac lui annonçait d'une voix doucereuse qu'il pensait avoir retrouvé les tableaux. Vorminski, effondré, n'avait plus qu'à enfiler un uniforme et à se rendre sur les lieux de la soi-disant découverte.

Mais il reste sceptique. Scepticisme que ne partage absolument pas Daniel Speil.

— J'ai prévenu notre ami le comte von Behr, il procédera à l'authentification des toiles. Nous les lui remettrons officiellement et toute l'affaire sera réglée… En attendant, je veux voir les misérables qui ont assassiné les gardes SS.

— Vous ne verrez que leurs cadavres, ils sont tous morts, répond Dailans.

— Eh bien, dites-moi, c'est votre marque de fabrique, cher Dailans, mais c'est bien, j'aime les hommes à poigne, dit Speil.

Dailans sert de guide. Il emmène les visiteurs dans la grange où les résistants ont été étendus.

— Au fait, sait-on à qui appartient la maison ? demande Speil.

— Non, pas encore, probablement à un des types qui est allongé ici, répond Gaillac qui entend bien ne pas laisser les félicitations lui échapper complètement. Mes hommes sont en train de chercher des papiers, des lettres qui nous permettront de retrouver l'identité du propriétaire.

— Et qui sont ces terroristes ?

— Il y a au moins deux médecins apparemment, on a trouvé deux cartes professionnelles.

— Vous croyez que des médecins auraient eu l'idée d'attaquer une gare ? demande Vorminski avec un air goguenard.

— On est en train de vérifier pour les autres, ils ne sont peut-être pas tous médecins, peut-être ont-ils de faux papiers ? On ne sait pas encore. Mais, de toute façon, je ne vois pas en quoi le fait d'être médecin les empêcherait de planifier un assaut ? riposte Gaillac. Moreau nous avait dit que ce groupe s'était structuré pour des actions violentes, médecins ou pas…

— Allez. Soyez beau joueur, Vorminski, tranche Speil.

— Mais je suis beau joueur, Herr Standartenführer, je cherche juste à comprendre comment ces messieurs ont planifié cette formidable opération. Par exemple, je suis plus que curieux de savoir comment ils savaient que les tableaux seraient là ?

— Mais je l'ignorais, mon commandant, précise Gaillac. J'avais réussi à infiltrer un de mes agents dans ce groupe et il nous a prévenus ce matin de la réunion. Il m'a dit qu'il risquait d'y avoir du beau monde. J'ai décidé de cueillir tout le monde sans savoir que les toiles se trouveraient ici. Il n'avait pas parlé de l'attaque. Il en ignorait tout.

— Pourquoi parlez-vous de lui au passé ?

— Malheureusement il est mort pendant l'assaut.

Vorminski manque de s'étouffer.

— Mais alors, on n'aura aucun autre élément ! Pourquoi l'avez-vous laissé participer ?

— On n'avait pas le choix. Au téléphone, il nous avait indiqué l'endroit en précisant qu'il était très difficile à attaquer. Il avait un revolver sur lui et devait nous faciliter l'entrée dans la maison en tirant sur ses compagnons à notre arrivée. Je lui avais dit que cela risquait d'être dangereux. Il voulait le faire, je ne l'ai pas forcé. Quand nous avons enfoncé la porte, il a tiré sur un résistant qui dégainait son arme. Il a été touché par un autre juste après.

— Je l'ai vu de mes yeux, dit Dailans, la balle l'a frappé en pleine poitrine.

— Et après vous avez tué tous les résistants ? demande Vorminski, les sourcils froncés.

— Tout le monde tirait dans tous les sens…

— C'est un miracle qu'il n'y ait pas eu plus de blessés chez vous, coupe l'Allemand.

— La lutte était quand même inégale, on avait l'avantage de la surprise : nous sommes rentrés par l'avant et l'arrière de la maison…

Vorminski ne désarme pas.

— Mais comment avez-vous trouvé les toiles ?

— En fouillant la maison. Un de mes hommes les a trouvées dans une des chambres.

La conversation est interrompue par l'arrivée du comte von Behr, comme toujours vêtu de son magnifique uniforme de la Croix-Rouge allemande.

Speil, désireux de détendre l'atmosphère, se penche vers Gaillac et Vorminski.

— Vous savez la meilleure ? C'est que notre cher comte *n'est pas* homosexuel, souffle-t-il.

Ils rient tous les deux, plus ou moins de bon cœur.

Von Behr salue tout le monde, puis ils vont voir les tableaux. Le comte les regarde froidement, rien à voir avec le regard quasi amoureux de Maragal. Il pointe sur une liste au fur et à mesure qu'on lui présente les toiles. Il vérifie l'état de chacune, l'opération prend pendant plusieurs minutes, puis conclut :

— Celles qui sont là n'ont pas été endommagées mais… elles n'y sont pas toutes.

— Vous plaisantez ? » demande Speil.

— Malheureusement non, Herr Standartenführer. Dans le butin dérobé, il y avait cinq tableaux qui en valeur dépassaient les autres : *Les Bois en hiver* de Van Dongen, *La Vue du golfe* de Cézanne, *La Femme et le Jeune Enfant de Tanger* de Delacroix, *Après la promenade* de Degas et *Gris d'hiver* de Corot. Il manque les quatre plus précieux : le Degas et le Delacroix, le Cézanne et le Corot.

Gaillac et Dailans arborent une mine contrite.

— Pourquoi ne les ont-ils pas tous réunis ici ? questionne Dailans.

— Peut-être ont-ils déjà réussi à les vendre? lui répond Gaillac.

— Ça, c'est à vous de le découvrir, cher ami, conclut Speil.

Le Standartenführer, d'abord déçu, retrouve un semblant de sourire, il plaisante avec Vorminski.

— Vous devez être content, vous pourrez vous rattraper en retrouvant l'autre moitié.

L'autre moitié! Gaillac se dit qu'il a été stupide de ne pas rendre tous les tableaux. C'est lui qui a tranché, on ne rendrait aux Allemands que la moitié. Celle qui a le moins de valeur. L'idée lui a d'abord paru folle mais les bénéfices prévus étaient tellement considérables... Et Dailans a su le convaincre. Il se rappelle très bien ses paroles.

— Ce qui est fait est fait, maintenant autant en profiter.

Au début, il ne voulait rien entendre et puis le géant l'a convaincu d'écouter Maragal, juste quelques instants. Il a cédé. Il a fait venir Maragal. L'Espagnol avait une trouille bleue, il avait peur que Gaillac ait changé d'avis, qu'il ait décidé de le descendre, mais le patron lui a juste demandé combien il pouvait espérer tirer des tableaux :

— Surtout ne redonnez pas tout! Vous feriez l'erreur de votre vie, a répondu l'Espagnol.

— Tous ensemble, ces tableaux valent des dizaines de millions de francs, peut-être vingt ou trente millions.

— Et qu'est-ce que j'en fais?, a demandé Gaillac.

— Deux solutions sont possibles. Nous pouvons les revendre cette année ou l'année prochaine, c'est dangereux mais le marché est au plus haut... L'autre solution que nous avons c'est de les garder. Bien sûr, le marché peut baisser mais de tels chefs-d'œuvre vaudront toujours une grosse somme d'argent. C'est sûr que si nous vendons aujourd'hui nous gagnerons beaucoup mais si dans cinq ou six ans cette monnaie est dévaluée nous ne serons pas très avancés... Donc nous pouvons les utiliser comme placement. C'est comme vous le souhaitez.

Trente millions ! Gaillac a été pris par le vertige des chiffres, comme Dailans et Maragal avant lui. Des années d'efforts en un seul coup, de quoi assurer l'avenir de ses enfants. Et puisqu'il s'était mouillé pour Dailans, autant que cela lui rapporte... même s'il ne savait pas précisément ce qu'il allait faire des toiles, il s'était résolu à ne pas toutes les rendre. Il était bien sûr conscient des risques, l'affaire ne serait pas close, et au pire, les Allemands pourraient soupçonner Dailans d'avoir subtilisé une partie des toiles avant leur arrivée. C'était un risque à prendre : Gaillac se sentait de taille à défendre son subordonné si cela arrivait. Mais il ne croyait pas trop à cette éventualité. Speil avait confiance en eux. Alors il avait tenté le coup, jusqu'à présent tout avait bien marché, Speil n'avait eu aucun soupçon... Comme prévu, le commandant Vorminski, lui, s'est montré très sceptique : toute cette moitié de restitution lui a paru suspecte. Mais il n'a aucune preuve. Enfin, il a quand même marqué un point... Il a devancé Gaillac en proposant les services des légistes et des photographes qui avaient œuvré le jour de l'attaque de la gare. Lorsqu'il l'a dit, Gaillac a eu l'air très embêté. Il voulait proposer les services de policiers français, mais Speil a préféré que la même équipe fasse l'ensemble les investigations. Gaillac n'a pas pu placer ses policiers corrompus, à la grande joie de Vorminski. Jusqu'à l'arrivée de ses techniciens, il a monté la garde, allant et venant des toiles aux corps pour éviter que rien ne soit déplacé ou emporté. Même si Dailans a sûrement eu le temps de faire disparaître la plupart des indices, Vorminski espère qu'il ait pu oublier quelque chose...

L'équipe au complet arrive vers quinze heures. Gaillac les accompagne lorsqu'ils vont photographier les résistants tués. Leurs corps sont étendus dehors : que des hommes, des jeunes, des plus âgés... Parmi eux, Moreau, qu'il a envoyé sciemment à la mort. Il regarde son visage. Il lui avait demandé nonchalamment s'il connaissait la maison, lorsque le jeune homme lui avait répondu qu'elle était isolée. À cet instant précis, sans le savoir, il avait signé son arrêt de mort. La dernière chose que lui a demandée Gaillac c'est une liste des participants avec leur vrai nom. Moreau n'avait pas compris pourquoi mais il avait fourni une liste de dix noms. Seul manquait celui du type d'Argio dont il ne connaissait que le pseudonyme. Il ne savait pas que cette liste servirait à Gaillac à vérifier qu'il ne manquait personne.

Pourtant il manque quelqu'un.

— Vorminski a réussi à amener ses flics ! souffle Dailans à Gaillac.

— Ne t'inquiète pas, ils ne trouveront rien, c'est très bien, ça nous rend crédibles.

— La fille n'est pas là. On a tout fouillé.

— On va mettre Paris à feu et à sang s'il le faut mais on va la retrouver.

— Si elle n'est pas partie.

— Aussi loin qu'elle soit allée, je la retrouverai, dit Gaillac en regardant la forêt.

*

Elle s'est cachée derrière les arbres et n'a pas osé bouger. Elle a entendu les coups de feu, puis elle a vu des hommes sortir des corps. Plus tard, les Allemands en uniforme sont arrivés. Deux hommes discutent, dont un très grand, près de la grange où ont été déposés les corps. Un peu plus loin, les Allemands parlent entre eux, autour des techniciens qui s'agitent. Qui sont tous ces hommes ? La

Gestapo ? Française, allemande ? Pourquoi ont-ils tué tout le monde ? Est-ce Loméro qui a envoyé des gars à lui faire un massacre ? Son identité a-t-elle été découverte ? Elle ne comprend rien, ne parvient même plus à penser.

Elle a tellement peur.

Elle se laisse tomber aux pieds des arbres et pleure doucement.

15.

Lundi 12 octobre 1942, 8 heures 30

Comme tous les lundis, Christian Loméro a appelé le fleuriste à huit heures et lui a demandé de venir changer les fleurs de ses appartements privés. Le commerçant ne s'est pas fait prier : le gestapiste est son meilleur client, il paie en nature et généreusement : charcuterie, fromage, cigarettes et parfois même du vrai chocolat. De quoi se damner, tout simplement. Toutefois, Loméro est un client exigeant : le fleuriste doit réaliser chaque semaine une composition différente qui changera l'atmosphère des lieux et, lorsque sa tâche est terminée, Loméro vérifie soigneusement que tout est à son goût. Il aime que le fleuriste joue sur les couleurs, qu'il soit capable de mettre en valeur les lignes des meubles et la lumière de la pièce. Ce matin, il a d'ailleurs très bien réussi en utilisant des *nivéales leucojum*, à tige verte et à la belle clochette blanche qu'il a placées dans des vases en verre sur la commode. Après l'avoir payé puis reconduit, Loméro va dans son jardin jeter un coup d'œil aux fleurs qu'il cultive lui-même. Il coupe plusieurs chrysanthèmes et les range dans des boîtes. Il est encore un peu trop tôt pour planter les bulbes de tulipes, il faut attendre encore quelques semaines, mais il sait déjà où il va les placer, dans une bordure abritée qu'il est en train de faire aménager. Il imagine déjà leurs belles couleurs. Il a déjà choisi les bulbes, des *Dutch princess* abricot-acajou et des *Veuves joyeuses* aux lisérés blancs qui giflent le pétale rouge sang.

À la fin de sa visite, Loméro retourne dans ses appartements. Il a beaucoup de lecture, il sait qu'il en a pour une bonne partie de la journée, alors autant s'y mettre tôt. Dédaignant son bureau (il n'a jamais supporté d'y rester assis plus de deux minutes) il va s'asseoir dans le grand fauteuil en cuir bordeaux de ses appartements, d'une main il approche le repose-pieds et étend ses jambes. Se sentant enfin prêt, il commence à feuilleter le dossier qui lui a été remis.

Thème du jour : l'Organisation secrète du Parti communiste a-t-elle refait surface sous ce nom ou sous un autre ?

L'OS : les durs de durs, ceux qui donneraient leur vie pour le Parti, souvent des anciens de la guerre d'Espagne. Obéissant aux consignes, ils se sont tenus à peu près à carreau jusqu'à la guerre contre la Russie, mais à partir de ce moment, ils ont régulièrement commis des actions de représailles contre les collaborateurs et les Allemands. Tout ce que Paris compte de flics et affiliés est à leurs trousses. Ceux qui se distinguent sont les fameuses Brigades spéciales des RG dirigées par le commissaire Sovée, la police municipale dirigée par le commissaire Farois et la police judiciaire avec la brigade spéciale criminelle du commissaire Mauber. Une saine concurrence s'est installée entre ces différents services. Ils se haïssent mais doivent travailler ensemble car ils sont complémentaires : si les RG ont constitué depuis très longtemps des fichiers sur les communistes et ont l'expérience de leur organisation et de leurs raisonnements, la PJ a l'expérience de l'enquête policière au sens strict. Quant à la police municipale, ses policiers en tenue assurent la surveillance des rues. Au milieu de tous ces services, pourquoi faire, en plus, appel à la Gestapo ? Pour les méthodes d'interrogatoire que certains policiers se refusent à appliquer et parce que les Allemands veulent multiplier les sources potentielles d'informateurs. Et malgré des rivalités inexpiables, ce maelström a donné de bons résultats : les premiers groupes de résistants communistes ont été démantelés à la fin de 1941 par les RG, sans trop de difficultés. La plupart des personnes arrêtées étaient très jeunes, tandis que les coups de la police judiciaire ont porté à la fin du premier trimestre de cette année. Dans le même temps, en mars, les RG ont démantelé un groupe de communistes yougoslaves.

Fin du premier round : il n'y a quasiment pas eu d'actions pendant quelques mois. Mais dès juillet, elles ont repris. Au début, pas grand-chose, incendie de dépôts, des sabotages de camions, mais la montée en puissance a été régulière pour aboutir aux actions du début de ce mois. Paris est devenu le théâtre d'attentats quasi quotidiens, et quels attentats ! Exécutions par balle de militaires allemands, bombes dans des locaux appartenant aux mouvements collaborationnistes, bombes aux Invalides sur des Allemands à l'exercice puis, il y a quelques jours, l'action du stade Jean Bouin à Montrouge, cinq morts et plus d'une dizaine de blessés. Ce qui a impressionné Loméro dans cette attaque c'est qu'elle nécessitait une audace absolument inouïe. Les terroristes ont balancé leurs grenades sur les soldats en plein exercice. Le pire, c'est que les assaillants, deux hommes non identifiés, ont réussi à fuir sans être inquiétés… L'attentat a été minutieusement préparé, ce qui signifie que le groupe possède une section de renseignement. Ça signe les communistes, eux seuls ont validé l'idée des attentats directs, les Anglais et les gaullistes s'y refusent, et sont incapables d'exécuter des plans aussi minutieusement préparés. Donc ce sont des communistes, mais lesquels ? Cette fois les RG ont du mal, comme s'il s'agissait de nouveaux militants ou comme l'idée commence à circuler : des militants communistes étrangers, plus difficiles à surveiller par les policiers qui ne comprennent pas forcément leur langue[1]. Et il est vrai que les Yougoslaves arrêtés l'année dernière ne sont sûrement pas les seuls étrangers à militer.

Ce dont Loméro est sûr, c'est que quels que soient les types en face, la Gestapo française à intérêt à être en pointe. Pour l'instant, ils sont les seuls à ne pas avoir réalisé de grosses prises contre les communistes. Mais les méthodes à employer dans cette lutte ne sont pas forcément celles que ses hommes maîtrisent le mieux, en particulier, sur des types aussi fanatisés, la torture marche beaucoup moins bien que le travail méthodique : filature et constitution de fichiers, et pour ça les flics sont imbattables.

Loméro interrompt sa lecture, retire ses lunettes et passe sa main dans ses cheveux. Il pense à Jeanne Sikorski. Il devait la voir la veille mais elle n'est pas venue. Quel dommage, il avait tout prévu pour qu'ils passent une excellente soirée, il avait réservé une table à l'*ABC* où chante Édith Piaf. Il a d'abord pensé qu'elle n'avait pas eu envie de le voir. Mais en y repensant cette nuit, il a eu un mauvais pressentiment. Ce matin, à l'heure du laitier, il a envoyé des types chez elle : ils ont trouvé porte close. Ils l'ont crochetée, l'appartement était en ordre mais vide. Ils ont interrogé les voisins, personne ne l'a vue depuis la veille au

1. En effet, la FTP-MOI (Francs-Tireurs et Partisans de la Main-d'Œuvre immigrée) n'était composée que de résistants étrangers, majoritairement communistes.

matin, depuis qu'elle a quitté son appartement à bicyclette, vers dix heures.

Il se demande si elle est morte. Il serait bien triste, elle était si jolie.

Tellement jolie qu'il ne peut pas rester comme ça sans rien faire pour elle. Il fait appeler son adjoint, Frédéric Souchet. Souchet arrive quelques minutes plus tard. Il revient d'un interrogatoire, il est en nage et se gratte le cou brutalement. C'est un ex-policier qu'il a pris comme bras droit. Ex-flic à la Mondaine, il s'en est fait renvoyer parce qu'il recevait des pots-de-vin des julots[1]. Le préfet de police a décidé de faire un exemple et voilà Souchet en prison. On peut dire qu'elle l'a marquée, il en est sorti vieilli et malade, il y a contracté une maladie de peau qui ne lui laisse aucun répit. Loméro l'a sauvé, il lui a fait confiance alors qu'il n'était plus rien, l'étiquette d'ex-flic lui collait à la peau et l'empêchait de se reconvertir dans le milieu.

Loméro lui fait confiance mais il ne lui dit pas tout, Souchet reste un ancien policier... Il ne lui a jamais parlé de la mission de Jeanne Sikorski et Souchet ne connaît d'elle qu'une silhouette élégante qui vient voir le patron de temps à autre. L'ex-inspecteur ne s'en formalise pas, le patron est du genre à cloisonner, il veut être le seul à détenir toutes les ficelles. C'est très bien comme cela. Il ne pose pas de questions. Il est déjà bien heureux d'avoir un boulot.

— Patron, dit-il en allumant nerveusement une cigarette. Vous vouliez me parler ?

— J'ai un problème. Tu vois la jolie fille bien roulée qui est venue plusieurs fois me voir.

— Mademoiselle Jeanne ? Votre maîtresse ?

— Oui, enfin ce n'était pas vraiment ma maîtresse, pas encore en tout cas, c'était un agent en infiltration, réplique Loméro, renfrogné.

1. Proxénètes.

— Et elle a infiltré quoi, à part votre lit ? demande Souchet en riant.

— Elle a disparu depuis hier, répond sèchement Loméro.

— Vous croyez qu'elle a pu se faire descendre par la Résistance ?

— Je ne sais pas, tout est possible. Je l'avais mise sur un coup difficile dès sa première mission. En tout cas, j'espère qu'elle n'est pas morte, elle était sacrément gironde.

— Si je peux me permettre, qu'est-ce que c'était que cette mission difficile ?

— C'est elle qui est venue me voir pour proposer ses services. Je lui ai dit de rôder au Quartier latin et de tenter d'intégrer un groupe. Elle a parfaitement réussi mais l'affaire a pris de l'ampleur parce que son groupe s'est lié à Argio ; elle devait se rendre hier à une réunion avec eux vers Meudon.

À ces mots, le visage de Souchet s'éclaire.

— Vers Meudon ? Ah, bien, je sais où elle était hier, votre fille, j'espère simplement pour elle qu'elle s'est pas fait descendre par les types de Gaillac.

— Qu'est-ce qu'il a à voir là-dedans, celui-là ?

— Les types de Gaillac sont arrivés dans une ferme isolée vers Meudon où une réunion de la Résistance était organisée. Il y a eu une fusillade. Une dizaine de résistants sont morts.

— Comment tu le sais ?

— Un type que je connais travaille pour les labos allemands. Il a réceptionné plusieurs corps hier soir, les soldats allemands rigolaient en les amenant, ils lui ont dit que les Français avaient fait du bon boulot…

— Et c'est maintenant que tu me le dis ?

— Je viens de l'apprendre. Il n'a pas pensé à nous avertir tout de suite. Il s'est dit qu'on devait le savoir, il a téléphoné ce matin.

— Dis-lui que nous venons voir les corps. Et la prochaine fois que tu apprends une info sur Gaillac ou un de ses hommes, je veux être le premier averti, fais passer le mot, compris ?

Souchet repart la tête basse. Loméro se replonge dans sa documentation anticommuniste. Des photos de l'identité judiciaire, des portraits-parlés, plusieurs dizaines, décrivant des hommes de tous âges, et puis sur des pages et des pages des comptes-rendus de filatures, quasiment identiques : … *Victor tourne au coin de la rue du Chemin-Vert, il est difficile à suivre, il semble se méfier et se retourne fréquemment. À l'angle de la rue Saint-Maur, il rencontre un homme que nous appellerons Jean, 30 ans, 1 m 70, peau mate, cheveux sombres bouclés, vêtu d'un pantalon noir et d'un imper beige. Cicatrice sur la joue droite. Ils parlent tout en marchant pendant une dizaine de minutes puis se séparent. L'inspecteur Réna continue la filature mais Jean, méfiant, réussit la coupure, place de la République.*

C'est ce véritable travail de fourmi accompli par les flics qui aboutit à la reconstitution des cellules triangulaires-cloisonnées, appelées ainsi parce qu'un membre n'en connaît personnellement que deux autres, son chef et son équipier, et que, sauf en cas de nécessité opérationnelle, il n'y a pas de liens entre les différentes cellules… Le cauchemar pour les forces chargées de les détruire.

Mais Loméro n'arrive pas à fixer son attention sur le document, il repose sa feuille et recommence à penser à Jeanne. Si Gaillac l'a tuée, il va aller le descendre lui-même. Promis. Il a tué une dizaine d'hommes de ses mains dans sa vie, trois avant guerre et huit résistants au cours d'interrogatoires, alors un homme de plus ou de moins. Parfois il a l'impression d'y avoir pris goût et, lors des interrogatoires, il a de plus en plus de mal à s'arrêter. L'autre jour, il a torturé un type sous les yeux de sa propre mère et en voyant la femme pleurer et hurler, il ne saurait expliquer pourquoi mais il s'était senti bien. Le pire, c'est qu'il n'avait rien personnellement contre cet homme, alors il imagine ce qu'il ressentirait si Gaillac qu'il déteste lui tombait entre les mains.

Souchet rentre dans la pièce, interrompant la pensée de Loméro.

— Il y a interdiction de voir les corps sans obtenir préalablement l'aval d'un commandant qui s'appelle..., annonce-t-il en regardant ses notes : ... Christian Vorminski.

— Qui est-ce ?

— D'après mes contacts, un officier de la Wehrmacht qui enquête sur l'affaire des tableaux volés.

C'est cette saleté d'affaire que Speil a refilé à Gaillac, pense Loméro. Vorminski, oui, effectivement, ça lui dit quelque chose. Loméro sait que pour cette affaire, les Allemands ont misé sur deux chevaux différents : Wehrmacht et Gestapo. Mais quel rapport entre les tableaux et Jeanne ?

— À mon avis, on peut appeler Speil et passer pardessus ce commandant, dit Souchet.

— Non, surtout pas. Je n'ai plus confiance en lui depuis qu'il a confié l'affaire des tableaux à Gaillac. On dirait que c'est ce salaud qui le commande. Si ce sont ses hommes qui ont commis une bavure, je parie que Speil va essayer de le couvrir... Non, non, je préfère appeler Vorminski. Tu sais comment le joindre ?

— Il est au MBF.

Loméro se saisit du téléphone. Après s'être présenté à Vorminski, il lui explique qu'il appelle pour obtenir l'autorisation d'aller voir les corps à l'Institut médico-légal, une de ses agents qui se trouvait peut-être sur les lieux de l'attaque étant portée disparue.

— Venez me voir à mon bureau au plus tôt, répond Vorminski.

* *
*

Lorsque Vorminski raccroche, il hésite entre se réjouir et se maudire de ne pas avancer plus vite : il ne comprend toujours rien à cette affaire. Ce dont il est sûr c'est qu'aucune femme n'était parmi les victimes de la veille. Tant pis, il a demandé au Français de venir, il en apprendra peut-être quelque chose. Une demi-heure plus tard, Edna annonce du bout des lèvres que Loméro vient d'arriver. Edna déteste les Français et ne prend guère la peine de le cacher. Vorminski se dit qu'il faudra qu'il lui explique que la situation est assez compliquée et qu'on ne peut pas se payer le luxe de mal recevoir un membre de la Gestapo, même française. En attendant, Vorminski serre la main de Loméro puis le fait asseoir.

— Vous avez aiguisé ma curiosité, monsieur Loméro. Qui est cet agent dont vous me parlez ?

— Elle travaillait pour moi, en infiltrant un groupe. Elle s'est rendue hier à la forêt de Meudon. Depuis je n'ai aucune nouvelle, elle s'est volatilisée. J'ai appris ce matin que les hommes de Gaillac avaient donné l'assaut à une ferme du coin et j'ai pensé qu'elle faisait partie des victimes.

Vorminski ouvre un tiroir de son bureau et en sort un classeur vert qu'il pousse en direction de Loméro. Celui-ci tombe sur les photos des résistants abattus, prises hier par les types de l'identification. Il feuillette les pages rapidement avant de refermer le classeur.

— Elle n'est pas dedans, mon commandant.

— Je le savais, dit Vorminski avec un sourire.

— Mais alors pourquoi m'avoir fait venir ?

— Pour vous poser quelques questions.

— Je vous écoute.

— Reconnaissez-vous quelqu'un là-dedans ?

— Non, dit-il.

— Parlez-moi de votre agent. Comment s'appelait-elle, euh, excusez-moi, comment s'appelle-t-elle ?

— Jeanne Sikorski mais elle a infiltré le groupe sous le nom d'Elsa Vaucquier.

— Qui est-elle ?

— Je ne sais pas tant de choses que cela sur elle, c'est une jeune femme plutôt mystérieuse.

— Vous a-t-elle parlé du casse du train et de la disparition d'œuvres d'art ?

— Non, jamais.

— Pensez-vous qu'elle aurait pu l'ignorer si le groupe qu'elle avait infiltré y était pour quelque chose ?

— Franchement, Jeanne aurait été au courant d'une action de cette envergure.

Vorminski reste silencieux.

— Puis-je vous poser une question à mon tour ? intervient Loméro. Comment Gaillac et Dailans ont-ils pu être au courant de la date et du lieu de réunion ? Comment est-ce possible ?

— Je n'en sais guère plus que vous, ils disent avoir infiltré un agent, mort pendant l'assaut. Un peu trop de zones d'ombre à mon goût.

— Mais on dirait que vous ne travaillez pas vraiment avec eux ? »

Vorminski ne répond rien, se contentant de sourire.

— Bon, je comprends que la situation est assez compliquée, comme vous apprendrez qu'elle est aussi très compliquée entre moi et Gaillac. Alors je vous propose un marché : nous échangeons nos informations sur cette affaire. Vous m'aidez à retrouver Jeanne et je vous aide en cas de problème avec Gaillac.

Vorminski ne répond toujours pas.

— Vous ne dites pas non… Je prends votre silence comme une acceptation, discrète. Pour fêter le début de notre association, voulez-vous être mon invité pour déjeuner ? Je connais un petit endroit où nous pourrions continuer cette conversation.

Vorminski hésite : Aller déjeuner avec un gestapiste français ne l'enchante pas, il préférerait être avec Hugues ! Mais comment refuser ? Ce n'est pas le moment de se mettre du monde à dos. Il peut en avoir besoin contre Gaillac et ses hommes.

Ils se rendent tous deux au Catalan, rue des Grands-Augustins. À la table d'à côté, un homme attend. Loméro va le saluer puis fait les présentations.

— Commandant Vorminski, je vous présente un de nos acteurs les plus talentueux, Maurice Trémille.

— Ne l'écoutez pas, mon commandant, répond Trémille avec un sourire modeste.

— … Et un des acteurs les plus courageux, un des jeunes Français qui s'est le plus engagé en faveur de la France Nouvelle, reprend Loméro.

— Même si je ne mérite pas un tel compliment, j'espère que tu iras voir mon film, *Forces maléfiques*.

— Tu y dénonces qui ? Les youpins ?

— Presque ! Les maçons.

— Ah ah ! Et comment découvres-tu le complot maçonnique ?

— Eh bien, je joue un jeune député, fraîchement élu, idéaliste, qui réalise rapidement que ces gens-là tiennent le pays… Mais je ne vous en dis pas plus, il faudra aller le voir…

— En tout cas, félicitations. Je suis sûr que le commandant Vorminski est sensible aux efforts de notre vieux pays pour se débarrasser de ses parasites.

— Absolument, confirme Vorminski en souriant.

— Mais ne me dis pas qu'une grande vedette comme toi déjeune toute seule ? demande Loméro.

Trémille désigne le couvert en face du sien.

— J'attends un producteur qui devrait arriver d'une minute à l'autre. Vois-tu, le producteur est la seule personne au monde pour laquelle un acteur arrive *en avance* à un rendez-vous. Même une jolie femme ne nous y pousse pas...

Après avoir serré chaleureusement la main de l'acteur, Loméro et Vorminski vont s'asseoir à une table assez proche. Ils commandent tous les deux des huîtres, du bœuf, et boivent du Crépy. Le repas se passe bien mais l'atmosphère reste froide, les deux hommes n'ont rien en commun. Loméro ne s'intéresse qu'à l'argent alors que Vorminski s'en moque. Non pas qu'il ne tienne pas à son petit confort, mais pour lui, l'important n'est pas là. Les deux hommes finissent le déjeuner assez rapidement...

Après le repas, Vorminski demande à Loméro de le déposer près de l'Institut médico-légal de la place Mazas. En descendant, il s'assure qu'il n'est pas suivi. Il ne voit rien, les SS et la Gestapo ont l'air de lui laisser mener son enquête comme il l'entend. Mais deux précautions valent mieux qu'une. Il a demandé à ce que le laboratoire soit gardé et qu'on s'assure bien que rien ne disparaisse. En ce début d'après-midi, le commandant a rendez-vous avec ses collaborateurs techniques, le petit lieutenant de la Luftwaffe, spécialiste des empreintes et de l'identification, et le médecin légiste boiteux qui, à cette heure-là, devrait avoir à peu près fini les autopsies.

Effectivement, les deux hommes attendent sa visite en buvant un café. Après les salutations d'usage, ils vont dans la pièce où sont conservés les corps et se mettent rapidement au travail.

Le jeune lieutenant prend la parole.

— D'abord les papiers d'identité ; nous avons neuf vrais et un faux. (Il désigne l'homme d'Argio.) Les siens étaient faux. Très bien faits d'ailleurs.

Vorminski regarde le visage du mort.

Peut-être est-ce lui qui a amené les tableaux ?

Il commence presque à douter de l'implication de Dailans et Gaillac.

— Rien d'autre concernant les papiers ?

— Rien.

— Vous ne pouvez pas déterminer d'où ils viennent ?

— Vous me demandez l'impossible, mon commandant !

D'un signe de tête, Vorminski donne la parole au médecin légiste.

— Les résistants ont été abattus à coups de 6.35, 7.65 et Mauser 7.63. Chez les résistants, des calibres beaucoup moins modernes, ils avaient même un fusil 45 mm qui date de la fin du XIXe siècle…

— Parlez-moi de celui-là, dit Vorminski en désignant Moreau, le seul des assaillants à avoir été tué.

— Il a été tué d'assez près. Je vais vous montrer quelque chose d'intéressant. Je ne sais pas si vous le savez mais lorsqu'on tire de près, il y a des sortes de stigmates qui se forment sur la peau, ce sont des espèces de brûlures et parfois on peut même observer des grains de poudre enfoncés dans la chair.

Vorminski ne dit pas qu'il a appris cela en cours lorsqu'il était à Genève.

— Sachant que notre homme a été tué avec un 7.65, on sait que les stigmates se réduisent quand la distance entre l'arme et le corps augmente et disparaissent lorsque le coup de feu est tiré à plus de trente centimètres. Or, sur les deux balles qui ont atteint notre homme, la première a laissé des stigmates assez importants et l'autre moins. Parce que, après le premier coup de feu, l'homme est parti vers l'arrière et le deuxième coup de feu ne l'a atteint que quelques dixièmes de seconde plus tard.

— Cela colle avec la version qui m'a été donnée de sa mort. L'homme, apparemment, a été tué au début de l'assaut alors qu'il se trouvait avec les résistants.

— Oui, cela correspond, admet le médecin.

— Avez-vous vérifié qu'il ait bien été tué par l'arme d'un des résistants ? demande Vorminski.

Le médecin consulte sa fiche avant de répondre.

— En tout cas, elle m'a été présentée comme cela et on a retrouvé plusieurs douilles tirées par cette arme en direction de la porte d'entrée, tout cadre. Pourquoi cette question ?

— Non, non, pour rien, dit Vorminski en hochant la tête, mais, là encore, aucun blessé. Tous morts d'un coup, c'est quand même étrange.

— Ne me dites pas que ce sont les mêmes types qui avaient tué les prisonniers ?

— Justement, si. Et là encore, quand nous sommes arrivés. Ceux-là étaient déjà tous morts.

— Eh bien, tout ce que je peux dire, c'est que si tous les Français étaient d'aussi bonnes gâchettes que ces gens-là, ils seraient arrivés à Berlin en trois semaines… »

Vorminski ne rit pas. Il se tourne à nouveau vers le lieutenant.

— Et vous avez arrêté les épouses ?

— Oui, oui, c'est fait, elles sont à votre disposition au dépôt de la préfecture de police.

— Elles n'ont pas été maltraitées ? »

Vorminski, lorsqu'il a demandé que les femmes des résistants soient arrêtées et détenues pour interrogatoire, a expressément exigé que les arrestations soient effectuées humainement.

— Non, tout s'est bien passé, comme vous l'aviez demandé.

— Vous avez bien précisé que personne ne devait les voir avant moi ?

— Oui.

— Très bien, je vais y aller, mais donnez-moi d'abord l'adresse de Moreau.

Le lieutenant la lui donne.

— Très bien, je vous appellerai lorsque j'aurai besoin de vous.

*

Chez Moreau, la concierge est là, c'est une vieille femme, l'uniforme allemand lui fait un peu peur, mais plus grande encore que la peur est son envie de parler. Alors elle raconte. Oui, elle a reçu la visite de la police allemande.

— Police allemande, tu parles, tout ce qu'il y a de plus français, ils voulaient fouiller la chambre.

Bien sûr elle les a conduits, elle ne pouvait pas faire autrement. Vorminski a compris, Gaillac et ses types sont passés et ont fait le ménage. Il va voir la chambre, par acquit de conscience et pour faire plaisir à la concierge. Comme il s'y attendait, la chambre est en désordre, tout a été fouillé. Pourquoi fouiller la chambre d'un valeureux indicateur tué au combat ? Il s'en veut, il n'a pas pensé à la faire boucler, c'est trop tard.

Vorminski quitte la chambre de Moreau et se sépare sans regret de la vieille concierge. Dans le métro, une affiche rappelle que les Noirs sont interdits en première classe.

Il se souvient de la lettre de son frère.

Il arrive au dépôt, contigu à la préfecture de Police. Au directeur, un Allemand, il demande de lui adresser une par une les femmes des résistants tués la veille. Sur les dix morts, cinq étaient mariés. Les étudiants ne l'étaient pas. Il les reçoit à l'écart des cellules, dans une salle d'interrogatoire, froide et humide. Toutes ont pleuré, toutes le haïssent. Il leur explique que leurs maris ont été tués par la Gestapo, qu'il peut les protéger des représailles si elles lui disent tout ce qu'elles savent sur les activités clandestines de leurs maris et sur une affaire de vols de tableaux. Peine perdue, ces femmes ne savent rien. Vorminski est un très bon interrogateur, il sait lorsque les gens lui mentent et aucune de celles qu'il a en face de lui ne ment. Pas besoin de torturer pour cela, il faut juste du bon sens et une bonne capacité d'écoute. Là tout est clair : leurs maris n'avaient pas voulu les mêler à leurs activités, peut-être s'étaient-ils passé le mot. Certaines se doutaient, mais pas plus, elles ne servaient pas d'agent de liaison et ne participaient pas aux actions. À la fin des interrogatoires, il leur conseille à demi-mot de ne pas rentrer chez elle quelque temps, peut-être de partir en province. Que peut-il faire de plus ? Il y aurait déjà de quoi les faire arrêter. Avant de partir, il fait prévenir le directeur qu'il n'y a aucune charge retenue contre elles et qu'elles sont libres. Il est plus de vingt et une heures. Il les a interrogées pendant six heures non-stop. Éreinté, il a bien envie de rentrer chez lui mais demande qu'une voiture militaire le ramène au bureau. Lorsqu'il arrive, il trouve deux messages d'Edna. Le premier émane de von Stülpnagel. Il demande que Vorminski vienne le voir dès son retour. *C'est un ordre* est souligné. Edna a noté un autre message, celui-là envoyé par l'aide de camp de Oberg. Le Brigadeführer a tranché : comme il manque quatre des tableaux les plus précieux, les otages n'ont pas été libérés mais le compte à rebours est remis à zéro avant les premières exécutions.

Vorminski sait parfaitement que tous ces gens n'ont rien à voir là-dedans. Il sait aussi qu'il est le seul à pouvoir les sauver.

Il prend le temps de passer se mettre de l'eau sur le visage et de réajuster son uniforme, et il monte les escaliers qui le mènent au bureau du général. Von Stülpnagel est penché sur ses dossiers. Un reste de sandwich dans une assiette en faïence posée à côté. Lorsque son secrétaire annonce le commandant Vorminski, von Stülpnagel lève la tête, un sourire amusé aux lèvres.

— Mes respects, mon général.

— Alors, commandant, comment se passe votre enquête ?

— Bien, mon général, merci.

— Vous êtes sûr, si bien que ça ?

— Pourquoi, mon général ?

— Parce que j'ai reçu un appel du Brigadeführer Oberg. Il appelait de la part d'un de ses subordonnés, Speil. Il s'est plaint que vous ayez fait arrêter et interroger des femmes de résistants sans permission et que vous les ayez interrogées vous-même alors qu'il vous a été expressément demandé de laisser la partie interrogatoire à la Gestapo… C'est vrai ?

— Ça l'est, mon général.

— Et qu'avez-vous trouvé ?

— Rien encore, mais je crois que lorsque je serai au bout de mon enquête, les résultats pourraient faire grand bruit.

— Êtes-vous loin de ces révélations explosives ?

— Non, mon général, le puzzle se met en place.

— Sauf si les tableaux ont été amenés à la ferme par l'homme d'Argio et que je me trompe depuis le début, pense-t-il sans le dire.

— Mais vous croyez qu'il est encore trop tôt pour en parler ?

— Mon général, je souhaite vous présenter des preuves…

— Pensez-vous qu'on essaie de vous bloquer ?

— Je ne peux pas dire cela mais…

— Si vous avez des doutes, rédigez un mémo avec tous les éléments et donnez-le-moi. Je vous couvrirai… Si vos éléments sont probants. Mais je ne me fais pas de souci, j'ai confiance en vous.

— Je vous en remercie, mon général.

— Vous pouvez disposer.

Vorminski le salue et retourne à son bureau pour se mettre au travail.

Arguments en faveur de l'implication des gestapistes :

• *Ils détenaient un cheminot qui pouvait savoir que des tableaux allaient être expédiés en Allemagne. Il a été exécuté.*

• *Un prisonnier expert en œuvres d'art a été libéré par Xavier Dailans quelques jours avant l'attaque.*

• *La moitié des tableaux ont été retrouvés sur appel d'un agent de Gaillac et Dailans, mais cet agent a été tué dans une fusillade avec des résistants, résistants qui ne comptent d'ailleurs aucun survivant dans leurs rangs.*

• *L'appartement de Moreau a été fouillé.*

Contre :

• *Daniel Speil a vu le résistant qui connaissait l'existence des tableaux.*

• *Un homme d'un autre groupe de résistants était présent sur les lieux. Il a été abattu. Peut-être est-ce lui qui a apporté les toiles ?*

• *Si les gestapistes sont coupables : ils ne le sont pas obligatoirement tous.*

Dailans ? Gaillac ? Speil ?

*

Il fixe la feuille pendant plusieurs minutes. Est-ce qu'il peut retourner voir von Stülpnagel avec ces éléments ?

Peut-il mettre en cause la SS à Paris, avec ce simple document ? Non, il a l'impression que l'étau se resserre mais il est encore trop tôt.

Il est plus de dix heures lorsqu'il rentre. Il voudrait voir Hugues, mais ce n'est pas possible ce soir. La voiture militaire le dépose à côté de *La Chope latine*, au croisement du boulevard Saint-Michel et de la place Médicis. Le café est réservé aux soldats allemands. Une croix gammée flotte à l'entrée. Il a faim. Une fois son repas terminé, il rentre à pied. L'heure du couvre-feu est dépassée. Les rues sont désertes. Normalement, il ne devrait pas se promener seul mais son grade de commandant le protège des reproches et de toute manière il ne croise aucune patrouille. Il repense à von Stülpnagel. C'est amusant, il sent quelque chose entre eux, un non-dit. Il sait. Von Stülpnagel est un tiède vis-à-vis de Hitler, comme lui. Peut-être est-ce un résistant ? Il a déjà entendu parler d'une Résistance au sein de l'armée. Il a déjà vu des tracts appelant à la désobéissance mais c'étaient des tracts communistes. Peut-être existe-t-il en sus une Résistance non communiste ? Von Stülpnagel est peut-être un opposant, mais sûrement pas un communiste. En tout cas, cela ne manquerait pas de piquant si le chef de l'armée d'occupation était un antinazi.

Lui, il n'a jamais rien fait. En apparence, il est le pur produit du conservatisme prussien et l'arrivée d'Hitler au pouvoir n'a pas outragé les officiers prussiens – lui pas plus que les autres. Hitler faisait miroiter leur espérance secrète, la revanche, et reprenait certaines de leurs valeurs les plus chères : ordre, discipline, nationalisme… Mais le Führer va tellement loin. Et puis au fond, Hitler n'aime pas l'armée. Les premiers doutes de Vorminski ont commencé avec le limogeage du général von Fritsch. L'affaire l'avait marqué compte tenu de son motif : l'homosexualité. Vorminski le connaissait, il était le modèle parfait de l'officier d'ancienne école, profondément aimé de ses hommes. Il n'avait qu'un seul défaut : il n'était pas nazi et osait tenir tête au Führer. Alors les SS l'avaient accusé d'avoir eu des relations homosexuelles dans des toilettes publiques et, suite à cette accusation infâmante, il avait été démis de ses fonctions. Au cours de son procès, il n'avait pas eu la moindre peine à démontrer l'inanité des charges portées contre lui. On l'avait confondu avec un homonyme. Il réussit à faire échouer le complot judiciaire mais il ne retrouva jamais son poste à la tête de la Wehrmacht. Moins de deux ans plus tard, il mourut au combat en Pologne… À l'époque du procès, Vorminski ne sait pas ce qui l'a le plus blessé : le fait qu'on accuse injustement le général ou le fait qu'on l'accuse d'un délit dont lui-même était potentiellement passible. Mais cela n'a guère été plus loin que des rancœurs, la Gestapo était partout. Et puis dans les mois suivants, les victoires contre les Sudètes, la Pologne et surtout la France, rendirent impossible toute contestation. En juin 1940, lorsque Vorminski a appris la victoire, il a eu les larmes aux yeux, de joie. Le Führer n'avait donc pas menti. Grâce à lui l'Allemagne avait bel et bien retrouvé sa puissance. Il aurait tellement voulu que son père soit là pour assister à cette journée. À cette période-là, il a cru en son Führer et cru aux sacrifices imposés. Cela a duré un peu moins d'un an. Tout s'est effondré la dernière fois où il a vu Hans, peu de temps avant que celui-ci ne parte en Russie. Il s'était retrouvé chez Hans et Clara, sa femme. Christian avait pu voir leurs enfants, ses neveux, deux petits garçons bruns qui ne parlaient pas encore. Il marchait avec Hans lorsqu'il lui a dit qu'ils y allaient. Christian n'a d'abord pas compris, alors Hans a juste dit : « En Russie. » Christian a explosé et lui a dit que c'était une folie. Hans souriait. Il lui a répété tout ce que le régime ne disait plus depuis le pacte de 1939 : la Russie et ses races mongoles prêtes à déferler, la défense de leur race, la lutte contre les rouges…

C'est ce jour-là que Vorminski a compris que son pays courait à sa perte. Et il n'a strictement rien fait pour s'y opposer.

16.

Mardi 13 octobre 1942, 8 heures 25

L'inspecteur Lavrenti trépigne alors que le métro s'immobilise à quelques mètres de la station Saint-Michel. La rame doit avoir un problème, c'est la troisième fois qu'elle stoppe depuis qu'il est monté dedans. Intérieurement, il maudit la société des transports parisiens. Il va finir par arriver en retard à la réunion que le commissaire Valin tient comme tous les matins, à 8 heures 30, dans son bureau. Il enrage car, en deux ans à la police judiciaire, cela ne s'est jamais produit, il y a toujours veillé, fier d'assister à ce rituel presque légendaire à la criminelle : le commissaire évoquant les affaires du jour autour d'un café (remplacé par une mauvaise chicorée depuis l'automne 1940). Mais aujourd'hui rien n'y fera, le métro ne redémarre pas, le condamnant au retard et à la petite amende qui l'accompagne, une somme symbolique placée dans un pot commun pour l'achat de douceurs diverses (mais ce genre de denrées est devenu bien rare). Lorsque la rame entre enfin en station, il se précipite vers la sortie et court en direction du pont de la Cité. Il pénètre au 36 par l'entrée du boulevard du Palais. Une fois dans la cour, il se dirige vers l'escalier A puis galope d'entresols en paliers. En chemin, il croise sans les voir les filles relâchées par la Mondaine qui, hilares, s'amusent à l'encourager :

— Vas-y, champion !

Mais le champion a couru en vain.

Lorsqu'il arrive devant la salle commune, les policiers de la section sont déjà réunis autour du commissaire. Certains sont assis, d'autres debout, appuyés contre le mur. Les visages, jeunes ou vieux, sont concentrés. Valin parle avec cette voie fluette qui a fait sa renommée, obligeant ses auditeurs à l'écouter attentivement. Lavrenti se faufile par la porte légèrement entrebâillée et s'excuse de son retard.

— Ce n'est rien, répond le commissaire, mais son regard est froid, moins froid cependant que celui des autres policiers…

Lavrenti sent leurs yeux accusateurs le dévisager. Il se dit qu'il manque quand même de chance. Le 36 regorge de collabos en tous genres, un flic est même connu pour faire le salut hitlérien chaque matin à son arrivée au bureau et lui, il a fallu qu'il tombe dans une section où, parce qu'il a parlé deux ou trois fois à un Allemand, ses collègues ont envie de le coller au poteau ! Mais avec ce qu'il va annoncer, il les forcera au moins à reconnaître qu'il a fait du bon boulot… Lorsque, à la fin de son exposé, le commissaire demande si quelqu'un veut ajouter un mot, Lavrenti demande la parole, se lève lentement et commence à parler. Il annonce que dans l'affaire du « petit gros », nom de code officieux du dossier de l'héritière hollandaise, la filature a enfin donné des résultats. La veille, le suspect a commis une erreur, croyant sûrement qu'après tout ce temps la surveillance se serait relâchée. Il a bel et bien une maîtresse, une jeune blanchisseuse qu'il est allé retrouver près de son travail. Grave erreur, Lavrenti n'avait pas cessé de le suivre et a observé leurs retrouvailles. Bon camarade, il ne révèle pas devant tout le monde que Sanz s'était trompé et qu'il avait abandonné la surveillance. Toutefois, son attitude ne paie pas. Lorsqu'il finit son rapport, il constate avec dépit que l'opinion de ses collègues n'a pas changé : joli coup, peut-être, mais cela ne leur redonne pas confiance en l'individu. Valin lance quand même un « bon travail » de rigueur mais le cœur n'y est pas, il n'accompagne pas ses mots du petit sourire protecteur, un peu paternel, qu'il réservait souvent au jeune enquêteur.

Cette fois, c'en est trop.

Lorsque la réunion se termine, Lavrenti sort rapidement, il passe devant Sanz sans lui adresser la parole, mais il est bien décidé à le faire dès que son collègue rejoindra leur bureau. Puisqu'il leur faudra bien s'expliquer une fois pour toutes, à un moment ou à un autre, autant crever l'abcès le plus vite possible. Arrivé là-bas, le jeune inspecteur dépose imper et holster au portemanteau. En s'asseyant, il remarque un mot sur sa table de travail. Au fur et à mesure qu'il le lit, un sourire se forme au coin de sa bouche. Enfin une bonne nouvelle! Un indicateur a appelé la veille au soir, alors qu'il était en filature, les policiers de permanence ont noté l'appel. L'indic' donne rendez-vous à Lavrenti en milieu de matinée au jardin du Luxembourg et demande à l'inspecteur de le rappeler si l'heure ne lui convient pas. Pas besoin, Lavrenti décide de s'y rendre dès qu'il aura réglé ses affaires avec Sanz. À cette pensée, son visage s'assombrit de nouveau. Il est si énervé qu'il donne un grand coup de pied dans la corbeille à papiers. Heureusement pour le reste du mobilier, Hervé Sanz arrive quelques instants plus tard, suçant une pastille à la menthe, l'air parfaitement décontracté.

— Ferme la porte derrière toi, demande Lavrenti d'un ton sec, il faut qu'on parle.

— Ouais, c'est une bonne idée! Ça fait une paye qu'on s'est pas parlé... Depuis que ton boche s'est pointé, en fait...

— Eh oui! Moi j'ai résolu l'affaire du gros, toi je sais pas où t'étais passé, répond Lavrenti avec un sourire crispé.

— Moi je me suis occupé d'affaires dont je ne risque pas de te parler...

— Tu m'en parlais avant...

— C'était avant que tu te mettes à fréquenter les vert-de-gris. Rappelle-toi le jour où je t'en ai parlé, je t'ai retrouvé trois heures plus tard avec ce commandant...

— Tu m'as vu avec lui, et alors? Tu as eu des ennuis? Non! Si je t'avais dénoncé tu crois pas que tu aurais eu d'autres problèmes?

— Je ne sais pas. Je m'attends au pire!

— Tu peux attendre longtemps, il ne t'arrivera rien! Et, au fait, ne me remercie surtout pas de t'avoir couvert avec Valin, dit Lavrenti.

— Je ne t'ai rien demandé. Valin sait que je n'étais pas avec toi...

— Qu'est-ce qu'il en a dit?

— T'occupe.

— C'est tout ce que tu me dis?

— Oui, c'est tout, ici on n'a plus confiance en toi!

— Mais pourquoi, à la fin?

— Pourquoi? Tu veux que je te dise la rumeur qui court?

— Vas-y toujours.

— On dit que si tu t'es fait casser la gueule par les gestapettes[1], c'est qu'ils étaient jaloux de tes relations privilégiées avec les Allemands... Eh bien, je peux te dire que ça nous met en rage de savoir qu'on a failli y passer pour toi...

1. Appellation d'époque.

— Laisse dire les autres, je m'en fous. Mais toi, Hervé, je t'ai déjà expliqué. Pourquoi tu ne me crois pas quand je te dis que le commandant va peut-être me permettre de me payer Dailans ? C'est même ma seule chance, à dire vrai !

— Laisse-moi te dire un truc, mon gars : on est toujours en guerre ! Dailans ou pas Dailans, ton commandant, c'est un boche...

— T'es vraiment dégueulasse de me dire ça. J'ai jamais raflé de juifs, moi, et dans le bureau de Valin y'en a un paquet qui ne peuvent pas en dire autant...

Sanz est outré.

— Tu sais très bien que ceux qui y ont participé ont été réquisitionnés et qu'ils n'ont eu aucun moyen de se défiler... Y'en a qui peuvent pas faire autrement que de bosser avec des Allemands et y'a ceux qui les fréquentent par plaisir, c'est pas pareil.

— Par plaisir ! Tu es sourd, je viens de te dire que j'allais coincer Dailans.

— Tu aurais pu le coincer avec nous !

— Aucun flic français ne fait le poids contre eux ! On l'a vu quand ils sont venus me chercher ! Valin, il n'a rien pu faire pour les empêcher de m'emmener.

— Il m'a dit qu'il ne craignait pas pour ta vie.

— Eh bien, il se trompait, ils ont vraiment failli me descendre !

— Écoute-moi bien : Dailans, un jour, il paiera pour ce qu'il t'a fait, mais si tu es pressé, trouve que ça vient pas assez vite, tu peux le tuer, personne ne le pleurera.

— Je suis un policier, pas un assassin.

— Oh, ça va, on parle de Dailans...

— Même pour Dailans, je ne suis pas un assassin.

— T'es pas un assassin, mais tu vas devenir un collabo. Pour moi, c'est pire.

Il n'y a rien à répondre à cela, se dit Lavrenti. Si son ami ne lui fait plus confiance, que peut-il y faire après tout ? Cette fois, il abandonne. Il prend son holster, sa veste et sort sans un mot.

*

Il marche vers le Luxembourg. Il passe devant Gibert Joseph puis continue de remonter le boulevard Saint-Michel. Il traverse à hauteur de La Capoulade, et pénètre dans le jardin du Luxembourg. Le lieu a bien changé, des statues ont été fondues, des blockhaus ont été construits et la moindre parcelle de terre disponible a été transformée en potager. Drôle de contraste, se dit l'inspecteur. De jeunes mamans poussent leurs landaus dans les allées. Il les regarde, cela lui fait bizarre de les voir, elles sont plus jeunes que lui, il n'est pas bien vieux, n'empêche il est célibataire et n'a personne en vue. L'espace d'un instant, il se demande s'il n'est pas en train de rater le coche. Il marche en attendant le rendez-vous avec son contact. La criminelle travaille rarement avec des indicateurs mais cela peut arriver : même si d'autres policiers sont spécifiquement chargés du milieu, cela ne fait pas de mal d'avoir des informateurs, c'est bien pratique pour les règlements de comptes entre voyous et pour se tenir au courant des dernières modes en matière d'armement et de techniques utilisées par les criminels, le genre d'informations qui pourra toujours resservir au cours d'une enquête. Le contact en question est un escroc à la petite semaine que Sanz et Lavrenti avaient interrogé il y a deux ans dans le cadre du meurtre d'un tenancier de bordel. Le gars n'était pas blanc-bleu : il avait appris que le tenancier avait un contrat sur la tête et s'était bien gardé de le lui dire mais il n'était pour rien dans l'assassinat proprement dit. Les deux policiers lui avaient laissé le choix entre une inculpation en règle pour complicité ou une collaboration discrète. Les deux policiers n'avaient pas grand-chose, difficile de prouver la complicité devant un tribunal mais le bluff avait marché et depuis, l'homme les renseignait à la demande. Des contacts sollicités par Lavrenti, il est le seul à s'être manifesté dans l'affaire Maragal, les autres ont l'air d'avoir fait chou blanc. Pourvu qu'il lui apporte un tuyau solide sur l'Espagnol, car pour l'instant, Lavrenti n'a pas eu le temps de le rechercher très activement tout occupé qu'il était par l'affaire du « gros ». Lavrenti voit l'homme providentiel arriver. Il a une trentaine d'années, il est particulièrement maigre avec des cheveux coupés très courts. Quand il se rapproche, Lavrenti constate que sa peau a pris une teinte étrange depuis qu'ils se sont vus la dernière fois. Les vieux souvenirs des cours de l'école de police remontent à la surface. Dans l'esprit du policier, pas de doute possible : il a devant lui un toxicomane. Pourtant Joseph ne touchait pas à la drogue et ne gravitait pas dans ce milieu. Il a dû plonger il n'y a pas bien longtemps…

— Eh bien, mon Joseph, t'as pas l'air bien en forme », remarque l'inspecteur lorsqu'ils se serrent la main.

— Si, si, tout va bien ! dit l'autre en bégayant.

— Bien sûr, je te crois ! Tu ne bégayais pas il y a deux mois et tu as perdu dix kilos. Ne me dis pas que t'as été con au point de te mettre aux stupéfiants !

— Je crois bien que j'ai fait une petite bêtise de ce côté-là, répond l'autre penaud.

— Comment tu as fait ? Il y a deux mois, tu m'avais l'air bien…

L'escroc élude, il regarde par terre. Il n'a aucune envie de révéler à l'inspecteur qu'un dépôt de médicaments destiné aux forces allemandes en Russie a été cambriolé il y a quelques semaines et que des types sont venus le voir pour lui demander s'il voulait en revendre une partie. Ils avaient une grosse quantité de morphine à vendre avec tout le matériel hypodermique. C'était dangereux mais financièrement très intéressant. Il a acheté pas mal de camelote qu'il a planquée chez lui. Le problème est qu'il était censé revendre la marchandise et non pas tout essayer un jour de désœuvrement. En quelques semaines, il est devenu complètement dépendant, fou de ce qu'il a goûté.

— Ne vous inquiétez pas pour moi, inspecteur, je traverse une mauvaise passe mais j'ai au moins une bonne nouvelle pour vous : Je vous ai retrouvé Maragal.

C'est exactement ce que Lavrenti espérait entendre.

— Comment as-tu fait ? demande-t-il, ravi.

— Je devrais vous mentir et dire que ça a été très difficile... Un vrai jeu d'enfant ! Il ne se cache pas puisqu'il est intégré à la Gestapo. Il flambe, du fric plein les mains. Il s'est même trouvé une régulière, en plus elle ne ressemble même pas à une pute...

— Et tu as l'adresse de notre veinard ?

— 9, rue de Charonne.

Lavrenti enregistre mentalement l'adresse.

— Je te remercie. Tu as autre chose ?

— Vous plaisantez ? Je ne me suis pas arrêté en si bon chemin ! Je peux vous dire que tous les soirs il retrouve sa bande à Pigalle. Ils se voient pour bouffer, picoler et traiter leurs affaires...

— Tu as des adresses ?

— Encore mieux que cela, inspecteur. J'ai surveillé les lieux moi-même, j'ai tous leurs horaires de venue, je sais où ils se garent, ce qu'ils commandent au bar, je sais tout et je vous ai tout noté.

— Et ils ne t'ont pas repéré ? demande Lavrenti, tout à coup un peu inquiet du zèle de son indicateur.

— Oh, vous savez, un escroc dans un repaire de bandits, ça passe assez inaperçu. »

Joseph donne les adresses à Lavrenti avant de demander :

— Vous n'auriez pas une petite pièce pour me récompenser, inspecteur ?

— Hé Joseph, tu sais que ces renseignements, tu me les dois de toute façon… Mais c'est vrai que là tu mérites bien une bonne récompense.

Il sort quelques billets de sa poche.

— Ce n'est pas grand-chose, mais passe au commissariat et dis-leur de te payer sur la caisse. Non, attends, je vais te le mettre sur un papier, ils ne feront pas de difficultés. Tu pourras passer prendre l'argent dans trois jours, le temps que je vérifie tes informations.

Lavrenti signe une sorte de reçu qu'il transmet à son indic. C'est un bon à encaisser sur le « coffre des indics » qui sert à les rémunérer. Les flics le nient mais en de rares occasions, cela se pratique, comme une gratification exceptionnelle.

*

Lavrenti pénètre dans les entrailles de fer de la cité à la station Luxembourg. Cette fois le métro fonctionne normalement. Il se rend à l'adresse qui vient de lui être communiquée, au début de la rue de Charonne, pas très loin de la fontaine Trogneux. Maragal y habite un bel immeuble. Il n'a pas encore droit au palais princier comme celui de Gaillac mais ce n'est déjà pas si mal pour un truand revenu sur Paris il y a moins de deux semaines et qui risquait la peine de mort. Ses amis l'ont quand même bien gâté. Lavrenti planque dans un café, il ne sait pas si l'Espagnol est déjà sorti de chez lui. Il attend deux heures, les yeux rivés sur l'entrée avant de le voir sortir habillé d'un si beau manteau que l'inspecteur en est instantanément jaloux. Pas étonnant que lui soit célibataire et que le gangster ait trouvé rapidement une petite amie. Joseph a bien raison, Maragal se sait intouchable, il ne regarde même pas s'il est suivi. En tout cas, cette fois, il est bel et bien logé. Lavrenti n'a plus qu'à aller avertir Vorminski, le seul homme qui puisse faire tomber l'Espagnol.

Vorminski ! Lavrenti se demande depuis plusieurs jours ce qu'il pense de cet homme. Il ne sait pas pourquoi. Il a confiance en lui. Cela ne s'explique pas facilement mais il a ressenti ça dès leur première rencontre, Vorminski a l'air d'un type sur lequel on peut compter, un peu comme Valin. Sauf que Valin a bien laissé Dailans l'embarquer…

*

Mardi 13 octobre 1942, 14 heures

Christian Vorminski a travaillé toute la matinée au MBF. Les nouvelles n'ont pas été excellentes, le SS à qui il a confié la surveillance des receleurs potentiels lui a indiqué que les toiles n'avaient pas réapparu. À douze heures, Vorminski est rentré chez lui après avoir refusé l'invitation à déjeuner d'un officier de l'état-major. Qu'est-ce qu'il pourrait bien avoir de mieux à faire que d'être avec Hugues et de le couvrir de baisers ? Le jeune homme l'a averti de sa visite par un mot glissé sous sa porte le matin même. Vorminski a tout fait pour se libérer. Et il n'a pas été déçu, le moment qu'ils ont passé ensemble a été merveilleux. Mais tout a une fin. Il rentre dans son bureau et s'assoit dans son fauteuil. Il lui faut maintenant changer, redevenir le Vorminski lisse et professionnel que ses collègues connaissent. En réalité, cela ne lui demande pas un effort si terrible, il a tellement l'habitude : cela fait vingt ans. Vingt ans durant lesquels seul Hugues a deviné son secret. À part lui, le monde entier n'y a vu que du feu et l'a pris pour un indécrottable vieux garçon, uniquement passionné par son métier d'enquêteur. Ainsi lorsque Edna lui annonce l'arrivée de l'inspecteur Lavrenti, Vorminski se métamorphose instantanément en une caricature de l'officier courtois et sans émotion, son rôle de prédilection, celui qu'il joue à merveille.

Lavrenti arrive l'œil pétillant et le sourire aux lèvres. Vorminski vient à sa rencontre, les deux hommes se serrent la main chaleureusement.

— Je ne m'attendais pas à vous voir. Avez-vous de bonnes nouvelles ? demande l'Allemand en désignant la chaise en face de son bureau.

— Vous n'allez pas regretter de me recevoir, commandant : cette fois, j'ai effectivement une bonne nouvelle à vous annoncer.

— Je vous écoute, dit Vorminski qui se doute de ce que Lavrenti va lui dire.

— J'ai retrouvé Maragal et j'ai de bonnes informations sur la bande Gaillac et Dailans.

— C'est formidable, comment avez-vous fait ?

Lavrenti raconte son entrevue avec Joseph et sa planque rue de Charonne. À la fin du récit, le commandant hoche la tête en signe de satisfaction.

— Alors, on va l'arrêter ? demande l'inspecteur.

— Non, dit Vorminski en même temps que son sourire s'efface.

— Non ? Pourquoi ne pas aller l'arrêter tout de suite et le faire avouer ?

— Vos informations constituent une grande avancée pour l'enquête mais je veux d'abord une preuve.

— Mais pourquoi ?

— Parce que je n'ai pas l'absolue certitude que Maragal soit pour quoi que ce soit dans l'attaque, et même s'il est impliqué, je doute de pouvoir le faire avouer par la seule contrainte physique. C'est un dur, il est capable de résister.

— Maragal, un dur ? Je suis sûr d'y arriver si vous me le laissez une heure !

— Et si vous n'y arrivez pas ? Nous n'aurons rien et nous aurons brisé nos carrières et peut-être plus !

— Mais s'il quitte Paris avant qu'on ait fait quoi que ce soit ? Que se passera-t-il ? Vous savez qu'il est capable de filer, il l'a déjà fait une fois, il peut recommencer et on ne le reverra jamais…

— Je sais mais je n'y crois pas. D'après ce que vous m'avez raconté, il m'a l'air parfaitement à l'aise dans sa nouvelle vie. Alors je prends le risque. Mais dites-moi plutôt, que savez-vous de nouveau sur les fameux Gaillac et Dailans ?

— Ils vont chaque soir à Pigalle, ils y dînent et prennent des verres, c'est mi-détente, mi-professionnel. J'ai plusieurs adresses. Ce qui me donne d'ailleurs une idée. Que diriez-vous d'essayer d'infiltrer un homme dans un de ces bars ? Il pourrait nous raconter tous les ragots des lieux et on apprendrait peut-être des choses vraiment intéressantes. L'idée, ce serait non pas qu'il observe « de loin » comme Joseph mais qu'il s'intègre à la bande, qu'il y participe, qu'il nous fasse vivre tout ce qui s'y passe de l'intérieur…

— C'est une très bonne idée, mais comment faire ? s'interroge l'Allemand à haute voix. Ce sont des missions pour lesquelles la Gestapo est compétente et entraînée mais là il s'agit de la faire enquêter sur des éléments de sa propre maison, il faut bien que vous compreniez qu'il sera très difficile pour moi de les convaincre de faire cela sans attirer l'attention sur notre affaire.

— Je comprends que ce soit difficile, commandant, mais si nous ne sommes pas plus offensifs, nous ne parviendrons peut-être pas au bout de l'enquête.

Vorminski est soucieux. Le Français n'a peut-être pas tort. Il tapote nerveusement un crayon de papier sur la table. Il a peut-être une idée : faire intervenir les hommes de la bande de Loméro. Il s'apprête à en faire part au jeune inspecteur lorsque la conversation est interrompue par l'arrivée d'Edna. La secrétaire prévient Vorminski qu'un capitaine allemand et un civil français demandent à le voir immédiatement. Vorminski, hésitant à interrompre son entrevue avec Lavrenti, lance un coup d'œil interrogateur à la jeune femme pour savoir si elle en sait plus, mais Edna, qui n'a jamais vu les deux hommes, se contente de faire la moue en signe d'ignorance.

— Vous voulez bien m'excuser une seconde? demande Vorminski au policier français.

Il prie Edna d'introduire le militaire. En partant, elle sourit à Lavrenti, et Vorminski constate avec plaisir que, contrairement à ce qu'il croyait, elle ne semble pas détester tous les Français. Quelques instants plus tard, le capitaine Reislau entre et se présente aux deux hommes. C'est un homme brun, plus gros que grand, d'environ trente-cinq ans, à la peau bronzée et aux cheveux noirs. Il explique en allemand qu'il travaille à la Kommandantur de Saint-Brégny, à dix minutes à pied de la gare attaquée. Dans la matinée, un civil français s'est présenté pour apporter des informations concernant l'attaque du train. Reislau l'a interrogé. À la fin de l'interrogatoire, Reislau l'a amené séance tenante au responsable militaire de l'enquête : le commandant Vorminski.

— Que vous a-t-il dit de si intéressant? lui demande Vorminski en allemand.

— Il a vu les bandits qui ont attaqué la gare.

— Vous le croyez?

— Il a l'air sincère.

Vorminski, interloqué, explique la situation à Lavrenti.

— Puis-je vous le présenter? » demande Reislau.

— Je vous en prie.

Lorsque le capitaine revient avec le Français, Vorminski manque de tomber de son fauteuil.

L'homme en face de lui n'est autre que le chef de famille résidant à côté de la gare, celui-là même qu'il avait interrogé avec Daniel Speil, le soir de l'attaque.

C'est bien le même homme, même si, dans son apparence, quelque chose a changé, son visage est différent. La fois où Vorminski l'avait vu, le rouge sur son visage l'avait marqué. L'homme buvait certainement, mais aujourd'hui il est plus que blanc, il est pâle comme la mort.

— J'ai des révélations à faire concernant l'affaire de la gare, dit-il en regardant Vorminski qu'il ne semble pas avoir reconnu.

— Quand nous sommes venus vous voir, vous n'avez rien dit !

Le commandant a des yeux sévères. Lui qui se vante intérieurement de détecter le mensonge chez ceux qu'il interroge sans jamais se tromper, il s'en veut de s'être laissé berner et le fait que Speil n'ait rien remarqué non plus ne le console pas, loin de là.

Le Français se remémore soudainement l'interrogatoire mené par Vorminski et Speil et prend conscience du danger.

— Je vous demande pardon, commandant, implore-t-il, j'avais peur, je ne voulais pas être mêlé à ça.

— Et pourquoi avez-vous changé d'avis ?

— Mon fils de seize ans a été ajouté à la liste des otages après que des soldats l'aient surpris dessinant une croix de Lorraine sur un mur. Je sais que c'est grave… Je vous promets que plus jamais…

— Qu'avez-vous vu ? l'interrompt Vorminski qui se moque éperdument des croix de Lorraine tracées par des adolescents.

— Comme je vous l'ai dit, j'étais réveillé cette nuit-là. Tout à coup j'ai entendu des bruits étouffés juste devant la maison. Ce que je n'ai pas dit, c'est que je suis allé à la fenêtre. J'ai regardé par les interstices des volets et j'ai vu des soldats allemands sortir de la gare avec des "*affiches roulées*". J'ai vu plusieurs visages car ils sont passés juste devant la maison.

— Des soldats, vous êtes sûr ?

— Oui.

— Combien ?

— Cinq, en uniforme noir.

— Bon, asseyez-vous, lui dit le commandant en désignant de la main la chaise vide à côté de Lavrenti.

L'inspecteur est aux anges et s'il se retient à grand-peine de manifester sa joie, il ne peut réprimer un discret sourire.

Cette fois, la chance est en train de tourner…

Il y a eu un témoin de l'attaque.

Le commandant, lui aussi, a envie de sauter de joie mais il reste un petit test à faire passer au père de famille. Vorminski lui montre les photos des résistants abattus par Dailans et ses hommes.

Lavrenti reste debout un peu en retrait.

— Je n'en reconnais aucun, affirme-t-il.

— Vous êtes bien sûr ? demande Vorminski en fronçant les sourcils.

— Oui. Ce ne sont pas les hommes que j'ai vus.

C'est exactement ce que Vorminski espérait. Quel dommage qu'il n'ait pu se faire communiquer des clichés de Gaillac et de sa bande. Il va falloir organiser une identification sans que les gestapistes ne se doutent de quoi que ce soit. C'est beaucoup plus compliqué et risqué que de montrer une collection de photographies réalisées par l'Identité judiciaire.

— Capitaine, dit-il en s'adressant à Reislau, je tiens à vous féliciter. Merci de me l'avoir amené aussi rapidement. Je le garde pour la soirée et si vous n'êtes pas requis et que cela vous dit de participer à une enquête criminelle, je vous engage.

— Je vous suis.

— Il faut que cet homme puisse rentrer dans les boîtes de nuit de Pigalle sans se faire remarquer, genre industriel en goguette dans la capitale… Vous voyez ?

— Oui, commandant, je vois que ma carrière criminelle commence bien…, dit Reislau en souriant.

Vorminski sourit lui aussi puis se tourne vers le témoin.

— Vous, monsieur, ne vous inquiétez pas. Si les informations que vous nous avez transmises sont vraies, et je ne doute pas que, cette fois, elles le soient, je ferai libérer votre fils… Par contre, si vous ne me dites pas l'entière vérité, si vous me cachez quoi que ce soit, si vous ne faites pas exactement ce que je vous dis, je fais fusiller votre enfant. C'est compris ?

L'homme manque de fondre en larmes et jure ses grands dieux qu'il a dit toute la vérité.

Vorminski trouve la situation bizarre, il se sent étranger à ses propres paroles, comme si quelqu'un d'autre venait de menacer le père. Mais il n'a pas le choix, cette fois, le Français ne doit plus mentir.

Ensuite, il s'adresse à Lavrenti.

— À quelle heure votre contact vous a-t-il dit que nous pouvions les trouver ?

— Ils arrivent généralement vers vingt-trois heures.

— Ce qu'il faut, c'est que votre Joseph nous confirme leur présence ce soir. Si nous y allons et qu'ils n'y sont pas, il faudra y retourner et on risque de se faire repérer.

— Je m'en occupe, annonce Lavrenti.

Il téléphone à son indicateur. Il lui dit de retourner ce soir dans les bars de Pigalle et de téléphoner au MBF dès qu'il verra arriver Gaillac et consorts. Joseph est réticent à téléphoner au MBF mais Lavrenti lui dit de ne pas s'inquiéter. Il lui promet qu'il sera récompensé financièrement de ses efforts. Pour Joseph, dont le stock de morphine commence à baisser, l'argument est imparable…

— Tout est en ordre, annonce Lavrenti à son retour.

— Alors je vous confie notre témoin, dit Vorminski au capitaine Reislau. Lorsque vous avez fini, vous revenez immédiatement ici, ajoute-t-il.

Quand le Français et le capitaine allemand reviennent, le premier est maintenant complètement différent. Il a un costume neuf, les cheveux rasés et coupés. Vorminski le regarde et sourit.

— Vous êtes tel que je l'espérais. Un chef d'entreprise avec un costume neuf qui vient s'encanailler à Pigalle. Bon, il est de toute façon trop tôt pour faire quoi que ce soit. Je vais vous ouvrir le bureau d'à côté et demander qu'on vous amène de la lecture et des sandwichs. Vous ne bougez pas, vous attendez mes instructions.

Il sort pour leur ouvrir un bureau adjacent, inoccupé depuis que son propriétaire est parti se faire tuer sur le front de l'Est, puis revient travailler avec Lavrenti.

— Cela vous ennuie si je mets la radio pour travailler?

— Non, commandant, je vous en prie.

Vorminski se lève et allume le poste TSF. Le chœur du requiem allemand de Brahms se propage dans la pièce.

Denn alles Fleisch, es ist wie Gras
Und alle Herlichkeit des Menschen
Wie des Grases Blumen
Das Gras ist verdorret
Und die Blume abgefallen[1]

1. Car toute chair est comme l'herbe,/toute la gloire de l'homme/est comme la fleur de l'herbe./L'herbe sèche/et la fleur tombe.

C'est une des musiques préférées de Vorminski. Il n'a jamais eu lui-même l'âme spécialement religieuse mais il a toujours pensé que le compositeur était l'un de ceux qui avait le mieux su saisir l'âme allemande et son rapport si particulier au sacré et à la mort.

Il écoute en silence la musique quelques secondes puis vient se rasseoir et reprend sa conversation avec Lavrenti.

— Vous vous rendez compte, cette fois je pense que tout va se jouer ce soir, dit-il au jeune policier. Tout va dépendre de ce vieux bonhomme.

— S'il les reconnaît : cette fois, on peut intervenir.

— Bien sûr. Sinon, j'aurais fait fausse route depuis le début.

— Je ne crois pas que nous ayons fait fausse route, il y a trop d'indices concordants. De toute façon, nous n'aurons plus beaucoup de temps à attendre.

Vorminski s'éclaircit la gorge et se passe la main dans les cheveux.

— À propos de cela, inspecteur. Je crois qu'il ne faut pas que vous veniez, il ne faut pas qu'ils puissent faire le lien entre nous. »

Lavrenti accuse le coup.

— Si ce n'est pas déjà fait? dit-il pour tenter de convaincre le commandant.

— Je ne le pense pas.

— Ce n'est pas impossible, ils peuvent avoir des contacts à la criminelle.

— Ne m'en veuillez pas mais je ne crois pas qu'ils se méfient assez de vous pour prendre des renseignements.

— Vous avez sûrement raison... Mais s'ils vous voient, vous, avec le civil, cela peut les intriguer aussi.

— Ils vont penser que je suis en goguette avec un lieutenant et un homme en civil...

— À votre place, je ne me montrerai pas.

— Je vais réfléchir.

— Le problème est que si pour une raison ou pour une autre tout tourne mal, il faudra bien quelqu'un pour protéger notre seul et unique témoin.

— Vous avez raison, mais je me charge de cela. Ils auront plus peur de deux officiers allemands que de vous, inspecteur.

Lavrenti se renfrogne. Cette fois, il a compris que la décision du commandant était définitive et qu'il ne participerait pas à l'action de ce soir.

— Oui, évidemment, les soldats allemands font plus peur à ces bandits qu'un policier français...

Vorminski, un peu gêné, ne répond pas. Lavrenti se lève et commence à prendre son manteau :

— J'ai donné votre numéro de téléphone à Joseph. Il vous appellera dès qu'il les verra... Quant à moi, j'ai du travail, je préfère vous laisser si vous n'y voyez pas d'inconvénient.

— Ne prenez pas mal les choses, inspecteur, vous savez bien que ce sont les circonstances qui veulent cela.

— Mais les circonstances ne sont pas toujours faciles à accepter, commandant. En particulier quand elles conduisent à ce qu'un policier ne puisse pas faire son métier...

Lavrenti salue Vorminski et ferme la porte.

Celui-ci va monter le son de la radio et écoute le requiem de Brahms assis dans son fauteuil, les yeux clos.

*

Le téléphone sonne à 22 heures 45. C'est Joseph. Il annonce à Vorminski que les gestapistes viennent d'arriver à *L'Heure bleue*.

— Qui est là ? demande le commandant.

— Gaillac, Forlain, l'Espagnol, d'autres que je ne connais pas, tout le monde est là.

Après avoir raccroché, Vorminski se lève et va chercher le militaire allemand et le civil.

— Cette fois, on y va.

Ils sortent du MBF sous la pluie, montent dans la voiture de Vorminski et mettent le cap en direction du Nord de la capitale.

Dans le véhicule, Vorminski explique sa mission au petit vieux.

— Les gens que nous pensons responsables de l'attaque sont dans le bar où je vous conduis. Vous n'avez qu'à entrer, vous asseoir à une table, prendre un verre et regarder discrètement, j'insiste là-dessus. Voyez si vous reconnaissez des gens. Pendant que vous regardez, vous discutez avec le capitaine comme un chef d'entreprise qui parle avec un officier allemand avec lequel il est en relation d'affaires. Une demi-heure après, vous sortez comme si de rien n'était. Vous voyez, je ne vous demande rien d'insurmontable…

L'homme est blanc de peur. Rien d'insurmontable, peut-être, mais les hommes qu'il a vus ont tué plusieurs sentinelles allemandes…

Ils arrivent à Pigalle. Les lumières agressives d'avant-guerre ont disparu à cause du black-out mais les bars, eux, sont bien ouverts. Vorminski se gare près de la sortie de la station de métro, à côté du tabac. Jusqu'à ce moment, il a hésité mais cette fois il est décidé : il ne va pas descendre, pas la peine de se mettre en avant pour rien.

Le petit vieux a plus peur que jamais. Pendant un instant, Vorminski pense qu'il va refuser d'y aller. Mais l'homme se reprend, il pense à son fils, il l'imagine dans sa cellule. Il veut le sauver, le ramener à la maison. De toute façon, ce que lui a demandé l'officier allemand n'est pas si difficile que ça.

Il ouvre la portière et descend du véhicule.

*

23 h 02

Xavier Dailans conduit d'une main, de l'autre, il se masse la tempe droite, essayant de chasser un mal de tête persistant. Heureusement, il va bientôt pouvoir s'accorder un petit moment de détente et oublier la journée frustrante qu'il vient de vivre. Depuis le début de la matinée, lui et ses hommes ont cherché Jeanne Sikorski. Mais elle s'est volatilisée, purement et simplement. Ils ont retourné sa chambre, interrogé sa logeuse et ses voisins, sans résultat. Dans sa chambre, rien de compromettant, c'est très étrange. D'habitude, même les résistants les plus aguerris à la clandestinité ne peuvent s'empêcher de laisser un élément personnel dans leur planque : là, alors même qu'ils fouillaient son domicile officiel, ils n'ont trouvé ni lettres, ni papiers d'aucune sorte, comme s'ils se trouvaient dans la chambre d'un fantôme. Étrange…

Tout cela risque de ne pas plaire à Gaillac, se dit le géant tandis qu'il gare sa voiture à quelques mètres de l'entrée de *L'Heure bleue*. Il pleut de plus en plus fort. Il ferme sa voiture et rejoint rapidement la porte. Il dit bonsoir aux deux jumeaux qui gardent l'entrée. À l'intérieur, tous les autres sont déjà là : Gaillac, Speil qui parle à une jolie blonde, Maragal, sa petite amie et Forlain en grande discussion avec des Arabes, des amis de Gaillac… Une belle et joyeuse soirée, songe-t-il tandis qu'il fend la foule des danseurs jusqu'à la table de son patron.

— J'aime pas cette musique, dit le géant à son chef en guise de bonsoir.

— Je ne te demande pas de venir. T'as retrouvé la fille ?

— Non, dit Dailans. Elle est introuvable.

Gaillac ne répond rien. Il regarde Véra danser avec un jeune type. Il est crispé, c'est toujours une torture de la voir dans les bras d'un autre homme. Il le lui a déjà dit mais elle lui a répondu qu'elle adorait danser et qu'il n'avait pas intérêt d'essayer de l'en empêcher. Cette fois, il en a vraiment assez. Il imagine le regard brûlant du jeune homme sur son cou et c'est plus qu'il ne peut en supporter. Il cherche le chanteur du groupe à travers les volutes de fumée qui montent vers le plafond et lorsqu'il a réussi à accrocher son regard, il lui commande d'un geste discret d'arrêter le morceau. Le chanteur s'exécute. Un nouveau morceau commence et Véra change de cavalier. L'homme n'est pas beau. Parfait, il préfère ça. Il allume une cigarette, il ne devrait pas fumer, il a déjà la voix très éraillée mais il ne peut pas s'en passer. Dailans a l'air de vouloir discuter mais lui n'en a pas envie. Le géant va essayer de se trouver des excuses pour ne pas avoir mis la main sur la fille de la forêt de Meudon et Gaillac n'a aucune envie d'en discuter. Il sait qu'il la veut, c'est tout. Les jérémiades de son adjoint, il n'a pas envie de les entendre ce soir. Il a des choses plus intéressantes à faire comme d'observer ce petit vieux qui vient de rentrer dans la boîte accompagné d'un officier allemand. Il ne connaît pas cet homme qui regarde partout d'un air effrayé. C'est pour cela qu'il l'a remarqué immédiatement : l'homme a l'air d'avoir très peur. S'il n'était pas avec l'officier, il prendrait ses jambes à son cou. Mais il reste et, soudainement, le petit vieux se met à fixer Dailans avec intensité. Après, l'orchestre entame un ragtime furieux, les couples de danseurs prennent plus de place sur la piste : Gaillac perd les deux hommes de vue pendant plusieurs minutes. Quand il les retrouve, il voit le vieil homme observer Maragal. Cette fois c'en est trop. Gaillac sent que quelque chose ne va pas. Il ne saurait dire pourquoi mais il a la nette sensation que cet homme, malgré son costard neuf, n'est pas venu s'amuser et qu'il est venu pour quelque chose d'autre. Mais quoi ? Lorsque quelques minutes plus tard, ils voient les deux hommes sortir, il se décide à les suivre.

— Je viens avec toi ? demande Dailans quand il voit son chef se lever.

— Non, répond Gaillac d'un ton sans réplique.

Ces gardes du corps, eux aussi, veulent le suivre mais il leur fait signe de la main de ne pas bouger. En un instant, il se retrouve dehors. L'averse est terminée. Pas de trace du petit vieux et de l'Allemand. Déçu, Gaillac n'a plus qu'à marcher en regardant les façades des immeubles du quartier béni de l'occupation. Tout est neuf, repeint, c'est vraiment une période extraordinaire pour le quartier, les Allemands voient Paris comme un bordel, et Gaillac et quelques-uns de ses rivaux ont décidé de leur en donner pour leur argent, ici et maintenant, *Le Shéhérazade, Ève, L'Abbaye de Thélème, L'Heure bleue* au 54 rue de Pigalle : les Germains vont pouvoir s'enivrer jusqu'à plus soif et coucher avec les danseuses. Et dire que la plupart de ses établissements lui appartiennent, tout du moins par le truchement de prête-noms ! Gaillac ricane, les boches ont leur Vaterland, eh bien, lui, il a créé Gestapoland : le seul lieu allemand où la boisson numéro un n'est pas la bière blonde à la pression mais le Mumm Cordon Rouge.

*

Reislau et le civil montent dans la voiture.

Alors que Vorminski s'apprête à démarrer, il aperçoit Pierre Gaillac sur le trottoir d'en face. Le gestapiste ne regarde pas dans leur direction.

— Monsieur, reconnaissez-vous cet homme ? » demande-t-il brusquement au civil.

Le Français regarde Gaillac poursuivre son chemin sans les avoir vus.

— Non, lui, il n'y était pas, répond le civil.

— Vous en êtes certain ?

— Oui, commandant, je ne l'ai pas vu mais il se trouvait ce soir à côté d'un homme très grand qui lui y était.

— Scheize ! rugit Vorminski. Gaillac n'était pas à la gare le soir de l'attaque ! Vous dites avoir reconnu d'autres personnes à l'intérieur ?

— Ils étaient tous là, tous là, commandant. Cet homme très grand dont je viens de vous parler, un homme à l'aspect espagnol ou italien et un homme plus âgé…

— …Vous pourriez les reconnaître si on les faisait défiler devant vous ?

— Oui, affirme le Français, tremblant de peur.

— Ne vous inquiétez pas, monsieur, on vous protégera, et puis, réjouissez-vous, vous venez de sauver votre fils !

Une pensée qui hante Vorminski : Gaillac n'était pas à la gare le soir de l'attaque.

*

Une fois sa balade finie, Gaillac rentre à l'intérieur de *L'Heure bleue*. Il est pensif. Il croise Maragal, un peu gai, au bras de sa petite amie. Une très jeune fille, à peine majeure, genre jolie fleur des classes populaires, une vendeuse, sûrement. Maragal a l'air heureux en tout cas.

— Monsieur Gaillac, je voudrais vous présenter Delphine. Delphine, voici M. Gaillac, c'est un homme très important, tu sais, il m'a sauvé ! C'est grâce à lui que nous sommes ensemble !

Gaillac sourit : Maragal est un peu parti mais ce qu'il dit est plutôt flatteur. En plus, il a tout à fait raison, il connaît la jolie Delphine depuis plus longtemps que l'Espagnol et c'est bien grâce à lui qu'ils sont ensemble. Elle accompagnait une petite frappe qui travaillait pour lui. Après que le type l'eut quittée, elle revenait quand même ici, dans l'espoir de le revoir. Mais une femme seule dans un repaire de bandits comme celui-là, c'est dangereux. Dailans avait de grands projets pour elle : il voulait la mettre sur le trottoir et la faire travailler pour lui. Gaillac avait mis un veto à l'opération et avait interdit qu'on l'approche. Le premier soir où il est venu, Maragal ne le savait pas et une romance s'est nouée entre eux. Gaillac n'y voit pas d'inconvénients si Maragal ne la colle pas au turbin. D'habitude cela ne le gêne pas mais elle, il n'a pas voulu, il ne saurait pas bien expliquer pourquoi…

Il baise la main de la jeune femme et s'apprête à les laisser partir mais la pensée du vieux observant l'Espagnol ne le quitte pas.

Gaillac sort de la poche de sa veste une carte bristol qu'il réserve habituellement aux personnages importants qu'il croise.

— Si vous avez un problème, téléphonez à ce numéro. Les gens à qui vous parlerez sauront où me trouver.

Delphine et Juan prennent chacun une carte.

— Juan, une dernière chose, dit-il en retenant l'Espagnol par le bras.

— Oui.

— Si un jour tu es arrêté, quoi qu'on te dise, quoi qu'on te fasse, il faut que tu tiennes ta langue jusqu'à ce que je vienne te chercher. Compris ?

— Je ferai comme vous l'avez dit mais je ne vois pas pourquoi vous me dites cela, patron, vous m'avez dit que si je vous étais loyal, il ne m'arriverait rien.

— Je viendrais te chercher, je te le promets. Mais si tu as parlé, je te tuerai moi-même.

L'Espagnol hoche la tête, puis il rejoint Delphine à la porte d'entrée.

*

Gaillac cherche Véra des yeux. Dieu sait où elle a bien pu passer. Il rejoint sa table où Dailans boit un whisky. Il s'assoit à côté de lui et lui fait part du malaise qu'il a ressenti devant le vieil homme tout à l'heure.

— Tu crois que cela peut avoir un rapport avec l'affaire de la gare ? demande Dailans.

— Non, il n'y a eu aucun témoin de votre attaque, je ne m'inquiète pas trop… Mais j'ai eu une mauvaise impression en voyant ce type te regarder. Comme un pressentiment. De toute façon, il est temps d'agir et de régler le cas Vorminski. Dès demain. On va en finir une bonne fois pour toutes.

— Que veux-tu faire ? demande le géant.

Gaillac explique son plan à Dailans.

— Est-ce que tu veux qu'on s'en occupe maintenant ? demande Dailans à la fin de l'exposé.

Il regarde Véra, revenue sur la piste, plus belle que jamais. Elle lui sourit et lui fait signe qu'elle a envie de rentrer.

— Non, il est tard, ce brave commandant Vorminski attendra bien demain matin.

17.

Mercredi 14 octobre 1942, Paris, 8e arrondissement,
1 heure du matin

Christian Loméro s'effondre sur son lit.

Il entend encore les hurlements du résistant qu'il a torturé.

Vers la fin, l'homme ne criait plus, il émettait une sorte de râle, de plus en plus grave, au fur et à mesure que l'interrogatoire se poursuivait. Loméro et Souchet ont tout essayé pour le faire parler.

Tout.

L'homme n'a pas cédé. Il est mort dans leurs bras, il y a quelques heures. C'était ce qui pouvait lui arriver de mieux, au point où il en était. À plusieurs reprises au cours de l'interrogatoire, Loméro avait été tenté de l'étrangler pour abréger son calvaire. Mais il ne l'a pas fait. Une fois, un type a accepté de tout avouer à condition que Souchet l'achève immédiatement après. Loméro a bien retenu la leçon : tant qu'un homme a encore un souffle de vie, il reste une chance qu'il parle.

C'est étrange, toute la journée il a pensé à Jeanne. Alors même qu'il était en train de supplicier le résistant, il imaginait la jeune femme franchissant la porte en souriant... Est-ce parce qu'elle n'arrivait pas qu'il s'est acharné sur sa victime ? Si c'est bien le cas, c'est une faute, il le sait. Un prisonnier mort est un prisonnier qui ne parlera pas, un prisonnier qui a emporté son secret dans la tombe.

À jamais.

*

Le commandant Vorminski ne l'a même pas appelé. Ils se sont pourtant promis de s'entraider et il va falloir qu'il se débrouille tout seul...

Gaillac est la clef de la disparition de Jeanne.

Gaillac, toutes ses pensées le ramènent à ce salaud.

Gaillac, il voudrait être caché sous son lit pour entendre ses secrets.

Comment a-t-il su que des résistants étaient dans cette ferme ? Avait-il réussi à placer quelqu'un à l'intérieur du groupe ? A-t-il fait séquestrer Jeanne dont il a pu apprendre qu'elle lui était chère ? L'a-t-il fait tuer ?

Trop de questions, pas assez de réponses.

Il va tuer Gaillac.

Mais avant, il le fera parler.

* *
*

Depuis l'attaque, Jeanne Sikorski n'est pas rentrée chez elle. Elle loge dans une maison de banlieue appartenant à une amie de sa grand-mère. Lorsqu'elle est arrivée en disant qu'elle avait des ennuis, la vieille dame, qui la considère comme sa propre petite-fille, lui a ouvert sa porte.

Ici, Jeanne est en sécurité. Il est impossible de remonter jusqu'à elle. Personne dans ses relations parisiennes ne connaît le lien entre Jeanne et la propriétaire, et ce n'est pas sa grand-mère, décédée depuis deux ans, qui ira révéler quoi que ce soit.

Cependant, elle n'est pas tranquille. Elle ne peut s'empêcher de frissonner dès qu'elle entend un craquement dans la maison ou le moindre bruit de moteur au-dehors. Elle imagine les inconnus de Meudon fracturer la porte d'entrée et se ruer jusqu'à sa chambre…

La chair de poule la prend, elle tremble presque une minute entière sans pouvoir s'arrêter.

Si au moins elle arrivait à comprendre ce qui s'est réellement passé dimanche…

Sans arrêt, elle repasse dans sa tête le fil des évènements, sans résultat.

Soit Loméro a tenté de la faire assassiner et sciemment ne l'a pas prévenue de l'attaque, soit l'attaque a été montée par un autre groupe de la Gestapo et Loméro n'était au courant de rien.

Tout ce qu'elle sait, c'est qu'elle ne peut pas rester comme cela. Même si ce n'est pas prudent, même si elle risque sa vie, elle doit reprendre contact.

Ses yeux se remplissent de larmes.

Elle ne doit pas pleurer. Elle doit rester forte, concentrée sur ce qui importe vraiment. Survivre. Un jour peut-être, lorsqu'elle sera sauvée, elle aura l'occasion de se retourner sur le passé, de se maudire pour ce qu'elle a fait. Maintenant il est trop tôt. Il n'empêche, c'est plus facile à dire qu'à faire. Le lit est froid. Cela lui rappelle son enfance, une petite fille dans un lit froid, dans une chambre obscure. Une petite fille qui se retient d'appeler ses parents. Une enfant qui, durant la journée, joue avec les garçons à se faire peur dans la grande maison mais qui le soir venu tremble réellement. Pourquoi fait-elle cela, pourquoi joue-t-elle avec eux ? Ils sont plus vieux, après tout. La petite fille ne le sait pas. Rien n'a changé.

Ses yeux se ferment peu à peu.

Dans l'obscurité, c'est maintenant Moreau qu'elle voit. Sébastien Moreau, son sourire triste.

Un craquement. Elle sursaute.

Il l'aimait tellement.

Elle, elle ne l'aimait pas.

Il est mort et son fantôme rôde quelque part dans la maison.

IV

Matins gris

18.

Mercredi 14 octobre 1942, Paris,
7ᵉ arrondissement, 8 heures

Delphine Savin finit sa toilette puis remet les vêtements froissés qu'elle portait la veille, lorsqu'elle est sortie avec Juan et sa bande. Elle ne se chausse pas de peur de réveiller son amant en marchant sur le parquet. C'est pieds nus, silencieuse, qu'elle se rend à la cuisine, espérant trouver quelque chose à manger mais, à sa grande déception, elle n'ouvre que des placards vides.

Elle hésite. Elle a envie de partir mais si elle reste, il l'emmènera peut-être prendre son petit déjeuner avec lui. Rester pour manger : elle ne se sent pas très fière… Et il y a pire, elle a couché avec lui alors qu'elle le connaît depuis moins d'une semaine ! Si ses parents savaient cela !

Il n'est même pas beau et il est beaucoup plus vieux que moi… se dit-elle en regardant le temps gris par la fenêtre de la cuisine.

Comment en est-elle arrivée là ? Elle ne sait plus très bien. Tout est allé si vite. Les souvenirs de leur rencontre se noient dans le flou des lumières du dancing, de la fumée de cigarette et des odeurs d'alcool fort. Elle était folle amoureuse d'un garçon, un mauvais garçon. Elle l'accompagnait dans les bars, ils dansaient et buvaient des nuits entières. Tout se passait merveilleusement bien mais il y a quelques semaines, le jeune homme s'est mis à fréquenter une autre femme et n'a plus donné aucun signe de vie. Delphine n'en a pas moins continué de venir à la boîte où ils se rendaient tous les soirs, prête à tout pour l'apercevoir, ne serait-ce qu'un instant… Sans résultat, le mauvais garçon ne se montrait plus. En revanche, elle revoyait ses amis et son patron, un dénommé Pierre Gaillac. La semaine dernière, elle était venue, comme d'habitude, espérant encore que son ancien amant pousserait la porte de l'établissement. Le videur l'avait laissée rentrer gratuitement, il lui avait dit en souriant qu'elle était tellement jolie qu'il en avait reçu la consigne mais, à l'intérieur, si certains hommes la regardaient de loin (en particulier un homme très grand qui la dévisageait avec insistance) personne ne venait l'aborder : elle ne comprenait pas pourquoi… Donc ce soir-là, comme tous les autres soirs, elle restait seule à boire des verres, espérant le retour du mauvais garçon, quand pour la première fois un homme est venu s'asseoir à côté d'elle. Il avait des cheveux noirs légèrement ondulés et parlait doucement avec un accent espagnol. Au début, elle s'est montrée rétive mais il a su la mettre en confiance et finalement, cela lui a plu de l'écouter parler, il avait une manière charmante de lui faire des compliments. Et lorsque, le couvre-feu approchant, l'heure de partir est arrivée, l'Espagnol ne l'a pas retenue, il n'a pas essayé de la raccompagner chez elle, il l'a laissée partir en lui faisant juste promettre de le rejoindre au même endroit le soir suivant. Cette attitude respectueuse lui a plu. Toute la journée du lendemain, elle a hésité mais elle est finalement revenue. Elle ne savait pas pourquoi elle avait envie de le revoir, il sentait bon et avait de beaux yeux sombres, cela n'allait peut-être pas plus loin…

En tout cas, elle ne l'a pas regretté, le soir venu elle a passé un très bon moment, si bon qu'elle en a oublié le couvre-feu ! Alors cette fois, elle l'a laissé la raccompagner.

Depuis, elle n'a eu le temps de ne penser à rien, prise à nouveau dans un tourbillon de musique et d'alcool.

Mais ce matin, c'est comme si une immense vague de doute s'abattait sur elle.

Elle a besoin de rentrer chez elle, besoin de calme, besoin de réfléchir.

Non, décidément, elle ne va pas l'attendre…

Elle se chausse juste dans l'entrée. Elle tire doucement la porte puis descend l'escalier.

Elle se trouve au premier étage lorsqu'elle croise deux hommes. Un Allemand en uniforme, la quarantaine, et un jeune homme habillé en civil. Ils la fixent tous les deux et l'espace d'un instant elle pense qu'ils vont l'arrêter. Ils la laissent poursuivre son chemin mais elle comprend que les deux hommes, qu'elle n'a jamais vus, sont venus pour Juan. Alors, lorsqu'elle arrive au rez-de-chaussée, elle ne franchit pas la porte d'entrée de l'immeuble.

Elle reste près de l'escalier, et écoute…

*

Le commandant Vorminski et l'inspecteur Lavrenti arrivent sur le palier de l'appartement de Maragal, pistolets chargés.

Vorminski tourne très doucement la poignée. La porte s'ouvre sans résistance. Les deux hommes échangent un regard méfiant, avant de rentrer l'arme au poing. À part ceux de la cuisine, les volets sont fermés, la lumière grise du matin ne rentre que par leurs interstices, l'appartement est plongé dans une inquiétante pénombre. Ils se déplacent sans bruit, dans la hantise du moindre craquement. Ils espèrent que l'Espagnol ne les a pas entendus arriver. Dans le cas contraire, il les attend sûrement quelque part, le doigt sur la gâchette. Dès qu'ils se glissent dans une pièce, le militaire et le policier savent qu'ils risquent leur vie.

Pas dans la cuisine. Pas dans le salon. Pas dans la salle de bain. Ils arrivent devant la dernière pièce qu'ils n'aient pas visitée, au fond du couloir sur la droite.

Ils entrouvrent doucement la porte.

L'intérieur est sombre.

Lavrenti voit une forme bouger dans le lit.

Lavrenti crie : *Mains en l'air !*, pistolet braqué sur la forme tandis que Vorminski appuie sur l'interrupteur.

Maragal se réveille en sursaut. La lumière l'aveugle. Il ne voit pas Lavrenti s'approcher de lui et lui décocher un coup de poing en pleine figure. Il pousse un cri de douleur et s'affale sur la droite du matelas.

Vorminski, quelques mètres en arrière, observe un peu choqué le policier se venger, œil pour œil, de la correction qu'il a reçue. Au bout de quelques instants, il se décide pourtant à intervenir. Lavrenti se met à frapper Maragal avec la crosse de son revolver et l'Espagnol saigne maintenant en abondance. S'il laisse faire, leur prisonnier arrivera au 36 les pieds devant.

— Mettez une chemise et un pantalon, on vous emmène, ordonne l'Allemand à Maragal après avoir repoussé son compagnon.

L'Espagnol, en sang, tremblant sous la menace des revolvers, s'exécute. Une fois habillé, les trois hommes sortent de l'appartement. Les cris et le remue-ménage ont attiré les autres locataires, certaines portes sont légèrement entrouvertes. Lavrenti crie plusieurs fois :

— Police, c'est une arrestation !

En l'entendant, les habitants sont rassurés, la police est là, il n'y a plus de danger mais la vue de l'uniforme vert-de-gris inquiète à nouveau : si c'est une arrestation de résistants, pourvu que les Allemands ne prennent pas d'otages…

Vorminski, Lavrenti et Maragal menotté passent sans la voir près de Delphine Savin, cachée dans un coin sombre derrière l'escalier. Les trois hommes s'engouffrent dans une voiture militaire.

La jeune femme regarde le véhicule s'éloigner.

Elle retourne à l'appartement, décroche le téléphone puis communique d'une voix fébrile le numéro à l'opératrice.

*

Il est encore chez lui en robe de chambre. Il n'est pas en avance. D'habitude à cette heure-là, il est déjà au bureau mais il a très mal dormi la nuit dernière et s'est réveillé tard. Il ne l'avouerait à personne mais l'émission de la BBC l'a un peu retourné. De toute façon, personne ne croirait que lui, Pierre Gaillac, écoute la BBC. Il n'a pas à le faire, les Allemands ont des hommes spécialement chargés de cette mission. Pourtant il en est un auditeur régulier : il aime bien savoir ce qu'ils pensent de l'autre côté.

Mais ce qu'il a entendu hier l'a troublé.

Les Alliés commencent à dresser des listes de criminels de guerre et y incluent les collaborateurs des nazis ressortissants des pays occupés. Gaillac pense à ce qu'il a fait depuis deux ans : il a tué, blessé, séquestré, pillé, pour le compte des Allemands. Nul doute que son nom figurera sur la liste.

Pourvu que les boches gagnent la guerre, se dit-il, qu'ils prennent cette putain de Stalingrad et qu'on n'en parle plus. Sinon je vais passer un mauvais quart d'heure.

Le téléphone se met à sonner, interrompant ses réflexions.

Au bout du fil, Delphine Savin ; elle lui raconte ce qui vient de se passer, des larmes dans la voix. Gaillac écoute d'abord sans rien dire puis rassure la jeune femme, mais à la fin de l'appel, il lâche un juron retentissant.

Peu lui importe finalement que le Reich gagne ou perde, de toute façon il risque fort d'y passer. Qu'il se fasse fusiller par les nazis ou les Russes, quelle différence après tout ?

Il s'en veut : si l'affaire tourne mal, il l'aura bien cherché ! Il ne s'est pas occupé à temps de Vorminski, le militaire lui a paru trop isolé pour être dangereux. À l'évidence, il s'est trompé, lourdement. De toute façon, l'erreur principale, il l'a commise bien avant. Il se dit qu'il a été stupide de ne pas rendre tous les tableaux. Les bénéfices prévus étaient tellement considérables qu'il n'a pas su résister…

Quelle erreur !

Il a tenté un coup de bluff.

Il est en train de perdre la partie.

Plus le temps de rien regretter, il faut agir et sauver ce qui peut l'être encore.

Il téléphone à Dailans et lui explique ce qui vient de se passer.

— Je parie qu'il est avec le flic à qui tu as cassé la gueule. Fais exactement comme on a prévu hier, dit-il au géant en guise de conclusion.

Il va à son bureau et sort les rapports de surveillance qu'il a sur Vorminski.

Il lui reste encore une carte à jouer.

* *
*

Conformément aux plans mis au point la veille, le capitaine Reislau arrive au 36 quai des Orfèvres avec le témoin français. Ils cherchent le bureau de l'inspecteur Lavrenti. En chemin, ils croisent le commissaire Valin qui se rend à la réunion de huit heures et demie.

— Puis-je vous aider, messieurs ? demande le commissaire aux deux visiteurs, visiblement un peu perdus.

Le capitaine Reislau explique dans son français hésitant qu'ils sont là pour l'affaire de la gare de Saint-Brégny.

Valin est dubitatif. L'officier lui parle d'une affaire dont il a certes entendu parler mais dont son service n'est absolument pas saisi !

— Puis-je vous demander par qui vous désirez être reçus ?

— Nous devons rencontrer le commandant Vorminski et l'inspecteur Lavrenti. »

Tout s'explique, se dit le commissaire. Lavrenti ! Il aurait dû s'en douter ! Depuis qu'il s'est fait casser la figure, le jeune inspecteur ne quitte plus les Allemands.

Valin les informe que l'inspecteur n'est pas encore arrivé. Il leur indique son bureau et leur conseille de l'y attendre. Mais l'entrevue laisse une impression désagréable au commissaire. Tout en se dirigeant vers la salle commune, il se convainc de la nécessité d'une explication urgente avec son jeune subordonné avant que celui-ci ne transforme la PJ en une annexe de la Kommandantur.

C'est dans cette disposition d'esprit qu'il voit, au détour d'un couloir, Lavrenti et un autre officier allemand débouler, traînant un prisonnier au cuir chevelu ensanglanté. Cette fois, le sang du flegmatique commissaire ne fait qu'un tour.

— Commandant, dit-il, saluant Vorminski en français.

Puis, se tournant vers Lavrenti :

— Inspecteur, vous pourriez peut-être m'expliquer ce dont il s'agit ?

Lavrenti prend son prisonnier par le menton et relève son visage.

— Commissaire, je ramène simplement Juan Maragal et je vais de ce pas l'interroger.

Sans laisser à son supérieur le temps de répondre, Lavrenti pousse son prisonnier en avant et poursuit son chemin en compagnie de l'officier resté silencieux.

Hervé Sanz qui, avec d'autres policiers, a assisté à la fin de la scène, vient voir le commissaire Valin.

— Eh bien, s'exclame le collègue de Lavrenti, il l'a ramené !

— Il l'a ramené. Il était prêt à tout pour cela, même à s'allier avec le Diable, répond le commissaire d'une voix blanche.

— Et nous l'avons laissé faire…, conclut Sanz.

Vorminski, Lavrenti et Maragal se dirigent vers les salles d'interrogatoire. Ici, dans les sous-sols, ils pourront interroger leur prisonnier en toute quiétude.

Une fois arrivé, Lavrenti menotte l'Espagnol à une chaise.

— Ah, et bien je suis drôlement content de te retrouver, lui dit l'inspecteur, une fois sa besogne terminée.

— Vous imaginez bien que ce n'est pas mon cas, mais comme mes collègues vont venir me chercher…, répond Maragal, bravache.

— Vous allez un peu vite, monsieur Maragal. Vous voyez, la couleur de mon uniforme va rendre la tâche de vos amis un petit peu plus difficile que la dernière fois…, l'interrompt Vorminski.

— Je ne savais pas que l'armée allemande s'occupait des agressions commises sur les vieilles dames.

— Qui vous dit que c'est cette affaire qui m'intéresse ? demande Vorminski en souriant.

Maragal comprend que la situation se complique singulièrement mais Lavrenti ne lui laisse pas le temps de réfléchir.

— Où étais-tu le soir de l'attaque de la gare de Saint-Brégny ?

L'Espagnol se remémore les consignes de Gaillac en cas d'arrestation : surtout ne rien dire jusqu'à ce qu'il vienne le chercher, même si cela dure plusieurs heures, peut-être plusieurs jours. Il doit tenir. Il ne répond rien, pas un mot.

Lavrenti et Vorminski se regardent en souriant.

— Vous pouvez garder le silence, dit Vorminski au prisonnier. Nous n'avons pas besoin de vos aveux.

Il ment très bien. Vorminski a absolument besoin de savoir si Gaillac est derrière tout cela ou si seul Dailans est impliqué. Il n'a pas osé les arrêter sans avoir de preuves, Speil les aurait immédiatement fait libérer, l'arrestation n'aurait servi à rien. Tandis qu'avec un témoin et les aveux d'un complice, tout change ! Oberg sera bien forcé de l'écouter et les interventions de Speil resteront vaines.

Maragal jette aux deux hommes un coup d'œil inquiet.

— Nous allons bientôt te présenter un témoin qui va nous confirmer que tu as fait partie de la petite expédition de la gare, ricane Lavrenti.

— Il faut bien que vous compreniez une chose, reprend Vorminski. Votre situation est inquiétante... Et, pour tout vous dire, je n'aimerais pas être à votre place : tout cela pourrait bien se terminer devant un peloton d'exécution, après avoir été, à coup sûr, torturé. La seule solution pour vous éviter de connaître les rigueurs de la justice allemande serait de collaborer avec nous et de tout nous dire sur cette affaire. Dès maintenant. Avant que je change d'avis et que je vous mette dans le même sac que tous les autres…

— Qu'est-ce que je gagne en échange ? La vie ?

— Si vous nous aidez à coincer les autres, votre peine sera atténuée, et sachant que vos amis seront exécutés, la proposition ne me semble pas inintéressante…

Maragal hésite à parler. Vorminski le sent peser le pour et le contre. Le commandant regarde, fasciné, le visage de l'Espagnol refléter son tourment. Il est agité de tics et se met à claquer des dents.

Surtout ne rien dire, pense Lavrenti, il va finir par se mettre à table.

Au bout de quelques instants, Maragal se met à hocher la tête en signe de reddition.

Il est prêt à parler.

Mais Pierre Gaillac fait son entrée dans le bureau au moment où l'Espagnol s'apprête à avouer. Pendant un instant, il ne se passe rien, les trois hommes restent interdits devant l'arrivée du Français. Très calmement, le gestapiste salue les trois hommes.

— Commandant Vorminski, inspecteur Lavrenti, Juan… J'espère que vous allez bien ?

L'inspecteur pose sa main sur la crosse de son revolver.

— Monsieur Gaillac, vous n'avez rien à faire ici, nous interrogeons un suspect. Sortez immédiatement ! ordonne Vorminski.

— Je ne veux pas vous déranger. Je souhaite juste vous prévenir d'un petit problème, commandant Vorminski, et je m'en vais immédiatement après. »

Gaillac sourit de toutes ses dents.

L'Allemand a comme un pressentiment. Il se rapproche du gestapiste.

— Me prévenir de quoi ? demande-t-il lorsqu'il n'est plus qu'à quelques centimètres de lui.

Lavrenti est prêt à tirer si la situation s'emballe.

Gaillac dit simplement tout bas, de manière à ce que seul Vorminski entende :

— Un de vos jeunes voisins a quelques problèmes, il a besoin de votre aide.

19.

— Hugues !

Vorminski recule comme s'il avait été frappé.

— Faites-le sortir, commandant ! crie l'inspecteur Lavrenti qui comprend que quelque chose est en train de mal tourner.

Mais Vorminski entend mal, comme si la voix de l'inspecteur était déformée. Puis, brusquement, la lumière lui brûle les yeux et il se sent partir à la renverse. Heureusement Lavrenti se précipite pour le retenir, il l'empêche de tomber en le rattrapant par les épaules et le dépose doucement contre le sol.

Gaillac regarde la scène, impassible.

— Mais que vous a-t-il dit ? demande le policier quand Vorminski rouvre les yeux, quelques instants plus tard.

L'Allemand ne répond pas.

— Je vous en prie, commandant, quoi qu'il vous ait dit, ne vous laissez pas faire ! insiste Lavrenti.

Vorminski retrouve peu à peu ses esprits mais, lorsqu'il peut à nouveau parler, les mots qu'il prononce ne sont pas ceux qu'espère le jeune policier.

— Donnez-moi les clefs, menottes et portes, puis sortez. Je dois parler seul à seul avec Gaillac.

— Je ne vous donnerai pas les clefs et je ne laisserai pas ce salaud partir avec Maragal, s'écrie Lavrenti.

Un sourire carnassier apparaît sur le visage de Pierre Gaillac.

— Je ne vous demande pas une faveur, je vous donne un ordre, précise Vorminski.

— Vous n'êtes pas mon supérieur !

— Écoutez-moi bien, inspecteur, je n'ai pas le temps de discuter avec vous. Si vous ne me donnez pas ces clefs, je vous jure que je vous fais fusiller !

Le policier lance violemment les clefs au commandant et, fou de rage, sort en jetant à Pierre Gaillac un regard haineux mais le gestapiste, à quelques centimètres de la porte, ne baisse pas les yeux.

L'inspecteur Lavrenti parti, Gaillac demande à deux de ses hommes de garder la porte et de ne laisser entrer personne, puis il entraîne Vorminski à l'extérieur, laissant Maragal seul, menotté à sa chaise. L'Espagnol, inquiet, demande d'un ton implorant que la porte soit bien verrouillée pour que l'inspecteur Lavrenti ne puisse pas revenir.

— Ne t'inquiète pas, tu seras bien gardé, dit-il en désignant les deux porte-flingues qui se sont postés devant l'entrée. Je règle une petite affaire avec le commandant Vorminski et je te ramène, finit-il, hautain.

Il part, suivi par un Vorminski livide. Les deux hommes se rendent dans une autre salle d'interrogatoire située juste quelques mètres plus loin. Après avoir refermé la porte derrière lui, Gaillac va s'appuyer contre le mur du fond, à côté d'une fenêtre grillagée, tandis que Vorminski reste bras croisés au milieu de la pièce.

— Comment va Hugues ? demande-t-il au Français tout en vérifiant que personne ne les écoute derrière la porte.

— Ne vous inquiétez pas, il va bien, pour la suite, tout dépend de vous...

— Je vous écoute, que voulez-vous ?

— Mon commandant, je vais vous parler franchement. Je ne suis pas votre ennemi et je ne souhaite pas faire de mal à votre compagnon. Je ne cherche qu'à me sortir d'une situation délicate, vous savez laquelle... Je sais que vous avez compris pour l'attaque de la gare. C'était nous... Enfin, je ne m'inclus pas vraiment dedans ; peut-être ne me croirez-vous pas mais je n'étais pas au courant du projet, j'étais à Madrid... C'est Dailans et compagnie qui ont fait le coup, j'ai été mis devant le fait accompli à mon retour, vous pouvez vérifier...

— Si vous désapprouviez, pourquoi n'avez-vous pas rendu toutes les toiles ? »

Gaillac hausse les épaules et prend un air ennuyé.

— Mon commandant, comme tout un chacun, j'ai mes petites faiblesses : les toiles valent beaucoup, beaucoup d'argent, je n'ai pas pu me convaincre d'être raisonnable et de m'en séparer. Je n'en ai rendu qu'une partie, pas la meilleure... J'espérais que cela suffirait à calmer votre zèle, je me suis trompé. Vous n'avez pas cru à notre petite mise en scène de Meudon ?

— Non, j'étais convaincu que vous étiez impliqué dans l'attaque.

— Bon, elle a raté, dommage, dit Gaillac d'un air déçu.

— Mais pourquoi me faites-vous ces aveux ? demande Vorminski. Vous croyez que je vais céder à votre chantage ?

— Effectivement, la situation étant nettement en votre défaveur, je pense que vous allez vous montrer raisonnable et que je n'aurais rien à craindre de vous.

— Venez-en aux faits.

— D'abord je voudrais vous féliciter. Je vous ai fait suivre depuis que nous nous connaissons et plusieurs fois mes agents ont stoppé les filatures parce que vous étiez sur le point de les repérer... Vous êtes redoutable, vous savez ? Ils m'ont raconté que vous vous retourniez brusquement...

— Les faits, Gaillac ! rugit Vorminski.

— J'y arrive, ne vous énervez pas... Vous étiez moins méfiant chez vous que dans la rue... J'ai envoyé un couple d'agents surveiller votre appartement le jour même de notre première rencontre. Peut-être les avez-vous vus ? Ils se sont installés juste en dessous de chez vous, l'endroit idéal pour vous espionner... Les plafonds ne sont pas épais dans votre immeuble, vous savez ? J'ai donc tout de suite su que vous receviez la visite de M. Saujer-Boissieu et que vous étiez homosexuel.

— Et alors ? Vous croyez que je suis le seul officier allemand homosexuel à Paris ? Même la Gestapo en est remplie, vous le savez très bien !

— Je suis parfaitement au courant que vous n'êtes pas le seul homosexuel, dit Gaillac d'un ton impatient. Je sais très bien qu'il y en a jusque dans la Gestapo... Mais ce que je sais aussi c'est que Oberg n'est pas connu pour sa tolérance en la matière et qu'il y en a bien un qui finira par payer pour les autres... Surtout que j'ai des circonstances aggravantes : vous ignorez sûrement que votre ami transporte, à ses heures perdues, des journaux de la Résistance ?

Vorminski est secoué par un tremblement.

— Si le Brigadeführer l'apprend, poursuit Gaillac, je ne donne pas cher de sa peau. Quant à vous, je vous parie qu'un homosexuel ami d'un résistant partira sur le front russe dans les deux jours !

Chaque homme a un point faible.

Vorminski tremble de tout son corps.

— Dernière chose : je n'ai pas eu le temps de pousser très loin mon enquête, mais d'après ce que j'ai entendu dire, votre frère est un nazi bon teint. Vous n'avez pas peur que votre conduite le déçoive quelque peu ? Mais peut-être est-il parfaitement au courant ? Dans ce cas, vous n'avez rien à craindre de ce côté.

Des larmes coulent sur le visage de Vorminski. Non, son frère ne sait rien, il a toujours réussi à le lui cacher. Si Hans l'apprenait, il ne le lui pardonnerait jamais.

Chaque homme a un point faible, il suffit de le trouver.

— Qu'attendez-vous exactement de moi ?

— Vous oubliez cette triste histoire ; vous concluez que les résistants de Meudon étaient coupables et on en reste là. Tant pis pour les autres toiles, disparues, envolées, votre Reich ne s'effondrera pas pour si peu. Si vous refusez, je fais tuer votre ami ou je vous dénonce à Oberg, je ne sais pas encore. De toute façon cela revient pratiquement au même.

Vorminski s'assoit sur une chaise, pose les coudes sur la table d'interrogatoire et prend sa tête à deux mains.

— Mais avant de vous décider, souhaitez-vous parler à M. Saujer-Boissieu pour vérifier mes dires ? demande Gaillac.

Vorminski fait oui de la tête. Les deux hommes remontent à l'étage, Gaillac demande à une secrétaire de leur indiquer une pièce avec un téléphone. Une fois sur place, Gaillac communique un numéro à l'opérateur puis passe le combiné à l'Allemand.

— Commandant Vorminski.

Un chuchotement à l'autre bout du fil. Le téléphone change de main.

— Hugues, c'est toi ?

— Oui.

— Tu vas bien ? Ils ne t'ont pas fait de mal ?

— Non, non, je vais bien mais j'ai peur, Christian…

— Ne t'inquiète pas, je vais te sortir de là…

Mais déjà Gaillac coupe la communication.

Cette fois, Vorminski est anéanti. Jusque-là, la situation lui avait paru presque irréelle. Comment imaginer Hugues aux mains de ces brutes ? Mais il vient d'entendre sa voix, son souffle, celui qu'il sent sur son visage lorsqu'ils s'embrassent. Tout devient violemment tangible, la réalité des circonstances lui explose au visage, le laissant à nouveau chancelant.

Gaillac revient à la charge avant qu'il n'ait eu le temps de retrouver ses esprits, avant qu'il ne se remette à penser à autre chose qu'à sauver son amant.

— Je veux savoir qui est au courant de la véritable histoire de l'attaque. »

Vorminski baisse la tête. Tout courage l'a abandonné. Il a envie de crier, de tuer Gaillac, mais il sait qu'il ne peut pas le faire. Ce serait condamner Hugues à mort. Il est à la merci du gestapiste.

— L'inspecteur Lavrenti et moi avons mené l'enquête, finit-il par lâcher en soupirant.

Il a répondu presque mécaniquement, sans vraiment réfléchir, les yeux baissés, imaginant la Gestapo s'acharner sur le jeune homme s'il se tait.

— Comment vous êtes-vous rencontrés ?

— Au début de l'enquête, j'ai étudié les profils de truands spécialisés dans les œuvres d'art. J'ai appris par hasard que Dailans avait fait libérer Maragal alors qu'il était interrogé par l'inspecteur Lavrenti. Je suis allé voir Lavrenti et on a décidé de travailler ensemble.

— Ce que je ne saisis pas, c'est à quoi il vous servait.

— C'est lui qui a retrouvé Maragal !

— Je comprends. D'autres personnes au courant ?

— Il y a un civil français qui a formellement reconnu Dailans, Maragal et les autres. Il est ici, je l'ai fait venir pour le confronter à votre Espagnol.

Gaillac a comme un flash. À coup sûr, il s'agit de l'homme qu'il a vu fixer Dailans si intensément, hier soir dans le bar.

— Il est venu à *L'Heure bleue* hier ?

— Oui.

— J'en étais sûr ! s'écrie Gaillac. Je l'aurais parié ! Je l'ai vu dévisager Dailans et Maragal. Il était avec un officier allemand ?

— Lui, vous pouvez l'oublier, il ne sait rien. En revanche, méfiez-vous de Christian Loméro.

— Loméro est au courant ? dit Gaillac, soudain très angoissé.

— Il ne sait pas grand-chose mais il a envie d'enquêter ! Un de ses agents, Jeanne Sikorski, avait infiltré le réseau sous le nom d'Elsa Vaucquier.

Gaillac se raidit encore. C'est à son tour de pâlir, la situation devient dangereuse.

— Elsa Vaucquier ! Elle travaille pour lui ? Putain, la garce !

— Vous la connaissez ?

— Pas personnellement… C'est une longue histoire, qu'est-ce qu'elle sait exactement ?

— Pas grand-chose, elle pourrait juste lui dire que les résistants tués à Meudon n'avaient rien à voir avec l'attaque.

— C'est déjà trop !

— Mais elle a disparu, il ne sait pas où elle est et croit que vous l'avez tuée.

— Il ne l'a pas revue depuis l'attaque ?

— Non.

— En tout cas, Loméro se trompe, on ne l'a pas tuée, on n'arrive pas à lui mettre la main dessus…

Mais ça finira bien par arriver. Bon, maintenant, le point le plus important. Avez-vous prévenu vos supérieurs ?

— Je ne l'ai pas fait, répond Vorminski, mortifié.

— J'en étais sûr ! Vous savez que c'était un sacré pari, quand même ! crie le gestapiste en riant.

— Comment saviez-vous que je ne les préviendrai pas ? demande Vorminski, sourcils froncés, furieux d'avoir été aisément deviné par son ennemi.

— Je me suis renseigné sur vous, j'ai pris des contacts, on m'a dit que vous étiez un enquêteur très indépendant, consciencieux, aux dossiers toujours parfaits. Je savais aussi que vous aviez l'habitude de louvoyer entre Gestapo et Wehrmacht. J'en ai conclu que vous ne prendriez aucun risque, que vous présenteriez le dossier à vos supérieurs, une fois le mobile trouvé, les preuves réunies et les coupables arrêtés… Tout cela allait vous prendre du temps et me laissait le loisir de trouver une parade. Tout s'est passé comme je l'avais prévu. Je suis réellement très heureux de vous avoir bien perçu sinon j'aurais été bien embêté. Il aurait fallu vous forcer à vous déjuger devant vos supérieurs… Ravi de ne pas avoir à vous embêter sur ce point…

— Au cours d'un déjeuner, j'ai quand même dit à Speil que je trouvais étrange que Dailans ait interrogé un cheminot de la gare quelques jours avant l'attaque. Mais quand il m'a répondu qu'il les avait interrogés aussi, je ne suis pas allé plus loin…

— Et quand vous avez eu des soupçons après, vous ne lui en avez pas reparlé, je suppose.

Vorminski acquiesce.

— Tout cela est parfait…, résume Gaillac.

Il reste silencieux, quelques instants, réfléchissant à ce qu'il va dire.

— Bon, faisons le point, reprend-il. Occupez-vous de Lavrenti et du civil. Je me charge de Loméro et de la fille.

— Que voulez-vous dire? Je ne veux pas tuer Lavrenti! Je peux le convaincre de tout oublier!

— Vous ne convaincrez pas un flic, si vous ne le faites pas, je le descendrai moi-même.

— Moi je ne le ferai pas, prévient Vorminski.

Les deux hommes se jaugent du regard.

Gaillac comprend que, là-dessus, Vorminski ne cédera pas.

— D'accord, d'accord.... Pour Lavrenti, je ne vous demande rien, je m'en occupe. Par contre, le civil, vous vous en chargez, en signe de bonne volonté... Pas de refus, c'est lui ou Saujer-Boissieu.

Vorminski, défait, n'arrive même pas à dire oui, il se contente de secouer la tête en signe d'assentiment.

— Alors si nous sommes d'accord, nous pouvons partir d'ici, dit Gaillac.

— Je voudrais vous poser une question avant que nous partions.

— Je vous écoute, mon commandant.

— Pourquoi ne pas me tuer moi en plus? Tout aurait été plus simple, non?

— Pourquoi? Tout simplement parce que, aujourd'hui, dans ce pays, on ne tue pas impunément de commandants allemands! Il y aurait eu une enquête de la Wehrmacht, de la Gestapo, de l'Abwehr... Tous vos flics s'en donneraient à cœur joie, et Dieu sait que vous en avez beaucoup. Vous croyez que j'ai envie d'avoir tout ce petit monde sur le dos? Non, commandant Vorminski, je vous préfère vivant!

Vorminski hoche la tête.

Gaillac a tout prévu.

Il a été battu par plus fort que lui.

Le gestapiste sur ses talons, il retourne au bureau de Lavrenti où l'attendent le civil et Reislau.

Le vieux Français le voit arriver avec soulagement. Une dernière formalité à accomplir. Ensuite, son calvaire et surtout celui de son fils vont enfin se terminer. Tout va redevenir comme avant. Il se surprend à sourire à Vorminski. Mais le commandant n'a pas l'air dans son état normal. Son visage est fermé et il évite son regard.

— Emmenez cet homme à la Kommandantur, il a menti, dit-il au capitaine Reislau, en allemand.

— Mais..., proteste Reislau qui ne s'attendait pas à ce revirement.

— Ne discutez pas, répond le commandant, joignez-le aux otages et attendez les ordres.

— Je vous emmène, dit-il au petit vieux.

— Mais que se passe-t-il ? Je croyais que je devais identifier les hommes que j'ai vus le jour de l'attaque !

— Taisez-vous, suivez-moi, lui répond Reislau.

Lorsque le Français se retourne pour demander à Vorminski ce qu'il se passe, il constate que le commandant a déjà quitté la pièce.

*

Il marche à côté de Gaillac.

— Nous n'avons pas beaucoup de temps, je dois donner des nouvelles à Dailans rapidement sinon votre ami risque d'avoir de sacrés problèmes, lui explique le gestapiste.

Les deux hommes arrivent à la salle d'interrogatoire.

L'Espagnol est réellement soulagé de voir revenir Pierre Gaillac :

— Dépêchons-nous, je ne veux pas rester ici plus de temps qu'il est nécessaire dans cet endroit sordide, dit Maragal tandis que Vorminski lui enlève ses menottes.

— On avait compris, lui répond sèchement Gaillac.

Vorminski, Maragal, Gaillac et ses deux gardes du corps s'enfoncent dans le labyrinthe de couloirs du 36 quai des Orfèvres mais ils ne se perdent pas, le gestapiste connaît les lieux comme sa poche.

En bas des marches du grand escalier, alors qu'ils approchent de la sortie, ils tombent nez à nez avec Lavrenti, qui a voulu se calmer en prenant l'air quelques minutes et rentre à l'instant de son apaisante promenade.

Lavrenti voit avec horreur son ennemi intime lui échapper.

Il se précipite sur Vorminski.

— Continuez, dit le commandant à Gaillac, je m'en occupe.

Gaillac et les autres poursuivent leur chemin, mains sur la crosse de leurs revolvers.

— Mais pourquoi avez-vous fait cela ? demande Lavrenti au commandant, la voix brisée par l'émotion.

— Taisez-vous, votre vie est en danger, ne retournez pas chez vous… Ce soir, au Cerfeuil de Montparnasse à vingt heures.

Vorminski le repousse violemment comme s'il mettait fin à une altercation, puis il rejoint Gaillac qui l'observait quelques mètres plus loin.

— Vous ne m'avez pas fait de blague ? Hein, mon commandant ?

— Non, je ne suis pas en situation.

Gaillac acquiesce sans conviction, ils se dirigent vers la voiture.

— Vous n'êtes pas en situation mais, justement, je ne peux pas vous faire confiance, Vorminski. Votre intérêt est de la renverser..., dit soudainement Gaillac. Il faut que je l'élimine tout de suite.

Le gestapiste s'adresse à ses deux gardes du corps :

— Occupez-vous de Lavrenti. Appelez du renfort si vous en avez besoin, moi je pars avec le commandant et Maragal.

Vorminski regarde les deux tueurs se diriger vers l'entrée du 36 quai des Orfèvres tandis qu'il monte dans la traction aux enjoliveurs jaunes.

* *
*

À la porte, l'inspecteur Lavrenti observe, bouleversé, Juan Maragal lui échapper pour la deuxième fois. L'Espagnol part, cette fois accompagné par Vorminski, celui-là même qui devait l'aider à mettre la bande hors d'état de nuire. Mais Lavrenti n'a guère le temps de réfléchir à l'ironie cruelle de la situation. Il voit les deux tueurs de Gaillac revenir sur leurs pas et se diriger vers l'entrée du 36. Il ne se fait aucune illusion, ils viennent pour lui. Heureusement, le fait de les avoir vus lui donne quelques secondes d'avance. Il se cache dans un recoin. Il entend les deux hommes le dépasser et monter l'escalier. Ils se dirigent sûrement vers son bureau et, si cela se trouve, ils ont appelé des renforts, se dit l'inspecteur ! Il faut qu'il s'en aille d'ici rapidement. Le mieux serait qu'il trouve une voiture car il aura besoin de pouvoir se déplacer. Il sort dans la cour intérieure, au fond il y a toujours des véhicules de service qui sont prêts à partir. Il se précipite. Un agent tente de l'arrêter en lui disant qu'il n'a pas les papiers signés nécessaires au prêt du véhicule. Lavrenti lui répond que la Gestapo l'attend dehors pour une arrestation. Le policier, impressionné, le laisse passer en lui disant de revenir régulariser la situation rapidement. Mais l'inspecteur est déjà dans l'automobile et démarre précipitamment. L'agent n'a pas encore fini sa phrase que Lavrenti quitte déjà l'enceinte de la préfecture de Police.

* *
*

Vorminski et Gaillac sont dans le bureau de Daniel Speil, avenue Foch. Par la fenêtre de la vaste pièce, Gaillac aperçoit Maragal qui attend dehors. La température est tombée, l'Espagnol fume une cigarette en sautillant pour se protéger du froid.

Gaillac doit rester concentré s'il veut mener à bien la dernière partie de son plan.

Speil, lorsqu'il a vu arriver ensemble les deux hommes, s'est montré méfiant, une méfiance qui n'a pas encore tout à fait disparu. Le Standartenführer à l'uniforme noir impeccable, marche de long en large dans son bureau, transperçant les deux hommes de regards soupçonneux.

— Je ne savais pas que la Gestapo française et la Wehrmacht avaient l'habitude de frayer, dit-il à ses visiteurs assis.

— N'est-ce pas vous qui nous avez demandé de travailler en bonne intelligence ? demande Gaillac.

— Si ! Mais je n'aurais pas pensé une seule seconde que vous le feriez ! répond Speil. Vous voilà bien revenu de vos préventions initiales, commandant Vorminski ! Il vous en a parlé, Gaillac ? Savez-vous qu'il m'a posé des questions sur Dailans et ses cheminots ?

— Avec tout mon respect, Herr Standartenführer Speil, comme vous venez de le dire je n'ai fait que poser quelques questions !

— C'est vite dit, mon commandant, vous avez insinué que…

— Nous nous sommes expliqués, coupe Gaillac. Il n'y a plus de problème.

— Alors qu'êtes-vous venus faire ici, si ce n'est pour me montrer cet exemple touchant d'amitié européenne? ricane Speil.

En réponse, Gaillac fait le point sur l'enquête en disant qu'ils n'ont pas trouvé d'autres pistes que celle des résistants. Il fait état d'un civil français qui a donné de fausses informations pour essayer de sauver son fils. Il rappelle que seule la moitié des tableaux a été retrouvée. L'enquête piétine. Il propose de faire tuer les dix premiers otages pour tenter d'obtenir d'autres informations.

Speil hésite mais Gaillac insiste.

— Il faut faire pression, c'est le seul moyen que nous ayons pour nous en sortir, répète-t-il plusieurs fois.

— Et vous, Vorminski, votre hiérarchie approuve cette position? demande Speil, très étonné.

— Le Brigadeführer Oberg mène cette enquête, c'est lui ma hiérarchie. Je n'ai même pas consulté le MBF, je pense que ce que propose Gaillac est la bonne solution. Celle qui nous permettra de remettre la main sur les toiles toujours manquantes.

— C'est très intéressant! Vous seriez d'accord pour répéter tout ce que vous venez de me dire devant le Brigadeführer?

— Aucun problème, répond Vorminski.

Ensemble ils vont voir Oberg, dont le bureau est au dernier étage de l'immeuble.

Devant le gigantesque SS, Vorminski répète son discours de l'air le plus convaincu qu'il peut.

— Très bien, dit Oberg à l'issue de la présentation. Faites exécuter les dix premiers otages dans l'ordre alphabétique.

— Si je peux me permettre Herr Brigadeführer…, répond Gaillac. Il se trouve parmi les otages un homme qui a donné de fausses informations qui ont perturbé l'enquête. Je voudrais être sûr qu'il soit passé par les armes parmi les premiers, avec son fils.

— Une objection ? Vorminski ?

— Aucune, Herr Brigadeführer. Les Français de son espèce ne méritent pas mieux.

Le Brigadeführer note le nom du vieil homme et de son fils puis téléphone à la Kommandantur et donne l'ordre d'exécuter les dix otages.

20.

La suite se passe comme dans un rêve ; comme si une autre personne vivait l'action à sa place.

— Vous avez été parfait. Je vais donner l'ordre de libérer votre ami et mes hommes vont le raccompagner à son domicile, lui dit Gaillac lorsqu'ils sortent du bureau de Oberg, laissant le Brigadeführer discuter avec Speil.

Vorminski secoue la tête en signe d'assentiment. Mauvaise idée, un haut-le-cœur le surprend. Il devient blanc. Gaillac comprend. Du pouce il indique au commandant la direction des toilettes.

Le Français sourit en voyant Vorminski s'y précipiter.

Personne à l'intérieur, heureusement. Vorminski ouvre la porte d'une des cabines, se jette contre la cuvette et vomit tout ce qu'il peut. Il se relève, tire la chasse d'eau et va réajuster son uniforme devant la rangée de glaces. Ses traits sont gonflés, il a le teint cireux. Il boit pour essayer de faire passer l'odeur de vomi qu'il a dans la bouche. Peine perdue. Il s'asperge le visage mais le liquide froid ne l'apaise pas. De toute façon, il sait que rien ne l'apaisera.

Lorsqu'il sort des toilettes, le Français est là.

— Voulez-vous que je vous ramène chez vous ?

— Non, je dois rendre compte rapidement à von Stülpnagel.

— Vous ne préférez pas vous reposer un moment avant ?

— Non, le plus tôt sera le mieux. Il faut en finir.

— Vous ne ferez pas de bêtises avec votre général, n'est-ce pas ?

— Je viens d'envoyer dix innocents à la mort, vous croyez que je vais aller tout expliquer à von Stülpnagel ?

Gaillac n'a rien à répondre.

Il monte dans la voiture du gestapiste, l'haleine empestant le vomi. Il a l'impression qu'on lui a broyé les entrailles. Gaillac s'assoit devant, à côté du chauffeur. Vorminski l'entend vaguement lui donner l'ordre de l'amener au MBF.

*

Après avoir passé plus d'une heure seul dans son bureau, il prend son courage à deux mains, décroche son téléphone et demande à être reçu par von Stülpnagel. Le secrétariat du commandant en chef des troupes d'occupation le rappelle quelques instants plus tard. Il pourra venir dans une demi-heure lorsque le général aura fini sa conférence d'état-major.

À l'heure dite, après avoir croisé les derniers partants de la réunion, Vorminski se met au garde-à-vous devant le général.

— Alors, commandant ! Ces révélations explosives ? lui demande immédiatement von Stülpnagel.

— Je suis venu vous dire, mon général, que ces révélations n'arriveront pas.

Von Stülpnagel regarde le commandant par-dessus ses lunettes.

— Comment ça, Vorminski ? Elles n'arriveront pas ? Vous m'aviez dit que vous aviez un dossier sérieux !

— Il ne l'était pas. Je suis parti sur une mauvaise piste à cause d'un faux témoignage. La Gestapo en a profité et a repris l'affaire en main. Le Brigadeführer Oberg a donné l'ordre d'exécuter les premiers otages, dont le faux témoin.

— Et vous les avez laissés vous voler l'affaire sans rien dire ?

— Mon approche n'ayant rien donné, je ne pouvais pas m'opposer.

Le général se lève, tournant le dos à Vorminski, il mordille ses branches de lunettes, les yeux rivés sur l'immense carte d'Europe accrochée derrière son bureau.

— De toute façon, les questions de maintien de l'ordre sont de leur ressort. Et puis, même si je n'aime pas ces exécutions, peut-être donneront-elles des résultats dans ce cas précis ?

— Je voulais vous dire que je suis désolé, mon général, je me suis imprudemment avancé.

— Effectivement, vous pouvez être désolé ! répond son interlocuteur, glacial. Vous ne me donnez les informations qu'au compte-gouttes, vous me promettez des révélations explosives et vous revenez en me disant que vous vous êtes trompé ! Vous avez fait preuve d'une certaine légèreté, il me semble…

— Mon général, je vous prie d'accepter mon transfert dans une unité combattante, demande Vorminski.

— Bon, allez vous reposer, vous avez une mine abominable. Je déciderai de la suite des évènements demain. Mais je pense que je vais accéder à votre demande. Il semble que votre présence ici ne soit plus nécessaire, ni même souhaitable…

— Mon général, le coupe Vorminski.

— Attendez, commandant, une dernière question avant que vous ne partiez. Quelle était donc cette piste brûlante ? Vous êtes sûr que vous n'étiez pas dans le vrai, au moins ?

— Tout à fait sûr, mon général.

— Vous ne voulez rien me dire ?

— Cela ne sert à rien, je me suis trompé, mon général. »

Le commandant Christian Vorminski effectue un salut militaire, claque des talons et sort. Il ne rentre pas chez lui, il ne se sent pas encore prêt à affronter Hugues.

* *
*

Il a beaucoup hésité, craignant un piège, mais dans ce cas pourquoi lui avoir conseillé de se méfier et de ne pas rentrer chez lui ? L'argument emporte sa conviction. L'inspecteur Lavrenti se décide à retourner voir le commandant Vorminski.

Quel que soit le danger qu'il court, il veut savoir. Il est prêt à tout pour cela. Même à risquer sa vie. Savoir pourquoi le commandant, après avoir travaillé avec lui, l'a trahi ? Savoir pourquoi il a laissé partir Maragal ?

Au fond, il a l'espoir que le commandant lui explique que les gestapistes ne bénéficient que d'un sursis, que, tous les deux, ils vont reprendre l'enquête et que, cette fois, ils vont la terminer pour de bon.

Il s'en veut de conserver une quelconque foi dans ce type. Ses collègues avaient sûrement raison, après tout. Ce n'était pas une très bonne idée de frayer avec un boche.

Celui-là avait l'air bien mais ça reste un boche.

De la sale engeance.

Il aurait dû écouter Sanz.

*

Lorsqu'il arrive au Cerfeuil, un restaurant réquisitionné par la Wehrmacht, Lavrenti trouve le commandant un verre de vin à la main et portant sur lui le regard de quelqu'un qui en a déjà bu plusieurs.

— Ah, vous êtes venu ! J'étais malade d'inquiétude. J'espérais bien que vous échapperiez aux tueurs de Gaillac. Ils ne vous ont pas suivi au moins ? demande Vorminski, soudainement inquiet.

— Non, j'y ai veillé.

— J'ai fait de même. Je vous ai donné rendez-vous ici, mon domicile est surveillé... comme le vôtre. Ici, c'est un restaurant de l'armée, la Gestapo n'a pas d'espions en ces lieux. Nous ne craignons rien. Voulez-vous dîner, inspecteur, je vais bientôt commander ?

— Je vous remercie, je ne suis pas venu pour cela...Vous vouliez me parler ? demande Lavrenti d'un air sombre.

— Très bien, inspecteur, allons à l'essentiel. Je veux vous avertir. Il faut que vous quittiez Paris dès ce soir.

— Nous verrons, mais ce n'est pas cela que je suis venu entendre, commandant ! »

Vorminski sourit.

— Vous voulez que je vous dise ce qui s'est passé pour Maragal, je suppose ?

— Exactement.

Vorminski réfléchit depuis au moins une heure à ce qu'il va bien pouvoir raconter au jeune inspecteur. Mais que dire quand la vérité est impossible à dévoiler ?

Le commandant commence à parler en sachant qu'il ne sera pas cru.

— Eh bien, voilà, inspecteur. Le fait est que nous nous sommes trompés sur toute la ligne, Dailans et Gaillac n'ont rien à voir là-dedans. Il s'agit d'une lutte entre services allemands... Nous avons été manipulés, le mieux que vous puissiez faire est d'enterrer l'affaire et de vous cacher jusqu'à ce que tout soit oublié...

— Vous plaisantez, n'est-ce pas? répond immédiatement Lavrenti. Vous n'espérez quand même pas m'avoir avec un mensonge aussi grossier! Vous savez ce que je vais faire, commandant, plutôt que vous écouter vous moquer de moi? Je vais aller voir votre supérieur et lui raconter ma version des faits!

— Et quelle est-elle, inspecteur, votre version?

— Premièrement, je ne crois pas que nous ayons fait erreur! Maragal, Dailans et Gaillac sont impliqués, et vous le savez très bien. Deuxièmement, je pense que le jour où Dailans a fait libérer Maragal, c'était pour le faire participer au casse de la gare. Troisièmement, je pense que le petit vieux a tout vu. Quatrièmement, je pense qu'ils font pression sur vous pour que vous abandonniez l'enquête. Enfin, je pense que vous êtes un lâche et que vous allez effectivement l'abandonner.

— J'imagine que vous pensez me toucher. Non, ne niez pas. Vous croyez, Lavrenti, que je vais vous menacer de vous faire fusiller si vous ne vous taisez pas? Vous vous trompez complètement, mon ami. Allez voir mon supérieur! Cela ne changera rien! Moi, je serai mort sur le front russe et vous, ce que vous direz ne sera pas cru! À l'heure qu'il est, votre précieux témoin est déjà passé devant le peloton d'exécution! Vous le saviez ça? Non. Mon pauvre, vous êtes tellement naïf, parfois! Vous n'êtes qu'un petit policier dans un pays vaincu et vous croyez que les chefs de la Wehrmacht vont perdre leur temps à vous écouter? Un des seuls Français qu'ils écoutent s'appelle Pierre Gaillac... Pas de chance pour vous, il veut vous tuer! Écoutez-moi bien, rien ne m'oblige à essayer de vous aider. Vous voulez connaître la vérité? Ne comptez pas sur moi. Je suis juste venu vous dire que Gaillac veut votre peau et que si vous voulez survivre, vous devez quitter Paris et vous cacher en zone libre, en Suisse ou même à Londres ! N'importe où mais loin… et ne réapparaître sous aucun prétexte. Je suis là pour vous aider, je peux vous signer des papiers, des laissez-passer qui faciliteront votre fuite. C'est la seule chose que je peux faire pour vous.

— Je me suis mouillé pour vous, commandant. J'ai affronté mes collègues, la Gestapo, et tout ce que vous voulez, c'est me signer des documents pour faciliter ma fuite ?

— Je suis désolé. Je ne peux rien faire d'autre.

— Vous êtes désolé ? C'est tout ? s'écrie Lavrenti au comble de la colère.

Il a parlé trop fort. Aux tables voisines, les conversations se sont tues. Les militaires allemands regardent d'un air méfiant ce civil français qui se permet d'élever la voix contre un officier. D'un geste discret de la main, Vorminski fait signe qu'il contrôle la situation.

— Lavrenti, faites ce que vous voulez, je vous aurai prévenu…

— Je vais suivre votre conseil, commandant, mais laissez-moi dire une chose avant que je m'en aille. Si je m'en tire vivant, il vaudrait mieux pour vous que nos routes ne se croisent pas à nouveau.

— Sortez d'ici avant que je vous fasse arrêter, Lavrenti.

— Au revoir, commandant, et à bientôt, j'espère, répond-il, accompagnant son salut d'un sourire ironique.

* *
*

Une heure plus tard, après avoir copieusement dîné, Vorminski revient dans son appartement et s'effondre dans le canapé.

Il pense au civil et à son fils. Ils sont morts.

Il imagine les pleurs et les cris de la vieille femme lorsqu'elle a appris la nouvelle, il lui semble les entendre.

Tout est sa faute.

Il se relève, va chercher une bouteille de whisky dans son meuble à alcools et s'en verse un verre. Sur sa platine 78 tours, il met le dernier disque qu'il a acheté, Bix Beiderbecke, sorti en Allemagne quelques jours avant l'entrée en guerre des États-Unis. La musique emplit la pièce, elle recouvre, un petit peu, les cris de la femme. Il va s'asseoir dans son canapé, toute lumière éteinte. Il trempe ses lèvres dans le verre. L'alcool lui brûle le palais.

Il avait espéré qu'Hugues serait là pour l'accueillir mais il est seul dans l'appartement. Dire que ce petit salaud est juste en dessous et qu'il ne vient même pas le voir. L'ingrat. Peut-être lui en veut-il ? Soudainement, Vorminski a presque envie de rire. Alors comme ça, Hugues transporte des journaux pour le compte de la Résistance ? Quelle plaisanterie ! Il le connaît tellement bien… S'il a fait cela c'est qu'il a rencontré un garçon, forcément. Hugues se désintéresse complètement de la politique… Non, se dit le commandant, il y a un homme là-dessous.

Et plus encore que l'alcool, cette pensée lui brûle le palais. Est-ce qu'il se rend compte de ce qu'il a fait pour lui ce matin ? Certainement pas. Est-ce qu'il est capable de comprendre, tout simplement ? Il n'y a que peu de chances. Quant à faire de même, Vorminski sait parfaitement que ce n'est même pas la peine d'y songer.

Il a sacrifié des vies innocentes pour ce garçon. Il a ruiné sa carrière, on ne lui pardonnera pas facilement de ne pas avoir retrouvé toutes les toiles. Il va le payer en prenant le premier transport de troupes en partance pour le front de l'Est.

Et tout ça pour quoi ? Ces morts, ce gâchis qui lui donne la nausée, pour quoi ?

Pour cet enfant gâté dont la seule qualité est de lui avoir fait connaître l'amour physique. Vorminski s'en veut mais c'est bien cela. Il est tombé amoureux du corps de cet adolescent et pour lui, il a tout sacrifié.

Tout cela pour un corps.

Ce corps, il a envie de le voir, de le serrer, de l'embrasser et de le mordre. Mais Hugues ne vient pas.

Il se ressert un verre. L'alcool le brûle encore un peu. Alors il boit et boit encore, jusqu'à ce que l'alcool ne le brûle plus du tout. Jusqu'à ce qu'il ne puisse plus penser qu'à lui, jusqu'à ce que l'image déformée du corps du jeune homme occupe le moindre recoin de son cerveau et que les râles de son amant rendent enfin les cris des fusillés inaudibles.

Il se lève. Ses bottes résonnent sur le parquet. Il se dirige vers la porte d'un pas lourd. Il est dans le couloir, il descend les escaliers d'un étage. Il passe devant l'appartement où logent les informateurs de Gaillac. Pendant quelques instants, il pense à ce qu'il aimerait leur faire subir mais cela ne servirait à rien.

Il frappe à la porte de chez Hugues. Personne ne répond.

Mais Vorminski sait bien qu'il est là. Il se cache. Il a peut-être peur de sa réaction ? Alors il frappe à la porte de plus en plus fort. Il frappe si fort que le voisin de droite finit par ouvrir la porte. L'homme regrette aussitôt son geste, il n'avait pas pensé que le bruyant personnage puisse être un officier allemand. Il s'apprête à refermer la porte, espérant que le militaire, manifestement ivre, ne l'ait pas remarqué quand Vorminski se met à crier :

— Où sont-ils, où sont-ils ?

— Ils sont tous partis, il y a plusieurs heures, avec juste une valise. Les parents et le fils. Ils ont juste dit qu'ils avaient besoin de repos.

— Ils vous ont dit où ils allaient ?

— Non, monsieur, ils n'ont rien dit.

Vorminski reste bouche bée.

Hugues n'est pas là.

Après tout ce qui s'est passé, il ne pourra même pas le serrer dans ses bras. Il se prend la tête à deux mains. Il n'aura même pas ça.

— Vous ne vous sentez pas bien ? demande le voisin.

Le commandant ne répond rien. Il remonte jusqu'à son appartement. Hugues n'est pas là, il ne l'aidera pas à oublier la honte qu'il ressent dans tous les recoins de son être.

Les otages sont morts, leurs familles les pleurent.

Hans va mourir à Stalingrad. Von Stülpnagel va l'envoyer sur le front de l'Est.

Les cris sont revenus, se transforment en hurlements.

Le fils implore sa pitié.

Au moins Hugues est hors de danger, c'est le principal. Il aurait tellement voulu faire l'amour avec lui, juste une dernière fois.

Il reste devant le portemanteau à regarder l'étui en cuir noir duquel dépasse la crosse de son pistolet. Tout devient clair. Il a tout gâché ici et il ne veut pas aller là-bas. Pas là-bas. Pas là-bas. L'alcool lui tourne la tête, il est en sueur. Il prend l'étui et va s'asseoir dans son fauteuil préféré.

Se venger de Gaillac ? Il en a envie mais il sait quelles seront les conséquences pour Hugues. Et malgré tout, il ne veut pas que Hugues souffre.

Il écrit quelques mots sur une feuille qui traîne.

Les hurlements sont insupportables.

Il éteint la lumière puis retourne vers le canapé.

Il met le pistolet dans sa bouche.

Le métal est froid.

Il presse la gâchette.

* *
*

Thomas Lavrenti gare la voiture à quelques centaines de mètres de chez sa mère et fait le reste du chemin à pied.

Tout en marchant, il prie pour que les tueurs de Gaillac ne l'y attendent pas. Il faut qu'il la mette à l'abri rapidement. Jusqu'à la fin du repas, il ne s'était pas inquiété pour elle, puisqu'elle ne sait rien. Mais depuis, l'angoisse l'a gagné : et si Gaillac ne raisonnait pas comme lui? Cela ne serait pas étonnant! Si vraiment il veut le retrouver, n'y a-t-il pas un risque qu'il torture sa mère pour obtenir une piste quelconque? L'idée le fait frémir, il se met à paniquer. Il a envie de courir et se maudit : comment n'y a-t-il pas pensé plutôt? S'il arrive quelque chose, il ne se le pardonnera jamais.

Une fois dans l'immeuble, il grimpe les escaliers quatre à quatre et tambourine à la porte. Sa mère ouvre, elle était en train de repasser tranquillement son linge. Pour un peu, Lavrenti en pleurerait de joie.

— Il ne faut pas que tu restes ici, maman. Tu es en danger.

Elle accuse franchement le coup.

— Dis-moi au moins ce que tu as fait pour qu'on en vienne à menacer une vieille femme comme moi?

— Je n'ai fait que ce que je croyais bien, maman. Je ne pensais pas que cela tournerait comme ça.

— C'est bien ce que je te reproche, tu as été imprudent!

— Le temps presse, maman, on en parlera dans la voiture, fais ta valise.

— Il n'y a pas d'autre solution, tu es sûr?

— J'en suis sûr, maman, mais ne t'inquiète pas, tout ira bien, c'est juste le temps de régler quelques affaires...

La demi-heure qui suit est la plus crispante dans la vie de l'inspecteur. Voir sa mère plier soigneusement ses chemises de nuit alors qu'il sait que les tueurs de Gaillac peuvent surgir à tout moment requiert une patience incroyable.

Il garde la main sur son arme de service.

Au bout d'une trentaine de minutes qui lui ont paru une éternité, sa mère consent à fermer la porte de son appartement.

Ils marchent tous les deux dans les rues vides et froides de la capitale, jusqu'à l'endroit où il a garé l'automobile. Pendant le trajet, le moindre bruit de moteur le terrifie. À chaque fois, il imagine une rafale de mitraillette partir de la fenêtre d'un véhicule.

Mais rien ne se passe. Ils arrivent sans encombre jusqu'à la voiture.

Mme Lavrenti a demandé à son fils de l'emmener chez une de ses amies qui habite un petit appartement vers Odéon.

Arrivé devant l'entrée de l'immeuble, Lavrenti embrasse sa mère mais celle-ci se remet à pleurer.

— Ne t'en va pas, Thomas ! supplie-t-elle.

— Il le faut, maman.

— Dis-moi au moins où tu vas.

— Je vais être absent un moment, tu sais. Pas trop longtemps, juste le temps de me faire un peu oublier.

— Tu m'avais promis de ne pas te lancer dans des histoires de Résistance, dit-elle entre deux sanglots.

— Ma pauvre maman, si tu savais ce qu'on dit de moi, pense-t-il.

— Ne t'inquiète pas, maman, il ne m'arrivera rien. Je veux juste que tu restes quelque temps ici.

— Combien de temps, Thomas ? Je veux savoir !

— Trois ou quatre semaines, pas plus, ment Lavrenti. Je reviendrai te chercher bientôt ou je t'écrirai.

— Tu me le promets ?

— Je te le promets.

Ils s'étreignent longuement puis elle descend de la voiture.

Dans le rétroviseur, il la regarde, si touchante avec sa petite valise. Pour un peu, il se mettrait à pleurer lui aussi.

Mais il n'a pas le temps. Il passe chez Sanz. Il prie, une fois de plus, pour que les tueurs de Gaillac ne soient pas là. Arrivé sans encombre jusqu'à la porte de son collègue, il frappe en vain. Son collègue n'est pas là. Il doit être en planque quelque part.

Il sent le désespoir le submerger. Si Sanz n'est pas là, comment va-t-il bien pouvoir s'en tirer ? Lui aurait su l'aider, peut-être lui trouver un abri, le temps que les choses se calment.

Il déchire une page de son carnet d'enquêteur sur laquelle il écrit :

Cher Hervé
Je ne sais pas ce que je vais devenir.
S'il m'arrive quelque chose je te confie ma mère, prends bien soin d'elle, je t'en prie.
Mon seul regret aura été d'avoir perdu ta confiance.
Ton ami, Thomas Lavrenti.

Il glisse le mot sous la porte et s'en va rapidement. Arrivé au coin de la rue, il entend des voitures s'arrêter pas très loin. Caché derrière le mur, il risque un coup d'œil.

Pas de surprise.

La Gestapo française arrive chez Hervé Sanz. Mieux vaut ne pas traîner par ici.

*

L'heure du couvre-feu arrive.

Une dernière chose à faire.

S'il réussit, il quittera la ville et essaiera de rejoindre les FFL. S'il vit, c'est pour se racheter, racheter ce qu'il a fait et surtout n'a pas fait. Il repense à ces mois durant lesquels il n'avait rien dit, rien fait, rien voulu voir. Il a honte. Il s'imagine quelques instants se battre dans le désert d'Afrique. Le soleil lui brûlerait la peau. Entre deux batailles, il pourrait boxer contre les meilleurs combattants des armées alliées. Il pourrait même devenir un héros, qui sait ? Il se verrait bien enfoncer une baïonnette dans le cœur du commandant Vorminski.

Il s'arrête brutalement de rêver.

— Quel gosse je fais, s'exclame-t-il tout haut, mécontent.

Il sait bien que ses chances de sortir vivant de Paris sont minimes. Il sera probablement un gosse mort dans quelques minutes.

Il se gare juste devant *Le Grand Jeu* dont des peintures représentant un jeu de cartes ornent les murs extérieurs, pas très loin du restaurant où Gaillac et les autres passent leurs soirées.

Il attend dans la voiture en se demandant comment il a fait pour se mettre dans un pétrin pareil ? Qu'est-ce qu'il a fait pour en arriver là, pourchassé, la Gestapo aux trousses, à attendre le coup de grâce ?

Il va mourir.

Dix minutes, vingt minutes.

Personne.

Une heure.

Ils ne vont pas venir.

La porte du restaurant s'ouvre.

— Putain, cette fois c'est le coup de chance, marmonne l'inspecteur pour lui-même.

Dailans sort du restaurant avec Maragal. Ils sont seuls. Lavrenti craignait qu'ils ne soient avec leurs maîtresses, cela aurait rendu les choses plus difficiles. Les deux hommes marchent dans sa direction, probablement se rendent-ils à leur voiture. Dailans a l'air éméché, sa démarche est peu assurée, quant à Maragal, il zigzague carrément le long du trottoir en riant. Tant mieux, se dit l'inspecteur : s'ils tirent, ils ne viseront probablement pas bien juste.

Les conditions sont favorables. Une telle occasion ne se représentera peut-être pas.

Pas d'hésitation à avoir puisqu'il n'y a pas d'autres solutions.

Lavrenti répète machinalement entre ses dents : « Notre Père qui êtes aux cieux, Notre Père qui êtes aux cieux. Pourvu qu'ils ne ripostent pas. Pourvu que… Notre Père qui êtes aux Cieux. »

Il sort de la voiture au moment où les deux hommes arrivent à sa hauteur.

Il tire plusieurs fois. Les corps des deux hommes s'abattent violemment contre le trottoir.

Dailans pousse un faible râle puis, l'espace d'un instant, la nuit redevient silencieuse.

Leurs sangs se mêlent sur le bitume.

Tout défile devant ses yeux.

Ils l'ont battu.

Il s'est vengé.

Il ne voulait pas le faire comme ça.

Mais Vorminski l'a trahi.

Je ne suis pas un assassin. Je ne suis pas un assassin.

Je suis un assassin.

Il se souvient de la phrase de Sanz, parlant de Dailans, *Personne ne regrettera ce salaud.*

Des gens sortent, des femmes se mettent à crier.

Notre Père qui êtes aux Cieux.

Il se jette dans la voiture.

Il redémarre, les pneus crissent dans la nuit corrompue de Pigalle.

Il ne sait pas où il va aller.

21.

Trois jours plus tard…

Gaillac a eu envie de se promener quelques instants aux Tuileries avant de commencer sa journée de travail. Ses gardes du corps sont quelques mètres en arrière. Perdu dans ses pensées, il ne fait pas attention à eux. Il sort sur la rue de Rivoli. Sur la devanture du kiosque tout proche, il voit le titre du journal *Paris-Soir*.

Deux partisans du rapprochement franco-allemand abattus par des terroristes.

Bien qu'il sache parfaitement ce qu'il va y lire, Gaillac achète le journal. En page deux, l'article décrit l'odieux assassinat de Christian Loméro et de son adjoint, tués la veille par la « racaille judéo-bolchévique ».

Il manque d'éclater de rire.

Loméro et Souchet y sont passés, certes, mais c'est dans l'attentat qu'il a organisé, lui.

Loméro s'attendait à des coups de feu, ses gardes du corps avaient descendu le tueur envoyé par Gaillac lors de la précédente tentative… Mais ils n'avaient jamais pensé à de l'explosif, difficile à se procurer. Ils avaient oublié que Gaillac a de l'imagination et le bras long…

La bombe placée sous leur voiture ne leur a laissé aucune chance.

Ni Londres, ni Moscou ne sont derrière, la Résistance n'a rien à voir là-dedans, même si c'est ce qu'il a voulu faire croire. Il a laissé une revendication rédigée dans le plus pur style gaullo-communiste, comme dit la propagande.

En apprenant le succès de l'entreprise, Gaillac a littéralement exulté. Voilà une bonne chose de faite.

Bon prince, il a proposé à ceux qui travaillaient avec Loméro de passer à son service avec armes et bagages. Ils ont tous accepté. Ils savent bien qu'ils ne sont pas en mesure de refuser une offre d'emploi. Les temps sont durs.

Dans son article, le journaliste appelle à se venger de tous « les ennemis de la France.

S'il savait, ce pauvre imbécile, pense le gestapiste.

L'inhumation aura lieu au cimetière du Père-Lachaise. Des fleurs sont à prévoir.

Paraît-il que le défunt aimait ça… Ce pauvre con aimait les fleurs, c'est tout lui... pense Gaillac.

Mais enfin, il faudra qu'il en apporte. Les volontés d'un mort sont sacrées.

En tout cas, cela fait beaucoup d'obsèques, pense le gestapiste. Celles de Loméro ne le dérangent pas, il est l'instigateur de l'évènement…

Mais les autres ne sont pas de son fait.

Maragal est mort, il sera enterré demain. Cela lui fait penser qu'il faudra qu'il s'occupe de la petite Savin. Dailans, dans le coma, lutte pour survivre. Les médecins n'y croient pas. Il a reçu trois balles dont une en pleine poitrine. Gaillac s'attend à apprendre son décès dans la journée. Le pire c'est qu'il ne pourra pas le venger. Il sait bien qui a fait cela : Lavrenti, le flic qu'il a essayé de faire assassiner. Malheureusement les tueurs qu'il lui a collés au train n'ont pas réussi à le retrouver à temps et il a pu tendre son embuscade à Dailans et Maragal. Après, il a disparu sans demander son reste.

Gaillac aurait pu aller voir les Allemands et leur dire ce qu'il sait, mais il aurait fallu expliquer son mobile, remuer tout un tas de vieilles histoires... Alors, il a jugé plus sage de faire passer le meurtre sur le compte de la Résistance. Tant pis pour la vengeance, il préfère que le flic soit oublié le plus rapidement possible. De toute façon, si Lavrenti ose se repointer sur Paris, il sera renseigné, il a pris ses dispositions et l'inspecteur ne fera pas de vieux os...

Autre disparue, Jeanne Sikorski/Elsa Vaucquier, l'agent de Loméro. Il ne l'a pas retrouvée. Il n'est pas inquiet, elle ne doit pas savoir grand-chose mais, par acquit de conscience, il la fera tuer dès qu'elle daignera réapparaître.

Gaillac rentre dans un café et commande une chicorée. Cela fait longtemps qu'il a envie de goûter la chicorée qu'on sert aux populos, il a envie de connaître l'haleine du pauvre.

Il l'a su mais il ne s'en souvient plus. Cela fait si longtemps. C'était dans une autre vie.

Il s'approche du comptoir. Le patron fait une drôle de tête quand il commande, l'homme ne devait pas s'attendre à ce qu'un monsieur si bien habillé commande la boisson de la populace occupée. Il doit planquer sous le comptoir en zinc une bouteille de vieil alcool fort qu'il propose, sourire aux lèvres, à ses clients distingués. Le cafetier sert néanmoins Gaillac avec un grand sourire, on ne sait jamais, il y a quand même un bon pourboire à l'horizon.

Gaillac regarde la bouillie marronnasse dans sa tasse. Le liquide chaud est aussi dégueulasse qu'il s'y attendait. Aucune chance qu'il finisse.

Dehors, des soldats allemands passent.

L'un porte la Croix de fer sur sa veste.

Gaillac pense à Vorminski. Lui n'en portait pas. Un militaire de salon. Il sourit. Il l'a quand même bien eu ce petit pédé… Il s'est suicidé avec juste ces mots sur une feuille :

Honte sur l'Allemagne criminelle.

Il n'a rien révélé concernant l'attaque de la gare. Gaillac sait bien pourquoi. S'il l'avait fait, c'est Saujer-Boissieu qui aurait payé. Il devait vraiment être amoureux, cette tante, pense le gestapiste.

Ses ennemis sont morts ou en fuite.

Ses amis ne valent guère mieux.

Mais il a les toiles et surtout, il s'en est sorti. Tout simplement. C'est bien cela le plus important. Comme d'habitude, Pierre Gaillac s'est tiré d'affaire. Il regrette juste que le géant soit en train de mourir dans cette chambre d'hôpital du Val-de-Grâce.

C'est quand même pour lui qu'il avait pris tant de risques.

Il hausse les épaules : c'est triste mais c'est comme ça, ce sont les risques du métier. Dailans les connaissait. Et puis surtout ça ne sert à rien de radoter. Cette histoire, elle est maintenant derrière lui. Il faut qu'il pense à autre chose.

Retourner aux affaires. Trouver un nouveau bras droit.

Gérer, organiser, arrêter, torturer, tuer.

Profiter.

Il sort du café en laissant un énorme pourboire.

Le patron est aux anges.

* *
*

Il y a des affiches du Maréchal.

Il y a des pancartes en allemand : *Jüdisches Geschaeft*[1].

Pourtant il ne doit plus en rester beaucoup, des juifs. Tous raflés.

Jeanne y a assisté. Elle s'en souvient en traversant le Marais.

C'était dans ces rues. Partout des policiers. Le quartier en était littéralement rempli. Ils portaient des pantalons bleu ciel, une veste noire, et pour certains, un manteau-cape. Jeanne se souvient les avoir observés attendant un collègue devant une boulangerie aux étals presque vides.

Des autocars verts et blancs passaient à la file indienne.

Une rafle, encore une.

Les flics faisaient monter les porteurs d'étoiles jaunes dans les bus. À la vue de ces pauvres gens, Jeanne s'était sentie suffoquer. Elle n'avait pas peur, ses papiers étaient des faux de très grande qualité, impossible de les différencier de vrais. Il n'empêche, elle n'avait pas voulu rester dans le quartier. Elle avait enregistré mentalement tous les détails de l'opération puis avait circulé avant que sa présence ne devienne suspecte. Ce n'était pas une bonne place pour un agent de l'Intelligence Service.

Aujourd'hui elle retraverse ces rues pour la première fois depuis ces journées de juillet.

Elle se sent mal. Rue des Écouffes, elle se sent entourée de fantômes. Où peuvent bien être tous ces gens aujourd'hui ? En quelques minutes elle atteint le boulevard Beaumarchais, elle le remonte jusqu'à ce qu'elle arrive devant le café L'Ampoule. Elle hésite à rentrer. Pendant un instant, elle pense à s'enfuir, loin, très loin de cette ville de

1. Entreprise juive.

malheur. Mais elle ne peut pas, elle le sait. Elle s'est engagée. Elle a promis d'aller jusqu'au bout.

Elle en pousse la porte.

Sa peur disparaît. Elle ne pense plus qu'à une chose : se montrer à la hauteur.

L'établissement est presque vide. Un seul client est assis au fond de la salle, loin du comptoir. Elle le reconnaît immédiatement même s'il a maigri. Il s'appelle James Froasdale mais elle ne connaît de lui qu'un pseudonyme. C'est un homme jeune de moins de trente ans, au regard déjà vide. De père anglais et de mère française, il travaille depuis sa création pour le SOE britannique. Il a été parachuté il y a deux mois en France pour constituer un réseau de renseignement.

Auparavant il l'avait recrutée à Londres, elle n'était qu'une jeune Française d'origine polonaise travaillant comme jeune fille au pair. Il lui a fourni une nouvelle identité et l'a envoyée en France pour une première mission où elle a donné toute satisfaction. Lorsqu'il l'a rejointe à Paris, il lui a confié une seconde mission, beaucoup plus difficile que la première : sous le nom de Jeanne Sikorski, elle devait infiltrer la Gestapo française, se faire passer pour une agent dévouée puis transmettre toute information utile sur leurs agissements.

Problème, il fallait d'abord gagner la confiance des gestapistes…

Elle s'approche de lui en tremblant.

— Embrassez-moi, lui dit Froasdale dans un français sans accent.

Les jeunes gens s'embrassent dans un baiser qui n'est pas tout à fait factice.

Derrière son comptoir, la patronne esquisse un sourire, Paris restera toujours Paris, c'est ce qu'elle doit se dire. La sotte ! Paris n'est plus Paris depuis deux ans. Juste une ville morte, si vivante.

— Pourquoi m'avez-vous contacté ? Vous savez que c'est aussi dangereux pour vous que pour moi ? demande Froasdale.

— Je vous suis très reconnaissante d'être venu.

— On me l'a pourtant déconseillé mais j'ai confiance en vous, lui dit Froasdale.

Elle sourit.

— Je vous remercie. J'ai beaucoup hésité à vous demander de venir, mais après avoir longuement réfléchi, je ne voyais vraiment pas comment faire autrement... »

Jeanne raconte tout. Elle raconte qu'à Meudon elle a assisté à la fusillade des résistants de son groupe et de l'homme d'Argio. Elle explique que la fréquence des coups de feu fait ressembler la scène moins à une fusillade qu'à une exécution en règle. Elle pense que les tueurs travaillaient pour Loméro qui avait compris son jeu et qui avait décidé de la tuer en même temps que les résistants.

Mais Froasdale se renfrogne au fur et à mesure qu'elle poursuit son récit et lorsqu'elle le termine, il lâche froidement :

— Vous êtes certaine que vous avez été découverte alors que vous n'avez aucun élément ! Qui vous dit que les tueurs travaillaient pour Loméro ? Il n'a pas été sur les lieux, ni ses adjoints, vous ne trouvez pas cela bizarre ?

— En tout cas, ils sont venus dans des tractions à roues jaunes, exactement les mêmes que Loméro.

— Peut-être. Cela ne prouve rien. Tout ce que moi je sais, c'est que l'opération est un désastre.

— Mais que vouliez-vous que je fasse ? Que je retourne voir Loméro et que je lui demande s'il avait compris mon double jeu ?

— Peut-être ! C'était peut-être un risque à courir ! Est-ce que vous vous rendez compte que nous avons sacrifié la vie de résistants pour que vous puissiez gagner sa confiance ? Les résistants sont morts pour rien !

— Ce que vous dites est ignoble. J'ai proposé de jouer la maîtresse de Loméro. C'est vous, les Anglais, qui avez refusé en disant que c'était trop classique, que ça ne marcherait pas ! Vous avez dit que je devais me fier à vous, vous m'avez expliqué que le jeu en valait la chandelle, qu'en acceptant de sacrifier dix hommes au départ, nous en sauverions des centaines par la suite. Moi, je ne voulais pas, c'est vous qui m'avez convaincue. J'ai pris tous les risques, j'ai côtoyé ce monstre de Loméro et vous m'accusez de lâcheté ?

Elle a les larmes aux yeux.

— Je ne comprends pas ce qui s'est passé. Qui m'a trahie ?

— Jeanne, je ne vous accuse pas. Vous avez fait du bon travail, j'en suis convaincu, mais ne me dites pas que vous êtes sûre de quoi que ce soit ! Vous êtes persuadée que c'est Loméro qui a voulu vous assassiner après avoir compris que vous étiez un agent anglais. Je ne suis pas là pour vous juger mais vous n'avez peut-être pas pensé à tout. Peut-être vous êtes-vous affolée ?

— Mais enfin pourquoi me dites-vous cela !

— Vous semblez ignorer que Loméro et son adjoint sont morts, la coupe Froasdale.

Jeanne accuse le coup :

— Qui a fait cela ? Qui a tué Loméro ?

— Soi-disant la Résistance, mais nous avons un doute, nous allons enquêter là-dessus. Vous savez, j'ai comme l'impression que vous vous êtes retrouvée au milieu d'un sacré sac de nœuds, mais pour l'instant nous n'en savons pas plus.

— Dites-moi au moins que vous ne me soupçonnez pas. Comment pourrais-je me trahir après ce que les Allemands ont fait aux miens ? Mes parents, mes frères…

L'homme l'interrompt lorsque la patronne vient prendre leur commande.

— Si je ne vous faisais pas entièrement confiance, je ne serais pas venu, Jeanne. Mais ce n'est pas le problème. Vous allez rentrer à Londres dans quelques jours où vous serez débriefée. Nous confronterons vos déclarations avec celles d'autres sources. Nous verrons si vous avez raison pour Loméro. En attendant, je vais vous confier une autre mission, histoire de ne pas vous laisser rentrer sur un échec, cela ferait mauvaise impression… Mais je vous préviens, il s'agit d'une mission délicate.

— Je vous écoute, dit Jeanne.

— Vous m'avez dit que vous seriez prête à tout pour votre pays !

— Je suis prête à tout, dit-elle dans un sourire triste. Même à trahir des résistants pour infiltrer la Gestapo.

— N'en parlons plus, répond sèchement Froasdale.

Elle se souvient de Sébastien Moreau, une image fugitive. L'espace d'un instant elle revoit son visage.

— Seriez-vous prête à tuer de sang-froid, Jeanne ?

— Un Allemand ?

— Non, un Français.

— Un collabo ?

— Exactement.

— Qu'est-ce qu'il a fait ?

— Le service a remarqué une collaboration de plus en plus importante entre la police française et les Allemands. On veut faire un exemple. Dix otages ont été fusillés il y a quelques jours sur ordre d'un officier allemand avec lequel un policier français s'est ouvertement affiché, c'est vous qui allez vous en charger. Si vous vous en sentez capable ?

— Je m'en sens capable, si vous me jurez que des innocents sont morts à cause de lui…

— Je vous le jure, Jeanne.

— De qui s'agit-il ?

L'Anglais sort une photo d'identité. Dessus, un jeune homme, beau garçon.

— Il s'appelle Thomas Lavrenti. Il est inspecteur à la police judiciaire.

Pour l'éditeur, le principe est d'utiliser des papiers composés de fibres naturelles, renouvelables, recyclables et fabriquées à partir de bois issus de forêts qui adoptent un système d'aménagement durable.
En outre, l'éditeur attend de ses fournisseurs de papier qu'ils s'inscrivent dans une démarche de certification environnementale reconnue.

Ce volume a été composé par Asiatype

Impression réalisée sur CAMERON par
BRODARD ET TAUPIN
La Flèche
en avril 2008

Imprimé en France
Dépôt légal : mai 2008
N° d'édition : 01 – N° d'impression : 47116